Amie Kaufman und *Meagan Spooner* sind langjährige Freundinnen und Teilzeit-Mitbewohnerinnen, die die Welt bereist haben, aber noch nicht die Galaxie. Sie sind sich jedoch sicher: Auch das ist nur noch eine Frage der Zeit. Meagan lebt zurzeit in Asheville, North Carolina, Amie in Melbourne, Australien. Obwohl sie so weit voneinander entfernt wohnen, eint sie ihre Liebe zu Roadtrips, leckeren Zwischenmahlzeiten und Space Operas.

Weitere Informationen zum Kinder- und Jugendbuchprogramm der S. Fischer Verlage finden Sie unter www.fischerverlage.de

Meagan Spooner/Amie Kaufman

UNEARTHED

Weiter, wenn ihr euch traut

Aus dem Amerikanischen
von Karin Will

FISCHER Taschenbuch

Aus Verantwortung für die Umwelt hat sich der Fischer Kinder- und Jugendbuch Verlag zu einer nachhaltigen Buchproduktion verpflichtet. Der bewusste Umgang mit unseren Ressourcen, der Schutz unseres Klimas und der Natur gehören zu unseren obersten Unternehmenszielen.

Gemeinsam mit unseren Partnern und Lieferanten setzen wir uns für eine klimaneutrale Buchproduktion ein, die den Erwerb von Klimazertifikaten zur Kompensation des CO_2-Ausstoßes einschließt.

Weitere Informationen finden Sie unter: www.klimaneutralerverlag.de

Erschienen bei FISCHER Kinder- und Jugendtaschenbuch
Frankfurt am Main, April 2022

Das englischsprachige Original erschien 2017
unter dem Titel »Unearthed« bei Disney Hyperion, New York.
Text © 2017 by Meagan Spooner and Amie Kaufman

Für die deutschsprachige Ausgabe:
© 2018 Fischer Kinder- und Jugendbuch,
Hedderichstr. 114, D-60596 Frankfurt am Main
Satz: Dörlemann Satz, Lemförde
Druck und Bindung: Druckerei C. H. Beck, Nördlingen
Printed in Germany
ISBN 978-3-7335-0314-7

Für Josh und Tracey, Abby und Jessie.
Familie

Wir sind die Letzten unserer Art.

Wir werden nicht dem Vergessen anheimfallen. Wir werden unsere Geschichte den Sternen erzählen und somit niemals sterben – wir werden die Unsterblichen sein. Vielleicht werden nur die Sterne uns hören, bis wir nichts als eine Erinnerung sind. Doch eines Tages wird eine Spezies die von uns hinterlassene Macht entdecken – und sie wird geprüft werden, denn manche Dinge sollten verborgen bleiben. Manche Geschichten unausgesprochen. Manche Worte ungesagt.

Manche Kräfte unangetastet.

Unsere Geschichte ist eine Geschichte von Gier und Zerstörung, von einem Volk, das dem Schatz, den es hütete, nicht gewachsen war. Unser Ende kam nicht von den Sternen, sondern von innen, durch Chaos und Krieg. Wir waren dessen, was uns geschenkt wurde, niemals würdig.

Der mathematische Code dieser Botschaft enthält einen Schlüssel, um eine Tür in den Äther zu bauen. Jenseits dieser Tür, jenseits des Äthers werdet ihr euch der Prüfung stellen müssen. Die Würdigen, die Auserwählten, werden die Macht finden, die zu schützen wir unser Leben opferten, und zu den Sternen aufsteigen.

Wisset, dass die Reise kein Ende hat. Wisset, dass euch viele Gefahren bevorstehen werden. Wisset, dass hinter der Tür Rettung oder Verderben auf euch warten kann. Also trefft eure Wahl. Wählt die Sterne oder das Nichts, wählt Hoffnung oder Verzweiflung, wählt das Licht oder das unsterbliche Dunkel des Alls.

Trefft eure Wahl – und geht weiter, wenn ihr es wagt.

Auszug aus *Die Nachricht der Unsterblichen*
(Orig.: *Unbekanntes Signal Alpha 312*),
dechiffriert und übersetzt von Dr. Elliott Addison,
Universität Oxford

AMELIA

So hatte ich mir das absolut nicht vorgestellt.

Die zwei Plünderer dort unten reden Spanisch miteinander, sie lachen über irgendwas, das ich nicht verstehe. Ich liege bäuchlings auf dem Felsen und schiebe mich gerade so weit vor, dass ich unterhalb des Felsvorsprungs ihre Köpfe sehen kann. Der eine der beiden ist größer und breitschultrig. Er ist um die dreißig bis fünfunddreißig und wiegt locker doppelt so viel wie ich. Der oder die andere ist kleiner, der Haltung nach ist es wohl eine Frau – aber selbst sie wäre mir überlegen, wenn die beiden von meiner Anwesenheit wüssten.

Du hattest recht, Mink, ich hätte die Pistole nehmen sollen. In jenem Moment hatte es sich gut angefühlt, die Chefin zu verblüffen – zu sehen, wie ihre Augenbrauen bis unter ihren Pony hochgingen und dort verharrten. »Brauche ich nicht«, hatte ich verächtlich gesagt, ohne zu erwähnen, dass ich eh nicht damit umgehen könnte. »Keiner da unten wird mich auch nur sehen.« Denn bei einem Raubzug zu Hause, in einer Stadt auf der Erde, hätte das gestimmt.

Aber die Geländekarten und Satellitenbilder von Gaias

Oberfläche haben mich nicht auf die Kargheit dieser Landschaft vorbereitet. Hier ist es nicht wie in den Ruinen von Chicago mit ihren vielen Abwasserkanälen und ihren halb eingestürzten Wolkenkratzern, mit ihren unzähligen Möglichkeiten, sich zu verstecken und sich ungesehen zu bewegen. Auf dieser öden Welt gibt es nicht mal Pflanzen – nichts als ein paar mikroskopisch kleine Bakterien in den Ozeanen, und die liegen auf der anderen Seite des Planeten. Wenig überraschend, wenn man bedenkt, dass pünktlich einmal pro Generation irgendwas in Gaias zwei Sonnen auflodert und den ganzen Planeten abfackelt. Zu beiden Seiten der Schlucht ist nichts als offene Wüste, und ich sitze in der Scheiße.

Ich sitze in der Scheiße.

Die Plünderer füllen ihre Feldflaschen gerade an der kleinen Quelle unterhalb des Felsvorsprungs, der gleichen Quelle wie auf unseren raubkopierten Karten, die mich hierhergeführt haben. Ich verstehe zwar ihre Sprache nicht, aber ich muss die Worte nicht kennen, um zu kapieren, dass sie sich über das schmutzige, sandige Wasser in dem Teich beschweren. So als würden sie gar nicht begreifen, wie viel Glück sie haben, dass es *überhaupt* Wasser auf diesem Planeten gibt. Dass es Luft gibt, die wir atmen können – jedenfalls einigermaßen –, und die passende Temperatur und Schwerkraft, auch wenn die Sonneneruptionen alle Hoffnung auf eine dauerhafte Kolonie zunichtegemacht haben.

Trotzdem kommt diese Welt von allem, was wir bis jetzt gefunden haben, einem bewohnbaren Planeten immer noch am nächsten, mal abgesehen von der Erde und Centaurus. Und von denen stirbt der eine gerade im Eiltempo, und der zweite ist mit unserer heutigen Technik unerreichbar.

Gaia haben wir nur gefunden, weil wir den Anweisungen von irgendwelchen Geschöpfen gefolgt sind, die schon seit Ewigkeiten tot sind. Kein Mensch weiß, wann wir noch mal auf eine solche Welt stoßen werden, es sei denn, wir finden in den Ruinen der Unsterblichen noch mehr Koordinaten. Komisch, dass die Aliens sich ausgerechnet so genannt haben, in genau der Funkbotschaft, in der sie beschreiben, wie sie sich selbst ausgelöscht haben.

Ich halte den Atem an. Hoffentlich schauen sich die Plünderer nicht um, während sie sich hinhocken und ihre Flaschen füllen. Weil ich nicht mit Gesellschaft gerechnet hatte, ist mein Gepäck nicht gerade gut versteckt, aber sie haben es noch nicht gesehen. *Idioten.* Allerdings bin ich selbst noch dümmer, weil ich meine wichtigste Regel gebrochen habe – ich habe meine Sachen aus den Augen gelassen. Ich habe den Rucksack hingestellt, weil ich nachsehen wollte, was sich hinter diesem Felsgrat verbirgt. Die Wüste ist voller riesiger Felsformationen, die sich dem Himmel entgegenrecken, in Form geschliffen vom Wind und von Gewässern, die es hier schon lange nicht mehr gibt. Hier werde ich also enden, eine Milliarde Lichtjahre von zu Hause entfernt und ohne Vorräte, bloß weil ich die beschissene Landschaft bewundern wollte. Nur ein paar rotbraune Felsbrocken liegen zwischen dem Plündererduo und meiner einzigen Hoffnung, in dieser Gegend zu überleben.

Im Rucksack befinden sich nicht nur meine Verpflegung, meine Klettermontur, mein Wasser, meine Schlafmatte und was ich sonst noch zum Überleben brauche – auch mein Atemgerät ist da drin. Die Atmosphäre auf diesem Planeten enthält einen Tick mehr Stickstoff als die der Erde. Ungefähr acht Stunden pro Tag muss man eine Atemmaske tragen und mit Sauerstoff angereicherte Luft einatmen, sonst wird man matschig im Kopf, und anschließend versagen die Organe. Und mein Atemgerät – sozusagen meine Rettungsleine – steckt in dem Rucksack, der einen oder zwei Meter von zwei Gangstern entfernt liegt.

Der Mann hebt den Kopf, und ich fahre zurück, rolle mich auf den Rücken und blicke hinauf in den strahlend blauen Himmel. Selbst durch das schützende Tuch brennt das Licht der Doppelsonne mir heiß aufs Gesicht, aber ich liege ganz still. Wenn ich meine Sachen nicht wiederkriege, bin ich tot. Dann werde ich nicht mal mehr am Leben sein, wenn sie mich in drei Wochen abholen, und schon gar nicht im Besitz von genug Beute aus den Tempeln, um meine Rückreise zu finanzieren.

Was soll ich jetzt nur machen? Ich könnte Mink kontaktieren – aber mein Satelliten-Handy steckt in meinem Rucksack, und der Funksatellit wird sowieso erst in sechs Stunden über diesem Teil des Planeten stehen. Und selbst wenn ich Mink irgendwie Bescheid geben könnte – als sie mich auf diesem Felsbrocken abgesetzt hat, war sonnenklar, dass ich hier nur wieder wegkomme, wenn es sich für sie lohnt. Es kostet eine Stange Geld, Plünderer mit den offiziellen Versorgungsshuttles hin und her zu schmuggeln, durch das Portal nach Gaia, einem schimmernden Durchgang im Weltraum, der von den Schiffen der Internationalen Allianz kontrolliert wird. Wenn ich nicht bezahlen kann, wird sie sich nicht die Mühe machen, mich zur Erde zurückzubringen.

Ich *brauche* diesen Rucksack.

»*Tengo que hacer pis*«, sagt der Mann, woraufhin seine Partnerin aufstöhnt und ein paar Schritte weggeht.

Ich höre einen Reißverschluss, ein Grunzen, und dann – eine halbe Sekunde später – wie etwas in die Quelle plätschert.

O Herrgott noch... – wirklich reizend, du Arschloch. Als wärt ihr die Einzigen auf diesem Planeten, die diese Quelle nutzen wollen.

»*Bah*«, protestiert die Frau und spricht mir damit voll aus dem Herzen. »*En serio, Hugo?*«

Ich beuge mich so weit runter, dass ich einen Blick auf den Typen erhaschen kann, der breitbeinig über der Quelle steht, die Hände um die Leistengegend gelegt – dann kneife ich die Augen wieder zusammen, bevor ich mehr erkennen kann. *Das hätte ich nun* echt *nicht gebraucht.*

Ich sollte die beiden überrumpeln, solange er mit Pinkeln beschäftigt ist, aber mir zittern die Hände, und zwar nicht wegen Sauerstoffmangels. Mink hatte ich ja etwas vormachen können, genau wie den Plünderern, die ich für diesen Job ausgebootet habe, als sich herumsprach, dass sie jemanden suchte. Ein paar kannten mich schon von den Hehlern in Chicago, andere kamen von weiter her und lernten mich erst kennen, als wir uns alle abstrampelten, um genommen zu werden. Die Kleine, das Mädchen, das ganz allein da runtergeht, um die Tempel auszurauben. *Echt abgefahren*, sagten sie lachend. *Die tickt nicht ganz richtig.* Aber in Chicago hat mich nie einer gesehen.

Genau deswegen war ich so gut und konnte Mink davon überzeugen, mich für sie arbeiten zu lassen: weil mich nie jemand gesehen hat. Ich musste nie kämpfen. Ich musste nie jemanden vertreiben. Ich musste mir nie zwei erfahrene und wahrscheinlich bewaffnete Plünderer vom Leib halten, während ich mir meine Sachen holte.

Ich versuche zu atmen, sauge die Luft durch das Tuch, das dadurch gegen meine aufgesprungenen Lippen gepresst wird. Für einen Augenblick fühlt es sich an, als müsste ich ersticken, als hätte mir jemand eine Plastiktüte über den Kopf gestülpt – ich muss mir ins Gedächtnis rufen, dass es nur Stoff ist, dass ich problemlos atmen kann, dass ich diese Extradosis Sauerstoff erst in ein paar Stunden brauchen werde und einfach nur Angst habe. *Ruhig Blut*, rede ich mir zu. *Noch haben sie deinen Rucksack nicht gesehen. Alles bestens.*

Doch als hätte dieser Gedanke mir Unglück gebracht, höre ich gleich darauf die vor Überraschung schrille Stimme der Frau, die ihren Partner ruft. Der Reißverschluss des Mannes wird geschlossen, und schwere Stiefelschritte bewegen sich nach links – hinüber zu dem Findling, hinter dem halb verborgen mein Rucksack steht.

»*¿Ésto pertenece al grupo?*« Ein Stiefel trifft auf Stoff und dahinter auf etwas Hartes. Sie treten gegen meinen Rucksack.

Aber es ist nicht das, was mich den Mut verlieren lässt. Denn ich verstehe zwar nicht, was sie sagen, aber eines der Wörter kenne ich. In einigen Banden in Chicago wurde Spanisch gesprochen. »Grupo« bedeutet Gruppe. Die beiden sind nicht allein hier. Mink hat mich vorgewarnt, dass noch mehr Auftraggeber diese Versorgungs- und Forschungsmissionen nutzen würden, um Plünderer auf Gaias Oberfläche zu schmuggeln, aber ich war davon ausgegangen, dass sie zu zweit sein würden, oder allein, wie ich.

Was bedeutet, dass sie meine Ausrüstung mit zu ihrer Bande nehmen, wenn ich sie nicht sofort hole. Und dann habe ich es mit einem halben Dutzend Plünderern zu tun statt nur mit zweien.

Ehe ich es mir anders überlegen kann, rolle ich mich herum und lasse mich vom Rand des Felsvorsprungs hinabfallen, nur wenige Meter von den Plünderern entfernt.

Die Frau fährt zurück und kommt vor Überraschung ins Stolpern. »¡*Qué chingados!*«, entfährt es ihr. Ihre Hand bewegt sich zu ihrer Taille, wo etwas in einem Holster glitzert.

Der Mann dagegen ist weniger leicht zu erschrecken und bleibt einfach nur stehen. Misstrauisch mustert er mich – und steht zwischen mir und meiner Ausrüstung.

»Ich will nur meine Sachen«, sage ich und lasse meine Stimme dabei so tief klingen, dass mir die Kehle weh tut. Ich kann mich zwar nicht größer machen, aber dank meiner Montur ist es nicht komplett offensichtlich, dass ich ein Mädchen bin. Wenn sie mich für einen kleinen Mann halten, macht mich das weniger zur Zielscheibe. Ich deute auf den Rucksack. »Meine Sachen«, wiederhole ich etwas lauter und blicke zwischen den beiden hin und her.

Ich wünschte, ich hätte in Fremdsprachen besser aufgepasst,

bevor ich von der Schule abgegangen bin – dann könnte ich vielleicht mehr als nur ein paar Brocken Spanisch. Meine einzige Eins hatte ich in Mathe, und das mag zwar die universelle Sprache sein – wie die Nachricht der Unsterblichen bewiesen hat –, aber im Moment nützt mir das wenig.

»Wer zum Teufel bist du?«, fragt der Mann. Er spricht mit Akzent, aber das Englisch geht ihm leicht von den Lippen. *Wenigstens etwas.*

»Amelio«, antworte ich wie aus der Pistole geschossen. Nicht ganz die Wahrheit, aber nah genug dran. »Ich bin aus dem gleichen Grund wie ihr hier. Gebt mir einfach meinen Kram, dann bin ich weg.«

Inzwischen hat sich die Frau von ihrem Schreck erholt, richtet sich auf und kommt nach vorn zu ihrem Kollegen. Sie ist schätzungsweise Mitte vierzig und hat ein sonnengegerbtes Gesicht. Ihre Haut wirkt ein ganzes Stück heller durch die Staubschicht auf ihren Zügen – die Staubschicht, die sich jetzt zu einem Grinsen teilt. »Nur ein Junge.«

Der Mann grunzt zustimmend und schiebt mit einer lässigen Bewegung seinen Mantel zurück, um den Daumen in seiner Hosentasche zu verhaken – und, natürlich rein zufällig, die Pistole zu enthüllen, die in dem Holster an seiner Seite ruht. »Vielleicht schnappen wir uns einfach deine Sachen, freuen uns über den Extra-Sauerstoff, und du, Junge, läufst nach Hause zu deiner Mama.«

Ich hole tief Luft und warte kurz, bis ich mir sicher bin, dass meine Stimme vor Verzweiflung nicht höher klingt. »Meine ›Mama‹ kommt erst in ein paar Wochen wieder hierher, genau wie eure. Gebt mir meine Sachen. Unbefugtes Betreten ist schon schlimm genug, wollt ihr wirklich noch Mord hinzufügen? Ihr werdet mich nicht erschießen. Ich gehöre zu Minks Plünderern. Wenn ihr der in die Quere kommt, seid ihr tot, sobald ihr zurück auf die Station kommt.«

Der Mann, der bestimmt anderthalb Köpfe größer ist als ich, reibt sich das Kinn. In der trockenen Luft hört man das Kratzen seines Dreitagebarts ganz deutlich. »Kein Mensch wird dich hier finden«, erwidert er. »Keine Leiche, kein Verbrechen, hm?«

»Hugo«, unterbricht ihn die Frau und fixiert mich aus zusammengekniffenen Augen. »No es niño, *es niña.*«

Scheiße. Ich kann genug Spanish, um das zu verstehen. Mit der Nummer, mich als Mann statt als Jugendliche auszugeben, werde ich wohl nicht mehr lange durchkommen.

»Nimm den Helm ab«, befiehlt der Mann.

Mein Herz hämmert in meiner Brust und übernimmt das Kommando. »Nein.«

Der Typ macht einen Schritt nach vorn, die Hand immer noch an der Waffe. »Entweder du nimmst den Helm ab, oder du ziehst das Shirt aus. Such es dir aus.«

Instinktiv will ich nach meiner Waffe greifen, aber ich weiß, dass das mein Todesurteil wäre. Ich hätte keine Chance. Die Frage, ob ich ein erwachsener Mann oder ein Mädchen bin, wird ihn nicht mehr sehr lange beschäftigen, und im Grunde wird es diesen Leuten egal sein, dass ich erst sechzehn bin. Es wird ihnen egal sein, dass sie eine Minderjährige töten. Mit der Landung auf Gaia haben sie schon gegen das Planetenembargo der IA verstoßen, und das bedeutet für sich genommen bereits lebenslänglich.

Beim außerplanetaren Recht versteht die Internationale Allianz keinen Spaß, nicht nach dem Fehlschlag des Projekts, das die irdischen Nationen überhaupt erst dazu brachte, sich zusammenzuschließen. Dreihundert Leute waren damals an Bord des Schiffes, unterwegs nach Alpha Centauri, auf der Suche nach einem besseren Ort als der Erde – vielleicht sind sie ja gescheitert und am Ende hilflos durchs All getrieben, weil Typen wie diese hier sich an Bord geschmuggelt und eine Meuterei ausgelöst haben. Die zwei können nur genauso hierhergekommen sein wie ich – indem sie gegen das Gesetz verstoßen haben –, und sie werden sich wegen eines weiteren Verstoßes keine grauen Haare wachsen lassen.

Ich schlucke heftig und beiße die Zähne zusammen. Ich bin Millionen Lichtjahre von zu Hause entfernt, auf einem fremden Planeten, aber erst jetzt wird mir richtig klar, dass die größte Gefahr hier draußen von anderen Menschen ausgehen könnte.

Meine Nerven sind zum Zerreißen gespannt, die Anstrengung, Ruhe zu bewahren, droht mich zu überwältigen – die eine Hälfte von mir will wegrennen, die andere kämpfen, und gefangen zwischen diesen gegensätzlichen Impulsen bleibe ich einfach nur wie erstarrt stehen. Und warte.

Und dann mischt sich eine neue Stimme in das Gespräch. »Oh, ein Glück, ich dachte schon, alle wären weg!« Die Worte zerschneiden die gespannte Atmosphäre wie eine Schere ein Gummiband, und alle Köpfe drehen sich zu dem Sprecher um.

Ein Junge, kaum älter als ich, taucht über dem Rand des Felsvorsprungs auf und schlittert den Geröllabhang hinunter, beladen mit einem so großen Rucksack, dass ich komplett hineinpassen würde und trotzdem noch Platz hätte. Mit einem dumpfen Geräusch setzt er ihn ab, richtet sich stöhnend auf und massiert sich das Kreuz. Er hat dunkle Haut und schwarzes Haar, das sich in kleinen Locken eng um seinen Kopf schmiegt, und ein breites Lächeln, das so wirkt, als könnte er damit sogar die Steine aus dem Boden hervorschmeicheln.

Seine ganze Kleidung sieht nach Geld aus: die khakifarbene Cargohose mit der passenden Weste, das makellose Hemd und die Stiefel, die so neu sind, dass sie unter der feinen Staubschicht an den Spitzen noch glänzen. Er ist groß und schlaksig und hat diese leicht hängenden Schultern, die man von langen Stunden über Tabletdisplays und Computertastaturen bekommt.

Akademiker, höhne ich innerlich. Typen wie ihn sieht man gelegentlich in Chicago. Sie studieren das Wetter und das Klima, oder was sonst noch zum Massen-Exodus beigetragen hat, und fast immer werden sie von einer Plündererbande verjagt. *Was zum Teufel machst du hier? Die IA hat die Planetenoberfläche doch noch nicht mal für Forschungsmissionen freigegeben. Genau das machen sich Kriminelle wie wir zunutze – solange wir es noch können.*

Er blickt zwischen uns dreien hin und her und zieht die Brauen zusammen. »Wo sind denn die anderen?«, fragt er. Seine Vokale sind ganz lang, das R weich – ein Brite oder so, wie die Leute im Fernsehen. Als er keine Antwort bekommt, versucht er es erneut. »*Da jia zai na li? Waar is almal? Où est tout le monde?*« Mühelos wechselt er von einer Sprache zur nächsten.

Ein Schweigen folgt, bei dem sein Lächeln langsam schwindet und Verwirrung Platz macht. Das Schweigen wird immer drückender, bis die Frau es unvermittelt bricht. »Wer zum Teufel bist *du*?«

Das Lächeln des Jungen erstrahlt von neuem, und als hätte man ihn aufs Höflichste begrüßt, tritt er vor und streckt ihr die Hand hin. »Jules Thomas«, sagt er, wobei er seinen Oberkörper ein klein wenig nach vorne neigt. Er verbeugt sich. *Er verbeugt sich doch tatsächlich, was zur Hölle wird das hier?* »Freut mich sehr, Sie kennenzulernen. Wenn Sie so nett wären, mich zum Expeditionsleiter zu führen, damit ich meine Empfehlungsschreiben aushändigen kann und …«

Ein Klicken unterbricht ihn, als die Frau eine Pistole aus ihrem Holster zieht, sie entsichert und auf den Jungen richtet.

Jules stutzt, sein Lächeln verblasst, und er lässt die Hand sinken. Sein Blick geht von der Waffe zu dem Gesicht der Frau, die sie hält, dann zu dem anderen Plünderer und schließlich zu mir. Und was auch immer er in meinem Gesicht liest – Furcht, Erschöpfung, allgemeine »Was-zum-Teufel-ist-hier-eigentlich-los«-Panik –, lässt sein Lächeln verschwinden.

»Oh«, sagt er.

JULES

Okay, das hier könnte auf jeden Fall besser laufen. »Ich bin der Linguist und archäologische Experte«, sage ich langsam und deutlich und hebe dabei die Hände hoch, um zu demonstrieren, dass von mir keinerlei Gefahr ausgeht. »Ich wurde von Charlotte Stapleton eingestellt – Sie gehören doch zur Expedition von Global Energy Solutions, oder?«

»Global Energy«, wiederholt die Frau und umfasst die Waffe fester, ganz so, als würde sie sie nur zu gern benutzen, wenn ich so freundlich wäre, ein bisschen näherzutreten.

Mehercule. Ich kann es mir gerade noch verkneifen, laut mit dem Epitheton herauszuplatzen. Als ich mich auf Global Energy Solutions' nicht ganz so legalen Plan zur Umgehung der Gesetze einließ, wusste ich zwar, dass die Crew, der ich mich anschloss, etwas rauer sein würde, aber eigentlich hätte ich erwartet, die ersten fünf Minuten der Expedition zu überleben.

Immerhin scheinen sie ganz anständiges Wachpersonal zu haben. Sobald die Sache hier geklärt ist, wird sich das als Vorteil erweisen.

»Ich bin Jules Thomas«, sage ich erneut, nur für alle Fälle. Das ist natürlich nicht mein richtiger Nachname. Die wiederholten Warnungen meiner Kontaktperson Charlotte, meine wahre Identität nicht zu enthüllen, waren unnötig. Ich werde mich hüten, irgendjemandem aus dieser Crew zu verraten, wer mein Vater ist, mal abgesehen von der Anführerin.

»¿*Quién carajo es ésto?*«, fragt die Frau, die immer noch mit der Waffe auf mich zielt.

»Das habe ich Ihnen doch schon gesagt«, sage ich. So langsam komme ich mir vor wie eine kaputte Audioaufnahme. »Ich bin Jules Thomas. Das hier sind die Koordinaten, die man mir gegeben hat – ich soll hier die Expeditionsleitung treffen. *Tengo instrucciones para reunirme con nuestro jefe aquí.*«

»Das kannst du erzählen, so oft du willst.« Endlich ergreift der Dritte das Wort – nur ein Junge, seiner höheren Stimme nach zu urteilen, die barsch durch ein Tuch vor seinem Mund dringt. »Aber das hier sind wohl kaum deine Leute, Kumpel.« Während er spricht, bewegt sich die Waffe und richtet sich für einen Moment auf ihn. Aber das würde ja bedeuten, dass er gar nicht zu ihrer Gruppe gehört – demnach müssen es Plünderer sein, von mehr als nur einer Gruppe. Und nicht alle von ihnen sind von so edler Gesinnung wie Global Energy Solutions.

»So langsam glaube ich das auch«, murmle ich.

»Schnauze«, blafft die Frau.

Ich riskiere einen weiteren Versuch. »Wie wahrscheinlich ist es, dass wir gleich erschossen werden?«

»Sehr wahrscheinlich«, sagt der Junge und verlagert sein

Gewicht nach hinten, als sich die Waffe wieder auf mich richtet. Hinter dem Tuch, der Brille und dem Helm ist sein Gesicht zwar nicht zu sehen, aber in seiner Stimme liegt eine Nervosität, die meine eigene noch einen Tick zunehmen lässt.

Ob sie wohl irgendeine Sehenswürdigkeit nach einem benennen, wenn man zu den Ersten gehört, die auf einem neuen Planeten krepieren?

»Ihr könnt meinen Rucksack haben«, probiere ich und deute darauf, um Zeit zu schinden, während sich in meinem Kopf langsam ein Plan formt. »Ich zeige euch, wie meine Ausrüstung funktioniert. Die wird euch gefallen. Verpflegung habe ich auch. Lebensmittel. Schokolade.«

Letzteres bringt mir die volle Aufmerksamkeit der beiden bewaffneten Räuber ein – selbst wenn die Schokolade ihnen nicht schmecken sollte, auf dem Schwarzmarkt ist sie ein Vermögen wert. Und hier sind Luxusgüter mit Sicherheit knapp. Wer auch immer die beiden sind, irgendwer aus ihrer Gruppe wird die Schokolade schon wollen. Ich habe sie mitgenommen, um mit den anderen Mitgliedern der Expedition Freundschaft zu schließen, vorbeugend, bevor einer von ihnen auf die Idee kommt, der Streber könnte sich gut als Zielscheibe für Spott eignen – aber jetzt werde ich meine zukünftigen Kollegen eben ohne die Schokolade umgarnen müssen.

Während die beiden abgelenkt sind, drückt der Junge sich hinten an ihnen vorbei. Als er die Hand nach seinem Rucksack ausstreckt, begreife ich auf einmal, was er vorhat. Er wird sich das Teil schnappen und mich hier sitzenlassen. *Kann ich es ihm verübeln?* Vielleicht würde er ja sogar Hilfe holen, aber ich glaube nicht, dass ich darauf warten kann. Dieses Duo macht einen ausgesprochen schießfreudigen Eindruck. Wenn er türmt, werde ich dafür bezahlen.

»Du bleibst hier«, herrscht die Frau mich an und macht dann eine Kopfbewegung zu ihrem Begleiter hin. Der massige Typ geht nach vorn und öffnet meinen Rucksack, dann kippt er ihn um, und ich zucke zusammen, als etwas von dem Inhalt gegen einen Felsen knallt. Der Junge fährt herum, er schaut von mir zu dem Rucksack, den sie gerade durchwühlen, und wieder zurück.

»Bitte nicht«, sage ich leise und riskiere einen kurzen Blick zu dem Jungen hin.

Der Mann, der meinen Rucksack durchsucht, lacht nur, aber ich meine gar nicht die Sachen, die er gegen den Felsen knallen lässt. Die Worte gelten dem Jungen hinter ihm, der jetzt neben seiner Ausrüstung steht und über die Schulter zu mir zurückblickt. Wenn er sich aus dem Staub macht, werde ich nicht lange genug am Leben bleiben, um zu meiner Expedition zu stoßen.

»Was ist das?« Der Große hält mein Set mit den Pickeln und Pinseln in die Höhe und mustert es misstrauisch.

»Das dient zum, äh, Säubern der Steine.«

Die beiden glotzen mich an, als wäre ich ein Idiot, und nachdem sie diejenigen sind, die mich gerade mit vorgehaltener Waffe um meine Besitztümer bringen, während ich hilflos dabei zusehen muss, kann ich ihrer Einschätzung kaum widersprechen. »Das Zelt«, sage ich. »Das Zelt wird euch gefallen, es ist vollautomatisch.« Mein Blick zuckt zu dem Jungen hoch, auch wenn wegen der Brille schwer zu sagen ist, ob er mich ansieht. »Wirklich verblüffend.«

Schweigend verlagert der Junge sein Gewicht, zum Sprung bereit. Einen Schritt in die Richtung der Frau mit der Pistole. Er kapiert schnell – er hat meinen halbgaren Plan zumindest einigermaßen begriffen.

Der Mann holt das strahlendblaue Bündel heraus, das mein Zelt enthält, und dreht es zwischen seinen Händen hin und her. Mit gefurchter Stirn sieht er zu mir hoch. *Sieht nicht besonders verblüffend aus*, denkt er offensichtlich.

»Zieh an dem orangefarbenen Anhänger dort«, sage ich, richte mich ein wenig auf und hole tief Luft. Ich zwinge meinen Körper zur Ruhe, zur Bereitschaft, genau wie im Pool vor einem Polo-Match. »*Anaranjado.*«

Er nickt, dreht das Bündel noch einmal hin und her und findet den Anhänger. Ohne zu zögern, zieht er daran und beugt sich vor, um zu sehen, was dort zum Vorschein kommt.

Wie vom Hersteller versprochen entfaltet sich das Zelt in 2,6 Sekunden. Die Spreizstreben schießen heraus und rasten ein, das strahlendblaue Gewölbe öffnet sich explosionsartig. Eine Zeltstange trifft den Großen an der Nase, und ich hechte auf ihn zu und begrabe seinen Körper unter meinem, wobei ich uns beide in der Luft drehe. Ich schnappe nach Luft und stemme mich von ihm weg, um ihm ins Gesicht boxen zu können. Schmerz durchzuckt mich von den Knöcheln bis zur Schulter, als sein Kopf nach hinten ruckt. *Mehercule, ich hätte mir von Neal zeigen lassen sollen, wie man jemandem einen Fausthieb versetzt, ohne sich die Hand zu brechen.* Doch ehe ich mich umdrehen kann, höre ich irgendwo über mir einen ohrenbetäubenden Knall, der von den umliegenden Felsen wieder und wieder zurückgeworfen wird.

Ich rapple mich gerade noch rechtzeitig hoch, um mitzubekommen, dass mein Gegner mir nachsetzen will – nur um wenige Zentimeter von mir entfernt stehen zu bleiben. Nach Luft schnappend, taumle ich rückwärts und erwarte, seine Partnerin zu erblicken, die ihre Waffe auf mich richtet – doch stattdessen sehe ich, dass sie auf dem Boden liegt und sich nicht mehr rührt. Über ihr steht der Junge, der mit der Waffe auf das Gesicht meiner Angreiferin zielt.

Nur dass es gar kein Junge ist. *Ihr* Helm liegt auf dem Boden, ein bisschen zerbeult an der Stelle, wo sie ihn benutzt haben muss, um die Frau daneben niederzuschlagen. »Nicht schlecht«, keucht sie, ohne den Blick von ihrem Opfer zu wenden. Sie ist klein, mit blasser, sommersprossiger Haut und einem struppigen schwarzen Haarschopf, aus dem hier und da blaue und pinkfarbene Strähnen ragen. Jetzt ist zwar absolut nicht der richtige Moment, um stehen zu bleiben und die Aussicht zu genießen, aber *Deus*, sie ist wirklich etwas Besonderes.

»Schnapp dir seine Waffe«, sagt sie, wobei sie ihre eigene, gestohlene Waffe vollkommen ruhig hält.

»Seine was?« Immer noch starre ich sie an und versuche zu begreifen, was hier vor sich geht.

»Seine Waffe, du Genie.« Sie nickt zu der Pistole hinüber, die etwa einen Meter von dem Kerl entfernt liegt, der vor Wut praktisch schäumt, aber nicht riskieren will, erschossen zu werden. »Ihre Kumpane haben den Schuss bestimmt gehört. Jetzt wäre ein hervorragender Zeitpunkt, um hier zu verschwinden.«

Langsam schiebe ich mich vorwärts, damit der Kerl nicht nach mir greifen kann, dann ziehe ich die Pistole mit einem Fuß zu mir her. Als ich mich vorbeuge, um sie hochzuheben, wird die Stimme des Mädchens wieder barscher, als sie dem Mann befiehlt: »Zieh deine Schuhe aus.«

»Schuhe?«, wiederholt er mit hochgezogenen Augenbrauen.

»*Zapatos*«, übersetze ich, auch wenn der Mann, seinem Gesicht nach zu schließen, nicht wegen der Sprachbarriere zögert. Ich schiebe die Pistole in meine Jackentasche und werfe dem Mädchen meinerseits einen neugierigen Blick zu. »Dürfte ich erfahren, wieso?«

»Damit sie uns nicht verfolgen können«, antwortet sie. »Jedenfalls nicht so schnell. Hol dir auch ihre, nur für den Fall, dass sie aufwacht.«

Schlau. Ich bücke mich, um der bewusstlosen Frau die Stiefel auszuziehen. Sie gibt ein leises Stöhnen von sich, wird jedoch nicht wach. »Hast du so was schon mal gemacht?«

Das bringt mir endlich eine Art Lächeln von dem Mädchen ein. »Ich improvisiere. Aber das tue ich schon mein Leben lang. Stopf die Stiefel in deinen Rucksack und lass uns hier verschwinden.«

»Falls wir noch eine halbe Minute erübrigen können, hätte ich da eine Idee.« Ich nicke zu dem Kerl hinüber, der die Hände in die Höhe hält. »*Señor, quítase los pantalones.*«

Offenbar kennt das Mädchen das spanische Wort für Hose – sie beginnt zu lachen, während der Mann wütend vor sich hin flucht. »Das wird hässlich«, prophezeit meine neue Partnerin und gibt dem Mann mit ihrer Waffe ein Zeichen, meinem Befehl Folge zu leisten.

»Vermutlich«, pflichte ich ihr bei. »Aber auch peinlich. Sie werden ihre Freunde anlügen müssen, behaupten, wir seien groß und stark und in der Überzahl gewesen. Sie werden wohl kaum erzählen wollen, dass das hier das Werk von zwei Jugendlichen ist. Es könnte die Bande davon abbringen, uns zu verfolgen.«

Gegen ihren Willen beeindruckt, lässt sie einen ihrer Mundwinkel nach oben wandern, und ich verbiete meinen Hormonen ihr Freudentänzchen – sie zum Lächeln zu bringen, sollte im Moment nicht meine oberste Priorität sein. Auch wenn das viel spaßiger ist als der Kerl, der mir wutentbrannte Blicke zuwirft, während er sich die Hose herunterzerrt. Er kickt sie zu mir herüber, ich stopfe sie zu den Stiefeln in meinen Rucksack, und während das Mädchen weiter mit der Waffe auf ihn zielt, entfernen wir uns langsam rückwärts von der Lichtung.

Und dann, als wir weit genug weg sind, rennen wir.

Wir klettern über einen Felshaufen, bis wir uns außer Sichtweite befinden, dann schlittern wir die nächste Schlucht hinunter und nehmen den Weg entlang des Gerölls an ihrem Grund, wo nicht die Gefahr besteht, dass wir unerwünschte Fußspuren hinterlassen werden, anhand derer die Plünderer uns verfolgen könnten. Wir rennen, bis meine Lunge brennt, bis mir der Brustkorb weh tut, bis meine Kehle sich zusammenzieht.

Als wir schließlich zu einem Fluss kommen, verlangsamen

wir in wortlosem Einvernehmen unser Tempo. Keuchend beuge ich mich vor und stütze mich auf meine Oberschenkel, und das Mädchen lässt sich auf ein Knie herab, um eine Hand ins Wasser zu tauchen und es sich ins Gesicht zu spritzen. Dann wirft sie mir einen langen Seitenblick zu, wobei ihre Augen vor unerwarteter Heiterkeit funkeln. Die Erleichterung platzt als kurzes Auflachen aus mir heraus, was auch sie in Gelächter ausbrechen lässt. Wegen des geringeren Sauerstoffanteils in Gaias Atmosphäre ist Rennen eine ganz schlechte Idee, und das Gekicher trägt nicht zu unserer Erholung bei, während wir unsere Rucksäcke abwerfen und die Spannung langsam nachlässt.

Ich setze mich neben sie, um meine schmerzenden Beine zu schonen, lehne mich zu ihr hinüber und strecke ihr die Hand hin. »Wir haben uns noch gar nicht richtig vorgestellt. Wahrscheinlich hast du es noch gehört, bevor die Unannehmlichkeiten anfingen, aber ich bin Jules.« Diesmal lasse ich meinen falschen Nachnamen weg. Die Lüge darin würde sich bei einem Mädchen, das mir gerade das Leben gerettet hat, allzu schmierig anfühlen.

Irgendetwas in meiner Stimme scheint sie zu belustigen, ihre Lippen beginnen zu zucken. »Herrje, Oxford.« Sekundenlang betrachtet sie meine Hand, dann beugt sie sich vor und schüttelt sie langsam, wobei ihre Hand sich in meiner warm anfühlt. »Schön, dich kennenzulernen.«

Ich bemühe mich, meine Überraschung nicht zu zeigen – ich hätte nicht gedacht, dass sie meine Herkunft anhand meines Akzents erraten würde. »Verrätst du mir auch, wie du heißt?«

Irgendwie habe ich den Eindruck, etwas viel Persönlicheres gefragt zu haben, als es meine Absicht war – sie mustert mich gründlich und lässt sich viel Zeit, bevor sie antwortet. »Amelia«, sagt sie schließlich. Hoffentlich bedeutet das Zögern, dass sie beschlossen hat, mich nicht anzulügen. »Mia.«

»Nun, ich stehe in deiner Schuld, Amelia.« Ich frage sie nicht nach ihrem Nachnamen. Meinen erfährt sie schließlich auch nicht.

Sie zuckt mit den Schultern. »Wir können es uns leisten, ein bisschen auszuruhen. Sie werden uns wohl kaum ohne Schuhe verfolgen. Oder ohne Hosen.«

»Könnte es vielleicht sein, dass wir gerade den ersten Raubüberfall in der Geschichte Gaias verübt haben? Na ja, sie haben es als Erste versucht, aber wir waren die, die Erfolg hatten.«

Sie schüttelt nur den Kopf, während sie mich weiter ansieht, die Lippen leicht geöffnet, ihr Atem geht immer noch stoßweise, ihre Haut ist völlig verdreckt. Ich bin mir ziemlich sicher, dass ich genauso schlimm aussehe. Die letzten Tage waren furchtbar – das Gesicht meines Vaters auf dem Display bei dem Videoanruf, als er die verschlüsselten Hinweise auf meinen Plan begriff, die Furcht, die in mir selbst aufstieg, als ich das Shuttle nach Gaia betrat, ganz zu schweigen von dem Überfall, dem wir eben knapp entkommen sind – und dennoch kann ich nicht leugnen, dass ich mich im Moment trotz allem überaus lebendig fühle.

In wenigen Augenblicken werden wir unsere Atemgeräte herausholen und unseren Lungen eine Pause gönnen müssen, und nicht zuletzt: einen Plan schmieden, um dieses Fiasko in den Griff zu bekommen. Aber im Moment stehen wir noch unter Adrenalin.

Und was diesen Planeten angeht, bin ich mir zwar noch nicht ganz sicher, aber ich weiß, dass ich dieses Mädchen mag. Keine Expedition zu haben, die auf mich wartet – diesen Schlag muss ich erst mal verdauen. Aber dass ich jemandem über den Weg gelaufen bin, der mir bei meiner Mission helfen könnte … Das ist ein solcher Glücksfall, dass ich Hoffnung schöpfe.

Das Mädchen beäugt mich und kratzt sich mit dem Knauf der Plünderer-Pistole unter dem Kinn. »Oxford?«

»Ja, Amelia?«

»Ich hoffe doch schwer, dass du bei der Schokolade nicht gelogen hast.«

Deus. Ich kann dieses Mädchen *wirklich* gut leiden.

AMELIA

Trotz der Schusswaffen, trotz des wütenden Gebrülls und der Drohungen in zwei verschiedenen Sprachen, die uns beim Wegrennen verfolgen, trotz der beiden fremden Sonnen, die auf uns und die dünne Atmosphäre runterknallen, bin ich mir nicht ganz sicher, ob der Typ begriffen hat, in welcher Gefahr wir schweben.

Ich bin mir nicht mal sicher, ob *ich* es begriffen habe.

Aber als wir weit genug entfernt sind, um stehen zu bleiben und uns eine Verschnaufpause mit den Atemgeräten zu gönnen, grinst er und pfeift zwischen seinen Atemzügen vor sich hin, während er in diesem Monsterrucksack herumwühlt, den er mit sich schleppt, und ein paar Gegenstände auf Beschädigungen überprüft. Wir mussten früher pausieren, als mir lieb war, auch wenn wir weiter gekommen sind als erwartet. Unter diesen nagelneuen Khakihosen ist er besser in Form, als es den Anschein hat.

Ich ziehe meine Sichtbrille wieder herunter und stelle an der Seite eine stärkere Vergrößerung ein, dann suche ich die zerklüftete Schlucht hinter uns ab. Keine Spur von unseren

Freunden, aber das muss nicht heißen, dass wir allein sind. Klar, in der Wüste, ganz ohne Deckung, würde man uns leichter sehen. Aber dort wüssten wir auch, *ob* uns jemand gesehen hat. Hier können wir nie ganz sicher sein, ob wir, verdeckt vom Zickzack der Schlucht, beobachtet werden.

Ich ziehe die Sichtbrille herunter, so dass sie mir um den Hals baumelt, und nehme die Atemmaske vom Gesicht. »Ich muss dann mal los.«

Jules hält inne und schaut zu mir herüber. Er inspiziert gerade eine Handvoll Kieselsteine und dreht sie in seinen Händen hin und her, wobei sein Blick so konzentriert ist, als würde er auf einem Tablet lesen. Als ihm klarwird, was ich gesagt habe, gehen seine Augenbrauen nach oben. »Ich?«, wiederholt er. »Singular?«

Er klingt wie eine Fremdsprachenlektion auf meinem alten Lernbildschirm, dem mit dem Gekritzel und den Schnitzereien der Schüler, die ihn vor mir benutzt haben. Ich blicke noch einmal zu dem Felsgrat hinüber, dann gehe ich in die Hocke, um nicht über ihm aufzuragen. »Klar, wieso nicht? Du musst zu deinen Leuten, und ich mache mein eigenes Ding. Ich bin dir dankbar für deine Hilfe«, füge ich hinzu, »aber jetzt muss ich weiter.«

Jules' Augenbrauen ziehen sich zusammen – sein Gesicht spiegelt seine Gefühle klar und deutlich wider –, während er sich meine Worte durch den Kopf gehen lässt. »Na ja, ich weiß nicht genau, *wo* ich jetzt hinmuss«, sagt er. »Das war der einzige Treffpunkt, den ich hatte, und meine Expedition war eindeutig nicht da. Falls du nicht der Meinung bist, dass deine Leute etwas dagegen hätten, könnte ich dich vielleicht zu deiner Expedition begleiten und dort bleiben, bis die Station wieder über uns ist und ich neue Koordinaten anfragen kann?«

Unwillkürlich starre ich ihn an, hin- und hergerissen zwischen Gelächter über die schiere Seltsamkeit dieses höflichen, geschniegelten Typen, der viel besser in eine Bibliothek als in eine Wüste auf einem fremden Planeten passt, und dem Drang, einfach ja zu sagen, nur um noch einmal dieses Wahnsinnslächeln zu Gesicht zu bekommen. Er ist echt charmant. Auf eine Art, bei der man gleichzeitig Angst hat, dass ihm jemand die Birne wegpustet. »Du willst mitkommen, bis du zu Hause anrufen kannst?«

»Ja, wäre das okay für dich?«

Ich zögere und studiere sein Gesicht. Keinerlei Anzeichen von Arglist, und wenn er genügend Grips hätte, um mich hinters Licht zu führen, dann wäre er wohl kaum unbewaffnet in eine Pattsituation gelatscht. Zumindest nicht ohne einen besseren Plan als »den Kerl mit dem Zelt bewusstlos schlagen«.

»Ich habe keine Expedition«, sage ich schließlich. »Ich bin allein.«

»Du bist *alleine* hier?«

»Allein komme ich schneller vorwärts.« Ich merke selbst, wie unwirsch ich klinge, wie sehr man mir den Ärger über den Umweg anhört, kann aber nichts daran ändern.

Jules blickt wieder zu meinem Rucksack. »Ich verstehe. Fällt dir vielleicht ein Grund ein, weshalb meine Expedition ohne mich losgegangen sein könnte?«

Ja, ungefähr ein Dutzend Gründe, Oxford.

Ich unterdrücke den Impuls und bemühe mich um einen zivilisierten Tonfall. Ich habe dutzendweise Plünderer ausgebootet, um den Job von Mink zu bekommen, mich achtzehn Stunden lang in eine Frachtkiste gequetscht, um mich vor dem Sicherheitsdienst der IA auf dem Shuttle zu verstecken, ich teile mir meine Vorräte an Essen, Wasser, Zeit und Luft sorgfältig ein und hoffe und bete – und dieser Klugscheißer landet hier, obwohl er von nichts eine Ahnung hat. »Zeit ist Geld«, sage ich schließlich. »Und Zeit ist außerdem Sauerstoff. Wahrscheinlich warst du zu spät dran, und sie dachten, du hättest kalte Füße bekommen oder wärst nicht von der Station runtergekommen.«

»Ich war ein bisschen spät dran, aber nur eine Stunde oder so. Eigentlich hätten sie auf mich warten müssen.« Er scheint sich da ziemlich sicher zu sein. »Vielleicht treffe ich sie ja, wenn ich wieder zurückgehe.«

»Wenn sie aufgebrochen sind, kommen sie nicht mehr zurück. Bei dem Wettrennen hier unten zählt eine Stunde gegen die anderen Gruppen mehr als irgendein Engländer mit nagelneuen Stiefeln, ganz egal, wie viel er zahlt.«

Das verdaut er erst mal schweigend, wobei er die fraglichen Stiefel betrachtet. Ich habe keinen Schimmer, wie sich so einer hierher verirrt. Vielleicht ist er ein reicher Privatschüler, der es seinen Eltern mit einer idiotischen – wenn auch mutigen – Spritztour auf die andere Seite der Galaxis mal so richtig zeigen will. Vielleicht hat er sich einen Platz in einer der Plünderergruppen erkauft, und die haben ihm sein Geld abgeknöpft und ihn dann sitzenlassen, damit ihn eine der Patrouillen der IA aufsammelt. Natürlich hat so einer nicht viel zu verlieren. Die Rechtsanwälte, die er sich leisten könnte, würden ihn in Nullkommanichts aus einem Gefängnis der Internationalen Allianz herausholen.

Anstatt aufzubrausen, wie ich es erwartet hätte, oder zu verlangen, dass ich ihm helfe, bleibt er sitzen und mustert den Inhalt seines Rucksacks. Dann hebt er den Kopf und wirft einen Blick über die Schulter, hinunter zur Schlucht, und ganz kurz sehe ich seine Miene – etwas Scharfes liegt darin, etwas Bitteres und zugleich Unerwartetes.

Etwas, das ich aus dem Spiegel kenne: Verzweiflung.

Ich schlucke. »Hey, du wirst schon klarkommen. Du scheinst ja Kohle zu haben. Wenn die Station morgen wieder über uns ist, schickst du einfach ein Signal rauf und buchst den Heimflug.«

»Nein, ich …« Er hält inne und sieht auf. Das leichte, unbeschwerte Lächeln ist aus seinem Gesicht verschwunden. »Ich kann noch nicht weg. Es wird schon irgendwie gehen. Wenn die Expedition weg ist, ziehe ich eben auf eigene Faust los.« Seine Stimme klingt zwar ruhig und entschlossen, aber die Bewegungen, mit denen er seine Sachen wieder in den Rucksack stopft, sind ruppig und abgehackt.

»Hör mal, Oxford, du willst wirklich nicht …«

»Ich kann schon selbst beurteilen, was ich will, vielen Dank.« Die Erwiderung kommt schnell und scharf und zeugt von einem Temperament, das er sich nicht mal hinter vorgehaltener Waffe hat anmerken lassen.

Jetzt werde auch ich sauer und stehe auf. »Na schön. Mach, was du willst.« Ich drehe mich um, stapfe die wenigen Schritte zu meinem eigenen Rucksack hinüber und schwinge ihn mir auf den Rücken. Aber mein Zorn flammt immer nur kurz auf und kühlt schon wieder ab. Als ich mich umsehe, kauert Jules nach wie vor neben seinem riesigen Rucksack und ruft auf einem Gerät, das er am Handgelenk trägt, gerade eine holographische Karte des Geländes auf.

Der Typ wird draufgehen.

Und nicht mal meinem schlimmsten Feind würde ich wünschen, eine Milliarde Lichtjahre von zu Hause entfernt zu sterben, nicht mal den Arschlöchern, die mir meine Sachen klauen und mich dem sicheren Tod überlassen wollten.

»He, Oxford.« Ich hole tief Luft. Ich habe sowieso schon angehalten und Zeit verloren – da kann ich genauso gut meine Mittagspause daraus machen. »Hast du Hunger?«

Jules blinzelt und blickt auf. »Was?«

»Ich habe noch Bohnenkonserven. Also, hast du Hunger?«

Wenn *mir* ein Fremder etwas anbieten würde, würde ich wahrscheinlich ablehnen, ohne groß nachzudenken. Es würden irgendwelche Bedingungen daran hängen, oder es wäre eine Falle oder ein Spiel, das ich nicht durchschaue. Aber er nickt. »Ja, schon.«

Ich nicke ebenfalls und setze meinen Rucksack ab, um an die Dosen ganz unten heranzukommen. Die müssen sowieso zuerst weg. Sie wiegen viel mehr als das Trockenzeug, aber mit ihnen kann ich den Tag, ab dem alles, was ich esse, an eingeweichtes Hundefutter erinnert, zumindest ein bisschen hinauszögern. Ich krame zwei Dosen heraus und werfe eine davon Jules zu, wobei mir gleich darauf einfällt, dass der Typ vermutlich nicht die besten Reflexe hat. Ich hebe den Kopf, um ihn zu warnen – aber er fängt die Dose geschickt auf, dreht sie um und studiert neugierig das Etikett.

Ich lasse mich auf einen Felsbrocken sinken, beuge mich vor und hole mein Multitool aus der Tasche. Mit ein paar Klicks verstelle ich es etwas nach rechts, betätige dann mit dem Daumen den Auslöser, und ein gezacktes Messer springt hervor. Ich ramme es in die Dose, hebe den Deckel an und löse ihn ab.

»Reich an Proteinen«, bemerkt Jules, der sich doch tatsächlich die Nährwerttabelle durchliest, die auf dem Etikett abgedruckt ist. »Nicht schlecht, wenn auch ein bisschen fad. Fünf Gramm Eiweiß auf hundert Gramm, und die empfohlene Tagesmenge beträgt etwas weniger als ein Gramm pro Kilo Körpergewicht, das wären dann also ...« Stirnrunzelnd unterbricht er sich und rechnet nach.

»Ungefähr zehn Prozent meines Tagesbedarfs«, sage ich ohne nachzudenken. »Für dich weniger.«

Er blinzelt, zweifellos überrascht, dass ich rechnen kann, ganz zu schweigen von allen Fähigkeiten, die darüber hinausgehen – seine Miene versetzt mir einen Stich. »Ja«, stimmt er nach kurzem Schweigen zu. »Zehn Prozent. Und was die Wirkung auf den Blutzucker und die darin enthaltenen Vitaminkomplexe betrifft, so ...« Er bricht ab, weil ich ihn anstarre.

»Wow«, sage ich mit vor Sarkasmus triefender Stimme und wische mein Multitool ab. Seine Verblüffung darüber, dass ich die Grundrechenarten beherrsche, schmerzt immer noch ein bisschen. Ich forme aus dem Dosendeckel eine kleine Tülle, die ich als Löffel benutzen kann. »Auch noch Ernährungswissenschaftler? So viel Klugheit ist ja kaum auszuhalten.«

Jules blickt lächelnd auf, mein spöttischer Tonfall scheint ihm nichts anzuhaben. »In der Öffentlichkeit halte ich mit meiner Intelligenz lieber hinter dem Berg. Es ist unangenehm, von den Mädchen angehimmelt zu werden. Und frustrierend für die anderen Typen, weißt du?«

Ehe ich es verhindern kann, entfährt mir ein kleines Lachen, und ich grinse ihn unwillkürlich kurz an, bevor ich mich meiner Dose zuwende und ein paar Bohnen herauslöffle. *Verdammt, Oxford. Gut, dann sei eben entwaffnend.*

»Ähm«, unterbricht mich Jules. »Willst du es nicht erst ein bisschen verfeinern?«

Ich blinzle, der Dosendeckel mit den Bohnen schwebt vor meinem Mund. »Verfeinern? Ich schneide mich schon nicht, wenn du das meinst. Löffel sind unnützer Ballast und den Transport nicht wert.«

»Ich meine«, sagt Jules vorsichtig, »willst du sie nicht erst warmmachen und ein bisschen würzen? Wenn du mir fünf Minuten Zeit gibst, mache ich daraus etwas, das ein bisschen … Ich meine, *schmecken* sie dir denn so?« Er greift in seine Tasche und holt eines der kleinen Stoffsäckchen heraus, die er vorhin beiseitegelegt hat.

»Sie *schmecken* mir nicht«, antworte ich. »Sie sind einfach nur Essen. Wenn man Hunger hat, isst man.« Glaubt der Typ, dass wir hier in einem Viersternerestaurant eines Londoner Schickimickiviertels sind? Aber meine Neugier siegt, und aus irgendeinem Grund würde ich gern herausfinden, was er in diesem Säckchen hat, das kalte Dosenbohnen seiner Meinung nach in eine Delikatesse verwandelt. Ich beuge mich vor und halte ihm die Dose hin. »Nur zu, Professor.«

»Danke«, sagt er ernsthaft, als hätte ich ihm ein Kompliment gemacht. Er holt ein paar Gewürzbeutel heraus, einen Löffel, einen Kasten, der aussieht wie ... O verdammt, er besitzt einen Kurzwellenherd. Die Dinger fangen bei tausend Mäusen an, und er stellt ihn auf, als wäre das gar nichts. Ich weiß nur noch ungefähr, wie sie funktionieren – irgendwas mit Elektromagneten und kinetischer Energie –, aber niemand, den ich kenne, besitzt so einen. Mir wären die Tausend in bar lieber als warmes Essen, und allen Plünderern, die ich kenne, geht es genauso.

Eine Weile ist er beschäftigt, fügt hier und da Gewürze und Salz hinzu, rührt in der Dose und stellt sie dann in den Behälter, um sie zu erwärmen. Nach ein paar Minuten sieht er auf, seine Miene ist neugierig. Er hat diesen ausdrucksstarken, nachdenklichen Blick, wie man ihn manchmal auf Reklameplakaten sieht, die einem weismachen wollen, irgendein Parfüm würde einen so sexy machen, dass die anderen einem die Kleider vom Leib reißen. Ich bin so abgelenkt, dass ich fast seine Frage überhört hätte: »Als du mich vorhin Oxford genannt hast – hast du das wirklich nur an meinem Akzent erkannt, oder war es ein Witz über meine Bildung?«

»Hä?« Ich blinzle, vorübergehend verwirrt, bis mein Gehirn und meine Ohren wieder synchron funktionieren. »Moment mal, soll das heißen, dass du wirklich *aus* Oxford bist?« Ich betrachte ihn näher, während ich irgendwo in meinem Hinterkopf noch mal durchgehe, was ich über diesen Typen zu wissen glaube. »Bist du nicht ein bisschen jung, um aufs College zu gehen?«

»Ich fange erst nächstes Jahr an«, erwidert er und rührt die wärmer werdenden Bohnen um. Er sieht nicht aus wie achtzehn – er ist groß, ja, aber auf eine schlaksige Art, so wie das bei Jungs ist, wenn sie gerade einen Wachstumsschub hingelegt haben und noch nicht so recht wissen, was sie mit ihren Armen und Beinen anfangen sollen. »Und außerdem früher als üblich. Aber ich bin dort aufgewachsen. Es ist kompliziert.«

Ich beiße mir auf die Unterlippe – Neugier steigt in mir auf, am liebsten würde ich noch mehr Fragen stellen, um aus diesem seltsamen Jungen schlau zu werden, solange noch Gelegenheit ist. Er ist offensichtlich kein Plünderer wie alle anderen, die gelogen, betrogen und getrickst haben, um nach Gaia zu kommen. Ich weiß ja nicht, auf welchen Schwindel er reingefallen ist, aber vorhin hat er behauptet, so etwas wie ein Fremdsprachenexperte bei einer Expedition zu sein – keinem Plünderertrupp. Er hat diesen gewissen Blick, der »Ich werde die Welt retten« ausdrückt, so als würde seine edle Gesinnung noch mehr wiegen als dieser alberne Rucksack.

Sobald ihm klarwird, dass ich eine Plünderin bin, genau wie die Typen, vor denen wir weggerannt sind ... Na ja, das wird dann wohl das Ende dieser spontanen kleinen Verbrüderung sein. Leute wie er können Leute wie mich nicht besonders gut leiden. Selbst in Chicago haben ein paar Akademiker Zeter und Mordio geschrien, weil wir wissenschaftliche Beweise vernichten und alles Mögliche an Umwelt verschmutzen. Einen Stein zu verrücken, auf dem jungfräulichen Gaia, das seit den Unsterblichen unberührt ist, ist für solche wie ihn wahrscheinlich ähnlich schlimm wie die Auslöschung einer ganzen Familie.

Und Tempel zu plündern, um den Technikkram auf dem Schwarzmarkt zu verkaufen, sowieso.

»Hier«, sagt er unvermittelt und reißt mich aus meinen Gedanken. Er ist fertig und schiebt die Dose zu mir herüber. »Nimm deinen Ärmel, das Blech ist heiß.«

Ich habe noch nie einen Kurzwellenherd in Aktion gesehen, und die Dose sieht kein bisschen anders aus als zuvor. Ich schaue ihn von der Seite an, aber er ist bereits mit seiner eigenen Dose beschäftigt. Zögernd greife ich nach dem Dosenrand – nur um gleich darauf meine Finger mit einem Schmerzensschrei zurückzuziehen. »Autsch, verdammt!« Die Schlucht wirft meine Worte zurück, und ich schaue Jules böse an.

Er schweigt und konzentriert sich auf sein Essen, aber ich bin mir ziemlich sicher, dass sich seine Mundwinkel verziehen und er ein Lächeln unterdrückt.

Ich ziehe mir den Jackenärmel über meine Hand und nehme die Bohnendose. »Du hast wohl nicht noch einen Löffel in deiner mobilen Küche?«

Er hält mir den Löffel hin, den er zum Umrühren benutzt hat, und holt ein Brotmesser heraus – er hat doch tatsächlich ein *Brotmesser* dabei –, um seine eigene Portion zu essen. »Lach nur«, sagt er mit einem Achselzucken, »aber erzähl mir nicht, dass das nicht deutlich besser als kalte Konservenbohnen ist.«

Ich würde schrecklich gern etwas zurückschießen, ein paar Möglichkeiten fallen mir ein, aber dann steigt mir der Essensduft in die Nase, und alle meine schnippischen Erwiderungen lösen sich in Luft auf. Ich blase auf meinen Löffel, bis ich mir sicher bin, dass es meiner Zunge nicht ebenso ergehen wird wie meinen Fingerspitzen, dann probiere ich – und kann gerade noch ein Seufzen unterdrücken. Es schmeckt großartig. Nicht nur das, es schmeckt tatsächlich wie etwas, das man in einem Londoner Viersternerestaurant bekommt. In meiner Vorstellung zumindest.

»Ffff«, bringe ich heraus, und dann vergesse ich den Jungen, der mir gegenübersitzt, und mache mich über mein Essen her.

Er schweigt, als wir fertig sind – mein Versuch, die Dose auszulecken, führt zu einer Sauerei –, wodurch ich Gelegenheit habe, ihn unauffällig zu mustern, während ich so tue, als würde ich mit meiner Sichtbrille die Umgebung studieren. Völlig nutzlos ist er also nicht. Er kann rennen, und trotz dieses riesigen Rucksacks konnte er mit mir Schritt halten – beinahe. Aber die Hälfte seiner Ausrüstung liegt aufgetürmt neben seinem Rucksack, und das meiste, was ich sehe, ist an einem Ort wie diesem nicht zu gebrauchen. Der Typ hat ein

Kissen und einen kleinen, solarbetriebenen Ventilator und ein ganzes Essgeschirr. Er wirkt hier derart fehl am Platz, dass er ... na ja, dass er genauso gut ein Außerirdischer sein könnte.

Das Gelände auf diesem Kontinent unterscheidet sich gar nicht so sehr von den Wüsten im Südwesten der Vereinigten Staaten. Den Wüsten, die sich seit dem Beginn des Klimawandels langsam über den ganzen Kontinent in Richtung Ostküste ausbreiten. Man merkt beim Atmen nicht, dass mit der Luft hier etwas nicht stimmt – man wird nur müde und zittrig, wenn man das Atemgerät zu lange nicht benutzt. Wenn man nicht darauf achtet, dass die gesamte Landschaft aus windgepeitschten Felsformationen besteht, wenn man das völlige Fehlen jeglichen Lebens ausblendet und nicht zu den beiden Sonnen schaut, die nebeneinander am Himmel stehen, könnte man fast vergessen, dass man nicht auf der Erde ist.

Fast.

Meine Energie geht größtenteils dafür drauf, mir genau das einzureden. Denn immer wenn ich mir erlaube, über die Ungeheuerlichkeit meines Vorhabens nachzudenken, wird aus meinen Grübeleien Panik. Ich bin einer von den wenigen Dutzend Menschen, die diese Welt je betreten haben – die jemals auf einem anderen Planeten standen, ohne einen Raumanzug, ohne Atemschläuche, mit nichts als den Sonnen auf der Haut und einer leichten Brise in den verschwitzten Haaren. Hier kann ich nicht mein Handy herausholen und meiner Schwester eine Nachricht schreiben. Ich kann nicht nachsehen, wie das Wetter wird. Ich kann nicht meine Feeds checken, um zu sehen, ob jemand auf meine neuesten Beutestücke geboten hat. Auf der Erde gibt es keinen einzigen Flecken mehr, wo man von anderen Menschen isoliert ist, aber hier bin ich allein. Die ersten Menschen, die Gaia zu Fuß erkundet haben, waren ausgebildete Astronauten der IA, die darauf ein Leben lang mit wissenschaftlichem Studium und praktischem Training vorbereitet wurden. Und die sind in den Tempeln umgekommen. Ich bin nur eine Highschool-Abbrecherin aus dem Mittleren Westen, die ein halbes Dutzend mies bezahlte Aufträge hinter sich hat und deren Vorstrafenregister zu uninteressant für die Cops ist.

Und *er* passt hier sogar noch schlechter hin als ich.

»Jules«, sage ich ruhig, als er aufgegessen hat. »Hör zu. Willst du nicht lieber wieder zurück auf die Station? Nimm es mir nicht übel, aber du fällst hier auf wie ein ...« Meine Gedanken kommen quietschend zum Stillstand. Es gibt keinen guten Satz, der mit »Nimm es mir nicht übel« anfängt. Ich seufze. »Na ja, du fällst auf. Du wirst eine Zielscheibe sein.«

Er schweigt eine Weile, dann sieht er erst mich an und wendet dann den Blick ab. Er stellt seine Dose ab und zieht ein sauberes weißes Tuch heraus, mit dem er sich Finger und Mund säubert. Dann sagt er leise: »Mir ist klar, dass ich auffalle.« Sein Blick kehrt zu meinem Gesicht zurück. »Aber ich wäre nicht hier, wenn es nicht sein müsste. Ich kann nicht einfach umkehren und nach Hause fliegen.«

Ich würde ihn schrecklich gern nach dem Grund fragen,

aber dann wird er seinerseits wissen wollen, wieso ich hier bin. Und wenn ich inzwischen eines über Jules Thomas weiß, dann ist es, dass ihm die Antwort nicht gefallen würde. Wahrscheinlich ist ihm die Wahrheit nur noch nicht aufgegangen, weil wir während unserer kurzen Bekanntschaft die meiste Zeit über auf der Flucht waren. Ich hole tief Luft. »Darf ich dir dann wenigstens einen Rat geben?«

Er nickt, faltet die Serviette zusammen und verstaut sie wieder in seinem Rucksack. »Klar, gern.«

»In welcher Entfernung vom Treffpunkt hat man dich abgesetzt?«

»Das waren ...« Er hält inne und rechnet rasch im Kopf. »Etwas weniger als zehn Kilometer. Ungefähr drei Stunden Fußmarsch.«

»Schau, das ist ... drei Stunden für zehn Kilometer, das ist zu langsam. Deswegen warst du zu spät, deswegen sind deine Leute ohne dich weiter. Ich könnte diese Strecke in der halben Zeit zurücklegen, wenn es sein müsste. Ich will nicht angeben, es ist nur ...« Ich mache eine Geste zu seinem Rucksack und dem Zeug, das daneben liegt. »Du schleppst einen ganzen Einrichtungsladen mit dir rum. Du musst ein bisschen was von all diesem *Zeug* loswerden.«

»Na ja, die Expedition, zu der ich stoßen sollte, hätte Hubgleiter dabeigehabt«, erwidert er ein bisschen gekränkt. »Was hätte ich denn machen sollen – einfach alles wegwerfen? Wenn ich zum Tempel komme, werde ich das Werkzeug brauchen.«

»*Wenn* du zum Tempel kommst?« Ich schüttle den Kopf,

damit er endlich begreift. »In diesem Schneckentempo wirst du nie dort ankommen. Und *falls* du ihn erreichst, dann wird jeder Plünderertrupp auf diesem Planeten schon vor dir dagewesen sein. Es ist ein großer Tempel, Jules, aber nicht *so* groß. Bis du in Sichtweite bist, ist er längst leergeräumt.«

»Zu meiner Verteidigung, ich hatte Hubgleiter einkalkuliert, und ich hatte *nicht* mit einem so brutalen Wettlauf zwischen Kapitalismus und Wissenschaft gerechnet.« Jules' Gesicht verschließt sich – nein, für Plünderer hat er tatsächlich nichts übrig. »Allein sieht man mich wenigstens nicht so schnell. Und außerdem weiß man nie, vielleicht treffe ich auf eine andere Expedition mit akademischer Ausrichtung, bei der ich unterkommen kann. Es würde zwar gegen den Vertrag mit meinem Arbeitgeber verstoßen, aber in Anbetracht der Umstände hätte man dort bestimmt Verständnis ...«

Ich starre ihn an, mein Puls beschleunigt sich. »Eine andere ... Jules, es *gibt* keine Expeditionen, bei der sie neue Freunde suchen oder sich den Freuden des Lernens widmen. Kapierst du es denn nicht? Ich weiß ja nicht, wer dich reingelegt hat oder in welcher Traumwelt du lebst, aber hier unten gibt es nichts als Plünderer. Räuber. Keiner kriecht in eine Frachtkiste und lässt sich durch das halbe Universum schmuggeln, um ... Die Leute werden nicht wegen irgendwelchem akademischen Quatsch kriminell, sie tun es fürs Geld.«

»Ich bin wegen ›akademischen Quatschs‹ kriminell geworden«, sagt Jules ruhig. Er wirkt völlig ungerührt, so als wäre er Beschimpfungen gewöhnt, ohne sie jedoch an sich heranzulassen. »Und du irrst dich. Ich habe sehr wohl Grund zu der

Annahme, dass hier noch mehr Wissenschaftler sind. Zwitterexpeditionen, bei denen parallel zur Forschung ein paar Artefakte gesammelt werden, um die Ausgaben zu rechtfertigen. Selbst diese Artefakte sollten eigentlich bleiben, wo sie sind, aber wenn man vorsichtig vorgeht, ist es okay. Ich habe gehört, dass ein paar von den Typen aus Yale …«

»Sei doch nicht so naiv.« Ein Teil von mir verabscheut es, so kalt zu sein, aber er begreift es einfach nicht. Und wenn er es nicht begreift, dann wird er mit seinem Leben dafür bezahlen. Er muss wissen, worauf er sich einlässt, selbst wenn sich sein Abscheu für Plünderer dadurch gegen mich richtet. »Kann schon sein, dass hier auch ein paar Wissenschaftler sind, aber die sind nur dazu da, die Plünderertrupps zu führen. Deine Expedition war vermutlich auch nur die Vorhut für einen Raubzug. Und sie haben dich dazu gekriegt, für sie zu arbeiten, indem sie dir versprochen haben … was sie dir eben versprochen haben.«

»Du weißt nicht, ob sie *alle* Plünderer sind«, beharrt er. »Ein paar sind vielleicht wie ich – Wissenschaftler, die verhindern wollen, dass die Banausen alle …« Er bricht ab, die Gelassenheit verschwindet aus seiner Miene, als ihm langsam die Wahrheit dämmert und unsere Blicke sich treffen.

Bingo. Ich habe mich schon gefragt, wann ihm klarwird, dass ich eine von ihnen bin, einer dieser Banausen, um nichts besser als das Duo, dem wir die Schuhe geklaut haben.

Ich würde gern etwas sagen, doch der winzige Funken Schuldbewusstsein in meinem Inneren flammt zu heftigem Zorn auf, den ich nicht zeigen will. Ich werde mir ganz sicher nicht von einem verhätschelten Schuljungen Schuldgefühle einreden lassen, nur weil ich alles tue, um lebend von diesem Planeten herunterzukommen. Weil ich alles tue, um für mich und die Meinen zu sorgen.

»Du bist hier, um die Tempel zu plündern?« Jules' Stimme klingt ganz ruhig, ein klein wenig enttäuscht, als wären wir Partner und nicht zwei Fremde, die einander zufällig am anderen Ende des Universums über den Weg gelaufen sind. »Hast du überhaupt eine Ahnung – weißt du, welchen *Schaden* du damit anrichtest?« Seine Stimme klingt so grimmig, dass ich am liebsten einen Schritt zurückweichen würde, aber ich rühre mich nicht vom Fleck. »Wir haben *eine* Chance, ein winziges Zeitfenster, um etwas über die Spezies herauszufinden, die diese Bauten erschaffen hat, bevor sie zerstört werden. Bevor alles, was sie einmal waren, *verschwindet*.«

»Ja.« Ich beiße kurz die Zähne zusammen. Ich brauche mich nicht vor ihm zu rechtfertigen. Er würde es vermutlich sowieso nicht verstehen. »Ja, ich bin hier, um die Tempel zu plündern. Genauer gesagt den großen, in dem man diese erste Solarzelle gefunden hat, bei der die Wissenschaftler ganz wuschig geworden sind. Diejenige, die ganz allein das versorgt, was von der Westküste noch übrig ist. Denk über mich, was du willst, aber du bist nicht dumm, und dir muss doch klar sein, dass ich hier besser klarkomme als du. Lässt du dir nun von mir helfen oder nicht?«

Er schaut mich immer noch an, als hätte ich seinen Hund umgebracht. Das Lächeln ist verschwunden, die Lippen sind ein schmaler Strich.

»Hör zu«, sage ich und stehe auf. »Ich biete dir meine Hilfe an. Du kannst aus Prinzip ablehnen und dich umbringen lassen oder draufgehen, nachdem du deine Abholung verpasst – glaub mir, deine Expedition wird nicht umkehren, um dich zu holen, bevor sie sich aufteilt –, oder du lässt dir von mir helfen. Hinterher trennen wir uns dann, und vielleicht kannst du sogar irgendwann vor dem Gerichtshof der IA gegen mich aussagen und dein Gewissen erleichtern.«

Stumm und reglos steht er da und scheint mit sich zu kämpfen, denn in seinem Gesicht tritt ein Muskel hervor, während er zu den nahen Felsen hinüberschaut. Er könnte aus dem gleichen Gestein bestehen, wie er so völlig bewegungslos dasteht und mit dem ringt, was ihn an einer Antwort hindert.

»Also gut«, sagt er schließlich, als würde ihm jedes Wort Qualen bereiten. »Vielleicht können wir uns gegenseitig helfen. Du bringst mich an mein Ziel, und ich sage dir, welche Artefakte für die Sammler am wertvollsten sind.«

Überrascht trete ich einen Schritt zurück. »Hey, ich wollte dir nur helfen, deine Ausrüstung zu verkleinern. Ich bringe dich nirgendwohin. Ich habe selbst ein Ziel, und du bremst mich nur aus. Du bist nicht der Einzige, der vor den anderen Plünderertrupps beim Tempel sein will – soviel ich weiß, sind sie schon dort.«

»Sie sind auf jeden Fall schon dort.« Jules hebt den Kopf, klingt aber nicht so, als würde er sich Sorgen machen. Sein Ärger scheint sogar ein wenig nachzulassen und macht Platz für etwas, das mir ziemlich nach Selbstgefälligkeit aussieht. »Aber bitte sehr, mach nur. Wühl rum und raff so viel zusammen, wie du kannst. Vielleicht hast du ja Glück, stolperst über eine Solarzelle, die unerklärlicherweise keiner gesehen hat, und machst auf märchenhafte Weise ein Vermögen. Und jetzt wäre ich dir sehr verbunden, wenn du mir verraten würdest, was von meinem Gepäck ich zurücklassen soll.«

So höflich die Worte auch sind, bei seinem besserwisserischen Auftreten – das noch vor ein paar Minuten so einnehmend war – würde ich am liebsten losbrüllen. »Was ich da zusammenraffe, wird …« *Mich retten. Meine Schwester retten. Darüber entscheiden, ob ich lebe oder mir wünsche, tot zu sein.* Aber die Stimme versagt mir. »Weißt du was, vergiss es einfach. Ich habe sowieso schon genug Zeit verplempert. Zum Teufel mit dir.« Ich nehme meinen Rucksack, schultere ihn und greife nach Helm und Sichtbrille.

»Es gibt dort nichts, weißt du«, sagt Jules, ohne sich die Mühe zu machen, aufzustehen. Ich ignoriere ihn, ziehe die Riemen meines Helms an meinem Rucksack fest und hänge mir die Sichtbrille um den Hals. »Die Astronauten und Erkundungstrupps haben damals alles mitgenommen, was ging. Du wirst da drin nichts finden als ein leeres Grab und einen Haufen wütender Plünderer.«

Ich kicke die leere Bohnendose weg und mustere die vor mir liegende Schlucht, wobei ich in Gedanken meine Route festlege und überlege, ob ich die verlorene Zeit wieder aufholen und einen Vorsprung gewinnen kann. Trotzdem klingen mir seine Worte in den Ohren, mit ihrem grässlichen Stachel der Wahrheit: *ein leeres Grab und ein Haufen wütender Plünderer.* Wenn das stimmt, dann war's das für mich. Kein Rückflugticket zur

Erde, keine Bezahlung, keine Hoffnung für ... Ich schlucke heftig. Aber dann fügt Jules hinzu, so ruhig, als würde er mir nur einen guten Morgen wünschen: »Amelia, jede einzelne dieser Gruppen sucht an der völlig falschen Stelle.«

Gegen meinen Willen erstarre ich bei diesen Worten – und nach kurzem Zögern überwinde ich mich und drehe mich zu ihm um. »Was hast du gerade gesagt?«

»Welchen Teil meinst du?« Die Frage ist höflich formuliert, so höflich, dass ich ihm am liebsten in sein selbstgefälliges kleines ... Aber er spricht weiter, ohne meine Antwort abzuwarten. »Ich habe gesagt, dass sie alle am völlig falschen Ort suchen. Auf die Gefahr hin, bei einem Mädchen, das ich gerade erst kennengelernt habe, ein bisschen zu direkt zu sein: größer ist nicht immer besser.«

Noch vor einer kleinen Weile hätte er mich mit dieser Anspielung zum Lachen gebracht. Aber jetzt kann ich mich mit so etwas nicht aufhalten. Der große Tempelkomplex im Osten ist der, den die Astronauten als Erstes erforscht haben, der, aus dem die Solarzelle in Los Angeles stammt, der Tempel, auf den Mink und alle anderen Plünderertrupps scharf sind. Aber wenn es dort keine Artefakte mehr gibt, oder wenn ich ausgeraubt werde oder ein anderes Team mich erwischt, habe ich gar nichts.

Ich habe viel zu hohe Schulden bei Mink, um den Heimflug durch das Portal zurück zur Erde bezahlen zu können. Und schon gar nicht hätte ich danach noch genug, um zu meiner Schwester zu gehen und ... Ich atme heftig ein. »Woher weißt du das?« Meine Stimme zittert. »Die Internationale Allianz überwacht den Tempelkomplex schon seit Monaten, genau deswegen wurden wir ja alle hier draußen abgesetzt – damit uns die Satelliten der IA nicht entdecken.«

Anscheinend hört Jules das Beben in meiner Stimme, denn ein Teil der Arroganz verschwindet aus seinem Gesicht. »Es ist eine falsche Fährte«, sagt er ruhig. Jetzt nehme ich einen bitteren Unterton wahr, ohne diese Selbstgefälligkeit, hinter der er ihn verbirgt. »Ich kenne die Funkbotschaft der Unsterblichen in- und auswendig, die Wörter und Gleichungen, die uns hierhergeführt haben, und zwar in der Originalsprache. Die Botschaft besagt, dass die Spezies, die Gaia findet, geprüft werden wird. Glaubst du wirklich, die Prüfung heißt ›Marschier in dieses komische Gebäude und hol dir ein paar Relikte‹? Amelia, die xenoarchäologische Abteilung von Oxford ist weltberühmt, und als Kind bin ich regelmäßig unter dem Tisch eingeschlafen, während die Top-Experten der Welt über genau diese Dinge geredet haben. Der große Tempel im Osten ist ziemlich groß, ja, und außerdem prächtig und eine Attraktion. Und vielleicht gibt es dort tatsächlich noch ein paar Relikte, die ein bisschen was wert sind. Aber auch wenn die Menschen so ticken, dass sie größer für besser halten, gibt es keinen Grund, weshalb eine außerirdische Spezies genauso denken sollte. Ich würde sonst was verwetten, dass es ein Köder ist. Weil ich diese Nachricht nämlich studiert habe und weiß, in welchem der kleinen Tempel in der Randzone der Schatz liegt. Und ich kann dich dorthin bringen.« Jetzt steht er auf, seine Belustigung ist verschwunden, sein Gesicht ernst.

Mein Herz hämmert so heftig, dass es weh tut, das Blut

rauscht mir in den Ohren und macht mich fast taub. Ich habe nur eine einzige Chance. Sein Widerwillen ist deutlich zu erkennen – es geht ihm genauso gegen den Strich, einer Diebin seine Hilfe anzubieten, wie es mir gegen den Strich geht, mein Vertrauen einem Fremden zu schenken, dessen Ziele eindeutig nicht meine sind. Wenn ich ihm vertraue, den großen Tempel den anderen überlasse und wenn sich dann anschließend herausstellt, dass er gelogen hat, bleibt mir gar nichts. Selbst falls ich die nächsten Wochen überlebe, werde ich mir wünschen, gestorben zu sein – wenn ich den Rückflug nicht bezahlen kann und Mink mich hier, Millionen Lichtjahre fern von der Erde, sitzenlässt, mit Sauerstoff, der kaum mehr als ein paar Tage reicht. Und wenn ich nicht auf ihn höre und auch nur einen oder zwei Tage nach den anderen Trupps bei dem Tempelkomplex ankomme, kann ich dort den Staub sieben, den die anderen liegen gelassen haben, und versuchen, aus zerbrochenen Schreibtafeln und ein paar Gesteinsbrocken ein Vermögen zusammenzuscharren.

Als ich meine Stimme wiederfinde, ist mein Mund trocken, und ich platze heraus: »Du weißt schon, dass ich nur eine von vielen bin, oder? Seit dem Addison-Interview haben viele Teams rausgekriegt, wie man hierherkommt.« Ich schlucke heftig, um das Krächzen aus meiner Stimme zu vertreiben. »Wenn du mich hinters Licht führst, wird dir das nicht helfen, deine kostbaren Artefakte zu retten. Es werden nämlich schon Leute dort sein, die sie sich holen. Du würdest einzig und allein mich vernichten.« Beim letzten Satz schleicht sich Furcht in meine Stimme, meine Augen brennen. Ich wünschte, ich würde meine

Sichtbrille tragen, meine Atemmaske. Dann würde er vielleicht nicht sehen, dass ich mit den Tränen kämpfe.

Jules' Miene verändert sich, seine zusammengepressten Lippen werden weich, seine Augenbrauen entspannen sich ein bisschen. Er macht einen halben Schritt auf mich zu, besinnt sich dann jedoch und bleibt stehen. »Das habe ich nicht vor«, sagt er ruhig. »Ich habe nur gesagt, dass du recht hast. Meine einzige Hoffnung ist, so schnell wie möglich zu finden, was ich suche.« Er holt tief Luft. »Du wirst es hier draußen viel weiter bringen als ich, da sind wir uns wohl einig. Aber es geht um eine noch größere Belohnung, Mia. Die Technologie, die die Unsterblichen uns hinterlassen haben ... die besteht nicht aus ein paar Solarzellen. Hier steht etwas Größeres auf dem Spiel, und um an es heranzukommen, müssen wir tiefer hinein, ins Herz des Tempels.«

Mein Herz klopft wie wild. Jetzt *weiß* ich, dass dieser Junge verrückt ist. »Wie bitte? Vorbei an den ganzen Stolperfallen und Fallgruben, die die halbe Mission der *Explorer IV* ausgelöscht haben, bevor sie aufgegeben hat?«

Jules sieht weg und fährt mit einer Hand durch seine Locken. Wieder schaut er zu dem Felsgrat hinüber. »Ich biete dir eine Partnerschaft an. Du hilfst mir, dort hinzukommen, und ...« Er bricht ab, und ich warte. Ich sehe ihm an, wie schwer ihm die Worte fallen, wie er sie sich fast mit Gewalt abringen muss. »Ich verschaffe uns Zugang zum Tempel. Und hinterher ... sorge ich dafür, dass du dein Geld bekommst.«

Der Widerwillen in seiner Stimme ist deutlich zu hören.

Eine verrückte Sekunde lang würde ich am liebsten mit der

Wahrheit herausplatzen: dass Geld mir nicht gleichgültiger sein könnte, dass es für mich nur ein Mittel zum Zweck und dass mein Ziel eines ist, für das ich hundertmal sterben würde, wenn ich der Meinung wäre, dass das etwas nützt – aber mein Tod bringt keinen Gewinn, also riskiere ich stattdessen hier mein Leben. Ich atme tief ein und konzentriere mich dabei auf die Luft in meiner Lunge statt auf die Tränen, die mir in die Augen steigen.

Ich wollte immer nur in den Eingangsbereich dieser Tempel und dort so viel wie möglich mitnehmen. Ich wollte nie so tief hinein, dass die Verteidigungsmechanismen der Unsterblichen auslösen, mit denen sie ihr kostbares Vermächtnis schützen, was auch immer das sein mag. Die Internationale Allianz will schon seit Jahren ein richtiges Team zusammenstellen, das die Tempel erkunden soll. Aber seit ihr Top-Unsterblichen-Experte vor laufender Kamera durchgedreht ist, liegen die Pläne auf Eis. Auf eine verdrehte Art und Weise verdanke ich es dem Zusammenbruch von Addison, dass ich hier bin – Elliott Addison, der Mann, der damals den Code der Unsterblichen-Botschaft geknackt hat, der Mann, der plötzlich eine Hundertachtziggradwende hingelegt hat und der seitdem behauptet, dass Gaia gefährlich ist. Wenn er nicht diesen öffentlichen Zusammenbruch gehabt und all die streng geheimen Codes verraten hätte, wüsste keiner der illegalen Plünderer, wie man nach Gaia kommt. Es muss ihm in seiner Gefängniszelle Höllenqualen bereiten, dass ausgerechnet sein Versuch, die Erforschung von Gaia zu verhindern, dazu geführt hat, dass der Planet von Leuten wie mir überschwemmt wird.

Nicht, dass wir sehr weit kommen werden. Ohne Addison und sein Wissen kommen weder die Expeditionen der IA noch die Plünderertrupps an den zahllosen Verteidigungsmechanismen der Tempel vorbei. Ich wollte nur Relikte im Eingangsbereich sammeln. Ich sollte nur kurz rein und wieder raus und dabei hoffentlich genug Geld verdienen, um Mink zufriedenzustellen.

Und jetzt stehe ich hier und atme Alien-Luft, während zwei Alien-Sonnen auf mich herunterbrennen, und ein Junge, der kaum älter ist als ich, behauptet, er wäre zu etwas imstande, was die gesamte Wissenschaftscommunity nicht geschafft hat, nämlich ein uraltes Alien-Rätsel zu lösen, wenn ich ihn nur lange genug am Leben halte. Aber ob er nun recht hat oder nicht, mittlerweile habe ich zu viel Zeit verloren, um den größten Tempel zu erreichen, bevor die anderen ihn ausräumen.

»Also gut«, sage ich. Meine Stimme klingt wieder fest. »Aber einen Rückflug kann ich dir nicht garantieren. Ich kann dich zu einer Frau bringen, die das hinkriegt, aber du wirst deinen Transit selbst zahlen und selbst einen Deal mit ihr aushandeln müssen.«

»Einverstanden«, willigt er ein, wieder ganz geschäftsmäßig, und wischt seinen Unmut beiseite, mit einer Plünderin zusammenarbeiten zu müssen. »Wann holt sie dich ab?«

»In drei Wochen.« Vorausgesetzt natürlich, ich kann sie bezahlen. Andernfalls wird sie sich nicht mal die Mühe machen, ein Shuttle zu schicken. Aber das werde ich ihm nicht auf die Nase binden.

Vermutlich weiß er, dass ich ihm nicht alles erzähle, aber

fürs Erste bohrt er nicht weiter nach. Er studiert mein Gesicht, bis mir warm wird und ich mich danach sehne, wieder Sichtbrille und Tuch anzulegen. Dann nickt er. »In diesem Fall sollten wir aufbrechen.«

JULES

Hilflos sehe ich zu, wie sie mehr als die Hälfte meiner Sachen wegwirft. Die Organisation, die mich eingestellt hat, konnte mir ein Atemgerät und weitere Utensilien zur Verfügung stellen, aber für den Rest musste ich selbst aufkommen und ich habe dafür mehr Geld ausgegeben, als ich gern zugeben würde, all diese Sachen, die sie wegwirft, als hätten sie keinerlei Wert. Ich musste alles neu kaufen, weil ich an die meisten meiner Besitztümer zu Hause nicht herankam.

Sie ist besessen von der Vorstellung, dass jeder Gegenstand mehr als eine Funktion haben sollte – sie zeigt mir ihr eigenes Werkzeug, so was Ähnliches wie eines dieser alten Schweizer Taschenmesser, wie sie früher üblich waren, als wäre es wertvoller als mein Kurzwellenherd. Am liebsten würde ich ihr sagen, dass man sich so eins online für kleines Geld bestellen kann, aber als sie erwähnt, dass sie ein paar Veränderungen daran vorgenommen hat, und mir die Spezialfunktionen vorführt, die sich mit einer Federvorrichtung auslösen lassen, muss ich zugeben, dass es raffiniert ist.

Und genau dafür brauche ich sie. Ohne den relativen Luxus

einer ganzen Expedition im Rücken habe ich keine Ahnung, wie ich es heil zum Tempel schaffen soll, mit wenig bis gar keinem Wissen über diese Unterwelt, zu der sie gehört, ohne dieses Netzwerk von Dieben und Gaunern.

Zu Hause sind das die Leute, die die Kliniken und Läden zu plündern beginnen, sobald sie die Stadtbevölkerung gezwungenermaßen aufgeben muss. Den Nachrichten zufolge ist es in den Vereinigten Staaten am schlimmsten – dort sind die Klimaveränderungen am dramatischsten, mit Wüsten, die sich über das ganze Land ausdehnen, und Sandstürmen, die durch ihre Heftigkeit Menschenleben fordern. Sobald die Städte sterben, werden die Menschen verladen und irgendwo anders hingekarrt, und wenn die Plünderertrupps einfallen und unter sich aufteilen, was noch übrig ist, sind die Sofas noch nicht mal kalt. Bei der Vorstellung, mich mit einer von ihnen zusammenzutun, wird mir übel, aber zumindest ist es nur eine und keine ganze Bande, und zumindest ist sie ... wohl nicht ganz das, was ich erwartet habe.

Besonderen Spaß scheint sie an Vorträgen darüber zu finden, was von meiner Ausrüstung alles überflüssig ist – jeder einzelne Gegenstand, der seine Existenzberechtigung nicht auf ein halbes Dutzend Arten nachweisen kann, wird in eine flache Höhle geräumt, um dort zu bleiben, vermutlich bis ans Ende aller Zeiten. Oder bis die nächste raumfahrende Spezies vorbeikommt, die die gleiche Fährte verfolgt wie wir.

Trotzdem bin ich dankbar für mein leichteres Gepäck, als wir endlich aufbrechen. Es wird noch ein paar Stunden hell bleiben, und wir sollten ein gutes Stück Weg hinter uns bringen, bevor wir unser Nachtlager aufschlagen. Über uns brennen die beiden Sonnen, und ohne schattenspendende Bäume ist es heiß. Irgendwie geht es mir immer noch nicht in den Kopf, dass ich wirklich und wahrhaftig auf einem anderen Planeten bin, und gelegentlich drücke ich an der Vorstellung herum, stupse sie an wie einen lockeren Zahn, um ihr eine Reaktion zu entlocken.

Wir haben geglaubt, mit unserer Chance auf etwas wie das hier wäre es vorbei, als die Mission zur Kolonisierung von Alpha Centauri scheiterte und den Hilferuf zur Erde schickte, im Wissen, dass keine Hilfe kommen würde, und dann für immer in die Schwärze des Weltalls entschwand. Und trotzdem bin ich hier, Jules Thomas Addison, und gehe buchstäblich dorthin, wo noch nie ein Mensch gewesen ist.

Und belüge dabei meine einzige Verbündete.

Es ist weder Prahlerei noch Übertreibung, wenn ich sage, dass ich im Moment der wichtigste Mensch auf diesem Planeten bin. Ich muss zu diesem Tempel. Nicht nur um meinetwillen, nicht nur für meinen Vater, sondern für alle, für jeden Menschen auf der Erde. Einschließlich Amelia. Das genügt, um meine Lüge zu rechtfertigen. Und mit ein bisschen Glück gibt es dort wirklich etwas Wertvolles, das sie mitnehmen kann, also ist es wahrscheinlich nicht mal eine Lüge.

Es genügt, um mein Bündnis mit einer Räuberin zu rechtfertigen – und ich habe mir das Versprechen gegeben, dass ich wirklich eine Einnahmequelle für sie finden werde, so abstoßend Plündern auch sein mag. Ich hatte mich darauf eingestellt, es selbst in einem gewissen Maß für Global Energy zu tun, um meine Anreise zu finanzieren – ihr zu helfen, ist letzten Endes auch nichts anderes.

Aber es ist schwer, sich dieses Mädchen bei dem vorzustellen, was sie hier vorhat. Diebe und Aasgeier lassen sich leichter verabscheuen, wenn sie nicht mit Sommersprossen, quietschbunten Haaren und rasiermesserscharfem Verstand daherkommen. Andererseits sehe ich mich eigentlich als grundsätzlich ehrlichen Menschen, dabei belüge ich sie in einem fort über das, was wir an unserem Ziel finden werden.

Sie hat klargestellt, dass sie zum Geldverdienen hier ist, und ich darf nicht vergessen, dass sie mich ohne zu zögern sitzenlassen würde, wenn sie zu der Ansicht käme, dadurch mehr Gewinn zu machen. Weshalb ich mich darauf einstellen muss, ihr alles zu erzählen, damit sie bei mir bleibt.

Auch wenn wir nicht so schnell vorankommen, wie ich es mir in einer größeren, mit Fahrzeugen ausgerüsteten Gruppe erhofft hatte, ist das trotzdem besser als nichts. Zu Fuß sollten wir in nicht mal einer Woche bei dem Tempel sein, zu dem ich unter allen Umständen gelangen muss. Wir nähern uns einer langen, gewundenen Schlucht, einem Orientierungspunkt, den ich mir von den endlosen Bögen der Satellitenbilder gemerkt habe, die in Oxford das Arbeitszimmer meines Vaters zumüllten. Mit ein bisschen Glück müsste es dort eine Strecke geben, die uns fast bis ans Ziel führen wird. Am überwiegenden Teil des Weges fließt außerdem ein Fluss entlang, der uns mit Wasser versorgen kann.

Dummerweise ist das zumindest für eine Weile derselbe Weg, den die anderen Gruppen nehmen werden. Die Schlucht gabelt sich mehrmals, und irgendwann werden wir eine andere Abzweigung nehmen, aber bis dahin sollten wir uns möglichst bedeckt halten, um nicht die Aufmerksamkeit der Plünderer auf uns zu ziehen. Die würden uns genauso bereitwillig ausrauben wie die Tempel und vielleicht gleich noch ein bisschen Konkurrenz aus dem Weg räumen.

Mein Vater wäre entsetzt.

Dr. Eliott Addison war einmal *die* Autorität, was die Unsterblichen angeht. Niemand hatte sich mehr als er der Enthüllung ihrer Geheimnisse verschrieben, niemand war erpichter darauf, von ihnen zu lernen. Aber die Internationale Allianz, gebunden an ihr jahrzehntealtes Versprechen, eine Lösung für das Sterben der Erde zu finden, warf ihm Zeitverschwendung vor.

Und je mehr sie ihn bedrängten, desto mehr wehrte sich mein Vater. Als die Crew der *Explorer IV* jenen Haupttempel betrat – ohne die Führung meines Vaters –, war er eine Woche lang außer sich. Damals begann er zu kämpfen, begann mit seinem Versuch, sie zur Einsicht zu bringen, mit leidenschaftlichen Appellen an die Öffentlichkeit und die Behörden der IA, in denen er argumentierte, einige der wichtigsten, praktisch bedeutsamsten Entdeckungen der Menschheit seien durch reine Forschung zustande gekommen. Die Zeit für die wirkliche Erforschung Gaias werde alles andere als verschwendet sein. Mehr Energiezellen seien sicherlich hilfreich – aber nur, bis wir sie ausgeschöpft hätten, wie wir auch unsere Ölreserven zum Versiegen gebracht hatten.

Er war felsenfest davon überzeugt, dass der Schlüssel für unsere Rettung darin bestand, die Unsterblichen zu verstehen – zu verstehen, wieso sie sich selbst ausgelöscht hatten, nachdem ihre Zivilisation ein derartiges Niveau erreicht hatte. Mit ihren Warnungen, so sagte mein Vater, hatten sie uns gerade an dem hindern wollen, was die Internationale Allianz nun von uns verlangt: hinzufliegen, so viel profitable und nützliche Technik mitzunehmen, wie sich transportieren ließ, und sie überall hineinzustopfen, wo sie in die irdische Infrastruktur hineinpasste.

Er plädierte dafür, dass wir uns mehr Zeit lassen, uns auf die wissenschaftlichen Aspekte konzentrieren, uns von Forschergeist, Neugierde und Entdeckerfreude leiten lassen sollten anstatt von Gier. Er wurde verspottet, weil er darauf beharrte, dass wir aufgeschlossen sein sollten, dass wir uns diesem Ort so rücksichtsvoll und ehrerbietig nähern sollten, wie er es verdiente, anstatt uns heißhungrig auf den einzig für uns erkennbaren Nutzen zu stürzen und dabei andere zu übersehen ... oder auch Gefahren.

Sie kamen immer in unsere Wohnung in Oxford, die Anzugtypen von der Internationalen Allianz, und ich lauschte dann stets hinter der Bürotür, während sie stundenlang mit meinem Vater diskutierten. Mein Vater wünschte sich genauso sehr wie sie, alles über Gaia und die Unsterblichen herauszufinden – und länger, als die meisten anderen Wissenschaftler es getan hätten, suchte er nach alternativen Erklärungen für die Gefahren und Inkonsistenzen, die er in der Funkbotschaft gefunden hatte. Zuerst kamen sie zum Diskutieren, dann zum Streiten, schließlich, um ihn umzustimmen. Aus Bitten wurden Schmeicheleien, dann die kollegiale Ächtung und schließlich wurden sie zu Drohungen, doch er ließ sich nie beirren.

Erst als man ihn vor laufender Kamera festnahm, begriff ich, dass er aufgehört hatte, die anderen überzeugen zu wollen. Ich weiß nicht mal, ob er am Abend zuvor selbst wusste, dass er Verrat begehen würde. Aber nach der Hälfte der Sendung gab der Interviewer die üblichen, höflichen Floskeln auf und begann ihn zu bedrängen und aufs Glatteis zu führen. Er warf ihm vor, das Wohl seiner Mitmenschen zu opfern – Menschen wie Mia, die dringend darauf angewiesen sind, dass die IA die irdischen Energieprobleme löst –, nur um seine wissenschaftliche Neugier zu befriedigen.

Und ich war dabei, als er einknickte. Ein paar Sicherheitscodes, in Wut und Frust herausgebrüllt – in dem Moment wusste er schon, dass man ihn festnehmen würde, da bin ich mir sicher –, und Sekunden später wurden nach Hunderten von Log-ins überall auf dem Erdball die streng geheimen Dokumente der IA über Gaia, die Tempel und die Technik der Unsterblichen heruntergeladen.

Er hatte der Welt Transparenz schenken wollen. Stattdessen gab er ihnen den Schlüssel, um diesen Planeten hier zu plündern.

Ich weiß noch, wie unsere Blicke sich trafen, als sie mich festhielten und ihn aus dem Studio zerrten, nachdem das Interview abgebrochen worden war. Seither haben wir uns nicht mehr gesehen, abgesehen von einem wöchentlichen Videotermin.

Er hat alles geopfert, von seinem Ruf über sein persönliches

Glück bis hin zu seiner Zukunft, *meiner* Zukunft. Und ich habe das Gleiche getan, weil ich glaube, dass er recht hat. Ich vertraue ihm.

Mein Vater ist davon überzeugt, dass wir uns Gaia langsam nähern müssen, mit Bedacht und mit der Einsicht, dass der wirkliche Reichtum dieser Ruinen in Wissenschaft und Erkenntnis besteht. Und dennoch sind wir nun hier und stürmen den Planeten wie Schnäppchenjäger beim Schlussverkauf.

Im Moment darf niemand auf den Planeten – die Raumstation in der Umlaufbahn hat den Auftrag, dieses Verbot durchzusetzen und per Satellit die Karten und Gutachten zu erstellen, mit denen die IA-Expedition das Rätsel des Tempels der Unsterblichen lösen will. Natürlich drückt die Besatzung der Station, wie ich von meiner Kontaktperson bei Global Energy weiß, bei der richtigen Bezahlung nicht nur ein Auge zu, sondern bringt einen sogar hinunter zur Oberfläche des Planeten. Dank dem, was mein Vater in einer Livesendung gesagt hat, weiß die Internationale Allianz nicht mehr als Einzige, wie man nach Gaia gelangt.

Amelia muss ziemlich viel hingeblättert haben, um auf eigene Faust hierherzukommen. Ich will sie gerade fragen, ob sie das Geld selbst aufgebracht hat oder ob sie Sponsoren hatte, als sie auf einem Hügelkamm stehen bleibt und sich leise fluchend rasch hinkauert. Ich lasse mich neben sie plumpsen, krieche nach vorn und spähe auf meine Ellbogen gestützt über den Hügelkamm, um zu sehen, was sie so abrupt gestoppt hat.

Der Fluss, zu dem wir wollten, zieht sich wie ein silbernes Band durch die rote Schlucht und wirkt seltsam steril so ohne

Pflanzen, die aus dem Wasser Nutzen ziehen. Meine Augen sind in einer Weise an die Erde angepasst, die mir erst aufgefallen ist, als ich hierherkam. Aber es ist nicht die fehlende Vegetation, die Mia neben mir aufstöhnen lässt.

An einem der beiden Flussufer lagert eine Expedition von beträchtlicher Größe, die offenbar zum Essen haltgemacht hat. Ich sehe Kisten und Hubgleiter und eine Reihe Gleitmotorräder. Ganz kurz überlege ich, ob das vielleicht die Expedition ist, zu der ich stoßen sollte, und fasse Mut – aber dann erkenne ich die Frau von unserem kleinen Geplänkel an der Quelle. *Plünderer.* Ich zähle mindestens vier Leute, die zwischen ihren Besitztümern hin und her laufen. Bestimmt haben sie die ganze Schlucht im Blick. *Perfututi.* Da geht unser Plan zum Teufel.

»Also«, sage ich, während ich zu ihnen hinunterschaue. »Gehen wir runter und stellen uns vor?«

Amelia schnaubt kurz und tippt sich dann an die Schutzbrille, um den Zoom einzustellen. »Bleib hier, Oxford, ja? Ich mache das.« Das ist offenbar die einzige Vorwarnung, bevor sie sich anschickt, ohne weitere Rücksprache die Schlucht hinunterzuklettern. Ich bekomme ihren Rucksack zu fassen, und nachdem sie mehrmals daran gezogen hat, wird ihr klar, dass sie erst wegkommt, wenn ich loslasse. »Was?«

»Nun, die dringlichste Frage wäre vermutlich, wo du hinwillst?«, frage ich, während ich sie weiter festhalte.

Sie mustert mich, dieser neue Anfall von Neugierde gefällt ihr gar nicht. »Ich klaue eins von den Motorrädern«, sagt sie so beiläufig, als würde sie sagen *ich gehe ein bisschen spazieren.*

Ich verstärke meinen Griff und denke gleichzeitig über ihre Worte nach. Wie soll ich mit dieser Art von Impulsivität umgehen? Ich hatte einen Witz gemacht, und sie wollte wirklich gerade dort hinunterkraxeln, im Vertrauen, dass schon alles nach Plan laufen würde? Vorausgesetzt, dass sie überhaupt einen Plan hat.

Als sie sich erneut losreißen will, wende ich meine Gedanken dem betreffenden Motorrad zu. Auf der einen Seite ist ein Diebstahl äußerst riskant. Andererseits könnte ein Gleitmotorrad unsere einwöchige Reise auf weniger als einen Tag zusammenschrumpfen lassen. *Und wenn sie geschnappt wird*, flüstert eine leise Stimme in meinem Kopf, *wenn sie geschnappt wird, na ja, sie ist doch sowieso eine von ihnen, nicht wahr? Was kann ihr im schlimmsten Fall schon passieren?*

Dass ich mich das gerade gefragt habe, verursacht mir ein ganz klein wenig Übelkeit, aber ich darf nicht vergessen, dass mein Vorhaben größer ist als ich, als sie und als jeder andere einzelne Mensch. Und ich darf nicht vergessen, dass sie eine Plünderin ist und dass ich keine Ahnung habe, ob sie zu Loyalität bereit oder überhaupt in der Lage ist.

Mit dem Gleitmotorrad wären wir in weniger als einem Tag am Ziel.

Wenn ich über Amelia inzwischen eines weiß, dann dass eine Diskussion mit ihr wenig Sinn hat, wenn sie erst einmal einen Entschluss gefasst hat. »Lass mich helfen«, sage ich also. »Dein Risiko ist jetzt auch mein Risiko.«

Wieder mustert sie mich, und ich ertrage geduldig ihre Missbilligung, bis sie ihre Brille zurechtrückt, unter kurzem unverständlichem Gebrummel. »Halt dich dicht hinter mir. Wenn sie uns sehen, rennst du zum westlichen Rand der Schlucht im Osten. Da ist es zu steinig für Gleitmotorräder, es läuft also auf ein Wettrennen zu Fuß hinaus.«

»Yes, Ma'am«, sage ich, nur um die kleine Falte zwischen ihren Augen hervorzukitzeln, die immer zum Vorschein kommt, wenn sie sauer auf mich ist. Ich muss aufhören, so etwas zu bemerken.

Um größeren Steinschlag in der Schlucht zu vermeiden, müssen wir zwar langsam gehen, aber die leichte Brise im Tal übertönt unsere leisen Bewegungen. Eigentlich ist es also nur ein Geduldsspiel. Schweiß läuft in die kleinen Verletzungen auf meinem Gesicht und meinen Händen, und mein Rücken schmerzt ununterbrochen – aber Amelia beklagt sich nicht, und ich will ihr nicht noch mehr Grund geben, an unserer neuen Partnerschaft zu zweifeln. Schon die Idee mit dem Gleitmotorrad zeigt, dass es richtig war, sie um Hilfe zu bitten – ich hätte einen großen Bogen um diese Gruppe gemacht und dadurch eine Woche länger bis zum Tempel gebraucht.

Im Lager gibt es keine Wachen, vermutlich, weil sich nur ein paar Dutzend Leute auf diesem Planeten befinden. Ein schlanker, dunkelhaariger Mann liegt ausgestreckt im Gras, er isst etwas und redet gerade mit der Frau, der Mia vorhin an der Quelle mit dem Helm eins übergebraten hat. Unser anderer Freund muss demnach auch irgendwo sein, mit oder ohne Hosen.

Es ist keine allzu große Überraschung, dass es dieselbe Gruppe ist, wenn man bedenkt, wie schwer es ist, nach Gaia zu kommen, dennoch zieht sich mein Magen zu einem Klumpen zusammen.

Bevor wir von der Hauptstrecke durch die Schlucht abweichen und auf mein kleineres Ziel zugehen, werden wir diesen anderen Gruppen ganz nah sein – Gruppen, die offensichtlich keinerlei Bedenken haben, Konkurrenten abzuknallen. Mir fällt die Pistole des Plünderers in meiner Tasche ein, einer der wenigen Gegenstände, die Amelia ohne Debatte auf den »Behalten«-Haufen gelegt hat. Aber selbst wenn ich daran gedacht hätte, sie mir zugänglich zu machen, bevor ich mich in Gefahr begab, weiß ich nicht, ob ich damit wirklich auf jemanden zielen könnte, in der Absicht, abzudrücken.

Ich bereue es sehr, dass ich dem bulligen Typ so impulsiv befohlen habe, die Hosen auszuziehen. Unter anderen Umständen hätten sie vielleicht aufs Schießen verzichtet, um den Gleiter nicht zu beschädigen – aber mein Gefühl sagt mir, dass er ohne Zögern direkt auf uns zielen würde. Ein paar andere Plünderer füllen gerade ihre Feldflaschen an der Quelle, und einer steht ein Stück abseits, das Gesicht beschienen von dem Display des Handys oder Tablets, über das er sich beugt.

Am wichtigsten für uns: Keiner achtet auf die Gleiter.

Die fehlende Struktur bedeutet auch, dass sich kein Muster in ihren Bewegungen erkennen lässt, obwohl wir sie eine Weile beobachten, wobei Amelia mit dem Finger auf einen Kieselstein trommelt. Sie zählt die Sekunden, wird mir klar, und wartet auf die beste Gelegenheit. Auch sie hat ihre entwendete Waffe nicht in der Hand, aber bestimmt steckt sie irgendwo in einer Hosentasche, aus der sie sie im Notfall schnell ziehen kann. Ich hole mein Messer aus meiner eigenen Tasche – im Griff sind zum Glück ein paar Extrawerkzeuge eingebaut, so dass ich es behalten durfte. Wenn wir uns mit einem ihrer Motorräder davonmachen, wird die Hölle losbrechen, aber ich glaube zu wissen, wie ich unsere Verfolger aufhalten kann.

Ich werde aus meinen Überlegungen herausgerissen, als Amelia mir mit einer Kopfbewegung ein Zeichen gibt und geduckt auf die Motorräder zuschleicht.

Meine Größe macht mich zu einem Risiko, aber zumindest kann ich mit ihr Schritt halten, auch wenn ich mich nicht genauso tief ducken kann wie sie. Amelia lässt sich auf ein Knie herunter und fummelt an der Zündung des Gleiters herum, den sie sich auserkoren hat, während ich mich neben sie ducke und an der Reihe der Gleiter entlang zu dem Motorrad ganz am Ende zukrieche. Mal sehen, ob die vielen Stunden, in denen ich die Besessenheit meines Cousins Neal von *seinem* Motorrad ertragen habe, sich gelohnt haben – mal sehen, ob mir wieder einfällt, wo die Stromkabel sind. Mit einem Finger vergewissere ich mich, dass das Gehäuse nicht mehr heiß ist, dann greife ich nach oben hinein, taste blind herum und schicke ein stummes Dankgebet zum Himmel, als meine Finger das Kabelbündel zu fassen bekommen. Mit klopfendem Herzen und feuchten Händen ziehe ich das Messer nach oben und durchtrenne die Kabel, dann krieche ich zum nächsten Motorrad weiter.

Beim dritten trifft mich ein Sandschauer am Rücken, und mir bleibt fast das Herz stehen. Als ich herumfahre, erblicke ich Amelia, deren stummer Blick »Was soll das denn?« ausdrückt. Aber ohne zu sprechen, kann ich ihr nicht erklären, was ich tue, also mache ich das letzte Motorrad fahruntauglich und krabble dann zu ihr zurück. Als ich nah genug bin, flüstere ich ihr ins Ohr: »Jetzt wird uns keiner verfolgen.«

Sie schweigt kurz, dann deutet ihr leises Schnauben das Gelächter an, das wir uns beide nicht leisten können. Auch ich würde schrecklich gern lachen – in einer Mischung aus Adrenalin und Furcht und absolutem Wahnwitz. Mein Verstand schreit mich an, dass ich das nicht bin, dass ich nach Oxford gehöre, dass ich wegen dieses Mädchens und ihren verrückten Ideen noch abkratzen werde, dass ich kein Draufgänger bin und am besten hierbleiben und die Station anrufen sollte, sobald sie wieder über uns ist.

Aber trotzdem würde ich am liebsten loslachen. Denn ein Teil von alldem hier ... ist *witzig*.

Mit einer alten Büroklammer überbrückt Amelia den Fingerabdruckscanner, und mit einem befriedigenden Zischen gibt er den Geist auf. Mia zwinkert mir zu, dann steht sie auf und schwingt ein Bein über das Motorrad. Sie schiebt den Rucksack auf ihren Bauch, damit ich hinter ihr Platz habe. Kurz weiß ich nicht, wo ich meine Hände hintun soll – sie um ihre Taille zu legen, erscheint mir übermäßig vertraulich –, als ich hinter uns eine Stimme höre.

»Rasa hat gesagt, ihr sollt die Gleiter hier stehen lassen.« Offenbar hält uns der Besitzer der Stimme für Mitglieder seiner Bande, und sämtliche Nerven meines Körpers feuern, als das Adrenalin durch meinen Körper peitscht. *O perfututi, wir sind am Arsch, wo kommt der plötzlich her?* »Sie sollen windgeschützt stehen ...« Und dann steigert sich die Stimme abrupt zu einem Schrei. »Hey, wer –«

Ich beende meine innere Debatte, lege die Arme um Amelia, und sie presst den Daumen auf die Zündung. Mit einem Summen erwacht der Gleiter zum Leben, erhebt sich etwa kniehoch vom Sand, und als sie den Kopf dreht und den ehemaligen Besitzer des Gleiters ansieht, ist ihr Lächeln ganz und gar übermütig. »Vielen Dank fürs Ausleihen!«

Dann brausen wir davon und nehmen rasch Fahrt auf. Im Zickzack fährt Amelia durch die Felsen hinunter zur Ebene. Ich bin bisher nur ein paarmal hinten auf Neals Motorrad mitgefahren, aber ich kenne mich gut genug aus, um mich in die Kurven zu legen, und während der Wind an uns vorbeipfeift, muss ich dem Drang widerstehen, den Kopf in den Nacken zu legen und einen Triumphschrei auszustoßen.

Dann explodieren die Felsen auf der rechten Seite zu fliegendem Schotter, der mich wie Schrotmunition im Rücken trifft. Als ich den Kopf nach hinten drehe, sehe ich, dass die Plünderer am Rand ihres Lagers stehen und mit ihren Pistolen auf uns zielen. Sprengstoffmunition. Der Wind trägt Amelias Fluch davon, und sie gibt so stark Gas, dass sie einen spektakulären Unfall riskiert, während die Kugeln an uns vorbeizischen.

Und ganz plötzlich komme ich wieder zu mir.

Was *mache* ich hier, verdammt?

Das ist kein Spiel.

Das hier ist mein *Leben*, und wenn uns eines dieser Dinger auch nur streift, werde ich nicht lange genug überleben, um es zu fühlen. Dann sterbe ich auf einem fremden Planeten, und keiner zu Hause wird je erfahren, was mir zugestoßen ist. Das Herz schlägt mir bis zum Hals, und ich nehme alle Bewegungen und Geräusche überdeutlich wahr. Mein ganzer Körper kribbelt und zuckt in der Erwartung einer Kugel, die mich zwischen den Schulterblättern trifft.

Das ist kein Spiel, und es übersteigt meine Fähigkeiten bei weitem. *Ich sollte überhaupt nicht hier sein.*

Ohne Vorwarnung legt sich der Gleiter flach in die Kurve, und ich klammere mich fester an Amelia und bemühe mich verzweifelt, die vorbeibrausende Welt zu erfassen. Wir torkeln am Rand einer Schlucht hinunter, und drei beängstigende Sekunden lang scheint es, als könnten wir unmöglich anhalten – wir werden uns überschlagen und zerschmettert liegen bleiben, bis sie kommen und uns holen.

Dann kommt das Motorrad wieder ins Gleichgewicht, und Amelia boxt mich gegen den Unterarm, damit ich lockerlasse – als mir wieder einfällt, wie meine Arme funktionieren, atmet sie tief und zittrig ein. Wir rasen am Grund der Schlucht entlang, nehmen die Kurven und Biegungen, als hätten wir nichts zu verlieren, und obwohl ich den Kopf nach hinten verdrehe, habe ich keine Ahnung, ob wir verfolgt werden.

Dann taucht nach einer weiteren Kurve vor uns die Gabelung der Schlucht auf, und trotz meiner tränenden Augen und meines schlingernden Magens wird mir klar, wie weit wir schon gekommen sind. »Links abbiegen!«, brülle ich, damit sie mich über dem Brausen des Fahrtwinds und des Motors hört.

»Was?« Mias Stimme wird halb vom Wind fortgerissen. »Aber die Tempel …«

»Vertrau mir!« Ich drücke sie kurz an mich, die einzige Möglichkeit, um meine Worte zu unterstreichen.

Noch einmal zögert sie kurz, dann sagt sie etwas, bei dem ich froh bin, dass ich es wegen des Windes nicht verstehen kann. Sie legt sich in die Seite, und das Motorrad taumelt über den schmaleren Weg durch die Schlucht, fort von dem demnächst vielbefahrenen Weg zum Haupttempel.

Kurz darauf fährt sie plötzlich rechts ran und stellt den Motor ab, dessen Geräusch von der Schlucht zurückgeworfen wird und dann erstirbt. Mit einem dumpfen Laut landet der Gleiter, und ich spüre den Aufprall überall in der Wirbelsäule. Wir sitzen beide reglos da, ihr Daumen schwebt über der Zündung, angestrengt horchen wir auf Verfolgergeräusche. Aber alles ist ruhig. Über uns ragt die Schlucht auf, deren nach innen gezogene Ränder den Abendhimmel fast vollständig verdunkeln, und offenbar sind wir von oben nicht zu sehen.

»Sind wir gestorben?«, flüstere ich. Mein Atem geht immer noch in kurzen, abgehackten Stößen, immer noch scheint mein Körper ein einziges Nervenbündel zu sein.

»Ich glaube nicht«, antwortet sie flüsternd. »Auch wenn die sich ziemlich viel Mühe gegeben haben. Bist du wirklich sicher, dass das der richtige Weg ist?«

»Ganz sicher«, erwidere ich und gebe mir Mühe, überzeugt zu klingen. Denn *ich* bin mir wirklich sicher, dass *ich* auf dem richtigen Weg bin – nur leider nicht, dass sie diesen Weg wählen würde, wenn sie die Fakten kennen würde.

»Dann fahren wir noch ein Stück weiter.« Sie wirft den Gleiter wieder an und fährt los, wobei sie die Kurven kaum vorsichtiger nimmt als bei unserer Flucht durch die Schlucht. Mein Magen stülpt sich um, und ich bin mir ziemlich sicher, dass er hinauf zu meinem Hals klettern möchte, um sich dort mit meinem Herzen zu vereinen, und alles, was ich mir wie ein Mantra vorsage, hilft mir kein bisschen.

Sie verfolgen uns nicht, sage ich mir. *Wir haben es geschafft. Jetzt werden wir früher beim Tempel ankommen. Das Ganze war eine gute Idee.* Immer wieder balle ich die Hände zu Fäusten, als könnte ich meine Beschwörungen allein durch körperliche Anstrengung wahrmachen, trotz des einen Gedankens, der mir wieder und wieder durch den Kopf geht.

Das hier übersteigt nicht nur meine Fähigkeiten, ich bin absolut nicht dafür gemacht.

Ich will mir gar nicht erst das Gesicht meines Vaters vorstellen, sofern sie sich überhaupt die Mühe machen würden, ihn über meinen Tod zu informieren. Womöglich würden sie denken, dass das ihre Chancen senkt, ihn wieder zur Mitarbeit zu bewegen. Und auch das Gesicht meines Cousins Neal oder das meiner Mutter will ich mir nicht vorstellen – aber was sie angeht, gibt es eine Menge, woran ich in letzter Zeit nicht denken will.

Ich verdränge das alles. Wir sind dem Tempel näher denn je. Näher an seiner Spiralform und den steinernen Bögen und an den Antworten, die ich dort hoffentlich finden werde.

Schließlich hält Amelia an, parkt den Gleiter hinter einem Felsen und stellt den Motor erneut ab. Mit einem Knirschen landet er, und wir steigen beide ab. Mir zittern die Hände. Ich räuspere mich, in der Hoffnung, dass zumindest meine Stimme ruhig klingen wird. »Sauber gefahren.«

»Hier ist das nicht so schwer«, wischt sie das Kompliment beiseite. »Ich bin viel schwierigere Strecken gewöhnt. Wenn du hier auf loses Geröll fährst, hast du ein Problem. Aber wenn du auf der Erde gegen einen Wolkenkratzer knallst, dann war's das. Wir machen jetzt ein paar Minuten Pause, strecken unsere Glieder, benutzen die Atemgeräte, und dann fahren wir weiter. Selbst wenn sie die Motorräder reparieren, werden sie uns jetzt nicht mehr finden, und wenn doch, hören wir sie.«

Ich versuche, ein normales Gespräch zu führen, dehne meinen Rücken und zwinge meine Arme und meine Beine, wieder normal zu funktionieren, während mein Körper noch den Schock verarbeitet. »Wo hast du gelernt, so zu fahren?«

»Chicago.« Sie schaut mich an, merkt, dass die Antwort nicht ausreicht, und schüttelt den Kopf. »Das willst du nicht wissen.«

Was natürlich dazu führt, dass ich es sofort wissen will. Es lenkt mich ab, und ich brauche mehr als ein paar Dehnübungen, um wieder einen klaren Kopf zu bekommen. »Wieso nicht?« Ich hake die Atemmaske von meinem Gürtel los und nehme einen langen Atemzug sauerstoffreicher Luft aus dem angeschlossenen Tank. Der Tank reicht lange, nur ganz wenig von seinem Inhalt wird der Luft beigemischt, die ich auf natürlichem Weg einatme, aber die ein bis zwei zusätzlichen Prozent bewirken viel.

»Weil du mich dann erst recht für einen grässlichen Menschen halten wirst«, erwidert sie, ohne sonderlich schuldbewusst zu klingen.

»Ich habe heute genauso viele Verbrechen begangen wie du«, betone ich.

»Das stimmt«, gibt sie zu. »Aber sieh es positiv. Einen Gleiter zu stehlen ist weniger schlimm, als gegen das Embargo der Internationalen Allianz zu verstoßen. Du bist eindeutig zurück auf dem Pfad der Tugend.«

»Du hast recht, es wird schon deutlich besser mit mir. Bald werde ich geläutert sein. Du hast einen guten Einfluss auf mich.«

Sie lacht und schüttelte den Kopf. »Du bist immer für eine Überraschung gut, Oxford.«

»Im Moment kratze ich gerade meinen letzten Rest Selbstbeherrschung zusammen«, gestehe ich. »Sag mir bitte, dass du wenigstens halb so viel Angst hattest wie ich.«

»Ja, hatte ich.« Sie nimmt den Rucksack ab, lehnt sich an die Wand der Schlucht, um die Sonnenwärme darin aufzusaugen, und schlingt sich die Arme um den Leib, als wollte sie sich selbst umarmen. »Ich habe nur so lange überlebt, weil ich Typen wie denen aus dem Weg gehe. Ich dachte schon, sie kriegen uns.«

»Ich bin froh, dass wir dem Kerl heute Morgen die Hose abgenommen haben«, sage ich. »Ich bin mir nämlich ziemlich sicher, dass ich eine neue brauche.«

Das entlockt ihr ein richtiges Lachen, und bei dem Laut löst sich etwas in meinem Inneren. *Wir hätten sterben können. Aber wir sind nicht gestorben.* »Wenn du mir nicht erzählen willst, wie du so zu fahren gelernt hast, dann erzähl mir doch etwas anderes über dich«, provoziere ich sie, nur um zu sehen, ob ich sie zum Weiterreden bewegen kann. Um wieder runterzukommen. Und damit sie mir keine Fragen über mich stellt, denn ich weiß nicht genau, wie viel mein Pokergesicht im Moment taugt.

Sie überlegt eine Weile, bevor sie antwortet. »Als ich klein war«, sagt sie schließlich, »wollte ich Astronomin werden.« Was eigentlich etwas anderes ist, als mir etwas über ihr heutiges Selbst zu erzählen, aber – nein, das muss ich zurücknehmen. Sie ist eindeutig keine Astronomin, so gesehen weiß ich also tatsächlich etwas über sie. Wie es für sie gelaufen ist. Ich würde gern fragen, was diesem Traum in die Quere kam, aber ich behalte die Frage vorerst für mich.

»Als ich klein war, wollte ich ein Flugzeug sein.« Ihr kurzes, schnaubendes Lachen ist mir den peinlichen Moment wert, auch wenn es wahrscheinlich halb dem Adrenalin von unserem Raubzug und der anschließenden Verfolgungsjagd geschuldet ist. »Ich habe mir dabei durchaus etwas gedacht«, protestiere ich. »Ich wollte gern fliegen, aber Vögel erschienen mir schrecklich empfindlich. Mein Vater wollte mir begreiflich machen, dass es nicht machbar war, aber ich habe ihn ständig auf die technischen Neuerungen hingewiesen, die uns begegneten. Ich war mir hundertprozentig sicher, dass sich die Sache mit dem Flugzeug geklärt hätte, bis ich groß sein würde, was natürlich noch schrecklich weit in der Zukunft lag. Mein Vater meinte, als Erwachsener würde ich es vielleicht nicht mehr ganz so toll finden, ein Flugzeug zu sein, und wie sich herausstellte, hatte er recht.«

»Ich weiß nicht.« Sie grinst immer noch, und der Anblick wärmt mich innerlich noch etwas mehr und lässt mich beinahe den Stich vergessen, den mir die Erwähnung meines Vaters versetzt hat. Und die Angst, die immer noch in mir pulsiert. »Aber ein Flugzeug zu sein, klingt ziemlich cool. Zum Beispiel könntest du dann hier weg, anstatt auf diesem Planeten hängenzubleiben. Besser, man ist der Pilot – oder das Shuttle, in diesem Fall – als die Fracht.«

Ganz kurz blitzt vor meinem inneren Auge das Portal zwischen der Erde und Gaia auf. Die Vertreterin meines Sponsors, Charlotte, konnte mir irgendwie einen offiziellen Ausweis der Internationalen Allianz besorgen – wenngleich unter dem Namen François LaRoux –, und ich habe mich als Junior-Techniker auf dem Weg zur Orbitalstation vor Gaia ausgegeben. Ich habe so getan, als könnte ich nur Französisch, wodurch ich den Gesprächen während des Transits größtenteils ausweichen konnte. »Der Blick beim Flug hierher war schon ziemlich atemberaubend«, gebe ich zu. »Das Portal selbst, wie es geschimmert hat, weißt du? Auch wenn der Sprung durch das Portal verstörend war, irgendwie, als würde man ... sich ausdehnen.«

»Nein«, erwidert sie und schneidet eine Grimasse. »Ich weiß es *nicht*. Ich habe die Reise in einer Frachtkiste verbracht.« Ihr Tonfall ermuntert mich nicht zu weiteren Gesprächen über unsere Anreise, und ich wechsle rasch das Thema.

»Na ja, so ganz ist die Option mit dem Flugzeug noch nicht vom Tisch«, sage ich. »Falls meine kriminelle Laufbahn weitergeht und so etwas wie ein Verbrechergenie aus mir wird, werde ich wohl auch über die nötigen Mittel verfügen. Dann nehme ich dich mal mit.« Und dann, fast genauso sehr um mich selbst zu überzeugen, wie um sie zu trösten: »Ich halte dich nicht für einen grässlichen Menschen, Mia.«

»Du findest grässlich, was ich tue«, erwidert sie und wendet den Blick ab, um nach ihrer eigenen Atemmaske zu suchen. »Ist doch eigentlich das Gleiche.«

Und das bringt mich zum Schweigen. Ich weiß nicht, wie ich etwas abstreiten soll, das im Grunde wahr ist. Amelia und die anderen auf Gaia zerstören unsere einzige Chance, die Geheimnisse der Unsterblichen zu entschlüsseln. Mir ist das unbegreiflich, diese Geringschätzung von allem, was wir herausfinden könnten, während gleichzeitig das Wohlergehen der Menschheit auf so unvorstellbare Weise aufs Spiel gesetzt wird – nur für das schnelle Geld. Aber das alles darf ich nicht aussprechen, nicht, wenn ich will, dass sie bei mir bleibt, also bin ich still.

Wir dachten immer, wir wären allein im Universum – oder alle anderen Lebensformen wären so unvorstellbar weit weg, dass wir ebenso gut allein sein könnten. Der rasche Niedergang unseres Planeten, die weltweite Erkenntnis, dass wir dem Untergang geweiht sind, führte zur Bildung der Internationalen Allianz. Entstanden zum Bau eines Schiffes, das das nächste Sonnensystem und den Planeten erreichen sollte, den die Astronomen Centaurus nannten, als Überlebenschance für die Menschheit, stand die IA für die Macht der Phantasie, das Vertrauen in die Zukunft, die unendliche Vorstellungskraft und den Mut unserer Spezies. Sie stand für Hoffnung.

Es war eine solche Leistung – die ganze Menschheit rückte

zusammen, bündelte ihre Ressourcen, entsandte Kolonisten, ein inspirierter Akt der Kooperation, undenkbar, bevor das sich rasch verändernde Klima uns alle kleinlichen Streitigkeiten begraben ließ.

Aber dann, acht Jahre nach dem Start – vor inzwischen etwas mehr als fünfzig Jahren – ging etwas schief. Die letzte Nachricht war ein Notruf in Dauerschleife, ein Hilferuf an die Allianz. Doch die IA konnte nicht – oder vielleicht wollte sie auch nicht – die immensen Mittel aufbringen, die für eine zweite Mission nötig gewesen wären, eine Rettungsmission, um die erste jenseits unseres Sonnensystems einzuholen. Es war von Anfang an klar gewesen, dass die Centauri-Siedler, sobald sie die Heliosphäre hinter sich gelassen hätten und in den interstellaren Raum vorgedrungen wären, auf sich gestellt sein würden.

Tut uns leid, war die Antwort der Erde. *Viel Glück.*

Es gab eine Fraktion, die der Meinung war, dass wir die Centauri-Mission um jeden Preis retten müssten. Dass wir damit nicht nur Menschenleben retten würden, sondern auch unsere letzte Hoffnung. Dass es eine Reise sei, die wir antreten *müssten*. Doch die anderen argumentierten, dass uns dafür schlicht das Geld und die Ressourcen fehlten – wir könnten es uns nicht leisten, dreihundert Menschenleben zu retten, die bei dem Empfang des Notrufs auf der Erde sehr wahrscheinlich schon verloren waren, um den Preis von Projekten, die Hunderttausenden, mittlerweile sogar Millionen auf der Erde darbender Menschen helfen würden.

Und irgendwann verklang der ständige Notruf.

All die Menschenleben, all die Ressourcen, die noch nie dagewesene globale Kooperation … umsonst. Das Scheitern der Mission ließ die Menschheit erkennen, dass die Sterne keine Lösung für uns bereithielten, keine, die mit unseren technischen Möglichkeiten erreichbar gewesen wäre. Was wir hatten, war das, was wir immer haben würden – wir konnten die Welt, die wir gerade zerstörten, nicht einfach verlassen und uns eine neue suchen. Die Internationale Allianz verpasste sich ein neues Image, gab die Sterne auf und suchte nach Möglichkeiten, die verbleibenden Ressourcen der Erde zu strecken.

Zumindest bis die wenigen Astronomen, die immer noch nach Hinweisen auf den Untergang der Centauri-Mission suchten, ein neues Signal empfingen. Bis mein Vater, der berühmte Mathematiker und Linguist Elliott Addison, die Botschaft der Unsterblichen entschlüsselte. Bis uns diese Botschaft nach Gaia führte, einem Planeten mit Geheimnissen und Technologien von so großer Macht, dass eine ganze Spezies sich beim Kampf darum selbst ausgelöscht hatte.

Ich bin nicht so naiv zu glauben, dass die Unternehmen, die Leute wie mich einstellen, das Rätsel der Unsterblichen zum Wohle der Menschheit lösen wollen. Sie wollen die Technik der Aliens für sich selbst, sie wollen ein Monopol. Seit man weiß, was die Solarzellen in Los Angeles leisten können, denken fast alle, dass diese Technologie alle Energieprobleme der Erde lösen wird. Das Unternehmen, das Gaias Geheimnisse ergründet, wird sich dumm und dämlich verdienen.

Aber sie sind so fixiert auf dieses eine, irdische Ziel, dass sie vergessen, nach oben zu schauen. Sie haben vergessen, zu den

Sternen zu blicken, wie es die Menschheit früher getan hat, wie wir alle es taten, als wir noch Kinder waren. Als wir noch etwas über andere Geschichten und Kulturen lernten, einfach so, nur wegen der Veränderung, die diese Entdeckungen bei uns bewirkten. Gaia ist die Chance, in einem noch nie dagewesenen Ausmaß zu lernen, doch stattdessen sind wir zu Dieben und Verrätern geworden.

Ich habe mich auf das Angebot von Global Energy zur Leitung ihrer Expedition eingelassen, weil sie imstande waren, mich hierherzubringen. Die elegante Geschäftsführerin der Firma, Charlotte, hat mich über meinen Cousin – und meinen besten Freund – Neal gefunden. Er studiert im Hauptfach Ingenieurswesen und macht im Moment ein Praktikum in der Firma. Er und Charlotte kamen miteinander ins Gespräch, und sie erkannte, was den anderen entgangen war – dass ich in vielerlei Hinsicht der Sohn meines Vaters bin und über genug Wissen über Gaia verfüge, um uns beide unsere Ziele erreichen zu lassen.

Also machte sie mir ein Angebot, das ich nicht ablehnen konnte. Man setzte mich auf Gaia ab, und unter der Bedingung, dass ich meine Ergebnisse an sie weiterleiten würde, durfte ich meine Route selbst bestimmen. Keiner von ihnen tut so, als würde Global Energy nicht aus geschäftlichem Interesse an diesem Wettrennen teilnehmen, aber Charlotte hat begriffen, dass hier größere Fragen auf die Antwort warten, und ihr geht es nicht nur um den Profit.

Trotzdem habe ich ihr natürlich nicht gesagt, zu welchem Tempel ich gehen wollte – Mia mag mich zwar für einen Trottel halten, aber ich bin nicht so dumm, die Existenz und die Lage von dem preiszugeben, das nach der Meinung meines Vaters die entscheidende Entdeckung auf Gaia sein wird. Diejenige, die uns ein für alle Mal zeigen wird, ob wir uns retten können oder dem Untergang geweiht sind. Eigentlich wollte ich zunächst zu ein paar kleineren Tempeln, zwecks Irreführung und damit ihnen nicht klarwird, dass ich hier keineswegs nach technischem Gerät suche. Das einzig Gute daran, meinen Forschungstrupp verpasst zu haben, ist die Tatsache, dass ich mein Ziel und seine Bedeutung nicht mehr verschleiern muss und mich direkt zu dem spiralförmigen Tempel aufmachen kann.

Dort werde ich nach einer Erklärung suchen, die ein für alle Mal beweist, dass mein Vater recht hatte – oder dass er sich geirrt hat, auch wenn ich mir das nicht recht vorstellen kann.

Irgendwie war mir nie richtig bewusst, dass es noch eine dritte Option geben könnte. Dass ich womöglich gar nicht dazu kommen werde, die Gefahr, die von dieser Technologie ausgeht, nachzuweisen oder zu enthüllen, weil ich sterben könnte, bevor ich beim Tempel ankomme oder seine Abwehrmechanismen überwinden kann. Mit trockenem Mund, feuchten Händen und in Gesellschaft eines Mädchens, das für alles steht, wogegen mein Vater gekämpft hat, wogegen *ich* kämpfe, frage ich mich auf einmal, wie viel mein Leben noch wert ist.

Als ich aufblicke, betrachtet Mia durch ihre Sichtbrille gerade stirnrunzelnd den Bergkamm – da sie seitlich etwas einstellt, gehe ich davon aus, dass die Brille eine Art Vergrößerungslinse enthält.

»Was ist?«

»Möglicherweise gar nichts«, sagt sie, aber in ihrer Stimme liegt eine Anspannung, die mich an ihrer Sorglosigkeit zweifeln lässt. »Ich dachte, ich hätte da oben einen Blitz gesehen, aber wegen der zwei Sonnen lässt sich das schwer sagen – es ist komisch hier, die Augen spielen einem alle möglichen Streiche.«

»Glaubst du, wir werden verfolgt?« Im Geist sehe ich das Gesicht des hosenlosen Mannes vor mir, der mich mit Blicken durchbohrt. Ich habe keinen Zweifel, dass er inzwischen wieder bewaffnet und im Besitz einer neuen Hose ist. Aber würden sie wirklich den Weg verlassen, von dem sie glauben, dass er sie zu Ruhm und Reichtum führt, nur um sich an zwei Jugendlichen zu rächen?

»Nur wegen einem Motorrad werden sie uns wohl kaum verfolgen«, antwortet Mia und spricht damit aus, was ich selbst denke. »Aber wir sollten hier lieber verschwinden, nur für alle Fälle. Je weiter wir uns von dem anderen Weg entfernen, desto geringer ist die Wahrscheinlichkeit, dass sie uns weiter folgen. Falls sie uns überhaupt folgen.«

Schweigend besteigen wir den Gleiter.

Mein Magen grummelt, und das kommt nicht nur von dem Zickzackkurs des Gleiters. Es geht mir gegen den Strich, sie hinters Licht zu führen. Ich habe noch nie so etwas erlebt wie ... ist das *Kameradschaft?* Ich weiß es nicht genau. Mit Leuten in meinem eigenen Alter bin ich noch nie besonders gut klargekommen. Schon als ich noch ganz klein war, haben die anderen Kinder gemerkt, dass ich irgendwie anders war, und ganz gleich, wie viel Mühe ich mir gab, ich habe nie richtig in ihre Spiele hineingepasst. Vermutlich stellte ich zu viele Fragen.

Mein Cousin Neal mit dem schnellen Grinsen und der raschen Auffassungsgabe war noch am ehesten auf meiner Wellenlänge. Neal, beliebt bei den Mädchen und noch beliebter bei den Jungs. Er war es, der mich mehr oder weniger zwang, trotz meines Protests in die Wasserpolomannschaft zu gehen, und zur allgemeinen Überraschung gefiel es mir dort. Und zu unser beider Verblüffung war ich *gut* darin.

Er zerrte mich auch auf den Soziussitz seines Motorrads und verschaffte mir so die Fahrpraxis, die ich hier auf Gaia gut brauchen kann, auch wenn das damals keiner von uns ahnen konnte. Immer wieder nahm er mich mit, damit ich Neues erlebte und ausprobierte, und gab sich alle Mühe, mir ein bisschen Jugendlichkeit einzuhauchen. Als die wenigen Freunde, die ich um mich geschart hatte, wegblieben, nachdem mein Vater in Ungnade gefallen war, hielt Neal als Einziger zu mir. Seinetwegen blieb ich in der Mannschaft. Als ich am Abend nach der Verhaftung meines Vaters zum Training kam, unsicher, ob ich noch willkommen war, hörte ich, wie er sich mit dem Mannschaftskapitän stritt.

»Er ist doch nur ein Kind!« Ich höre immer noch, wie zornig die Stimme meines Cousins klang – ein Tonfall, den ich von ihm bis dahin nicht kannte.

»Er ist nicht *nur* irgendwas«, antwortete der Kapitän.

Um ein Haar hätte ich mich umgedreht und wäre gegangen, aber so etwas wie Dickköpfigkeit brachte mich dazu, weiter zu den Umkleidekabinen zu gehen. Irgendwas in meinem Inneren beschloss, dass sie es mir ins Gesicht sagen sollten, wenn ich dort nicht willkommen war.

Aber vielleicht war ich einfach sehr gut in Polo, denn dazu ist es nie gekommen. Und so blieb ich, auch wenn die frühen, zarten Keime der Freundschaft mit meinen Mannschaftskameraden eingingen.

In der Wüste der Ungnade überlebt nichts lange.

* * *

Es ist Amelia, die das Gespräch wieder in Gang bringt, ein paar Stunden später, als wir eine Pause einlegen, um uns zu dehnen. Sie zieht sich das Tuch vom Gesicht, um ein paar Züge aus ihrem Atemgerät zu nehmen. Sie hat so lange geschwiegen, dass ich ganz überrascht bin, als sie das Wort ergreift. »Woher *weißt* du, dass du uns zum richtigen Tempel führst?«

»Wie viel weißt du über die Unsterblichen?« Die Grundlagen von dem, was wir über die Aliens aus grauer Vorzeit wissen, lernt man vermutlich sogar in der Schule – nur weiß ich nicht genau, wie lange Amelia zur Schule gegangen ist, also halte ich mich zurück.

Sie verändert ihre Sitzhaltung, lehnt sich an einen Felsen und mustert mich. »Genug.«

Nicht sehr hilfreich. Ich gebe mir Mühe, möglichst wenig belehrend zu klingen. »Die Botschaft, die uns vor fünfzig Jahren erreicht hat, diejenige, die mein – die Dr. Addison an der Universität entschlüsselt hat, enthielt nicht nur Anweisungen darüber, wie man ein Portal nach Gaia baut.«

»Es ging auch darum, wie sie sich ausgelöscht haben«, unterbricht sie mich. »Dass die kostbare Technik, die sie hier auf Gaia verbergen, ihr Vermächtnis ist, dass nur die das Erbe antreten dürfen, die sich als würdig erweisen, bla, bla, bla. Ich bin nicht total bescheuert, Jules, ich bin nicht völlig unwissend hierhergekommen.«

»Okay, aber verstehst du, die meisten Menschen wissen nicht, dass es einen Code innerhalb des Codes gibt.« Es war mein Vater, der die zweite Verschlüsselung in der Botschaft der Unsterblichen entdeckte. »Er ist streng geheim. Anfangs dachten alle, es wäre eine Verzerrung der elektromagnetischen Wellen, aber es war Absicht.« Und jetzt kommt der Teil, wo ich sie anlüge. Nicht was die Existenz der zweiten Code-Schicht betrifft – dieser Teil ist wahr. Aber was den Code angeht. »Unter den Anweisungen zum Portal war ein Koordinatensatz mit Hinweisen darauf, in welchem ihrer Bauten sich der Schlüssel zu ihrer kostbaren Technologie befindet.«

»*Wie bitte?*« Amelia sieht mich stirnrunzelnd an. »Wenn da noch mehr Informationen gewesen wären, die uns verraten, wo wir suchen müssen, wüssten wir das. Die IA hütet ihre Geheimnisse zwar gut, aber nicht *so* gut.«

Ich wische mir die Stirn ab und bin froh, dass ich daran gedacht habe, ein Taschentuch aus dem Kommt-weg-Haufen herauszuziehen, als Amelia meine halbe Ausrüstung entsorgt hat. »Dieses Geheimnis schon. Und außerdem ist sowieso nur eine Handvoll Akademiker fähig, es zu übersetzen.«

Aus ihrem Stirnrunzeln ist ein finsteres Gesicht geworden, aber das macht es auch nicht einfacher, sie anzulügen – ihr finsteres Gesicht ist fast genauso anziehend wie ihr Lächeln. Doch ein Teil von Amelias Skepsis weicht Neugier, und sie beugt sich vor. »Wir reden hier immer noch über Elliott Addison, ja? Über die Warnung, die er im Fernsehen durchgeben wollte, bevor die Sendung abgebrochen wurde. Über das, wofür er ins Gefängnis gegangen ist. Und du behauptest zu wissen, was er weiß?«

Jetzt bewege ich mich auf dünnem Eis. Ich weiß sogar noch mehr, aber sie darf nicht merken, dass wir über meinen Vater sprechen. Sie ist eine Plünderin, und ich werde ihr nie völlig vertrauen können. Und *sie* würde mir ganz sicher nicht vertrauen, wenn sie wüsste, wer mein Vater ist. »Ja. Und bevor du fragst, nein, ich werde dir nicht sagen, woher ich das weiß. Das gehört nicht zur Abmachung.«

Sie macht den Mund zu und runzelt erneut die Stirn. Doch als sie sich meine Worte durch den Kopf gehen lässt, verändert sich ihre Miene, und schließlich beäugt sie mich mit argwöhnischem Interesse. »Das heißt also mehr oder weniger, du hast eine geheime Karte, die sonst keiner hat, mit Hinweisen, wo das ganze gute Zeug ist?«

»So würde ich es zwar nicht ausdrücken, aber ... ja.« Das ist gelogen. *Gelogen.* Aber mir bleibt nichts anderes übrig.

Sie sieht mich lange an, die Augen zusammengekniffen. Das Grübchen in der Wange verrät mir, dass sie an ihrer Unterlippe kaut. »Du hast wohl nicht zusätzlich noch eine Karte, auf der die Verteidigungsmechanismen und Fallen und Rätsel da drin eingezeichnet sind, so wie die in dem großen Tempel, der die Hälfte der Astronauten der *Explorer IV* pulverisiert hat?«

»Nicht in dieser Form, nein.«

»Aber du kannst ihre Schrift lesen? Du verstehst ihre Sprache?«

»So gut das überhaupt irgendjemand kann.« Ich schweige kurz. »Abgesehen von Elliott Addison natürlich.«

Sie mustert mich aus zusammengekniffenen Augen, und einen langen, atemlosen Moment bin ich mir ganz sicher, dass sie mich durchschaut hat. Wegen des genetischen Anteils meiner Mutter ist meine Haut heller als die meines Vaters, aber unser Haar, unsere Augen, unser Kinn sind gleich. Ich warte darauf, dass sie fragt, woher ich das alles weiß. Niemand, der so viel Grips hat wie sie, würde die Worte eines nahezu Fremden einfach so hinnehmen – sie wird nachhaken. Jeden Moment.

Denn ich habe ihr nur einen kleinen Teil der Geschichte erzählt.

Das mit den zwei Schichten Code stimmt. Da ist die erste Schicht, die von den Reichtümern der Unsterblichen erzählt, die darauf warten, dass diejenigen, die ihrer würdig sind, sie für sich beanspruchen.

Und dann gibt es noch die zweite. Die Schicht, die wir zuerst für eine Signalverzerrung gehalten haben, einen Zacken ohne Bedeutung, der jahrzehntelang ignoriert wurde. Sie ist anders als die erste Schicht, so als hätte man sie nachträglich eingefügt. Sie ist unelegant, chaotisch … inkonsistent auf eine Weise, die sich schwer fassen lässt. Irgendetwas daran wirkt falsch, ohne dass man den Finger darauf legen könnte. Und die Botschaft, die sie übermittelt, ist viel, viel kürzer als die erste.

Als Graph ergibt die mathematische Gleichung dieser zweiten Lage eine Kurve, die einer Fibonacci-Spirale ähnelt, wie eine Nautilus-Schnecke oder wie unsere Milchstraße, aber ein klein wenig anders. Und sie enthält ein einziges Wort, das sich wegen seiner Isoliertheit umso schwieriger übersetzen lässt. Aber wir glauben zu wissen, was es bedeutet.

Katastrophe. Apokalypse. Das Ende aller Dinge.

Diese geheime Schicht mit ihren wissenschaftlichen Ungereimtheiten ist es, weswegen mein Vater aufgehört hat. Schon damals bettelte er die IA an, langsamer zu machen, lieber nach der Bedeutung der Worte zu forschen, anstatt Gaia zu plündern, wie alle lautstark forderten. Doch die zweite Schicht des Codes veränderte alles für ihn. Hier war der Beweis für das, behauptete er, was er schon die ganze Zeit gesagt hatte – die Unsterblichen selbst warnten uns vor einer Gefahr, und wenn die IA ihr Tempo nicht zum Wohle der Wissenschaft drosseln wolle, dann doch wohl wenigstens aus praktischen Erwägungen, zum Wohle ihrer Expeditionen und der Erde selbst.

Doch die Leiter der Internationalen Allianz wägten das Wohl vieler Menschen – Los Angeles besaß schon damals eine Trinkwasseranlage, die mit einem einzigen Bauteil der Unsterblichen betrieben wurde – gegen die »grundlose« Warnung eines bereits in Ungnade gefallenen Wissenschaftlers ab, und natürlich wurde seine Forderung abgelehnt.

Also trotzte er ihnen. Versuchte, die Welt zu warnen. Und jetzt sitzt er hinter Gittern.

Erst vor ein paar Wochen ist mir klargeworden, was ich tun muss. Als ich wieder einmal die topographischen Karten von Gaia studierte, die vertrauten Linien zum tausendsten Mal betrachtete, fuhr ich plötzlich aus meinem abwesenden Zustand hoch und zog die Karte näher zu mir heran. Der Atem stockte mir.

Denn da war er, am Rand einer Schlucht, direkt vor einer Felswand: ein kleiner, ansonsten unauffälliger Tempel in der Form einer Spirale. Die gleiche Spirale wie bei der Nautilus-Schnecke in der zweiten, geheimen Code-Schicht. Nur die wenigsten wissen überhaupt von der Nautilus, und auf den meisten Karten ist der Tempel kaum mehr als ein Fleck, weshalb es unwahrscheinlich ist, dass die anderen Plünderer sich mit ihm abgeben.

In diesem Tempel werde ich herausfinden, was die Botschaft bedeutet. Dort werde ich erfahren, was diese Spiralform mit ihrer Warnung zu tun hat: *das Ende aller Dinge*. Dort werde ich die Antworten auf die Fragen meines Vaters finden.

Und wenn ich dafür Amelia anlügen muss, dann ist das eben so. Sie ist mein einziger Ersatz für die Expedition, die mir helfen sollte, und ohne sie stehen meine Chancen bestenfalls schlecht. Also werde ich ihr einen Grund liefern, zu diesem Tempel zu wollen. Auch wenn das bedeutet, dass ich sie über das, was wir dort finden werden, anlügen muss.

Ich erwarte, dass sie mir das alles vom Gesicht abliest, dass sie mich irgendwie durchschaut. Dass sie mich zur Rede stellt und mich sitzenlässt, sich die Beute holt und mich dem sicheren Tod überlässt.

Aber sie beugt sich nur vor und steht langsam auf, stöhnt über ihren Muskelkater und greift nach ihrem Rucksack. »Dann sollten wir wohl besser los.«

* * *

Das Motorrad frisst die Distanz zwischen uns und dem Tempel, und die zerklüftete Schlucht bringt meinen Magen zwar ins Schlingern, aber falls es unseren neuen Freunden gelungen ist, ihre Motorräder zu reparieren und unsere Verfolgung aufzunehmen, haben wir wenigstens ein bisschen Deckung. Für den letzten Abschnitt der Reise müssen wir jedoch zusammenarbeiten und den Gleiter den steilen Abhang hinaufschieben. Meinen Karten zufolge müsste der Tempel gleich hinter der Felswand liegen.

Als wir oben ankommen, sehe ich ihn. Ein riesiges Steinungetüm erhebt sich vor der Felswand am Ende des Tals, die Mauern leicht nach innen gezogen wie beim Beginn der Fibonacci-Spirale, die der Tempel von oben gesehen formt. Ich habe jedes einzelne Satellitenfoto dieses Tempels studiert, habe mir in den letzten paar Wochen tausendmal ausgemalt, wie ich vor den gewaltigen Säulen stehe, die den Eingangsbereich stützen, aber nichts hat mich auf die Realität dieses Gebäudes vorbereitet, das von einer außerirdischen Spezies erschaffen wurde.

Der Augenblick fühlt sich heilig an.

»He, Oxford!« Erst als Amelia mich mit dem Motorrad anstupst, merke ich, dass ich mein Ende losgelassen habe und sie es ganz allein über den Felsen hieven musste. Ich packe den Sitz und ziehe ihn hinunter auf den Boden, dann drehe ich mich wieder zum Tempel um.

»Das da?«, keucht sie. Offenbar braucht sie ein paar Minuten mit ihrem Atemgerät.

»Das ist es.« Ich kann mich nicht beherrschen – vor meinem geistigen Auge sehe ich die Eingangshalle. Wenn dieser Tempel auch nur die geringste Ähnlichkeit mit dem hat, den die Astronauten der *Explorer IV* fotografiert haben, gibt es im Vorraum wilde, abstrakte Zeichnungen. Die Muster und Wellen werden mit einer rasenden Ausgelassenheit in die Steinoberflächen geritzt sein, die in mir den Wunsch auslösen wird, ihre Schöpfer kennenzulernen, – und die mir ein klein wenig Furcht vor ihnen einflößt. Ich lasse den Rucksack fallen und nähere mich dem Tempel, noch ehe ich richtig darüber nachgedacht habe.

»Jules, halt!« Amelia packt mich am Arm und zwingt mich, stehen zu bleiben. »Der Tempel steht hier schon seit Äonen, er wird sicher auch morgen noch da sein. Heute Abend lassen wir uns mal nicht in die Luft jagen, grillen oder in kleine Würfel schneiden, okay? Es wird bald dunkel. Wir können über Nacht hier Schutz suchen. Hinter den Tempelmauern wird das Licht von unserem Nachtlager in der Schlucht nicht zu sehen sein.«

Ich beiße die Zähne zusammen und unterdrücke ein frustriertes Stöhnen. Sie hat recht. *Deus*, ich weiß, dass sie recht hat, und das ist genau die Sorte von Dingen, für die ich sie brauche. Aber er liegt *direkt vor meiner Nase*. Ich habe mein Leben lang davon geträumt. Mein Vater hat beinahe *sein* ganzes Leben lang davon geträumt. Ich spüre einen Stich, und Tränen steigen mir in die Augen. *Er sollte hier sein*. Mit einem ganzen Haufen Experten zur Unterstützung, während die Welt gespannt auf seine Ergebnisse wartet.

Ich werde es an seiner Stelle fühlen müssen. Ich atme tief ein, betrachte den Tempel und lasse die Euphorie in mir aufsteigen. »Auf der Erde gibt es keinen Flecken mehr«, sage ich, als meine Erregung erneut in mir hochblubbert und die Enttäuschung auslöscht, »keinen noch so hohen Berg, keine noch so einsame Wüste, keinen noch so tiefen Meeresgraben. Es gibt keinen Ort, wo nicht schon irgendjemand war. Aber das hier, Mia, das hier gehört uns. Jeder, der nach uns kommt, wird in *unsere* Fußstapfen treten. Uns gehört das Privileg, den ersten Blick auf eine andere Zivilisation zu werfen. Auf eine andere Spezies. In eine andere Welt.«

Ich kann sie nicht zurückhalten, die Erregung, die in mir aufsteigt – immer noch hält mich Mia am Arm fest, damit ich nicht weiterrenne, und ich packe sie meinerseits am Arm und ziehe sie an mich, hebe sie hoch und wirble sie herum. »Wir! Als Allererste!«

Sie stößt ein erschrockenes Quieken aus, während wir uns drehen, und drückt sich von mir weg, und es ist ihr Körper – kräftig, drahtig und angespannt –, der mich daran erinnert, wer sie ist. Was sie ist. *Eine Plünderin.* Ich setze sie wieder ab und gebe mir Mühe, lässig zu wirken, bringe jedoch nur Unbeholfenheit zustande. Ein Lächeln liegt auf ihrem Gesicht, klein und ein wenig verwirrt, aber es ist da.

»Sehen wir zu, dass die ersten Schritte in den Tempel nicht unsere letzten sind«, sagt sie atemlos, herablassend, aber nun blitzen auch ihre Augen vor Erregung. Ein Teil von ihr begreift es, begreift, dass es hier nicht ums Plündern geht, – dass das einfach nicht möglich ist, wie nötig man das Geld auch haben mag. Für einen kurzen Augenblick ist sie keine von ihnen. Sie ist nichts als ein Mädchen, das mit mir vor dem Eingang zu einer uralten, außerirdischen Welt steht.

Ich muss mich räuspern, und dann gleich noch mal. »Na schön. Du hast ja recht. Ich würde nur – ich würde nur so schrecklich gern wissen, warum sie uns hierhergebracht haben. Welches Geheimnis sie hüten und was wirklich aus ihnen geworden ist.«

Sie verzieht den Mund. »Solange deine Neugier dich nicht *umbringt*.«

Ich kann mein Lächeln nicht verbergen, trotz des fürchterlichen Wortspiels. Vielleicht auch ein ganz kleines bisschen wegen des Wortspiels. »Stell dir nur vor, Mia. Wir könnten da drin alles Mögliche finden. Und morgen früh werden wir die allerersten Menschen im Universum sein, die einen Fuß in diesen Tempel setzen.«

AMELIA

Als die Sonne untergeht, wird es in der Wüste von Gaia bitterkalt.

Das Thermometer meines Handys hat mir fröhlich verkündet, dass wir nur ein paar Grad über null haben, als wir auf der windgeschützten Seite des Tempels einen guten Platz für ein Nachtlager gefunden hatten. Glücklicherweise habe ich durch meine Raubzüge ein bisschen Erfahrung mit Wüsten, so dass mich das nicht mit runtergelassenen Hosen erwischt.

Wie man gerechterweise sagen muss, gilt das auch für Jules. Dass es ihn nicht mit runtergelassenen Hosen erwischt, meine ich. Obwohl, wenn ich jetzt zusehe, wie er sich einen Pulli über das nicht mehr ganz so makellose Hemd zieht, kann ich nicht gerade behaupten, dass mir das viel ausmachen würde.

Mia. Reiß dich zusammen.

Ich muss mich auf das konzentrieren, weshalb ich hier bin. Ehe mir der Impuls bewusst wird, geht meine Hand in die Hosentasche und zieht wieder mal mein Handy heraus. Es ist so eingestellt, dass ankommende Nachrichten automatisch heruntergeladen werden, sobald die Station oder der Funksatellit sich meldet. Aber ich rechne nicht wirklich damit, etwas vorzufinden, als ich das Display entsperre und meinen Nachrichteneingang checke.

Ein paar Nachrichten ploppen hoch, denen ich entnehmen kann, dass auf einige meiner Auktionen in Chicago geboten wurde. Aber so weit entfernt fällt es mir schwer, etwas darauf zu geben. Wenn ich hier sterbe, wird die Auktionsplattform meine Gewinne einfach einstreichen. Deshalb macht mein Herz erst einen Sprung, als das von mir eingestellte Benachrichtigungssymbol mit der kleinen Herz-Sonnenbrille auftaucht.

Evie.

Ich werfe einen Blick zu Oxford hinüber, der sich gerade über den Kurzwellenherd beugt, und entferne mich ein kleines Stück. Ich stecke mir einen Ohrstöpsel ins Ohr und spiele dann die Videobotschaft meiner Schwester ab.

»Miiiiiiia!« Ihre Stimme, die ich klar und deutlich in meinem rechten Ohr höre, treibt mir sofort die Tränen in die Augen. Seit fünf Monaten habe ich sie nicht mehr gesehen. »Keine Ahnung, ob du das abhörst, aber wenn ja, dann müsstest du schon auf Gaia sein – auf Gaia! Ich meine, verdammt, ich spreche hier aus einer anderen Galaxie zu dir.« Sie hat das nach ihrer Kellnerinnenschicht im Club aufgenommen, das merke ich. Obwohl sie jetzt eine Jogginghose und ein Tanktop und kein Make-up mehr trägt, kann ich Spuren von dem Lippenstift sehen, den sie dort tragen muss, und auf ihren Armen glänzt die holographische Glitzerlotion, durch die sie heißer aussehen soll.

Heißer. Meine kleine, vierzehn Jahre alte Schwester.

Und genau deswegen muss ich sie dort rausholen. Im Moment nimmt sie nur Getränkebestellungen entgegen. Aber wenn sie erst achtzehn ist ... Vertragsgemäß wird sie nicht ewig Kellnerin bleiben.

»Ich wünschte, ich könnte dort bei dir sein«, redet sie weiter. »Obwohl, eigentlich nicht. Eigentlich klingt es furchtbar. Unmöglich. Aber du magst ja unmögliche Sachen. Ich kann es kaum erwarten, bis du zurückkommst. Wir sehen uns in Amsterdam!«

Irgendwann haben wir uns mal einen Film angesehen, illegal über den Internetanschluss eines Nachbarn, in dem ein Pärchen sich in Amsterdam treffen will, sobald alle Hindernisse überwunden sind. Unsere geklaute Verbindung brach noch vor dem Ende des Films zusammen, aber Amsterdam ist zu unserem Endziel geworden, zu unserer Chiffre für eine Zukunft ohne Klauen und Verstecken, ohne unsere ständigen Streitereien darüber, dass sie weiter zur Schule gehen soll, während ich arbeite, ohne dass wir ständig fürchten müssen, als illegale Schwestern aufzufliegen. Natürlich kann keine von uns es sich leisten, nach Europa zu gehen – unser Amsterdam ist immer Los Angeles gewesen, wo es durch die Solarzelle der Unsterblichen sauberes Wasser gibt. Wegen der Solarzelle ist das Leben dort außerdem nicht ganz billig, aber teure Wohnorte sind oft sicherer, und mit dem Geld, das ich an einem Ort wie diesem hier verdienen könnte ...

Nachdem Evie in diesem Club gelandet ist, weil sie helfen wollte, unsere Rechnungen zu bezahlen, habe ich irgendwann diesen Film wiedergefunden und bis zu Ende gesehen. Einer der Liebenden bringt sich um, und der andere findet eine Stelle in einem Fast-Food-Laden in New Jersey, wo er ein Clownskostüm tragen und an der Straßenecke Reklame machen muss. Ich habe es nicht übers Herz gebracht, Evie davon zu erzählen.

In dem Video ist Evie jetzt still geworden, sie wirkt hin- und hergerissen. Sie will mir nie von irgendwelchen Schwierigkeiten erzählen. Alles ist schön und hoffnungsvoll. Über Ängste und Sorgen und Nöte zu sprechen, holt alles nur näher heran, bis es als dunkle Wolke über einem schwebt. Ich merke, dass sie sich Mühe gibt, nicht mit ihren Sorgen herauszuplatzen. Schließlich setzt sie ein breites, brüchiges Lächeln auf und sagt: »Du fehlst mir. Pass auf dich auf.« Und dann ganz leise, fast als würde sie hoffen, dass ihr Mikrophon es nicht überträgt: »Ich wünschte, du wärst nicht allein dort.«

Sie schaut mich durch die Millionen Lichtjahre an, die uns trennen. Dann legt sie die Finger an die Lippen, wirft mir eine Kusshand zu, und der Bildschirm wird dunkel.

Ich wünschte, du wärst nicht allein dort.

Ich schaue zu Oxford hinüber, der sich immer noch an seinem Kurzwellenherd zu schaffen macht und wie ein verrückter Wissenschaftler aus einem alten Film aussieht.

Er zittert, während er unser Essen »aufpeppt«, aber es ist schwer zu sagen, ob das von der Kälte kommt, von der dünnen Luft oder daher, dass sein Körper, so groß und schlaksig er auch sein mag, von der ungeheuren Freude darüber, einem Tempel der Unsterblichen derart nahe zu sein, überwältigt ist. Eigentlich dachte ich, ich wüsste, was Freude ist. Ich meine, als ich damals in einer verfallenen Garage ein fast noch heiles 24er Luftmotorrad gefunden habe, war das bestimmt ein Höhepunkt in meinem Leben. Aber das hier … Ohne mich wäre Jules schon längst im Tempel und würde durch die Dunkelheit stolpern, vermutlich auf dem besten Weg, von irgendeiner Dornenfalle aufgespießt zu werden.

Es ist, als hätte ich einen Hund an der Leine, der die Freiheit wittert. Und metaphorisch oder nicht, diese Leine ist gerade bis zum Zerreißen gespannt. Ich kann seine Anspannung spüren, so real wie die Kälte, die mir unter den Kragen meines Kapuzenpullis kriecht. Mir gehen ungefähr eine Million Fragen durch den Kopf, und ein Gefühl sagt mir, das die Antworten gefährlich sein könnten – aber Jules will seine Geheimnisse ganz offensichtlich für sich behalten.

Wenn ich ihn zu sehr bedränge, kommt er womöglich zu dem Schluss, dass er mich doch nicht braucht, nicht jetzt, nachdem ich ihn zum Tempel gebracht habe. Aber auf keinen Fall landet hier einfach irgendein Jugendlicher, der rein zufällig weiß, was die gesamte menschliche Spezies Elliott Addison abluchsen wollte. Ich werde schon noch dahinterkommen, woher er sein Wissen hat und was es für mich bedeutet. Aber jetzt, da das Ziel für ihn zum Greifen nahe ist, ist nicht der richtige Zeitpunkt, um unangenehme Fragen zu stellen. Ich warte lieber, bis er ihnen nicht mehr ausweichen kann, indem er mich sitzenlässt. Und ich bin sicher nicht so naiv zu glauben, dass er den Plündererabschaum, mit dem er sich gezwungenermaßen zusammentun musste, nicht abschütteln wird, sobald er der Meinung ist, mich gefahrlos loswerden zu können. Wenn ich mich mit so vielen Informationen wappne wie nur möglich, kann ich dafür sorgen, dass ich diejenige bin, die ihn überrumpelt.

»Was steht heute auf dem Speiseplan, Oxford?«, frage ich also, während sein Blick wieder zu der sandigen, staubigen und ansonsten unscheinbaren Tempelmauer neben uns wandert. Wissenschaftliche Vorfreude oder nicht, das Essen riecht gut, und ich werde nicht zulassen, dass ein entrückter Professor es anbrennen lässt, nur weil er meint, eines dieser Sandkörner würde ihm verraten, wie die Unsterblichen gelebt haben.

»Hmmm?« Nach kurzem Zögern wird sein Blick wieder klar. Er besitzt eine Taschenlampe, die sich zu einer Laterne ausziehen lässt, und auf der schwächsten Einstellung kann ich seine Augen glänzen sehen, als er mich ansieht. »Oh. Mit Limonensaft glasiertes Hühnchen und Wildreis mit Steinpilzen und Blattkohl.«

Ich erwidere sein Blinzeln. »Habe ich da *Hühnchen* gehört?«

Er verzieht den Mund, und als seine Augen kurz aufblitzen, frage ich mich, ob er mich wohl genauso taxiert wie ich ihn. »Es wird köstlich, versprochen. Ich habe noch ein paar Tagesrationen mit richtigem Essen, vakuumiert, bevor wir zu drastischeren Maßnahmen greifen müssen, um unsere Ernährung zu sichern.«

»Bohnen aus der Dose sind keine drastischen Maßnahmen«, bemerke ich ein wenig gekränkt. »Sie schmecken gut.«

»Mit ein bisschen Cayennepfeffer und braunem Zucker und etwa einem halben Dutzend anderer Zutaten, um sie genießbar zu machen.« Er holt das Essen aus dem Behälter des Kurzwellenherds und füllt die Hälfte davon in eine zweite Schüssel. Ein Teil von mir würde ihn gern darauf hinweisen, dass ich nur halb so schwer bin wie er und dass er mehr Nahrung braucht als ich. Aber der größere Teil will sich mit dem Hühnchen und diesem Zitronenreis den Bauch vollschlagen, also halte ich den Mund und nehme die Schüssel, die er mir hinhält.

Als er den Kurzwellenherd wieder einpacken will, ergreife ich jedoch das Wort.

»He, warte. Schmeiß da mal ein paar Steine rein.«

Er hält inne, seine dichten Brauen ziehen sich zusammen, wie sie das immer tun, wenn er mich für übergeschnappt hält. »Was soll ich da reinschmeißen?«

»Dieses Ding heizt auch andere Sachen als Essen, oder? Die Dose von den Bohnen heute Morgen hätte mir fast die Fingerspitzen abgefackelt.«

»Der Herd erwärmt auch anorganische Materie, ja.«

»Okay, dann heiz diese Steine auf und wickle sie in deine Decke, wenn du schlafen gehst, dann wird dir mollig warm. Ist nicht ganz so schön, wie sich mit jemandem zusammenzukuscheln, aber fast genauso gut.« Ich lächle ihn strahlend an, nur um zu sehen, was passiert. Selbst bei Tageslicht lässt sich wegen seiner dunklen Haut nicht sicher sagen, ob er errötet. Aber als er heftig schluckt und sich abwendet, um ein paar passende Steine im Geröll zu suchen, weiß ich, was ich gesehen habe.

Treffer, versenkt. Er mag Plünderer ja für Abschaum halten und die Grabräuber hier auf Gaia für den allerübelsten Abschaum, aber er steht auf mich und findet mich hübsch. Und das ist doch schon mal was.

Wenn man allein reist, kann Hübschsein einen manchmal in Schwierigkeiten bringen. Ich bin schließlich nicht bescheuert. Aber man muss nur einen Blick auf Jules werfen, um zu wissen, dass er nicht zu dieser Sorte von Typen gehört. Ich bin mir ziemlich sicher, dass er einer der Jungs ist, die sich entschuldigen, wenn sie zum ersten Mal ein Mädchen küssen, nur für den Fall, dass sie etwas falsch gemacht haben.

Wenn er mich irgendwo ganz tief drinnen immer noch hübsch findet, obwohl er herausgefunden hat, dass ich so was wie seine Erzfeindin bin, dann kommen wir vielleicht doch miteinander klar.

Ich kuschle mich in meine Decke, nehme die Schüssel zwischen beide Hände und betrachte ihn durch die duftenden Dampfschwaden, die um mein Kinn aufsteigen.

Ich versuche zu erraten, was sich unter den Khakihosen, dem Hemd und dem Rautenpullover befindet – nein, nicht *so*, auch wenn gegen die weiblichen Hormone nichts zu machen ist, nicht meine Schuld –, sondern um herauszufinden, ob er neben seiner selbst zugesprochenen Genialität auch sportliche Fähigkeiten besitzt. Er hat Kraft, mehr als ich von einem Büchermenschen erwartet hatte – auf dem Motorrad hat er mir fast die Luft abgedrückt, so fest hat er sich an mir festgeklammert –, und als wir gerannt sind, konnte er mit mir Schritt halten. Aber es lässt sich schwer sagen, ob er die Kondition hat, die wir dort drinnen brauchen werden. Verdammt, um ehrlich zu sein, habe ich keine Ahnung, welche Art Kondition wir brauchen, wenn wir da reingehen. Eigentlich wollte ich nur die Vorräume im Tempel abgrasen, so wie die anderen Plünderer – keiner von uns ist imstande, sich im Fallenlabyrinth der Unsterblichen zurechtzufinden, wo die Astronauten der *Explorer IV* umgekommen sind. Und ich habe keine Ahnung, ob ich ihn irgendwann, nachdem er mich durch die Sicherheitsvorkehrungen der Unsterblichen durchgeschleust hat, abschütteln muss, um schneller voranzukommen.

Eigentlich will ich ihn gar nicht abschütteln. Und das nicht nur, weil sich sein Wissen als praktisch erweisen könnte, um herauszufinden, welche Fallen die Unsterblichen aufgestellt haben, um unwürdige Räuber zu töten. Ich mag diesen Typen. Er ist süß, auf eine *Tu-dem-Welpen-nicht-weh-Art*. Verdammt, er ist sogar auf eine *Komm-mit-zu-mir-dann-zeig-ich-dir-meinen-Welpen-Art* süß.

Aber ich bin hier auf Gaia. Ich befinde mich auf einem fremden Planeten. Ich habe mein Leben aufs Spiel gesetzt, alles, was ich besitze, alles, was ich jemals besitzen oder sein oder tun könnte, nur für diese eine Chance. Zwei große braune Augen und ein verlegenes Lächeln, das im Dunkeln aufblitzt, wenn er merkt, dass ich ihn anschaue … Nein, das finde ich auch woanders, wenn ich erst mal wieder zu Hause bin. Vielleicht nicht dasselbe Lächeln. Vielleicht nicht dieselben Augen. Aber irgendwas bestimmt.

Ich atme seufzend aus und nehme einen Bissen von meinem Abendessen.

Ach du Schande.

Ich muss wohl irgendein seliges Geräusch von mir gegeben

haben, denn als ich es schließlich schaffe, den Kopf zu heben, sehe ich, dass Jules mich ansieht, wobei sein Mund halb offen steht. Mit einem hörbaren Geräusch macht er ihn zu. Er wird eindeutig rot, aber im Moment ist mir das egal.

»Verflucht, das ist großartig«, platze ich heraus. Meine Decke fällt herab, als ich mich kerzengerade aufrichte und mich heißhungrig auf mein Essen stürze. Alle Grübeleien über Verbündete und Verrat und seine Augenfarbe sind vergessen. *Hühnchen. Und was auch immer Steinpilze sind, ich bin dabei.*

Erst als wir aufgegessen haben und die Schüsseln blankgeputzt sind und die heißen Steine aus dem Kurzwellenherd in unseren Schlafmatten liegen – meine eine dicht gewebte Decke, in die ich mich hineinwickeln kann, seine ein wahres Wunderwerk der Raumfahrttechnik mit Reißverschlüssen und aufgenähten Taschen aus Gott weiß was und einem Kissen am Kopfende, dass sich selbst aufbläst –, können wir wieder ein normales Gespräch führen. Mir ist vage bewusst, dass er während des Essens versucht hat, eine Unterhaltung in Gang zu bringen, aber in dem Moment war ich mehr daran interessiert, was mein Löffel zu bieten hatte.

Aber jetzt, als ich in das kühle, blaue Licht der trüben Laterne schaue und die Kälte der Wüste sich um mein Gesicht legt, sind von dem Hühnchen nur noch die Wärme in meinem Bauch und meine zitronig riechenden Fingerspitzen übrig. Und die Realität holt mich ein.

Ob nun süß oder nicht ... Alles in allem hält er mich für ein Ungeheuer. Was ich auf der Erde tue, ist für ihn Rauben, Plündern, in jeder Hinsicht kriminell – auch wenn keiner mehr kommen und sich das ganze Zeug holen wird, das liegen geblieben ist, als die Sandstürme begannen, über den Lincoln Square zu peitschen. Aber wenn meine normale Arbeit ein Problem für ihn ist, findet er das, wofür ich hier bin, noch viel schlimmer, unendlich viel schlimmer. In seinen Augen bin ich hier, um dem den Garaus zu machen, dessen Entdeckung und Erhaltung er ganz offenbar sein Leben gewidmet hat. Ich bin ein *Ungeheuer.*

»Warum Gaia?«

Die Worte kommen so unvermittelt aus der Dunkelheit, dass ich zusammenfahre, den Blick von der Laterne losreiße und versuche, ihn dahinter zu erkennen. Das Licht blendet meine Augen so stark, dass ich nur das rotgrüne, laternenförmige Nachbild sehe, dass in alle möglichen Richtungen tanzt.
»Was?«

»Wieso kommst du dafür nach Gaia? Das mit den Plündererbanden, das kann ich ... Na ja, ich kann es zwar nicht verstehen, aber ich weiß, warum es sie gibt. Für Geld machen Menschen eine Menge Dummheiten, aber du – du kannst doch nicht älter als was, fünfzehn sein? Du solltest zur Schule gehen, du solltest ... Du solltest zu Hause sein.«

Er hat über die gleichen Dinge nachgedacht wie ich. Es gibt so vieles, was ich ihm gern sagen würde. *Welches Zuhause? Und in der Schule war ich schon seit meinem dreizehnten Lebensjahr nicht mehr. Ich bin nicht wie du, ich kann nicht darüber nachdenken, was ich tun »sollte«, nur darüber, was nötig ist. Du hast kein Recht, meine Entscheidungen als dumm zu bezeichnen, so lange du rein gar nichts über mich weißt.*

111

Die Antwort, die stattdessen aus mir herausplatzt, ist so patzig, dass ich genauso gut noch dreizehn sein könnte: »Ich bin sechzehn, Oxford.«

»Trotzdem«, sagt er unbeeindruckt. »Selbst wenn du einen Grund dafür hättest, im Moment nicht bei deinen Eltern zu sein oder zur Schule zu gehen, solltest du dir einen Job suchen, bei dem nicht ›fast sicherer Tod‹ im Kleingedruckten steht. Du bist noch jung, du könntest …«

»Oh, und wie alt bist du, Mr Ich-gehe-nächstes-Jahr-aufs-College? Dreißig?«

Als das Nachbild der Laterne langsam verblasst, sehe ich, wie er die Stirn runzelt. »Siebzehn«, gibt er schließlich zu. »Hör zu, Amelia, ich hab's nicht so gemeint. Ich wollte nicht – es ist nur – was kann jemand wie du schon mit dem Geld von einer so gefährlichen Expedition wollen, das man sich nicht genauso gut mit dem Geld von einem normalen Job kaufen könnte?«

»Jemand *wie ich*?« Ich weiß, was er meint. Er hat die schmutzigen blaupinken Haare mit den fünf Zentimeter langen braunen Ansätzen gesehen, die abgetragenen Stiefel, die aus alten Lagerhausfunden zusammengestoppelte Ausrüstung. Er hat die schlampige Grammatik gehört, die Ratschläge von einem Mädchen, das schon mehrere Jahre als Kriminelle hinter sich hat. »Du denkst wohl, ich wäre so eine abgefuckte Ghettoschlampe, die sich gedacht hat ›Hey, ich könnte eigentlich noch ein bisschen mehr Kohle scheffeln und in ein Raumschiff zur anderen Seite der Galaxis steigen‹, aber da ich so offensichtlich scheißarm und noch dazu dumm bin und keine Ahnung habe, was zum Teufel Steinpilze sind, könnte ich mit zweihundert Riesen von geschmuggelten Artefakten der Unsterblichen wahrscheinlich sowieso nichts anfangen, also sollte ich mir einfach den nächsten Fastfood-Laden suchen und …«

»Ich halte dich für intelligent«, unterbricht mich Jules leise. »Und für schlau, was nicht das Gleiche ist. Ich glaube, dass dich irgendwas bedrückt, und ich glaube nicht, dass du das hier gern tust, aber du bist zu stolz, um das zuzugeben, also legst du mir alle möglichen Sachen in den Mund. Und ich glaube, du wirst feststellen, dass mir das ziemlich egal ist.«

Das Schweigen, das sich um uns legt, als er zu Ende gesprochen hat, schnürt mir die Kehle zu. Ich fühle mich ein bisschen benommen, eine Mischung aus Erschöpfung und dem Essen, das reichhaltiger war, als ich es gewohnt bin, und der mangelhaften Atemluft. Ein Teil seiner Worte bewirkt, dass ich mir am liebsten die Decke über den Kopf ziehen und weinen würde, nur ein bisschen, irgendwo, wo mich keiner hören kann. Aber *er* ist hier, und er würde mich hören.

Jules räuspert sich, um mich vorzuwarnen. »Eigentlich wollte ich nur sagen: Du wirkst auf mich wie ein bildhübsches, schlaues Mädchen, das sich auf der Erde auf über ein Dutzend Arten durchschlagen könnte. Was entweder bedeutet, dass ich mich in dir getäuscht habe, und das glaube ich nicht, obwohl, wenn ich es recht bedenke, wollte ich eigentlich nicht *bildhübsch* sagen, weil das eigentlich nicht so richtig was mit alldem zu tun hat …« Er bricht ab und räuspert sich noch einmal, um sich zu sammeln. »Entweder habe ich mich in dir getäuscht, oder du bist aus einem anderen Grund hier.«

Wer zum Teufel sagt denn heute noch bildhübsch? Ich bin völlig durcheinander. *Das hier ist doch kein Wohlfühl-Teenie-Film.* Aber ich widerstehe dem Drang, mir die Decke über den Kopf zu ziehen, und ignoriere ihn. Mein Gesicht fühlt sich sowieso nicht mehr kalt an.

Gute Nacht, Oxford.

Ganz deutlich formen sich diese Worte in meinem Kopf. Aber dann sehe ich Evies Gesicht vor mir, die Lippenstiftspuren auf ihrem Mund, als sie mir die Kusshand zuwirft, die Hoffnung in ihrem Gesicht, als sie das Wort *Amsterdam* flüstert. Und als ich den Mund aufmache, kommt etwas völlig anderes heraus.

»Ich will meine kleine Schwester zurückkaufen.«

JULES

Der Morgen dämmert zaghaft und kalt heran, als Gaias Zwillingssonnen über den Rand der Schlucht kriechen. Die eine Hälfte des Himmels ist noch pechschwarz, mit sorglos darübergesprenkelten Sternen, doch die andere wandelt sich langsam von einem metallischen Grau zu einem sanften Orange. Bis zum Mittag wird es wieder glühend heiß sein, doch im Moment ist es noch etwas frisch, und ich könnte bis in alle Ewigkeit in meinem kleinen, silbernen Kokon bleiben, ohne mich zu beklagen.

Das heißt, wenn nicht der Tempel neben uns wäre, der mich mit solcher Macht anzieht, dass ich es für übernatürlich halten würde, wenn ich nicht schon so empfunden hätte, seit mein Vater mir zum ersten Mal von den Unsterblichen erzählte. In meiner frühesten Erinnerung sitze ich auf seinem Schoß, während er arbeiten will, und versuche, ihm abwechselnd die Brille abzunehmen und mit meinen besten Buntstiften die Schriftzeichen auszumalen, an denen er arbeitet, während die Papierdiagramme auf seinem Schreibtisch ausgebreitet sind. Das hier ist schon meine Reise, solange ich lebe. Ich habe keine

Ahnung, wie viel ich letzte Nacht geschlafen habe. Am liebsten wäre ich aus meinem Schlafsack gesprungen und zum Tempeleingang gelaufen.

Neben mir setzt sich Mia auf, zieht sich die Atemmaske herunter und schaut mit zusammengekniffenen Augen zum Rand der Schlucht hinüber, als wäre diese schuld an ihrem Unglück. »Gottverdammte, bescheuerte Zwillingssonnen«, murmelt sie und schiebt damit die Schuld geschickt auf etwas anderes. »Woher zum Teufel soll ich wissen, wie spät es ist, wenn es zwei von ihnen gibt?«

Ich wälze mich herum, bis ich die Hände frei habe, und tippe gegen das Display meines Armbands, um es einzuschalten. Dann ziehe ich meine eigene Maske herunter. »Sechs«, krächze ich, die Stimme noch eingerostet vom Schlaf und der staubtrockenen Luft aus dem Atemgerät.

Mia mustert mich mit einem Blick, der mich auf die Liste der Dinge setzt, die sie für ihre derzeitige Misere verantwortlich macht, kommt jedoch langsam hoch, wobei sie die Decke wie einen Mantel um sich wickelt und von einem Fuß auf den anderen tritt, um die Blutzirkulation in Gang zu bringen. »Ich schaue mal, ob ich in der Schlucht irgendwelche Anzeichen von anderen Lagern entdecke.«

»Ich mache Frühstück.« Mühsam zwinge ich mich zum Aufstehen und zucke zusammen, als alle meine Muskeln sich auf einmal melden und sich wegen der Strapazen des Vortags beschweren. *Und ich hatte mich für fit gehalten.* »Wenn du irgendwelche Feinde siehst, sag ihnen, dass wir noch eine Stunde brauchen, bevor wir um unser Leben rennen können.«

Das bringt mir ein Geräusch ein, das zwar sicher kein Lachen ist, aber vielleicht ein entfernter Verwandter, der sich unsicher am Rand des Familienfotos herumdrückt. Ich mache mich mit dem Kurzwellenherd an die Arbeit und fabriziere das schnellste Frühstück, dass ich zustande bringe. Gestern habe ich eigentlich nur bei einer einzigen Diskussion gewonnen, aber als der Duft nach Porridge und Zimt langsam meine Lebensgeister weckt, bin ich verdammt froh, dass es dabei darum ging, ob ich meine Gewürze behalten darf.

Während Amelia weg ist, muss ich unwillkürlich an ihre Worte vom Vorabend denken. *Ihre Schwester.* Danach hat sie nichts mehr gesagt und vorgegeben zu schlafen, aber weil ihr Atemrhythmus sich immer wieder verändert hat, habe ich gewusst, dass sie nur so tat. Eine Schwester müsste eigentlich illegal sein, vor allem in den Vereinigten Staaten, wo die Gesetze zur Bevölkerungskontrolle unglaublich streng sind. Aber ich bin nicht ganz so naiv, wie sie meint. Ich kann mir schon denken, was passiert ist.

Die erste Funkbotschaft der Unsterblichen erreichte uns vor über fünfzig Jahren, aber ihre Entschlüsselung, der Bau des Portals, die Tests mit den Sonden, den unbemannten Drohnen und schließlich den bemannten Missionen dauerten Jahrzehnte. Erst vor fünfzehn Jahren, als Mia und ich im Kleinkindalter waren, kamen die ersten deutlichen Bilder von Gaia. Damals fingen einige Leute an, die »Ein-Kind-Gesetze« zu brechen, weil sie dachten, wir würden in ein bis zwei Jahren den Planeten besiedeln, wo genug Platz sein würde, damit jeder mehr als ein Kind haben könnte.

Mia und ich waren immer noch Kinder, als Geologen und Astronomen herausfanden, dass eine der beiden Gaia-Sonnen alle paar Jahrzehnte Sonneneruptionen ausstößt, wie ein kosmologischer Old Faithful, was alle Hoffnungen darauf zunichtemachte, dass Gaia dauerhaft ein zweites Zuhause für uns werden könnte. Nur die simplen Einzeller in den Ozeanen überleben die Flammenstöße. Als die ersten Proben zurückkamen, geriet die wissenschaftliche Gemeinde über die Entdeckung von echtem Leben auf einem anderen Planeten in Aufruhr, aber der Rest der Welt interessierte sich mehr für die ausgestorbene Spezies vernunftbegabter Wesen, die mit uns hatte kommunizieren wollen. Die meisten von uns werden von den Bakterien nur daran erinnert, dass auf Gaia niemals komplexere Lebensformen überleben können.

Allerdings hätten wir ohne diese Sonneneruptionen die Ruinen der Unsterblichen nicht datieren können. Die Steine ihrer Bauten haben die Strahlung sämtlicher Sonneneruptionen seit ihrer Entstehung absorbiert – weniger lange als die Felsen und der Boden um sie herum –, wodurch mein Vater und seine Kollegen in der Lage waren, das Alter der Tempel auf erstaunliche fünfzigtausend Jahre zu schätzen.

Aber ob nun Gaia je die Antwort auf das Überbevölkerungsproblem der Erde war oder nicht, Mias Eltern haben trotzdem das Gesetz gebrochen.

Die Existenz ihrer Schwester ist illegal – was erklärt, wieso Mia etwas einfallsreicher sein muss, um ihr zu helfen, wie auch immer die Umstände sein mögen. Es macht auch meine Rolle bei der ganzen Sache komplizierter. So sehr es mir auch gegen den Strich geht, eine Plünderin mit in den Tempel zu nehmen, ist die Dringlichkeit ihrer Mission doch nicht zu leugnen. Ich mag zwar nicht aus derselben Unterwelt kommen wie Mia – vermutlich habe ich nie einen Fuß dorthin gesetzt – aber ich weiß doch genug, um zu verstehen, dass sie bei dem Wort »zurückkaufen« nicht übertrieben hat. Es geht für sie hier nicht nur um Geld, genauso wenig wie für mich. Und trotzdem schwindle ich sie an.

Wir sind beide schweigsam, während wir unser Frühstück hinunterschlingen und unsere Sachen packen. Mias finstere Miene ist mehr oder weniger verschwunden, vom Porridge besänftigt, auch wenn ihre pinkblauen Haare immer noch in alle Richtungen abstehen und ihre Augen verschlafen wirken. Eindeutig kein Morgenmensch. Ich habe mir widerwillig angewöhnt, einer zu sein, nachdem ich jahrelang zum Polotraining im Pool früh aufstehen musste. Aber jetzt scheint mir nicht der richtige Zeitpunkt zu sein, um ihr das unter die Nase zu reiben.

»Ich schlage vor, wir starten heute etwas früher mit den Gesetzesbrüchen«, meine ich, während ich überlege, wie der nächste logische Schritt aussieht. Obwohl ich darauf brenne, den Tempel zu betreten, fällt es mir schwerer als gedacht, meine Gedanken auf die großartige Steinfassade über uns zu richten. Viel lieber würden sie bei dem vom Schlaf zerknitterten Mädchen neben mir verweilen. Nachdem es jahrelang immer hieß, ich würde zu schnell wachsen, solle mich entspannen und mich mehr wie der Teenager benehmen, der ich nun mal war, ist jetzt *nicht* der richtige Zeitpunkt dafür, dass meine

Hormone ihre Wirkung entfalten und beschließen, genau das zu tun.

Allerdings scheint die Logik dabei nur wenig Mitspracherecht zu haben.

Wir blicken beide zu dem Tempel hoch, mit dem wir es gleich aufnehmen wollen. Einladende Säulen säumen die Stufen und führen zu einem schattigen Schlund von einem Eingang. Ein zufälliger Passant – wenn es so einen auf Gaia gäbe – würde den Tempel vielleicht für ein Relikt aus unserer eigenen Vergangenheit halten, Seite an Seite mit der Felsenstadt von Petra oder dem großen Abu Simbel im alten Ägypten. Aber der Tempel der Unsterblichen scheint aus dem Felsen herauszuwachsen, fast als wäre er organisch, als wäre er ein Teil von Gaia, auf eine Weise, auf die es keine menschliche Zivilisation hätte anlegen können. Die Steine sind mit solcher Präzision geschnitten, dass man zwischen ihnen keine Fugen sieht, abgesehen von ein paar Stellen, wo Wind und Sand im Laufe der Äonen eine Ecke abgeschliffen haben. Und obwohl die vor uns liegende Fassade aus dem gleichen rotbraunen Gestein besteht wie die Schlucht unter und die Felsen über uns, erinnert mich ein Glitzern in dem dunklen Durchgang daran, dass wir alles Mögliche finden könnten, wenn wir diesen Tempel betreten.

Wobei *Tempel* eigentlich nicht die richtige Bezeichnung dafür ist – mein Vater und seine Kollegen sind bei diesem Wort immer zusammengezuckt. Sie bevorzugen *Anlage* oder *Komplex* oder eine andere Bezeichnung ohne spirituellen Beiklang, denn weder in der Botschaft der Unsterblichen noch bei den auf Gaia gefundenen Zeichen findet sich auch nur der kleinste Hinweis auf eine Religion. Nichts deutet darauf hin, dass wenigstens eine der Bauten erschaffen wurde, um eine Gottheit zu verehren oder die Verstorbenen aufzunehmen. Doch als ich hier so stehe und mein Atem im letzten Rest der Wüstennacht und der Dämmerung, die die Felsen mit Gold überzieht, zu Dampf wird, erscheint das Wort *Anlage* mir hohl.

Und ich kann gut verstehen, dass die ersten Astronauten auf Gaias Oberfläche, allesamt selbst Wissenschaftler, das Wort *Tempel* flüsterten.

Banken und Supermärkte sind Anlagen. Anlagen werden erbaut und benutzt und eingerissen und wieder aufgebaut und recycelt, bis sie auf die gleiche Weise enden wie so viele Pappkartons und Plastikfolien. Dieser Ort hier … Dieser Ort ist schwer vor Bedeutung. Er ruft nach einem, so wie eine Kirchenglocke die Gemeinde zur Messe ruft oder der Muezzin die Gläubigen zum Gebet. Er wartet, gewichtig und schweigend, so ehrwürdig und gelassen wie eine mächtige Eiche. Ich muss die Strahlung in seinen Steinen nicht messen, um zu wissen, wie lange er schon auf uns wartet, weil ich ebenso lange gewartet habe: *ewig*.

Das Gefühl überwältigt mich so unvermittelt, dass mir die Knie weich werden, ich strauchele, taumle, und bin genauso wenig imstande, mich zu bewegen wie in der Schwerelosigkeit. Als ich mich losreiße, sehe ich Mia, die den Tempel mit großen Augen und heftig atmend anstarrt. Ich beobachte ihre Miene, sehe, dass die Angst in ihren Augen gegen die Entschlossenheit ihres Mundes keine Chance hat. Und plötzlich habe ich wieder Boden unter den Füßen.

»Wir müssen vorsichtig sein.« Ich befehle meinen Beinen, sich wieder in Gang zu setzen, und meine Stimme klingt trocken und staubig, genau wie der Sand unter mir. »Wenn wir erst mal drin sind, müssen wir zusammenbleiben. Keiner von uns darf vorausgehen oder auch nur einen Schritt durch eine Tür tun, ohne dass wir uns absprechen.«

Ich werde mit einem Augenrollen belohnt, während wir auf die Stufen zugehen. »Du findest also, ich sollte lieber *nicht* kopfüber in ein Alien-Grabmal voller Fallen und Stolperstricke stürmen? Ich weiß, was aus der Besatzung der *Explorer IV* geworden ist. Ich habe nicht vor, das gleiche Schicksal zu erleiden.«

Ich zucke zusammen. *Alle* haben gesehen, was aus der Besatzung der *Explorer IV* geworden ist, den ersten Astronauten, die auf Gaia gelandet sind. Weil die IA unbedingt positive Publicity brauchte, wurde die Erkundung per Funksatellit live übertragen, so wie früher die Mondlandungen. Deswegen konnten alle die Schreie hören, als das halbe Team nach ein paar Räumen pulverisiert wurde.

Danach war klar, dass jede Erkundung jenseits der Vorkammern, ohne einen Führer, der die Warnungen und Anweisungen des Tempels übersetzte, völlig unmöglich sein würde. Und es gibt zwar außer mir noch mehr Leute, die die Zeichen lesen können, aber sie zu lesen ist das eine, sie zu verstehen dagegen etwas völlig anderes. Die Sprache der Unsterblichen enthält subtile Feinheiten, die bisher nur wenige Menschen gemeistert haben.

Mia verlagert ihr Gewicht. Die Schnallen ihrer Stiefel

knarren protestierend. »Hör zu, Oxford«, sagt sie etwas sanfter. »Das ist hier nicht mein erstes Rodeo. Ich komme schon klar.«

»Und ich bin jahrelang für einen Augenblick wie diesen hier geschult worden«, sage ich, obwohl ich insgeheim plötzlich denke, dass der Sommer in Südafrika, in dem ich die Erde auf Knochenfragmente früher Hominiden durchsiebt habe, mich nicht unbedingt auf diese Mission vorbereitet hat. »Aber so was wie das hier hat keiner von uns schon mal gemacht. Was ihre Schrift und ihre Warnungen angeht, wirst du mir schon vertrauen müssen. Wir müssen aufeinander aufpassen.« *Vertrau mir*, sage ich immer wieder, und meine eigene Stimme hört sich an wie ein Chor, der mich innerlich verspottet. Die Worte schmecken wie Sand.

Zuerst erwidert sie nichts. Am Fuß der Treppe bleibt sie stehen und schaut zu mir herüber. Was auch immer sie sieht, scheint sie zum Lächeln zu bringen – sie verzieht zwar nicht die Lippen, aber ihr Blick wird anders, wärmer, und um ihre Augen bilden sich kleine Fältchen. »Geh du voraus«, sagt sie leise und mustert mein Gesicht. »Mir macht es nichts aus, die zweite in der Geschichte zu sein.«

Ich weiß, dass ich sie angrinse wie ein Idiot, aber irgendwie ist mir das egal. *Sie versteht es.*

Im großen Komplex hat das Team der *Explorer IV* erst Fallen ausgelöst, nachdem sie mehrere Räume weit in den Tempel vorgedrungen waren. Trotzdem sind meine Muskeln angespannt und sämtliche Nerven in Alarmbereitschaft, als wir die Stufen hinaufsteigen und nur unsere leisen Fußtritte die Stille der Morgendämmerung durchbrechen. Wir müssen die Stufen erklimmen – sie sind ein klein wenig zu hoch, um sie bequem emporzusteigen, selbst für jemanden, der so groß ist wie ich. Nicht ganz für unsere Größe gebaut, aber beinahe. Schon seit Jahren spekuliert alle Welt darüber, wie die Unsterblichen wohl ausgesehen haben, von der wilden Panikmache in Filmen und Büchern über sie bis hin zu den akribisch ausgetüftelten Theorien der Wissenschaftler, aber selbst bei den plausibleren Theorien handelt es sich immer noch um kaum mehr als Vermutungen. Wegen der Höhe ihrer Bauten wissen wir, dass sie nur wenig größer gewesen sein können als wir selbst, aber sonst ... Unter den Schriftzeichen, die das Team der *Explorer* fotografiert hat, gab es nichts, das sie selbst abbildete. Falls die Bilder sich nicht in den unerforschten Herzen der Tempel befinden, haben die Unsterblichen uns keinen Hinweis auf ihr Aussehen hinterlassen.

Als wir zum Eingang kommen, greife ich nach oben und schalte meine Stirnlampe ein, wobei selbst meine Fingerspitzen vor Spannung beben. Die ersten Menschen, die jemals hier hindurchgehen. »Nur einen Schritt in die Vorkammer«, murmle ich, und sie nickt neben mir. »Dann bleiben wir stehen und halten nach Instruktionen Ausschau.«

Und dann, mit einem Schritt wie jedem anderen – nur dass es vielleicht der wichtigste Schritt meines Lebens ist –, trete ich über die Schwelle und auf die erste Fliese.

Ich warte kurz, und als nichts passiert, gehe ich ein wenig zur Seite, damit Mia sich neben mich stellen kann, und wir blicken beide zu den Mauern um uns herum empor. Wir stehen in einer hohen Kammer, die sich mehrere Meter in alle Richtungen erstreckt. Eine riesige Spirale ist in die Mauer geritzt, die aus aneinandergereihten Zeichen der Unsterblichen besteht. Mein Blick heftet sich sofort auf sie, und mein Herz sprengt mir beinahe die Brust – das hier ist die Nautilus-Spirale, die geheime Form in dem Code, der mich hierhergeführt hat. Ich bin am richtigen Ort, um das Rätsel zu lösen.

Trotz ihrer statischen Natur wohnt den eingravierten Zeichen eine Art Kraft inne, und während die Staubpartikel im Strahl der Lampe tanzen, scheinen die Zeichnungen sich beinahe zu bewegen. Es ist quälend vertraut und gleichzeitig absolut fremd. Die kleinen Härchen in meinem Nacken stellen sich auf.

»Ach du Scheiße«, flüstert Mia neben mir. Sie hat keine Helmlampe wie ich, aber sie schaltet ein Licht an ihrem Handgelenk an, ein primitives, faseroptisches Gebilde, mit dem sie alles beleuchten kann, auf das sie zeigt. »Die Bilder, die uns die *Explorer IV* geschickt hat, sahen aber nicht *so* aus.«

»Die Stelle, die sie erkundet haben, ist nicht die richtige«, murmle ich. »Außerdem habe ich noch nie ein Muster wie das hier gesehen. Die Funkbotschaft, die Dr. Addison entschlüsselt hat, lässt keinen Rückschluss auf die Ästhetik zu, und das Team der *Explorer IV* war stärker daran interessiert, wieder lebend herauszukommen, als gute Bilder aufzunehmen. Diese Schriftzeichen sind beinahe künstlerisch, auch wenn das vermutlich Projektion ist, da es nun mal unsere Art ist, überall nach Symmetrie und Mustern zu suchen, und …«

»Oxford.« Als ich zu Mia hinübersehe, hat sie eine Augenbraue hochgezogen, im Gesicht diesen leicht irritierten Ausdruck und die Arme vor der Brust verschränkt.

»Ist schon gut.« Klar, sie hat keinen Grund, sich für die beeindruckende Spiralform zu interessieren. Und ich muss mehr als das hier sehen – wenn ich verstehen will, worauf sich die Warnung bezieht, muss ich so viel sehen wie nur möglich. Wir müssen weiter. »Ich mache nur schnell ein paar Aufnahmen – hier gibt es überall Texte, nicht nur die zwei großen über dem Eingang. Vielleicht kann ich etwas davon dechiffrieren, wenn wir eine Pause machen.« Obwohl ich mich am liebsten auf der Stelle hinsetzen und mein Notizbuch herausholen würde, zwinge ich mich, mit dem Armband einen Bogen um uns zu beschreiben und die Bilder aufzuzeichnen. »Mal sehen ... Die Sprache der ursprünglichen Funkbotschaft war ihrer Natur nach mathematisch, und diese Schrift hier ist es auch. Die Linien jedes Zeichens basieren auf numerischen Werten, die Wörtern und Begriffen aus der Botschaft entsprechen, aber wenn man die Zeichen gelernt hat, kann man sie lesen wie fast jede andere Sprache auch.«

»Fast?« Amelias Stimme klingt angespannt.

»Na ja, ein paar von ihnen ähneln Buchstaben, wie in unserem Alphabet, und andere sind komplette Wörter, sogar komplette Ideen. Und ihre abstrakten Konzepte sind nicht immer ganz einfach zu verstehen. Diese Gruppe hier zum Beispiel vermittelt ein Gefühl von ...« Ich bin gezwungen, innezuhalten und nach den richtigen Worten zu suchen. »Es wird Folgen haben, dass wir hier eindringen. Da oben an dem Bogen haben wir das Zeichen, das die Unsterblichen für sich selbst benutzt haben, dasjenige, das aussieht wie ein Meteor am Himmel. Es bedeutet, dass das hier ihr Revier war, ihr Territorium.«

»Mhm«, murmelt sie. »Du kannst es ja tatsächlich lesen. Steht da auch, wo ihr Technikkram ist?«

Ich beschließe, ihre Überraschung zu ignorieren, genau wie ihre Frage – eine unangenehme Erinnerung an die Tatsache, dass sie nicht nur aus Entdeckerfreude hier ist –, und fahre fort. »Im nächsten Abschnitt zur anderen Seite des Bogens hinunter geht es um Lernen und Bildung, was bedeutet, dass wir uns Wissen aneignen müssen, um durch den Tempel zu kommen. Und dieser Abschnitt hier betont, wie viel wichtiger dieser Tempel ist als die anderen in der Umgebung – ich hatte dir ja gesagt, dass deine Freunde am falschen Ort suchen –, und was wir suchen, befindet sich genau in der Mitte des Tempels. Oder möglicherweise auch ganz unten; beim dreidimensionalen Raum scheint ihr Denken anders zu funktionieren als unseres.«

»Genau in der Mitte«, wiederholt sie, aber in ihrer trockenen Antwort klingt deutlich die Erleichterung darüber durch, dass ich richtiglag, als ich sie hierher statt zu dem größeren Tempel geführt habe. »Natürlich. Hinter den Fallen.«

»Ganz genau.«

»Und du bist dir absolut sicher, dass hier technisches Gerät ist, das ich mitnehmen kann? Mit interessanten Fakten und kulturellen Erkenntnissen kann ich meine Schulden nicht bezahlen, Oxford.«

Ich bringe es nicht übers Herz, sie anzusehen, als ich antworte. Mit einem Mal fühlt sich *Sie ist nur eine Plünderin* überhaupt nicht mehr nach einem hinreichenden Grund an, meine Interessen über ihre zu stellen. Ich gebe mir noch einmal das Versprechen, dass ich einen Weg finden werde, damit sie von dieser Sache profitiert. »Das hier ist genau das, was ich mir erhofft hatte«, sage ich.

Sie scheint nicht zu bemerken, dass das ihre Frage nicht beantwortet. »Diese ganzen Inschriften verraten uns wohl nicht zufällig, mit welcher Art von Fallen wir rechnen müssen?«

»Ich fürchte, das ist bei jedem Raum anders«, sage ich, überprüfe vorsichtig die nächste Fliese mit meinem Fuß und mache einen Schritt nach vorn. »Wir können nur Vermutungen anstellen, basierend auf dem, was dem Team der *Explorer IV* zugestoßen ist. Manches wird vermutlich altmodisches Zeug sein, das dem Zahn der Zeit standhält. Herunterfallende Felsbrocken, Spieße, die aus der Wand kommen, so was in der Art. Anderes wird eher in Richtung Hightech gehen.«

»Ich habe mir sämtliche *Explorer*-Videos angesehen, die online zugänglich sind«, sagt sie und übernimmt die Führung, wobei sie vorsichtig jede Fliese mit dem Fuß überprüft, bevor sie weitergeht. »Und ein paar streng geheime, an die Mink rankam – das ist meine Unterhändlerin. Aber du bist der Experte. Was kommt als Nächstes?«

»Das«, murmle ich und schaue zu den Inschriften hoch, »ist die Frage. Diese Zeichenfolge hier besagt, dass der Raum sicher ist, während sich im nächsten die erste Prüfung befindet.« Trotzdem gehe ich vorsichtig weiter, wobei mir bewusst ist, dass ich zwar *glaube*, die Zeichen an den Wänden lesen zu können, es aber gut möglich ist, dass ich etwas übersehe, einfach weil ich die Welt nicht so wahrnehme, wie es ihre Erschaffer getan haben.

Ich bleibe stehen, als ich merke, dass Mia mir nicht folgt. Sie wirkt beunruhigt und beißt sich auf die Unterlippe. So langsam weiß ich, dass das ihr Nachdenkgesicht ist, aber ich werde von dem Grübchen in ihrer Lippe abgelenkt und muss mir selbst verbieten, hinzusehen. »Mia?«

»Ich weiß nicht.« Sie erschauert ein wenig, als müsste sie ein Frösteln abschütteln. »Irgendwie hätte ich gedacht, dass es sich ... fremdartiger anfühlen würde.«

»Was meinst du damit?«

»Dass dieser Ort hier irgendwie wie die Pyramiden ist, oder dieses Ding in ... Kambodscha oder so –«

»Angkor Wat«, unterbreche ich sie, unfähig, den Impuls zu unterdrücken.

»Ja«, fährt sie abwesend fort, ohne sich irritieren zu lassen. »Genau. Oder Stonehenge. Ich meine, ist es nicht seltsam, dass diese Tempel überhaupt hier sind? Das Weltall ist praktisch unendlich, mit unendlichen Möglichkeiten und allen möglichen Formen, die das Leben annehmen kann, und wir erkunden hier einen Tempel, der Stufen und Türen hat. Es fühlt sich einfach ... merkwürdig an. Das hier hätte von unseren eigenen Vorfahren erbaut werden können.«

Sie ist sehr viel scharfsinniger, als es zunächst den Anschein hat, und unwillkürlich frage ich mich, wie stark sich dieser Eindruck auf meine Vorurteile gründet und wie sehr darauf, dass sie ihre Intelligenz nicht zeigt. »Stimmt«, gebe ich zu. »Nur dass die Unsterblichen schon das Weltall bereist haben, bevor unsere Vorfahren gelernt haben, Feuer zu machen – sie haben diese Botschaften bereits geschrieben und sind ausgestorben, bevor der erste Mensch herausfand, wie man schreibt.«

»Aber das ist doch nur eine Schätzung«, protestiert Mia. »Das wird mit Hilfe der Strahlung datiert, oder? Es könnte ein Irrtum sein.«

»Plusminus ein paar Jahrhunderte natürlich. Aber die Steine in diesem Tempel absorbieren die Sonnenstrahlung bereits seit fünfzigtausend Jahren.«

»Aber trotzdem«, murmelt sie.

»So merkwürdig ist das gar nicht. Auf der Erde passiert das ständig. Parallele Evolution. Zwei Geschöpfe ohne die geringste Verwandtschaft bilden die gleichen Eigenschaften heraus, weil sie sich in einer ähnlichen Umgebung entwickeln. Denk nur an Vögel und Fledermäuse und Schmetterlinge. Sie haben keinen gemeinsamen Vorfahren, der Flügel hat, aber Flügel haben sich als nützliche Errungenschaft herausgestellt, also haben sie alle Flügel bekommen. Oder Delfine und Haie. Keinerlei Verwandtschaft, aber sie haben in etwa die gleiche Form und eine Menge gemeinsamer Merkmale, weil sie eine Nische gefunden haben, in der sie funktionieren.«

»Du meinst also, wir besetzen dieselbe Nische wie die Unsterblichen?«, fragt sie und sieht erst an sich hinunter, dann hinüber zu mir, als würde sie uns taxieren.

»Möglich«, sage ich. »Wir wissen nicht, wie ähnlich sie uns physiologisch waren, aber vielleicht gibt es etwas in unserer Evolution, durch das es am wahrscheinlichsten war, dass wir die dominante Spezies auf unserem Planeten wurden, und anderswo war es das Gleiche. Es gibt natürlich keine Städte oder Aufzeichnungen, die darauf hindeuten, dass sie sich hier entwickelt haben, aber daraus, dass die Unsterblichen sich Gaia ausgesucht haben, um diese Bauten zu erschaffen, lässt sich schließen, dass sie die Atmosphäre atmen konnten, genau wie wir. Dass zwei intelligente Spezies, die eine ähnliche Umgebung zum Überleben brauchen, ein paar gemeinsame Eigenschaften haben, wäre nur logisch.«

Mias Stirn glättet sich ein wenig, und sie erschauert erneut. »Gehen wir weiter.«

Der Türbogen öffnet sich zu einer riesigen Höhle, in der wenige Meter vor unseren Füßen ein Abgrund gähnt. Nur eine schmale Steinbrücke führt über die Kluft zur anderen Seite, wo eine Steintür den Ausgang blockiert. Die Brücke selbst ist wunderbar symmetrisch, von der mathematischen Präzision menschlicher Hängebrücken. Und obwohl sie intakt zu sein scheint, lässt sich unschwer erahnen, welches Schicksal den erwartet, der einen falschen Schritt tut.

»Du meinst, wir müssen einfach nur rübergehen?« Mia steht neben mir, die LED an ihrem Handgelenk scheint in der undurchdringlichen Finsternis um uns herum wirkungslos zu sein.

Ich suche mit den Augen die Wände ab und halte dabei nach den Inschriften Ausschau, die mir verraten werden, wie sich die Herausforderungen der Unsterblichen bewältigen lassen. Während ich auf die Zeichenfolgen starre, spule ich im Geist Übersetzungen ab. Es ist eine Erzählung – die Wiederholung der Geschichte in der ursprünglichen Botschaft, glaube ich. Mit meinem Armband mache ich sorgfältig eine Aufnahme. Ich kann den Text heute Abend übersetzen, wenn wir haltmachen, um die Atemgeräte zu benutzen.

Was unter den Schriftzeichen jedoch fehlt, ist eine Anweisung, wie man über die Brücke kommt.

Auffällig ist einzig und allein ein sanfter Bogen, der über der Tür auf der anderen Seite in den Stein geritzt ist, ganz anders als die Zeichen, die ich studiert habe, und auch als die Spirale, über die ich mehr herausfinden will.

Irgendwo hier drinnen muss die Antwort liegen, aber wenn es sie gibt, dann werde ich sie nicht in den Zeichen finden, die zu entziffern ich gelernt habe. Eine ganze Stunde untersuche ich sämtliche Quadratzentimeter der Wände, die wir mit unseren Lampen erreichen, auf der Suche nach Hinweisen. Schließlich betrete ich einfach die Brücke, während mir das Herz bis zum Hals schlägt.

Sie fühlt sich beruhigend stabil an, auch wenn mein Herz wie wild hämmert. Jetzt, da ich direkt auf die Brücke leuchte, sehe ich, dass sie nicht aus dem gleichen Gestein besteht wie die Räume um uns herum. Diese Steine wurden nicht aus dem Felsen gehauen oder geschnitten.

Das Gestein der Brücke ist eigenartig kristallin und von Streifen durchzogen, deren sanfter Schimmer sich meinem Blick entzieht, sobald ich versuche, darauf zu fokussieren. In einem Moment ist da ein Muster, und im nächsten, immer wenn ich denke, ich hätte es, verschwindet es wieder. Es ist nicht ganz so wie bei einem Schaltkreislauf, aber … es ist da.

Und das, dieses unbekannte Schimmern von den Steinen der Brücke, jagt mir mehr Angst ein als die Brücke selbst.

Zum Glück ist die Brücke nicht sonderlich lang – und sie ist so fachkundig konstruiert, dass sie trotz einer abgeplatzten Stelle hier und einem fehlenden Stück da kein einziges Mal auch nur erzittert, bevor ich die andere Seite erreiche, die vor der versiegelten Steintür zur nächsten Kammer endet. Ich nehme mir viel Zeit und suche die Oberfläche der Tür nach Warnungen ab, bevor ich ganz behutsam die Hand darauf lege. Anschließend die Schulter, dann mein ganzes Körpergewicht. Die Tür rührt sich nicht. Nicht einmal ein bisschen Sand oder Schutt rieselt zum Lohn für meine Mühe herab. Und nirgendwo eine Spur von einem Griff oder irgendeinem Mechanismus, mit dem sich die Tür öffnen lässt.

»*Perfututi*«, murmle ich. Nach einer Weile bin ich gezwungen, wieder vorsichtig zurückzukehren, und da sehe ich es. Ein kleiner Umriss, eingeritzt in einen Stein auf meiner Seite der Brücke. Wie ein Nachsatz, eine rasche, nachträgliche Ergänzung, mit gerade so viel Aufmerksamkeit, um das richtige Zeichen zu schreiben.

Es ist die Nautilus, ganz in der Ecke, wo sie keiner sieht, es sei denn, jemand sucht hier nach Hinweisen, wie die Brücke zu überqueren ist. Das Wort aus der ursprünglichen Botschaft fehlt, aber mein Gedächtnis liefert mir bereitwillig die düstere Übersetzung: *Katastrophe. Apokalypse. Das Ende aller Dinge.*

Zumindest kann ich mir wohl sicher sein, dass ich am richtigen Ort bin, um mein Rätsel zu lösen. Ich wünschte nur, es würde mir dabei nicht so eiskalt den Rücken hinunterlaufen.

Ich knie mich hin und tue so, als würde ich die Brücke inspizieren. Wenn ich Amelia die Nautilus erklären will, muss ich meine Lüge offenlegen.

»Hörst du das?« Mia runzelt die Stirn und leuchtet mit ihrer Lampe im Raum herum. »Dieses Rauschen?«

»Wahrscheinlich Wind von draußen, der irgendwo eindringt«, antworte ich, den Blick immer noch auf den Umriss vor mir gerichtet.

»Hmmm ...« Mia schlendert zu der Seite hinüber, wo der Wind rauscht. Sie redet weiter, aber ich höre sie nur halb, während ich die Nautilus – und die Linie, die davon abstrahlt und die ich bisher noch nie gesehen habe – mit meinem Armband fotografiere.

»Ja«, sage ich, als eine Pause darauf hindeutet, dass sie eine Antwort von mir erwartet, nur um einen Augenblick zu spät zu erkennen, dass ich keine Ahnung habe, wozu ich meine Einwilligung gegeben habe. Ich reiße den Kopf hoch, und mir bleibt beinahe das Herz stehen. Sie ist auf eine Plattform seitlich vom Eingang geklettert, eine, die man nicht sieht, wenn man so wie ich gerade eben in der Tür steht. »Schau mal, da ist eine Klappe oder so was.«

»Warte – warte, nicht –«

Aber sie greift schon danach, und unter ihren Fingern gibt der uralte Mechanismus nach, lässt eine Art steinerne Jalousie herabgleiten, in den Felsen hinein, wodurch sich ein Durchgang öffnet. Ein Sturm drängt herein, der sie überrascht zurückprallen lässt.

Der Wind ist für sich genommen schon erschreckend, aber

keiner von uns ist auf das vorbereitet, was er verursacht – eine Abfolge von ohrenbetäubenden Missklängen durchflutet den Raum, und wir sind gezwungen, uns die Ohren zuzuhalten. Mia schreit etwas und versucht erfolglos, die Lade wieder hochzuziehen, um den Wind auszusperren.

Die Nautilus ist vergessen. Halb wütend, halb aufgeregt laufe ich zu ihr hinüber. »Du musst vorsichtiger sein!«, brülle ich über das Getöse hinweg, das im Raum dumpf wie eine Art tiefes Fagott widerhallt.

»Du hast doch ja gesagt«, gibt sie zurück.

Deus, ich muss wirklich besser aufpassen, wozu ich meine Zustimmung gebe.

Sie erspart mir die Erklärung und zeigt mit dem Finger nach unten, wo eine Reihe von fünf Löchern in die Plattform eingelassen ist, angeordnet in demselben Bogen, der über der unbeweglichen Tür zu sehen ist. »Sag du es mir, Oxford. Gibt es da vielleicht einen Zusammenhang?«

Wenn es still wäre, müsste ich zugeben, dass sie recht hat. Beim derzeitigen Stand und mit dem Getöse der »Musik« beantworte ich ihre Frage mit einem Kopfschütteln, und wir beugen uns beide vor, um die Lade zu inspizieren, wobei Mias Haare durch den Wind nach hinten geweht werden. Sie kniet sich hin, streckt die Hand aus, um eines der Löcher zuzuhalten – und einer der Töne verstummt.

»Es ist, als würde man über eine Flasche blasen«, sagt sie und beugt sich vor, um mit ihrem Körper mehr von den Löchern zu bedecken und die Kakophonie ein wenig zu dämpfen.

»Verdammt großartig, das ist es.« Ich würde die Unsterblichen in diesem Augenblick schrecklich gern bewundern, doch die verbleibenden zwei Löcher sind etwas verstimmt, und mir tun die Zähne weh.

Sie schaut mich an und nickt hinüber zur Seite. »Stell dich vor den Wind, ja? Damit es ein bisschen leiser wird.«

Gehorsam stemme ich mich gegen den Kanal und spüre, wie der Wind gegen mich drückt. Die in die Plattform eingelassenen Löcher sind jetzt größtenteils stumm, von dem gelegentlichen Fallwind abgesehen, der an mir vorbeistreicht. Jetzt, da es etwas ruhiger ist, sehe ich, dass die heruntergeglittene Steinlade aus der gleichen seltsamen, kristallinen Struktur besteht wie die Brücke.

»Was steht da?«, fragt Mia und zeigt auf die Zeichen, die in die Wand geritzt sind.

»Nichts Brauchbares«, sage ich. »Nur das, was wir schon wissen, – dass wir Prüfungen bestehen müssen –, und ich glaube, es ist der Beginn der Geschichte der Unsterblichen.«

»Und da drüben?«, fragt sie, zeigt auf den Bogen über der Tür auf der anderen Seite und fährt dann die Löcher im Boden nach.

»Ich weiß nicht – das ist kein Unsterblichen-Schriftzeichen.«

»Na ja, irgendwas muss es ja bedeuten, oder? Warum würde es sonst hier stehen?« Sie beugte sich vor und leuchtet nachdenklich mit ihrer Lampe in die Löcher. »Vielleicht ist es gar keine Sprache. Vielleicht ist es Mathematik.«

»Mathematik?« Ich sehe sie von der Seite an und bemühe mich, den Rücken weiter gegen den Windkanal zu pressen.

»Ja. Du hast doch gesagt, dass ihre Buchstaben auf Mathematik basieren, und die ursprüngliche Botschaft war Mathematik, oder?« Sie blickt zu mir hoch. »Vielleicht ist das hier so etwas Ähnliches. Wie – du weißt schon, wenn man Punkte in ein Diagramm zeichnet und eine Form daraus wird.«

Ich schweige kurz und schaue zurück zur Brücke. Von hier aus kann man die Nautilus nicht sehen, die auf der anderen Seite eingeritzt ist. Worüber sie da spricht, ist genau die Methode, mit der mein Vater damals die Spirale gefunden hat – Gleichungen, tief im Code der Unsterblichen verborgen, die, als Graph gezeichnet, das Bild ergeben, das mich hierhergeführt hat. Ich atme vorsichtig ein. »Hier sind aber keine Zahlen, keine Schriftzeichen, um …«

»Nein, nicht die Zeichen – schau.« Sie springt kurz nach unten, um einen Stein aufzuheben, dann klettert sie wieder zurück zu mir nach oben.

Ehe ich sie daran hindern kann, ritzt sie mit dem Stein Linien in die Plattform. Ich bin so schockiert davon, wie beiläufig sie diesen uralten Ort entweiht, dass ich keine Worte finde, um sie daran zu hindern – ich kann nur starren.

Sie zeichnet zwei gekreuzte Linien als Achsen für das Koordinatensystem, dann ritzt sie eine Kurve, die die in den Stein eingelassenen Löcher verbindet. Anschließend runzelt sie die Stirn und beißt sich auf die Unterlippe, während sie das Ergebnis betrachtet, mit dem Stein gegen ihr Kinn trommelt und genauso aussieht wie ein Kollege meines Vaters mit Tablet und Stylus in der Hand. Dann zeichnet sie weiter, eine horizontale Linie durch das erste Loch, eine weitere durch das zweite und so fort.

Ich rutsche mit dem Fuß aus und gebe es auf, den Wind auszusperren. Ein paar Augenblicke lang werden wir von Missklängen überflutet, bevor ich mich neben sie knie und so viele von den Löchern zuhalte, wie es mir mit Händen und Füßen möglich ist. »Ich weiß ja, dass es ungefähr fünfzigtausend Jahre her ist, aber man sollte meinen, sie hätten ihre Instrumente besser stimmen können.«

Sie blinzelt und schaut dann zu mir hoch. »Stimmen?« Bevor ich antworten kann, strahlt sie mich an. »Stimmen – du bist ein Genie, Jules! Genau das ist das Rätsel. Wir müssen es stimmen.«

»Wie stimmt man Löcher im Fußboden?«, frage ich zweifelnd.

»Na ja …« Mia zögert und probiert herum, indem sie eine Hand über das zweite Loch legt, sie wieder wegzieht und der grässlichen Dissonanz zwischen ihm und dem ersten Loch lauscht. »Wenn das Pfeifen wären, würde man sie einfach kürzen, um …« Unvermittelt schaut sie auf. »Gib mir deine Wasserflasche.«

»Meine Wasserflasche?«

»Ja, du hast doch eins von diesen schicken Luftkondensatordingern, oder? Das füllt sich danach wieder mit der Luftfeuchtigkeit. Also können wir das Wasser daraus in die Löcher hier gießen, um die Pfeifen kürzer zu machen.«

Ich greife nach der Flasche, wobei mir nur allzu bewusst ist, wie wertvoll das ist, was ich ihr da aushändige. Aber wenn wir gleich an der ersten Tür scheitern, nützt uns auch ein ganzes Schwimmbecken voller Wasser nichts. »Woher wissen wir, nach welchem System wir die Löcher stimmen müssen?«

»Nach dem Zeichen. Oder dem Graphen. Oder was das hier eben ist.« Stolz weist sie auf ihre eingeritzten Linien – nur mit Mühe schaffe ich es, nicht damit herauszuplatzen, dass sie in einen so wertvollen Fund keine Graffiti ritzen sollte. »Die Löcher sind Punkte auf der Kurve, Werte in der Gleichung. Wenn du dir das erste Loch als Pfeife oder als Flasche mit Luft darin vorstellst, müssen wir das zweite Loch halbvoll machen – weil es auf dem Graphen auf der halben Höhe des oberen Punktes liegt.«

Ich starre sie an. »Ähm ... Wie bitte?«

Sie macht eine ungeduldige Handbewegung. »Vertrau mir einfach. Mathe ist das Einzige, was ich von der Schule vermisse. Zahlen sind mein Ding, sie sind immer logisch, sie sind immer gleich. Das hier sind Brüche. Eins zu eins, eins zu zwei – die Hälfte – eins zu drei ...« Sie füllt die Löcher mit Wasser, eines nach dem anderen. Und einer nach dem anderen werden die Töne höher. Das zweite, halbvolle Loch spielt die gleiche Note wie das leere, nur eine Oktave höher. Der dritte Ton wird höher, bis er plötzlich in Harmonie zu den anderen beiden ist und die Luft widerklingen lässt.

Mit einem Mal steht die Entweihung der Steine unter uns nicht mehr ganz oben auf der Liste meiner Bedenken. Die simple Brillanz des Rätsels bewirkt, dass ich mich nach meinem Vater sehne. Ich würde alles geben, um zu hören, wie er heftig einatmet, wie immer bei einer neuen Erkenntnis, um zu sehen, wie sich Fältchen um seine Augen bilden, wenn er wie ein Teenager grinst. Er würde sich so weit vorbeugen, bis seine Nase den Stein fast berühmt, dann würde ihm wieder seine Brille einfallen, und er würde sie nach unten schieben und den Kopf ein wenig nach hinten nehmen.

»Du stimmst gerade einen uralten Alien-Tempel, Mia«, murmle ich, nur um zu sehen, wie sie aufblickt und mir ein hinreißendes Lächeln schenkt. Es ist zwar nicht das Lächeln meines Vaters, aber ich kann kaum den Blick davon abwenden. Ich kann von *ihr* kaum den Blick abwenden, wenn sie so strahlt.

Gemeinsam beenden wir unser Werk und füllen alle Löcher mit der Wassermenge, die der in den Stein gehauene Bogen vorgibt, und als ich diesmal zurücktrete, spielen sämtliche Töne auf einmal.

Und es ist ein Akkord. Wunderschön und eindringlich hallt er zwischen den Wänden wider, bis mir die Fußsohlen kribbeln, die Ohren klingen, der Raum um mich herum schwankt ...

Aber der Raum schwankt gar nicht. Es ist die Brücke.

Und mit Mias Worten im Ohr, der Erinnerung daran, dass Mathematik Musik und Musik Mathematik ist – irgendwie haben die Unsterblichen diese Brücke *gestimmt*, auf die gleiche Frequenz wie den Akkord. Sie biegt sich von allein durch, der Stein krümmt sich und schimmert im Strahl unserer Lampen. Und gerade als ich den Mut verliere, als ich denke, dass unsere Reise zu Ende ist, bevor sie richtig begonnen hat und dass die Brücke jeden Moment über dem Abgrund auseinanderbrechen wird ... da bewegt sich die Tür.

Die Brücke ist unter der Tür verankert, und bei jedem Schwanken drückt sie das feste Gestein ein kleines bisschen weiter zur Seite. In wenigen Sekunden wird der Durchgang breit genug sein, um uns hindurchzulassen.

Ich muss nichts zu Mia sagen, um zu wissen, dass sie genau das Gleiche denkt wie ich – es war eine Sache, die wunderbare Steinbrücke zu überqueren, als der Raum noch still und friedlich war. Jetzt, da beide Seiten sich wellenförmig auf und ab bewegen …

»Wir müssen einfach hinüber«, stoße ich hervor und versuche, nicht an den Abgrund zu denken. »Wenn wir in der Mitte bleiben, werden die Wellen uns nicht umwerfen. Sie ziehen dann einfach an uns vorbei. Ich … Ich gehe zuerst. Du hältst dich hinter mir, und wenn irgendwas schiefgeht, schaffst du es hoffentlich zurück zum Eingang.«

Mia will protestieren, doch sie schaut zurück zum Tempeleingang, und ich weiß, dass sie an die Schwester denkt, von der sie gesprochen hat. Als Tote nützt sie ihr nichts mehr. »Okay«, flüstert sie. »Ich hoffe nur, dass hinter der Tür ein verdammtes Vermögen versteckt ist. Also los.«

Angesichts der wogenden Brücke unter meinen Füßen würde ich mich am liebsten auf den Boden werfen und mich verzweifelt festklammern, aber ich zwinge mich, meine Konzentration auf das Ziel zu richten und nicht auf den schlingernden, sich bewegenden Pfad unter mir. Mit jedem Schritt verwandeln sich meine Beine mehr in Gummi, aber ich sage mir immer wieder, dass es nur Furcht ist, nur Erschöpfung, nur …

»Wird es etwa schlimmer?« Mias Stimme, mehrere Schritte hinter mir, ist ganz hoch vor Panik.

Ich begehe den Fehler, mich nach ihr umzusehen. Und von meinem Standpunkt aus sehe ich, wie sich fast die gesamte Brücke so stark durchbiegt, dass die Ränder fast über Mias Kopf hängen. Sie hält sich nur noch mit Mühe auf den Beinen.

Ganz offensichtlich war die Brücke dafür gemacht, sich zu bewegen, um die Tür zu öffnen. Aber das hier ... irgendetwas stimmt nicht. Die Zeit oder eine Fehlkalkulation, oder irgendein Fehler auf unserer Seite – die wogende Brücke reißt auseinander, während die harmonischen Wellen aufeinander aufbauen. Und Mia ist erst in der Mitte der Brücke.

»Lauf!«, schreie ich, und sie gehorcht mir, ohne zu zögern. Doch dann erhebt sich das Stöhnen eines Felsen über den Akkord der Steinflöte der Unsterblichen, und hinter Mia kollabiert ein großes Stück der Brücke.

Ich blicke gerade rechtzeitig zu ihr hoch, um ihr in die Augen zu sehen.

Und dann gibt der Stein unter ihren Füßen nach.

Sie verschwindet mit einem Aufschrei, als die Brücke auseinanderbricht, wobei die ersten zwei Drittel auf der anderen Seite abreißen und herabhängen, hinunter in den Abgrund. Das Krachen des splitternden Gesteins und das Tosen der herunterdonnernden Felsen übertönt nun ihre Schreie und die Musik, als die Brücke die Plattform auseinanderreißt und die uralte Flöte für immer zum Schweigen bringt. Ich kann mich nicht rühren. Und auch nicht denken.

Erst als kurzatmiges Gefluche an meine Ohren dringt, setzt mein Verstand wieder ein. In der Finsternis sehe ich etwas Blasses, und mir wird klar, dass es eine Hand ist, die sich verzweifelt an einem Felsvorsprung festklammert. Mia muss sich vorwärts über den Abgrund geworfen haben, um den Vorsprung zu erreichen, bevor der Rest der Brücke auseinanderbrach.

Ich hechte auf den Vorsprung zu, ehe mir überhaupt wirklich bewusst wird, dass sie noch lebt, ehe mein Gehirn mich darauf hinweisen kann, dass es tödlich sein könnte, mich ihr hinterherzuwerfen. Doch als der Stein unter mir erbebt und meinen ganzen Körper zum Schwanken bringt, muss ich mich zwingen, weiter auf sie zuzukriechen, quälend langsam, damit nicht noch mehr von dem Felsen abbricht. Mein Herz hämmert im Takt mit dem *Nein-Nein-Nein*, das in meinem Gehirn pocht, und ich zwinge mich bei jedem einzelnen Stein, ihn auszutesten, bevor ich mein Gewicht darauf verlagere, damit nicht noch mehr von der Brücke abbricht. »Festhalten!«

»Ach nein, wirklich?«, keucht sie, ihre andere Hand erscheint über dem Felsrand, und sie ächzt vor Anstrengung.

Ich strecke die Hand aus, krieche weiter, bewege mich in meiner Ungeduld jedoch zu schnell, und ein Felsbrocken gibt unter mir nach. Ein Teil der restlichen Brücke zerbröselt und stürzt in den Abgrund, mein Arm rutscht in die Lücke hinter ihr, und meine Finger greifen ins Leere. Ich könnte schwören, dass ich für einen Augenblick Funken sehe, aber ich kann es mir nicht leisten, ein zweites Mal hinzusehen. Während das Adrenalin durch meinen Körper pumpt und mein Atem in schnellen Stößen geht, weiche ich zurück und zwinge mich, über die Stelle zu krabbeln, wobei ich den Stein dahinter austeste.

Erst einen Augenblick später wird mir klar, dass ich gar nicht gehört habe, wie das Trümmerstück unten angekommen ist. Der Weg nach unten ist *lang*.

Eine von Mias Händen verschwindet und taucht gleich darauf mit diesem Multiwerkzeug von ihr auf. Sie klopft damit ein paarmal gegen den Felsenrand, und plötzlich fährt es Zinken aus, die sich in den Stein graben, wodurch Mia besseren Halt gewinnt. Noch einmal stöhnt sie, dann, nach einem kurzen Augenblick, taucht ihr Gesicht über dem Rand auf, nur einen Meter von mir entfernt, die Augen so weit aufgerissen, dass man das Weiße darin komplett sehen kann. Dann ächzt das Gestein warnend, und sie überlegt es sich anders und bleibt, wo sie ist.

Endlich, *endlich* bin ich bei ihr, lege mich bäuchlings hin und bete, dass der Weg standhält, während ich die Hand nach unten ausstrecke, um ihren Bizeps zu umfassen, während sie ihrerseits meinen umklammert. »Ich lass dich nicht los«, murmle ich, stemme mich gegen den Felsen und halte sie fest. »*Deus*, es ist meine Schuld, ich habe dir gesagt, du sollst zurückbleiben.«

»Können wir uns die Schuldzuweisungen vielleicht für später aufheben?«, fragt sie mit zusammengebissenen Zähnen und klammert sich an meinem Ärmel fest, während ihre Füße im Nichts baumeln.

Nur eine Hantel im Fitnessstudio, sage ich mir, schließe kurz die Augen, überprüfe meinen Griff und verlangsame meinen Atem. *Ruhig Blut, vermassle das nicht.* Dann atme ich heftig aus, stoße mich mit Händen und Knien nach hinten ab und ziehe sie gleichzeitig hoch. Sie rammt das Werkzeug noch einmal in den Stein und zieht sich daran hoch, über den Rand, und als ich sie ein Stück nach hinten gezogen habe, schwingt sie ihr Bein seitlich nach oben und verhakt den Stiefelabsatz mit dem Felsrand. Sie bewegt sich genau wie einer der Kletterer im Fitnessstudio, schnell und geschmeidig – natürlich, sie muss an den Wolkenkratzern geübt haben. Und vermutlich war damals niemand dabei, der sie bei einem Sturz hätte auffangen können. Ich halte sie fest und sie mich, und gemeinsam bewegen wir uns über das verbliebene Brückenfragment, ich rückwärts und sie vorwärts, bis wir uns gemeinsam in dem jetzt weit offenen Durchgang zwischen dieser Kammer und der nächsten fallen lassen.

»Die Unsterblichen wussten wirklich, wie man den roten Teppich ausrollt«, bringe ich heraus und sehe sie an. Sie ist genauso erledigt wie ich, und ich weiß, dass der endlose Fall hinter ihren geschlossenen Lidern ablaufen wird, wenn wir uns heute Abend schlafen legen – genau wie hinter meinen. Vorausgesetzt, wir bleiben bis zur Schlafenszeit am Leben.

»Wenn das hier der rote Teppich ist, dann will ich ihr ›Bitte-nicht-stören‹-Schild lieber nicht sehen«, keucht sie unter angestrengtem Lachen.

Ich versuche mitzulachen, und ungefähr in diesem Augenblick merken wir, dass wir uns immer noch gegenseitig festhalten, uns mit Armen und Beinen umschlingen. Immer noch schauen wir uns in die Augen, und ich sehe, wie ihr Gesicht sich rötet, während sie gleichzeitig ausatmet und sichtlich beschließt, dass es ihr für den Moment egal ist, dass ich sie im Arm halte. Vermutlich pfeifen wir im Moment alle beide auf unseren Stolz. Und ich schäme mich auch nicht, dass ihre Körperwärme mich daran hindert, vor Kälte zu zittern.

»Danke, dass du zurückgekommen bist, um mich zu retten«, flüstert Mia, jetzt wieder nüchtern, als die Realität sie einholt.

»Klar doch«, murmle ich, ohne auch nur zum Hauch einer schlagfertigen Bemerkung in der Lage zu sein oder zu einem Witz darüber, dass ich ohnehin nichts anderes zu tun hatte.

Weil es wirklich *klar doch* war.

Jetzt erst merke ich, dass ich nicht einmal nachgedacht habe, bevor ich ihr hinterhergehechtet bin. Schon möglich, dass ich dieses Mädchen vor ein paar Tagen noch nicht kannte, aber jetzt kenne ich sie.

Ich weiß, dass sie grimmig und schlau ist, entschlossen und voll trockenem Humor.

Und ich weiß, dass ich die Zeit, in der wir hier umschlungen daliegen, nicht nur ausdehne, weil ich zu erschöpft bin, um mich zu rühren. Es ist ein grauenhafter Zeitpunkt für die Erkenntnis, dass sie mein Herz ebenso zum Pochen bringt wie die Gefahr, aber so ist es.

Und ich weiß, dass ich sie angelogen habe, sie hierhergeschleppt habe, ohne auch nur im Geringsten zu wissen, ob sie in diesem Tempel das findet, was sie braucht, während gleichzeitig das Leben ihrer Schwester auf dem Spiel steht. Und ob ich nun das Leben aller Menschen auf meinen Planeten retten will oder nicht, ich weiß, dass das keine Rolle spielen wird, wenn Mia begreift, was ich getan habe. Ich kann es ihr nicht mal verübeln, denn so sehr ich es für die Menschen tue, die mein Vater beschützen wollte, tue ich es doch auch für ihn. Ich bin wegen eines einzigen Menschen hier, genau wie Mia.

Ich habe keine Ahnung, welches Ende das mit uns beiden nehmen wird, aber ich weiß, dass es kein gutes sein wird. Und ich wünschte, es wäre anders.

»Snack?«, frage ich, um mich auf ein ungefährlicheres Terrain zu zwingen und mich auf praktische Notwendigkeiten zu konzentrieren. Im Moment ist es mir unvorstellbar, mich ausreichend zu bewegen, um meinen Rucksack hinter mir hervorzuzerren, und aufzustehen übersteigt meine Kräfte. Vorerst kann ich zumindest meine Atemmaske lösen und ein paar tiefe Atemzüge nehmen.

»Snack«, stimmt sie zu, greift nach unten und holt zwei Müsliriegel aus einer Tasche an ihrem Oberschenkel. »Wenn wir es bis in den nächsten Raum schaffen, erwarte ich aber ein tolles Festmahl.«

Deus, der nächste *Raum.* Wir drehen beide gleichzeitig die Köpfe und leuchten mit unseren Lampen durch den Bogengang.

Das nächste Rätsel erwartet uns.

AMELIA

Ich überprüfe noch einmal die Riemen meiner Klettermontur und höre mit halbem Ohr zu, wie Jules Selbstgespräche führt. Bei jeder Gelegenheit kritzelt er in seinem kleinen Notizbuch herum, denkt laut und starrt Bilder von Schriftzeichen auf seinem Armband an. Er übersetzt die verdammten Dinger, als hinge sein Leben davon ab. *Vermutlich ist das tatsächlich so. Oder es könnte so sein.* Trotzdem, ich musste ihn daran erinnern, seinen Müsliriegel zu kauen. Und dann musste ich ihn erinnern, runterzuschlucken.

Als der nächste Raum sich als kaum mehr als ein riesiger Abgrund entpuppte, hat er mir befohlen, mich seitlich am Rand des Vorsprungs zu halten, während er sich umsah, weil er überzeugt war, dass es sich um ein neues Rätsel handelte. Aber es waren kaum Schriftzeichen zu sehen. Nur ein paar am Bogengang, und dann auf dem Vorsprung vor unseren Füßen, eine Spiralform mit einer Linie, die davon weglief. Er sagte, das sei kein Schriftzeichen, aber heimlich hat er mit seinem Armband ein Bild davon gemacht. Vielleicht ist er sich bei den Schriftzeichen doch nicht so sicher, wie er tut.

Die Decke ist so hoch über uns, dass sie beinahe im Dunkeln verschwindet. Der Lichtstrahl unserer Lampen erhellt nur ganz schwach Kabel und schimmerndes Gestein. Wir stehen gleich hinter dem Durchgang auf unserem Vorsprung, und der Rest des Raums ist ein einziges, riesiges Loch im Boden. Für mich sieht es eher so aus wie ein Rätsel, das deaktiviert ist – vielleicht eine Falle, die sich irgendwann selbst ausgelöst hat, schließlich ist dieser Ort vor langer Zeit entstanden.

Aber die Pause stört mich nicht. Durch sie habe ich Zeit, über das Rätsel namens Jules nachzusinnen.

Es war die Universität Oxford, wo Elliott Addison arbeitete, bevor die IA ihn nach seinem berühmten TV-Auftritt ins Gefängnis gesteckt hat. Es war Oxford, wo er als Erster die Botschaft der Unsterblichen entschlüsselte, als er kaum älter war als Jules und ich jetzt. Wenn ich nur ein Signal für mein Handy bekäme, dann könnte ich Bilder von dem damaligen Addison herunterladen. Wenn ich mir Jules so ansehe, mit diesem durchdringenden Blick, während er darüber nachdenkt, was wir als Nächstes tun sollten, komme ich schwer ins Grübeln. Er hat behauptet, sein Nachname wäre Thomas. Aber wenn ich mit einem weltbekannten Wahnsinnigen und Verräter verwandt wäre, würde ich auch lügen, was meinen Namen angeht.

»Vielleicht eine optische Täuschung«, murmelt Jules in sich hinein und bewegt den Kopf hin und her, so dass der Lichtstrahl seines Helms in der leeren Höhle umherleuchtet und mich halb blendet. »Eine Brücke, etwas, das erst beim richtigen Licht sichtbar wird. Aber ich sehe keinen Ausgang, wenn der also nicht auch getarnt ist ...«

Ich gebe mir einen Ruck und lasse ihn reden, während ich in einer meiner Cargotaschen herumwühle, bis ich eine Handvoll Knicklichter finde. Ich knicke ein halbes Dutzend davon und schüttelte sie kräftig, bis die Leuchtstäbe ein zunehmend helleres Grün verbreiten. Dann schleudere ich sie mit aller Kraft hinunter in den Abgrund.

»Moment mal – was machst du da?« Jules hat halb die Hand nach mir ausgestreckt, fast als würde er denken, dass ich mich gleich hinterherwerfe.

»Du denkst zweidimensional«, gebe ich zurück und schaue den Stäbchen beim Fallen zu – eines prallt an der gegenüberliegenden Wand ab und fliegt wieder zurück zur Mitte des Abgrunds. Schließlich kommen sie unten an, und man sieht eine steinerne Oberfläche, die mit zerbrochenem Gestein übersät ist, teilweise so groß wie Felsbrocken. In dem Licht scheint das Gestein zu schimmern. »Als wir reingekommen sind, hast du gesagt, dass die Unsterblichen Raum und Entfernungen und so weiter nicht unbedingt genauso wahrnehmen wie wir. Das Labyrinth oder die Prüfung, die hier drin war, gibt es schon lange nicht mehr. Aber die nächste Kammer liegt vielleicht nicht hinter einer unsichtbaren Brücke, sondern ... O verdammt, mach die Lampe aus, ja?«

Sein Licht blendet mich, aber ich höre ihn heftig einatmen und kann mir sein verärgertes Gesicht lebhaft vorstellen. Aber er fügt sich, und nach ein paar Sekunden sehe ich wieder das schwache Leuchten am Grund der Schlucht. Sie ist vielleicht fünf oder sechs Stockwerke tief – tiefer, als ich gedacht hatte.

»Da – siehst du?« Ich beuge mich zu Jules hinüber, um es ihm zu zeigen, lasse es ihn mit Hilfe meiner ausgestreckten Hand anvisieren. Ein Teil der unebenen, gewölbten Fläche am Grund der Schlucht ist dunkler als der Rest. Eine Öffnung. Jules bückt sich, um zu sehen, was ich sehe. Seine Wange ist nur einen Millimeter von meiner entfernt, und ich spüre die Wärme seiner Haut.

»*Mehercule*, der Weg führt nach unten«, flüstert Jules. Er mag zwar zweidimensional verdrahtet sein, aber zumindest kapiert er schnell. »Aber wie …?« Ich schalte die winzige LED-Lampe an meinem Handgelenk ein, und er verstummt und sieht mich an. Sein Blick gleitet über die Klettermontur, die ich angelegt habe, während er geredet hat. »Du hättest ja einfach was sagen können, als du es begriffen hast, weißt du.«

»Um dir den Spaß zu verderben?« Ich grinse ihn an. »Glaubst du, die ganzen Fallen oder was sonst hier drin ist, sind kaputt?«

»Na ja, ich sehe keinerlei Schriftzeichen«, erwidert Jules, nimmt den Rucksack ab und stellt ihn auf dem Vorsprung ab, um darin nach seinem eigenen Klettergurt zu suchen. »Falls es Hinweise oder Warnungen gab, liegen sie mit dem restlichen Weg da unten.« Er deutet mit dem Kopf hinunter zum Grund der Grube, wo riesige Felstrümmer liegen. Wie um die Gefahr zu unterstreichen, hören wir, wie irgendwo etwas Geröll von der hinter uns eingestürzten Brücke herunterfällt, das Rieseln von abbrechendem Gestein.

Ich ziehe mein Multitool heraus und unterdrücke den leichten Anflug von Panik bei der Erinnerung daran, wie ich es zum letzten Mal benutzt habe – als ich den Felsvorsprung zu fassen bekam, über einem Abgrund baumelte, mich krampfhaft festhielt, bis Jules bei mir war. Ich drehe es bis zu der Bohrvorrichtung und drücke dann den Knopf. Einen Kletterhaken zu verankern ist auch unter den besten Bedingungen harte Arbeit, und meine Hände sind von der verrückten Kletterei vorhin noch müde. Aber ich nehme meinen Hammer aus dem Gürtel und fange trotzdem an, klopfe auf dem Felsboden herum, um mich zu vergewissern, dass er stabil ist. Die Anlagen und die Technologie der Unsterblichen bestehen aus einer Art metallischem Gestein, aber dieser Tempel ist ins Massiv gehauen, und wo ich bohre, gibt es nur guten, altmodischen Fels. Mit zusammengebissenen Zähnen umfasse ich das Multitool und drücke es nach unten, während ich gleichzeitig darauf herumklopfe.

Jules sieht aufmerksam zu, die Augenbrauen zusammengezogen, während er in seine Klettermontur schlüpft. Am liebsten würde ich eine bissige Bemerkung machen – *ach nein, biete mir bloß keine Hilfe an* –, aber dann fällt mir ein, wie er sich auf der einstürzenden Brücke nach vorn geworfen hat, um mich am Arm zu packen, und da halte ich den Mund.

Erst als er den Gurt angelegt hat, kommt er zu mir herüber. Er schaltet die Helmlampe ein, um zu sehen, was ich mache. »Darf ich mal?« Er kauert sich hin, als wäre es eine faszinierende neue Technik und nicht etwas, bei dem mir alles weh tut und mir der Schweiß – *überaus sexy, ganz bestimmt* – über das Gesicht rinnt.

»Es muss richtig gemacht werden, damit es sicher ist«, antworte ich atemlos, höre aber noch mitten im Satz auf zu bohren, und als mein Griff sich lockert, krampft die Hand, die den Bohrer hält. *O ja, vielleicht solltest du ihn lieber beim Wort nehmen, wenn du genug davon hast, an ihm herumzumeckern.*

»Ich lerne schnell«, verspricht Jules.

Ich blicke auf und mustere seine Ausrüstung. Man sieht sofort, dass sie nagelneu ist – an den Oberschenkeln sind noch die Falten von der Verpackung sichtbar, und die Riemen schimmern in einem hellen Rot. »Das ist nichts, was du dir mal schnell spätabends in der Bibliothek reinziehst, Oxford.«

Aber ich bin erschöpft. Er zieht einfach nur eine dieser ausdrucksvollen Augenbrauen hoch, und ich rutsche zur Seite, damit er meinen Platz einnehmen kann. Als er nach dem Werkzeug greift, berühren sich unsere Finger, und ich balle die Hand zur Faust.

»Du musst immer gleichmäßig nach unten bohren und seitlich gegen den Bohrer drücken, während du mit dem Hammer draufschlägst.« Ich knie mich neben ihn, damit ich genau sehen kann, was er tut. »Und nicht stark hämmern, nur klopfen. Wenn du zu fest zuschlägst, zerbröselt das Gestein.«

Jules fängt an, gegen die Basis des Multitools zu hämmern, mit Schlägen, die eine fast exakte Nachahmung von meinen sind. Während er arbeitet, beobachte ich seine Hände, um sicherzugehen, dass er alles richtig macht. Obwohl ich nicht genau sagen kann, wie viel Druck er auf den Bohrer ausübt, höre ich nichts von dem verräterischen Knacken, das darauf hindeuten würde, dass er die Ränder des gerade entstehenden Lochs beschädigt.

»So okay?«, fragt er.

Die Frage überrumpelt mich – ich schaue immer noch auf seine Hände, die keine Schwielen haben wie meine, aber das Werkzeug trotzdem kraftvoll halten. »Was? Oh. Ja, du machst das gut.« Ich schweige kurz und suche nach den richtigen Worten für meine Frage, ohne wie ein verknallter Teenie zu klingen – weil es mir nicht darum geht, wie sich die Sehnen an seinen Unterarmen abzeichnen, wenn er die Ärmel hochkrempelt.

Ich bin nur neugierig, das ist alles.

Jedenfalls hauptsächlich.

Ich blicke zur Seite und betrachte die Felswand unter uns, die schwach von den Stäbchen da unten erhellt wird. »Also ... Bücher zu schleppen ist ein ganz gutes Work-out, was?«

Jules hält inne, und kurz spüre ich seinen Blick. »Darf ich ja sagen? Wenn ich dir die Wahrheit sage, wirst du mich nämlich hassen.«

»Ach komm«, gebe ich zurück. »Du bist ein Collegejunge, der mit einem ganzen Besteckkasten campen geht und mit einem verdammten Kurzwellenherd, der mehr wert ist als alle meine Besitztümer. Viel schlimmer kann es wohl nicht werden.«

»He, gute Tischmanieren sind die letzte Bastion der ...« Stöhnend bricht er ab und nimmt seine Anstrengungen mit dem Bohrer wieder auf. »Ich spiele Wasserpolo.« Er sagt es, als sollte es mir irgendetwas bedeuten, als müssten die Worte eine wütende Erwiderung auslösen.

»Was zum Teufel ist Wasserpolo?«

Er unterbricht sich und sieht mich mit hochgezogenen Augenbrauen an. »Oh. Ähm. Na ja, es ist ein Sport. Man spielt es in einem Schwimmbecken, und es gibt zwei Mannschaften, die herumschwimmen und versuchen, den Ball ins Tor der anderen Mannschaft zu bekommen.«

Ich schlucke. Allein schon beim Gedanken an Wasser spüre ich augenblicklich, wie trocken meine Kehle ist. Jetzt weiß ich, wieso er erwartet hat, dass ich ausflippe. Ich habe schon Swimmingpools gesehen – Dutzende. Aber keinen, in dem irgendwas außer Müll und altem, schlaffem Wasserspielzeug herumschwamm. Swimmingpools sind ein Luxus der Vergangenheit, als es noch überall Trinkwasser gab. Ein Luxus der Vergangenheit – oder der unsagbar Reichen. Selbst in L.A. mit seinem Trinkwasser, das man dort mit Hilfe der Solarzelle gewinnt, wird kein Tropfen verschwendet – schon gar nicht für Swimmingpools.

»Verdammt, Oxford. Und wie ... Du trainierst also in diesem Pool? Immer wenn du Lust hast, kannst du einfach rumplanschen und – Herrgott, ich kann nicht mal schwimmen. Das ist Trinkwasser für Dutzende von Menschen, vielleicht sogar Hunderte, die ...«

Schweigen breitet sich aus, selbst das Gehämmer hat aufgehört. Sie fühlt sich wie Mitternacht an, diese unterirdische Düsternis, die nur von unseren mitgebrachten Lichtern erhellt wird, und das Schweigen zwischen uns ist so intim, als würden wir uns in Wirklichkeit nachts zusammenkuscheln.

»Wir stammen nicht mal aus der gleichen Welt, was?«, flüstere ich.

Offenbar begreift er, dass ich nicht wirklich eine Antwort von ihm erwarte, und bohrt nach ein paar weiteren Augenblicken dieser seltsamen, angespannten Stille weiter.

»Dann erzähl mir doch von deiner Welt«, sagt er schließlich.

»Meiner Welt?«

»Von deinem Leben. Wie es dich hierher verschlagen hat.«

»Da gibt es nicht viel zu erzählen.« Im Kopf gehe ich kurz die Ereignisse durch, auf der Suche nach einer Version, bei der ich nicht so aussehe wie ... Nun, wie das, was ich bin, vor einem Typen wie dem hier. Am besten erzählt man es wohl schnell, so wie wenn man ein Pflaster abreißt. »Ich bin vor ein paar Jahren von der Schule abgegangen, um Gelegenheitsjobs annehmen zu können, weil ich Evies Schulden bezahlen wollte. Damit bin ich aber auf keinen grünen Zweig gekommen. Zum Plündern kam ich irgendwie durch Zufall – ich wurde in diesem Diner gefeuert, weil ich nicht ...« Ich verstumme, bei dem Gedanken an die fettige Schürze des Inhabers und den Geruch nach Zwiebelringen wird mir kurz übel. »Jedenfalls, ich wurde gekündigt, hatte keine Bleibe und bin dann nach Chicago getrampt, weil ich von den Zeltstädten dort gehört hatte. Und es war nah genug, um notfalls wieder zurück nach Hause zu gehen. Als ich dann gesehen habe, wie viel Kohle die Plünderergangs machen, die das Zeug einsammeln und verkaufen, das die Leute zurücklassen, na ja ... Da ist mir klargeworden, dass ich das auch machen könnte. Ein paar von den Plünderern sind ganz okay – die haben mir alles gezeigt, weißt du. Welche Sachen sich lohnen, wo man am besten die Einzelteile mitnimmt, was man liegen lässt. Andere waren weniger hilfsbereit, die musste ich ausspionieren, um mir alles von ihnen abzuschauen.«

Er hört mir zu – das stetige Tap-tap-tap des Hammers geht zwar weiter, aber ich sehe die sorgenvolle Falte auf seiner Stirn, die mir verrät, dass er nachdenkt.

»Jedenfalls habe ich allein gearbeitet, bis vor etwa sechs Monaten, als Mink, meine Chefin, neue Mitarbeiter suchte, und einer von meinen Hehlern hat ihr von mir erzählt. Sie war beeindruckt, und am Ende hat sie mir dann das hier angeboten. Gaia. Ich musste mich sofort entscheiden, und ich hatte so ein Gefühl, Mink würde dafür sorgen, dass ich niemandem von ihrem Plan erzählen könnte, wenn ich nein sagte. Aber die Bezahlung ist einfach zu gut. Ich musste es versuchen.« Ich seufze, spreize die Finger und massiere die Handfläche, die wegen der Arbeit mit dem Bohrer immer noch protestiert. »Und hier bin ich also. Nicht gerade ein Heldenepos.«

»Ganz im Gegenteil.« Jules' Worte werden vom Luftholen unterstrichen – er wird langsam kurzatmig, und das leichte Beben in seinem Arm verrät mir, dass das Bohren ihn ebenfalls immer mehr anstrengt. »Die Epen erzählen oft von Prüfungen der Helden. Und die besten Geschichten sind immer die über Helden, die sich von ganz unten hocharbeiten.«

»Ha.« Mehr fällt mir nicht ein. Der Blödmann vergleicht mich mit Helden aus seinen tollen Geschichten – in Chicago gibt es eine ganze Geisterstadt voller »Helden« wie mich, die knietief durch Müllhalden und das Gerümpel alter Kaufhäuser waten. Ich bin nur die, die Mink zufällig hierhergeschickt hat. »Lass mich weitermachen, es ist fast tief genug.«

Jules lässt den Bohrer los, und ich teste ein paarmal den Felsen, bevor ich mit dem Multitool hin und her wackele, um es herausziehen zu können. Dann wühle ich in meinen Cargohosen, bis ich den gesuchten Schlauch finde, nur eine Handbreit lang, und führe ihn in das Loch ein, um die Lippen ans andere Ende zu legen und den Steinstaub aus dem Loch herausblasen zu können. Anschließend messe ich die Tiefe des Loches mit dem Schlauch.

Ich suche gerade im Rucksack nach meinen Kletterhaken, als er das Schweigen erneut bricht.

»Erzähl mir von Evie.«

Meine Finger schließen sich um einen Haken, und ich blicke auf.

»Das ist doch vermutlich deine Schwester. Der Grund, warum es so wichtig für dich war, in der Nähe von Chicago zu bleiben, um zu Besuch nach Hause fahren zu können?«

Ich lasse meinen Atem entweichen und stecke das eine Ende des Hakens ins Loch. Ich versuche, mich nicht innerlich von Evies Gesicht bei unserem letzten Gespräch ablenken zu lassen, und widme mich ganz meiner Aufgabe. Einfach weiterarbeiten, sage ich mir. Ich beginne, den Haken hineinzuschlagen, entschlossen, Jules zu ignorieren, bis er aufgibt. Stattdessen höre ich mich sprechen, fast noch bevor sich die Worte in meinem Kopf bilden. »Sie ist die reinste Plage. Sie denkt nie nach, bevor sie etwas macht. Sie *macht* einfach, weißt du?«

»So einen Menschen kenne ich nicht«, erwidert er, trocken, spöttisch.

»Halt die Klappe«, erwidere ich reflexartig, während ich weiterhämmere.

»Das ist keine Beleidigung«, sagt Jules, und etwas in seiner Stimme lässt mich aufblicken. Die Worte scheinen ihn fast ebenso zu überraschen wie mich. »Bei ihr vielleicht, ich weiß nicht, aber du … Du verschwendest keine Zeit. Du siehst, was zu tun ist, und tust es.«

Ich schlucke, blinzle und zwinge mich, wieder den Haken anzusehen. »Genau das ist der Grund, weshalb ich noch am Leben bin.« Ich zucke mit den Schultern. »Wenn du da draußen zu lange nachdenkst, schnappt dir entweder jemand die Beute weg oder nimmt dir ab, was du schon hast.«

»Dann will Evie vielleicht einfach nur so sein wie du.«

»Vielleicht.« Meine Hände halten inne, aber mein Herz ist zu schwer, um zu verbergen, wie sehr mich das mitnimmt. »Ich denke viel darüber nach, wieso sie das getan hat – sich in diesem Club zu bewerben. Ich meine die Firma, bei der sie unter Vertrag ist. Sie wusste nicht, was sie da tat, sie war noch ein Kind. Sie dachte, sie würde mir helfen.« Ich atme aus, der Haken verschwimmt mir vor den Augen. »Nur so sein wie ich.«

Jules schweigt, was mir Gelegenheit gibt, mich wieder zu fassen. Ich treibe den Haken in das Loch, verstaue den Hammer wieder an seinem Platz an meinem Gürtel und wische mir die Stirn ab. Wahrscheinlich bin ich inzwischen völlig verdreckt, voller Steinstaub und Sand und weiß Gott was noch, gemischt mit meinem Schweiß. Wenigstens ist es dunkel.

Ich schalte das Multitool in die Schraubenzieherstellung und drehe, bis ich die richtige Breite für den Haken habe.

Dann drücke ich den Haken in das Gestein und lege mich mit meinem ganzen Gewicht darauf, bis er sich nicht mehr rührt. Ich stelle das Multitool zurück auf Standard, stecke es wieder in die Tasche an meinem Ärmel und hole tief Luft. Jetzt bleibt nur noch der Abstieg.

Unwillkürlich flüstere ich im Dunkeln leise: »Ich vermisse sie.« Jules antwortet nicht, aber die Stille, die uns einhüllt, ist sanft. Für einen seltsamen Augenblick ist es beinahe, als könnte ich sein Mitgefühl in der Luft zwischen uns spüren. Ich atme tief ein, dann hole ich die Seilrolle aus meinem Rucksack und fange an, mich einzubinden.

Ich habe das schon so oft gemacht, dass ich es leichter finde, die Knoten zu binden als meinen Namen zu schreiben. Aber als Jules' Seil angelegt werden muss – brandneu natürlich, genau wie sein Klettergurt –, werden meine Finger unsicher. Ich rede mir ein, dass das daran liegt, dass ich es noch nie bei jemand anderem machen musste, dass die Bewegungen spiegelverkehrt schwieriger auszuführen sind. Ich sage mir das, weil die alternative Erklärung für meine Unsicherheit darin besteht, dass ich beim Einbinden notgedrungen ganz nah an seinem Schritt bin und ein Klettergurt bei einem Mann auf eine Weise sitzt, die der Phantasie nur wenig Spielraum lässt.

Konzentrier dich, du dumme Kuh. Ich beiße die Zähne zusammen, und endlich bekomme ich die S-Schlinge des Knotens richtig hin und kann sie durch beide Schlaufen seines Gurts ziehen. Ich stecke die Finger durch die enge Schlaufe, wobei sie den Khakistoff seiner Hose und das warme Bein darunter streifen. Anschließend ziehe ich die eine Schlaufe kurz fest. Als ich kurz zu ihm hochsehe, blickt er starr an die Decke, der Strahl seiner Helmlampe fixiert einen unscheinbaren Felsbrocken.

Ich atme hörbar auf und erhebe mich, was ihm Gelegenheit gibt, einen Schritt zurückzutreten. Als ich die Handgelenks-LED auf sein Gesicht richte, kann ich nicht sagen, ob er rot geworden ist. Aber die allzu beiläufige Art, wie er die Hände in die Hosentaschen schieben will, dann feststellt, dass sie von dem Gurt blockiert werden, dann die Arme verschränkt ... Das ist besser als Rotwerden. Ich unterdrücke ein Lachen, in erster Linie, weil er sogar heiß aussieht, wenn er nervös ist. Vor allem in einem Klettergurt.

»Okay, ich gehe zuerst.« Ich hebe meine Seile, die durch die Seilbremse laufen. »Sobald ich unten bin, kann ich dann ...«

»Moment, wie bitte?« Jules lässt die Arme sinken, und der Lichtstrahl von seinem Helm schwenkt herum und blendet mich, als er auf meinem Gesicht verharrt. »Wir sollten zusammenbleiben. Du solltest nicht allein gehen.«

»Wie ritterlich.« Ich verdrehe die Augen, im Bewusstsein, dass er es hinter seiner Helmlampe nicht sehen kann. »Ich muss zuerst runter – ich habe nur ein Sicherungsgerät, und außerdem braucht man Übung, um sich ohne Sicherungsmann abzuseilen.«

Jules schaut nach unten, wo ich den Gurt an meiner Taille umfasst halte, und nimmt den Lichtstrahl so weit weg, dass ich sein Gesicht erkennen und seine verständnislose Miene sehen kann. Ausnahmsweise bin ich mal diejenige, die unverständliches Zeug redet.

»Schau«, sage ich langsam und genieße die Tatsache, dass ich zur Abwechslung ihn belehren darf. *Mal sehen, wie dir das gefällt.* »Ich seile mich mit Hilfe dieser Seilbremse ab. Sobald ich unten bin, kann ich dich sichern – ich halte dann dein Seil, während du dich ablässt. Ich kann unten ein Seil befestigen und mit meiner Seilbremse deinen Abstieg sichern, obwohl ich leichter bin als du.«

Der Lichtstrahl schwenkt hinüber zum Abgrund und kommt kurz ins Zittern. Mit einem Mal geht mir ein Licht auf – vielleicht ist das hier gar keine deplatzierte Ritterlichkeit. Seine Ausrüstung ist brandneu, sein Seil steif und unbenutzt. Er ist kein Kletterer. Auf jemanden wie ihn muss eine solche Felswand wie der sichere Tod wirken.

»Es ist ganz leicht«, verspreche ich ihm etwas sanfter. »Ich lasse dich nicht los, versprochen. Ich hab das schon tausendmal gemacht.« Dann, während er in Gedanken noch beim Abstieg, den Seilen und seiner Furcht ist, packe ich die Gelegenheit beim Schopf, um das Gleichgewicht zwischen uns wiederherzustellen. Ich habe ihm gerade von Evie erzählt, und ich will mehr über ihn wissen. Also füge ich ein paar Worte hinzu: »Vertrau mir, Jules Addison.«

Es dauert ein paar Sekunden, bevor ihm klarwird, was ich gesagt habe. Sein Blick ruht auf dem Loch, er lässt den angehaltenen Atem entweichen und nickt abwesend – und dann erstarrt er. Und in diesem Moment weiß ich, dass ich recht hatte. Denn als er sich zu mir umdreht, lese ich keine Verwirrung in seinem Gesicht, sondern Schuld und Furcht. Ich sehe, wie Panik in ihm aufsteigt. Ich sehe, wie er überlegt, ob es irgendeinen Sinn hat, zu leugnen, dass er der Sohn von Elliott Addison ist.

Dann schließt er die Augen. »Wie lange weißt du es schon?«

»Seit ungefähr zwei Sekunden«, antworte ich, und mein Pulsschlag beschleunigt sich, während ich versuche, nicht darüber nachzudenken, was das bedeutet. »Aber vermutet habe ich es schon, seit du auf der Bildfläche aufgetaucht bist. Vor allem nachdem du behauptet hast, dass du weißt, was er weiß und wofür die IA töten würde.«

»Das hat dich darauf gebracht?«

»Na ja, du siehst ihm auch ähnlich. Und du hast zwar ein paarmal deinen Vater erwähnt, aber nie deine Mutter. Es ging schließlich durch die Nachrichten, dass die Frau von Dr. Addison ihn verlassen hat, nachdem er mit diesem ›Die-Unsterblichen-Technologie-ist-gefährlich‹-Quatsch –«

Zu spät merke ich, dass das vielleicht nicht die taktvollste Formulierung ist. »Entschuldige.«

»*Mehercule.*« Er dreht sich um und geht ein paar Schritte von mir weg. »Entschuldige bitte die Lüge«, sagt er schließlich steif. »Ich sollte meine Identität geheim halten.«

Das ist mein Augenblick, der, auf den ich gewartet habe. Er braucht mich, meine Erfahrung beim Klettern, um weiterzukommen. Das ist der Moment, um jede Frage loszuwerden, die ich ihm stellen wollte – verdammt, jede Frage und jeden Vorwurf, den ich je an seinen Vater richten wollte. Aber als ich den Mund aufmache, kommt daraus nichts als: »Wir stammen wirklich nicht vom selben Planeten.«

Jules' Kopf ruckt hoch. »Was meinst du damit?«

»Hattest du überhaupt je vor, mir zu helfen – Evie zu helfen? Dein Dad wollte nicht mal hierherkommen – und ich soll dir glauben, dass du mich von der Technologie der Unsterblichen profitieren lassen wolltest, nachdem dein Vater seine Karriere und seine Freiheit geopfert hat, um die Menschheit davon fernzuhalten?«

Jules ist angespannt, so viel kann ich selbst im Dunkeln erkennen. »Ich habe dir mein Wort gegeben«, sagt er steif. Doch trotz seines Nachdrucks sagt mir mein Gefühl, dass er mir etwas verschweigt.

Nachdem ich jetzt Bescheid weiß, sehe ich Elliott Addison in seinem Gesicht. Seine Haut ist heller – vermutlich die Gene seiner Mutter –, und er hat keinen Bart, aber die Nase ist die gleiche, die Stirn, selbst die leicht hängenden Schultern. Ich bin mit dem Sohn von *Elliott Addison* gereist.

Als uns vor fünfzig Jahren die erste Funkbotschaft erreichte, noch vor der Entdeckung von Gaia, war Addison der Pionier der Xenoarchäologie. Er war der Erste, der die Nachrichten entzifferte, noch als ganz junger Mann. Im Grunde ist er ein Freak – Mathematik, Linguistik, Archäologie, alles in einer perfekten Mischung, wodurch dieser Typ als Erster verstehen konnte, was die Aliens sagten. Er hat es mit achtzehn rausgekriegt.

Und dann, vor ein paar Jahren, ist er in einer Livesendung übergeschnappt, die sich online wie ein Lauffeuer verbreitete.

Von einem Tag auf den anderen legte er eine Kehrtwende hin – plötzlich faselte er davon, wie gefährlich es wäre, die Unsterblichen-Technologie zu benutzen, gerade, als die von der

Explorer IV mitgebrachte Solarzelle L. A. und seine Wasseraufbereitungsanlage langsam mit Strom versorgte. Gerade als die Wissenschaftler allmählich begriffen, dass diese fast magische Energiequelle genau das Wunder sein könnte, das unser ausgelaugter Planet zum Überleben brauchte, wenn wir nur mehr davon fänden oder dahinterkämen, wie man diese Zellen herstellte. Jedem, der es hören wollte, predigte er, dass man die Zelle zerstören und die weitere Erforschung der Tempel Gaias auf Eis legen sollte, bis wir wirklich wüssten, was wir taten.

Auf Eis legen, während Menschen wie ich – Menschen wie Evie – vor die Hunde gingen.

Obwohl ich schon vorher einen Verdacht hatte, ist jetzt alles anders, nachdem ich es *weiß*. Nachdem er es weiß. Am liebsten würde ich ihm sagen, dass ich ihm kein Wort glaube. Dass er von seinem Vater nicht nur die Augen und den wissenschaftlichen Eifer geerbt hat, sondern vermutlich auch seine Ideale teilt. Dass es vielleicht besser für uns wäre, wenn sich unsere Wege trennen. Nur kann ich leider diese blöden Schriftzeichen nicht lesen, das heißt, ohne ihn komme ich nicht viel weiter als das Team der *Explorer IV* in diesem anderen Tempel. Eigentlich beweist diese Enthüllung nur, dass er weiß, wovon er spricht, und dass er, so sehr mir sein verhätscheltes Leben und sein Hemmschuh von einem Vater zuwider sind, mich tatsächlich als Einziger ins Herz eines Unsterblichen-Tempels schleusen kann.

Und er wird ohne mich nicht weit kommen.

Um die Wahrheit zu sagen, habe ich absolut keine Ahnung, was ich sagen soll.

Zum Glück habe ich einen anderen Weg aus dieser Situation. Ich gebe meiner Seilbremse genug Spiel, um hinüber zum Grubenrand zu gelangen, und beginne den Abstieg in die Finsternis.

JULES

Mia hat den Abstieg schon zu einem Drittel geschafft. Das Seil spannt sich um ihre Hüfte, ihre Füße stemmen sich gegen die Felswand. Sie stößt sich ab und schwebt langsam nach unten, so als würde sie bei niedriger Schwerkraft springen. Ich beobachte sie über die Felswand gebeugt, während meine Stirnlampe ihren Weg erhellt und Staub- und Schmutzpartikel im Lichtstrahl tanzen.

Während des ganzen Abstiegs ist sie stumm und lässt mich in meiner Furcht über die Tatsache, dass *sie weiß, wer ich bin*, schmoren. Was in jeder Hinsicht beängstigend ist.

Vor dem Abflug habe ich einen Kletterkurs absolviert, weil ich nicht damit gerechnet hatte, hier Mia zur Unterstützung zu haben, aber die glatte, berechenbare Wand im Studio ist kein Vergleich zu dem uralten, brüchigen Fels vor mir. Schon damals konnte ich mich mit der Vorstellung, klettern zu müssen, nicht anfreunden, und inzwischen ist sie mir verhasst.

Als Mia auf dem Höhlenboden landet, löst sie rasch das Seil, mit Bewegungen, die ich nicht richtig erkennen kann, und rollt dann mit beiden Händen einen Findling neben sich. Als sie zu mir hinaufruft, klingt ihre Stimme ganz ruhig, und ich versuche mir einzureden, dass ich nicht den Atem anhalte und mir nicht die Hände zittern, als ich mein Seil durch die Ankerstelle fädele und zu ihr hinunterwerfe. Die Aussicht auf den Abstieg verdrängt den Gedanken an das, was mich eigentlich beschäftigen sollte, nämlich, dass ich aufgeflogen bin. Aber wie soll ich darüber nachdenken, wenn ich gleich an einem Haken hängen werde, den wir eigenhändig in den Fels getrieben haben?

Das Seil schlingert beim Abrollen, es flüstert wie der Wind und braucht ewig, bis es unten angekommen ist. Auch wenn diese paar Sekunden vermutlich nicht sehr kurz sein werden, wenn ich es bin, der nach unten geht. Mia sichert das eine Ende des Seils unter dem Findling – sie ist zu leicht, um mir allein als Gegengewicht zu dienen – und schreit mir zu, dass ich mich hinunterlassen soll. Einfach so, als wäre es ein Kinderspiel.

Du hast das im Studio gemacht, rufe ich mir ins Gedächtnis, während ich mich umdrehe und vorsichtig der Felswand nähere. Wenn ich mich auf die gleiche Weise hinunterlassen soll wie sie, die Füße gegen die Felswand gestemmt, der Körper zu einem L eingeknickt, muss ich rückwärts über den Felsen herunter, gegen jeden Instinkt, während mein Bauch und mein Gehirn mich gleichzeitig anschreien, dass ich hier oben bleiben soll, in Sicherheit, wo die Schwerkraft mir nichts tun kann.

Deus, ich werde sterben.

Es läuft mir eiskalt den Rücken hinunter, mein Nacken kribbelt und versucht, mich vor der bevorstehenden Gefahr zu warnen. Ich muss warten, bis ich kaum noch daran denke, bis das

Gesicht meines Vaters – und das von Mia, als sie herausgefunden hatte, wer ich bin – vor meinem inneren Auge erscheinen, und dann überwinde ich meinen Instinkt und lasse mich nach hinten fallen.

Als ich erst mal unterwegs bin, ist es gar nicht so schlimm. Ich mache keine langen Sprünge wie sie, sondern gehe stattdessen einfach hinunter, wobei ich jeden Fuß sorgfältig setze, bevor ich den nächsten Schritt tue und hin und wieder den Kopf drehe, um das Seil im Auge zu behalten. Der Ankerpunkt scheint zu halten. Nach ein paar Augenblicken wage ich sogar, zur Seite zu schauen, an dem zerklüfteten Felsrand vorbei. In der Ferne meine ich, aus dem Felsen kommende, armdicke Kabel zu erkennen, die in der Finsternis unter mir verschwinden. Vermutlich ein Teil von dem Mechanismus, der hinter dieser kaputten Falle steckt, aber mehr kann ich nicht erkennen.

Unter meinem Fuß rutscht ein Steinchen weg, und ich reiße mich los und konzentriere mich wieder auf die Felswand vor mir. Aber ich bewege mich nicht nur langsam, weil ich unerfahren bin – ich muss auch wissen, was ich sagen werde, wenn ich unten ankomme.

Sie hat die Geschichten über meinen Vater gehört und sie geglaubt, das konnte ich ihr ansehen. Und ich kann sie verstehen. Aber er hat es wirklich über alle Kanäle versucht, bevor er an die Öffentlichkeit ging.

Er war es, der die Sprache der Unsterblichen entschlüsselt hat. Er hat jeden Text, jede Sekunde der Aufzeichnungen studiert, erst die von unserer Sonde und dann die der *Explorer IV*.

Schon bevor ich auf der Welt war, hat er sein Leben dieser uralten Zivilisation gewidmet.

Als man herausfand, dass die Technologie der Unsterblichen eine nahezu unerschöpfliche Energiequelle darstellt, war ihm klar, was das für die Erde bedeutete.

Die Leute waren der Meinung, er hätte es nicht begriffen – sie sahen in ihm einen Wissenschaftler im Elfenbeinturm, einen Angehörigen der Elite. Sie warfen ihm vor, er hätte sich so weit von der Realität entfernt, dass er sich nicht vorstellen könne, was die Energie, die man nutzen konnte, um Wasser zu filtern, Städte zu beleuchten, die Ernte zu schützen für ... nun, für Leute wie Amelia bedeutete.

Aber keiner dieser Leute war dabei, als er sich mit seinen jahrzehntealten Übersetzungen abmühte, sich in ihnen verbiss, sich von ihnen auffressen ließ. Sie haben nicht gesehen, wie er die Botschaft decodierte und immer wieder neu codierte, genau wie die Textfragmente von der *Explorer*-Mission, und wie er im Schein seiner Lampe betete, er möge sich geirrt haben. Sie wurden nicht von einem Mann großgezogen, der wild entschlossen war, sein eigenes Lebenswerk wegzuwerfen, um der Welt nicht sagen zu müssen, dass wir doch keinen Weg gefunden hatten, uns zu retten.

Er ließ sich von nichts beirren, noch nicht einmal davon, dass meine Mutter ihn verließ. Damals habe ich ihn gehasst, weil er uns ignorierte, nur wegen eines Haufens dummer mathematischer Probleme an den Wänden seines Arbeitszimmers. Meine Eltern waren – sind – völlig verschieden. Eine Chemikerin und ein Linguist. Man sollte meinen, die Mathematik hätte ihm geholfen, in ihrer Welt zu bleiben, in ihrer wissenschaftlichen Sphäre von Ja und Nein, Richtig und Falsch, Hypothese und Beweis.

Aber Mathematik und Linguistik bildeten für ihn immer eine Mischung aus Kunst und Wissenschaft, eine Welt voller Grauschattierungen, wo ihre nur Schwarz und Weiß war. Die beiden waren wie Feuer und Wasser und kamen nie richtig zusammen, und als ihr alles zuviel wurde, war die Antwort eindeutig. Es war wie eine chemische Reaktion.

Fügt man störrischen Ehemann zu starkem sozialem Druck und weltweiter Berühmtheit hinzu, verdunstet die Normalität, und die Stressfaktoren vervielfachen sich. Die Lösung? Weg mit dem Ehemann.

Also machte sie der Sache ein Ende und fragte mich, ob ich mitkommen wollte. Aber irgendjemand musste bei ihm bleiben, ihn daran hindern, völlig unterzugehen. Und ich hatte damals schon angefangen, die Sprache zu lernen, die er da las – nicht nur die Zeichen der Unsterblichen, sondern ihre Sprache der Rätsel und Geheimnisse.

Die Bürowände meines Vaters waren übersät mit Übersetzungen der ursprünglichen Nachricht, dazwischen Klebezettel und Satellitenbilder und Fotos von frühen Forschungsmissionen. Bis heute sehe ich eine bestimmte Passage vor mir, die Dutzende von Notizzetteln hervorbrachte: *Wisset, dass hinter der Tür sowohl Rettung als auch Verderben auf euch warten.*

Wessen Rettung? hatte er darunter mit schwarzem Filzstift auf die verblichene Tapete mit dem Fischgrätenmuster geschrieben. *Wessen Verderben?*

Die Internationale Allianz macht es sich einfach, wenn sie sagt, dass sie bei Gaia Vorsicht walten lässt. Sie macht es sich einfach, wenn sie die Warnungen der Unsterblichen in den Wind schlägt, die Geschichten, die vom Untergang ihrer Zivilisation erzählen. Aber die menschliche Spezies ignoriert den Verfall unseres Planeten und die Vernichtung seiner Ressourcen nun schon seit Jahrhunderten. Mittlerweile sind wir richtig gut darin geworden.

Ich weiß nicht, was ich hier zu finden hoffe. Ich werde der Nautilus folgen und herausfinden, warum diese seltsame, wenig elegante Warnung in die Botschaft gepackt wurde. Ein Teil von mir wünscht sich, dass mein Vater im Recht war. Ich will nicht, dass er unser Leben umsonst weggeworfen hat.

Ein anderer Teil wünscht sich natürlich, dass er sich irrt. Denn wenn er sich nicht irrt, ist das das Ende. Nicht in dieser Generation, wahrscheinlich auch nicht in der nächsten, aber es wird ziemlich bald passieren. Unsere Welt steht vor dem Abgrund. Und Mia gehört zu den Milliarden, die diese Technologie brauchen, auf deren Leben es sich auswirken wird, wenn wir genug davon finden oder besser noch, eine Möglichkeit, sie nachzubauen. Wenn ich ihr sagen würde, dass er ihr die Technologie zu ihrem eigenen Besten vorenthalten wollte, würde sie mir eine runterhauen, und ich könnte es ihr nicht mal verdenken.

Ich habe schon viel zu lange gewartet, um ihr zu sagen, worum es mir hier wirklich geht – um ihr von dem Geheimnis der Nautilus-Spirale und von dem einen Schriftzeichen der Warnung zu erzählen. Aber wenn ich es ihr früher gesagt hätte, wäre sie nicht mitgekommen, sie hätte mir nicht geholfen.

Na und?, sagt eine winzige Stimme in meinem Kopf. *Es wäre doch ihre Entscheidung gewesen. Du hast sie für sie getroffen.*

Eine andere Stimme widerspricht. *Und wenn schon. Es war zum Besten aller Menschen, aller Menschen, die ihr etwas bedeuten. Sie war zum Stehlen hier – sie* ist *zum Stehlen hier. Um diesen Ort zu entweihen, bevor wir von ihm lernen können.*

Ich bin immer noch damit beschäftigt, nach den richtigen Worten zu suchen, als ich merke, dass ich nur noch einen halben Meter vom Boden entfernt bin und nur die Beine ausstrecken muss, damit meine Füße den Schotter berühren. Ich verlagere mein Gewicht, bis ich wieder aufrecht stehen kann. Wir befinden uns mitten in der Ruine und dicht vor dem Eingang zu einer weiteren Kammer.

Vom Abstieg zittern mir immer noch die Hände, als ich meinen Gurt löse. Und ich habe zwar noch nicht die richtigen Worte gefunden, aber es ist Amelia, die das Schweigen bricht.

»Es erklärt eine Menge. Dass er dein Vater ist.«

Vertraute Frustration steigt in mir auf, auch wenn es nicht ganz einfach ist, sie vom Adrenalin zu trennen. »*Deus*, glaubst du, ich habe eine Gehirnwäsche hinter mir? Das ist nämlich das, was immer alle denken. Wegen meines Alters glaubt jeder, ich wäre unfähig, mir meine eigene Meinung zu bilden. Obwohl ich mit dreizehn mit der Schule fertig war, seither Kurse in der Uni belege und, wenn du mir den Mangel an Bescheidenheit verzeihen willst, es mit jedem Wissenschaftler in diesem Bereich aufnehmen kann, und zwar egal auf welchem Niveau. Ich habe mir meine eigene Meinung gebildet, was die Beurteilung seiner Fachkenntnisse einschließt, und ich glaube ihm.«

»Eigentlich«, sagt sie und kommt nach vorn, um mir beim Ablegen des restlichen Gurtes zu helfen – eine Intimität, die ich erfolglos versuche, zu ignorieren –, »habe ich gemeint, dass ich jetzt besser verstehe, was du machst. Dass jemand das eigene Leben für einen Haufen Steine riskiert, kommt mir völlig irre vor. Es für jemanden zu tun, den man liebt, ist etwas völlig anderes.«

»Oh«, sage ich in einem meiner eloquenteren Momente.

»Wirst du dich weiter an deinen Teil der Abmachung halten?«, fragt sie leise.

»Ja.« Und ich meine es ernst. Irgendwie werde ich das schon hinbekommen.

Sie nickt, die Anspannung weicht teilweise aus ihrem Körper. »Nur fürs Protokoll«, fügt sie hinzu. »Ich bin ungefähr so alt wie du, und meiner Meinung nach können wir ganz gut selbst entscheiden.«

»Vermutlich sind wir die Einzigen, die es für ein Zeichen von Entschlussfreudigkeit halten, es mit einem Haufen altersschwacher Todesfälle aufzunehmen«, witzle ich lahm. Langsam kehren meine Lebensgeister zurück, aber als sie mich angrinst, stelle ich fest, dass meine Knie doch noch nicht ganz so in Form sind, wie ich dachte.

Ich *mag* dieses Mädchen.

Und ich habe sie angelogen.

»Außerdem«, unterbricht Mia meine zerstreuten Gedanken, »erklärt es, wieso du so ein Freak bist. Ich meine, dein Dad war ein Freak, er hat die Nachricht entschlüsselt, als er ... na ja, als er so alt war wie wir. Irgendwie ist es nur logisch, dass du auch ein verrücktes Genie bist.«

Das war immer eine Hürde. Die Leute in meiner Umgebung, die mich als Genie behandeln – wozu kurioserweise meistens die Annahme gehört, dass ich mir nicht die Schuhe binden kann, weil ich immer so vertieft in meine brillanten Gedankengänge bin. Hinzu kommen die Leute, die mir das alles nicht zutrauen, nicht in meinem Alter.

Ich selbst wusste immer, dass ich aus dem gleichen Holz geschnitzt bin wie mein Vater. Das hat nichts mit Arroganz zu tun. Es ist einfach so. Es ist kein Verdienst – ich wurde so geboren, es ist ein Geschenk.

Und genau das ist die Herausforderung darin: der Druck, etwas daraus zu machen.

Mein Vater hat mir immer gesagt, dass meine Integrität wichtiger sei als alles andere, und er hat mir immer wieder vorgeführt, wie man unter starkem Druck auch die schützt, die diesen Schutz nicht wollen.

»Na ja«, sage ich. »Du denkst vielleicht, *ich* wäre ein Genie – aber du kennst *ihn* nicht. Inzwischen stehe ich als Einziger noch auf der Seite meines Vaters, ganz egal, ob er ein Freak ist. Und genau deswegen bin ich hier.«

»Deswegen und weil es dich ganz heiß und wuschig macht, hinzugehen, wo kein Mensch bisher einen Fuß gesetzt hat«, scherzt sie.

Du machst mich ganz heiß und wuschig, Mia.

»Ähm«, sage ich und schiebe diesen Gedanken beiseite. »Na

ja, stimmt wohl. Hast du mal von Walt Whitman gehört? Er war einer von euren amerikanischen Dichtern. Er hat gesagt: ›Ich bin groß, ich enthalte Vielheiten.‹« Ich zucke mit den Schultern. »Ich kann aus mehr als einem Grund hier sein. Ich *bin* aus mehr als einem Grund hier.«

»Kann ich dich was fragen?«, sagt sie leise.

»Ich habe schon alle möglichen Fragen gehört«, sage ich, obwohl mein Geist sich bereits gegen den Schlag wappnet, der auf mich zukommt. »Frag nur, es macht mir nichts aus.«

»Dass du deinem Vater helfen willst, dass du einen Beweis für die Gefährlichkeit dieser Technologie finden willst, etwas, damit er aus dem Gefängnis kommt, das verstehe ich ja alles. Aber die Unsterblichen zu erforschen ... Wieso ist das so wichtig?« Sie hält inne, um zu sehen, ob ich beleidigt bin, und ich nicke, um sie zum Weitersprechen zu ermutigen. »Mit Archäologie kann ich auch noch was anfangen. Und dass man die Vergangenheit untersucht, um sich selbst zu verstehen, leuchtet mir ein. Aber diese ... Wesen ... waren völlig anders als wir, die haben keinen Bezug zu uns. Sie haben Technologie zurückgelassen, die wir nutzen könnten, klar, und es lohnt sich mit Sicherheit, sie und ihre Anwendung zu erforschen. Aber wieso ist es so wichtig, wer sie waren und woran sie gestorben sind? Könnten wir unsere Energie nicht für etwas Besseres verwenden?«

Ich denke über die Frage nach, während über mir ein paar Steinchen leise die Felswand herunterrieseln. »Na ja, wer sagt denn, dass die Erforschung von alldem *nicht* das Gleiche ist, wie das eigene Überleben und Wohlergehen zu sichern?«, sage ich schließlich. »Erstens, wir haben keine Ahnung, wie anders sie wirklich waren. Du sagst doch selbst, dass dieser Ort dich an Angkor Wat erinnert, an die Pyramiden. Sie haben uns ein Rätsel mit musikalischen Harmonien lösen lassen, die in unseren Ohren gut klingen, sie haben Türen gebaut, die in der Größe für uns passen.«

»Mal angenommen, du hast recht«, kontert sie. »Dann gilt meine Frage trotzdem. Ich verstehe ja, dass du ihre Technik erforschen willst, herausfinden willst, ob dein Vater im Recht war. Aber ihre Geschichten? Wem nützen die?«

»Die Unsterblichen sind ausgestorben«, sage ich. »Und die Botschaft war zwar nicht sehr detailliert, aber sie besagt, dass sie es sich selbst angetan haben. Wie oft haben wir schon versucht, uns als Spezies zu vernichten? Wie lange wird die Autorität der IA noch Bestand haben, wenn es auf der Erde immer schlimmer wird? Die Unsterblichen besaßen die Technologie, von der wir glauben, sie so dringend zu brauchen, und trotzdem haben sie sich selbst ausgelöscht. Ich finde, wir sollten wissen, wie und warum.«

Sie schweigt eine Weile. »Du glaubst also, dass die ganzen Rätsel, dass dieser ganze Ort darauf hindeuten könnte, dass sie genauso tickten wie wir«, sagt sie schließlich. »Und dass wir deshalb die gleichen Fehler machen könnten, die sie gemacht haben. Wir wissen, dass die Menschen zu Betrug und zu Gewalt fähig sind. Glaubst du, bei den Unsterblichen war das auch so?«

Ich wünschte, ich könnte ihr eine ehrliche Antwort geben. Ich weiß, dass tief in der Botschaft eine Warnung verborgen ist, und irgendjemand oder irgendetwas muss sie dort hinterlassen haben. »Ich ... ich weiß es nicht«, sage ich. »In der Botschaft war von Krieg die Rede. Aber sie sind die einzige intelligente Spezies, die wir je entdeckt haben. Angesichts der Entfernung zwischen der Erde und den Sternen, die unserem Sonnensystem am nächsten sind, werden sie wahrscheinlich die einzige bleiben, die wir je entdecken, auch wenn sie schon lange ausgestorben sind. Wir sollten wissen, wer sie waren. Sie sind zwar jetzt tot, aber jemand sollte ihre Geschichte kennen.«

»Ist sie es wert, dafür zu sterben?«, fragt sie.

»Vielleicht.« Das Wort ist heraus, ehe ich darüber nachdenken kann – auch wenn ich meine Entscheidung eigentlich schon vor langer Zeit getroffen habe, bei meinen ersten Schritten auf dem Weg nach Gaia. »Auch wenn ich lieber nicht zu einem neuen *Explorer-IV*-Team gehören will, wenn es sich irgendwie vermeiden lässt.« Alle kennen das Schicksal der Astronauten, die bei der Entdeckung umkamen, und wissen, dass die Tempel von Gaia von Fallen nur so strotzen. Es war furchtbar. Und wurde dank einer Funkverbindung durch das Portal zur Erde öffentlich übertragen.

Nach meiner improvisierten Ansprache stehen wir beide schweigend da, und sie schaut mich auf eine Weise an, aus der ich irgendwie nicht schlau werde, auch wenn ich es gern möchte. So als würde sie alles addieren, was sie über mich weiß, und als fände sie das Ergebnis gar nicht so übel. Schließlich nickt sie. »Hoffentlich findest du, was du suchst, Jules.«

Die Aufrichtigkeit in ihrer Stimme berührt mich, und ich kann nichts sagen, nur ihr Nicken erwidern.

Gleich darauf räuspert sie sich und wird wieder sachlich.

»Lass uns hier unser Nachtlager aufschlagen. Es war ein ... anstrengender Tag.« Es klingt bitter, und ich kann es ihr nicht verübeln. Uralte Tempel zu stimmen, von Brücken herunterzufallen, Löcher zu bohren und sich an Felswänden abzuseilen ... Anstrengend ist die Untertreibung des Jahres. »Wenn wir uns heute Abend noch das nächste Rätsel vornehmen, machen wir nur Dummheiten.« Sie macht eine Pause und lächelt dann schief. »Na ja, noch größere Dummheiten, als überhaupt hierherzukommen.«

Ich kann ihr kaum widersprechen, und gemeinsam machen wir uns daran, ein Nachtlager zu errichten. Unser Schweigen fühlt sich dabei irgendwie kameradschaftlich an. Auch wenn diese Falle bereits ausgelöst wurde, wissen wir nicht, ob sie nicht noch eine letzte, böse Überraschung bereithält. Also räumt Mia eine Stelle zwischen den Felsen am Fuß der Felswand frei, gerade so breit, um uns beiden als Schlafplatz zu dienen, und ich setze mich auf die eine Seite und mache uns etwas zu essen. Um uns herum liegt der Schutt der Falle, die hier irgendwann mal war, und wieder einmal werde ich daran erinnert, dass das hier nicht irgendeine Höhle auf der Erde ist. Durch den nächsten Findling ziehen sich metallische Streifen, kaum dicker als meine Kopfhörer. Sie kreuzen sich in einem unendlich komplizierten Muster – dieses Gestein ähnelt nichts, was es auf der Erde gibt.

Aber die Ruinen einer kaputten Falle anzustarren, wird mich nicht weiterbringen, und ich wende mich wieder unserem Essen zu. Sobald wir gegessen haben, kann ich weiter die Zeichen übersetzen, die wir in den ersten Räumen gesehen haben.

Meine Wasserflasche war den ganzen Tag über an meinem Rucksack festgeschnallt, und hinter der sündhaft teuren Vorrichtung steckt die Idee, Luftfeuchtigkeit zu kondensieren und die Flasche durch stetiges Tröpfeln wieder zu füllen. Als ich sie hochhebe und im Licht meiner Stirnlampe in Augenschein nehme, ist sie nur halbvoll – die Luft hier drin ist zu trocken, als dass sie richtig funktionieren könnte.

Ich zeige die Flasche Amelia, und sie sieht von der Stelle auf, wo sie gerade ein paar Steine auftürmt, damit wir nicht im Schlaf in die Gefahrenzone rollen, und schneidet eine Grimasse. Wir mussten das Wasser opfern, sonst hätten wir es nicht bis hierher geschafft, aber eigentlich war ich bis jetzt davon ausgegangen, dass die größte Einschränkung die Atemgeräte darstellen würden und nicht das Wasser.

Ich gebe meinen Plan auf, getrocknete Nudeln einzuweichen und uns etwas Warmes zuzubereiten, und packe stattdessen Brotfladen aus, die ich mit dicken, gelben Käsescheiben belege. Die Krümel, die ich mir von den Fingern lecke, sind steinhart. Ich schneide dicke Salamischeiben ab und lege sie obendrauf, und der starke, salzige Duft lässt mir das Wasser im Mund zusammenlaufen.

Amelia legt unsere Atemgeräte dorthin, wo wir sie später beim Schlafengehen brauchen werden, und rutscht zu mir herüber, um sich im Schneidersitz neben mich zu setzen. Ihre Finger berühren meine, als sie ihr Fladenbrot von mir entgegennimmt. »Salz und Fett und Proteine«, sagt sie, einen riesigen Bissen im Mund. »Die heilige Dreifaltigkeit.«

Eine Weile ist nur seliges Kauen zu hören. Wir sitzen nebeneinander an die Felswand gelehnt, im Licht von nur einer Stirnlampe, um Strom zu sparen. Am Ende lecken wir uns das Salamifett von den Fingern, picken Käsekrümel von unseren Kleidern und teilen uns mein Taschentuch, um uns zu säubern.

Ihre Schulter ist nur wenige Millimeter von meiner entfernt, und ich bin mir ihrer Anwesenheit überaus bewusst. An einem Ort wie diesem zu sein – nicht nur einem anderen Planeten, sondern tief im Inneren eines Tempels, wo niemand uns erreichen kann, gemeinsam im Dunkeln –, hat einfach etwas. Irgendwie führt es zu Nähe, zu Vertrauen ... zu Intimität. Ein Ort wie dieser ermutigt zur Wahrheit und zu Geständnissen.

Mein eigenes Geständnis liegt mir auf der Zunge, aber als ich Luft hole und etwas sagen will, bricht stattdessen sie das Schweigen.

»Ich habe von deinem Vater in der Schule gehört«, sagt sie. »Bevor ich abgegangen bin.«

»Das hattest du erwähnt.« Ich bin schrecklich neugierig, obwohl ich sie nicht kränken will. Aber eigentlich dürfte das, was sie getan hat, gar nicht möglich sein. »Wie konntest du denn die Schule abbrechen? Haben sie dir keine Inspektoren auf den Hals gehetzt?«

Sie schnaubt verächtlich. »Du hast wohl noch nie von Anwesenheitsdrohnen gehört, oder? Da vermieten Jugendliche ihre Zeit und beantworten ab und zu Fragen für dich, genau wie bei den anderen zwölf Aufträgen, die sie am Laufen haben. Ohne Extra-Bezahlung kriegt man zwar keine guten Noten, aber man kommt durch.«

»Von Anwesenheitsdrohnen habe ich noch nie gehört«, gebe ich zu, was sie vermutlich kein bisschen überrascht. »Wie machst du das mit den Retina-Scans? Die meisten von meinen Kursen habe ich persönlich absolviert, wegen der Oxford-Tradition und so, aber zwei waren Fernkurse, und da wurde immer retinale Anwesenheit verlangt.«

»Für den Retina-Scanner braucht man nur ein Auge«, antwortet sie. »Nicht unbedingt *mein* Auge, und wie es aussieht, nicht mal ein menschliches Auge.« Ich bemühe mich gerade, nicht darüber nachzudenken, was das bedeutet, als sie weiterspricht. »Was meinst du damit, dass du deine Kurse persönlich absolviert hast?«

Jetzt wird es wieder nur ums Wasserpolo gehen, und ich bin der Trottel, der davon angefangen hat. »Dass der Lehrer und die Schüler physisch alle im gleichen Raum sind«, sage ich. »Nicht virtuell.«

Sie lässt beinahe das Fladenbrot fallen und fängt es hastig auf, wobei sie mit einer Hand mein Bein streift. »Wie bitte, der Typ auf dem Bildschirm ist dabei richtig da? Du kannst mit ihm reden?«

»Und er mit dir«, bestätige ich. »Oder er schreit dich an, weil du geträumt hast. Und hinterher erzählt er deinem Vater beim Essen alles drüber.« Was, wenn ich es mir noch mal durch den Kopf gehen lasse, wirklich nicht mit ihrer Pechsträhne zu vergleichen ist. Ich versuche, das Thema zu wechseln, bevor ich noch tiefer ins Fettnäpfchen trete. »Du hast gesagt, dass du Mathematik am meisten vermisst«, probiere ich. Und natürlich klingt das jetzt, als würde ich auf ihrem Mangel an Bildung herumreiten, was überhaupt nicht meine Absicht ist – ihr Scharfsinn fasziniert mich. Ich bewundere ihn.

»Ich finde sie logisch«, sagt sie. »Sie ist wunderschön. Wenn man Mathe kapiert, passt alles perfekt zusammen. Alles erfüllt einen Zweck, alles hat einen Sinn und arbeitet harmonisch zusammen. Bei Mathe weiß man immer genau, woran man ist und was man braucht, um es in Ordnung zu bringen. Auch wenn mir das in meiner derzeitigen Branche nichts bringt.« Ihre Stimme ist leiser geworden, und während wir so Schulter an Schulter sitzen, hat sie mir das Gesicht zugewandt und ich ihr meines, so dass wir uns in der fast vollkommenen Finsternis flüsternd unterhalten.

Das kleine Licht erhellt ihre eine Gesichtshälfte – die Sommersprossen, ihre Lippen, die sich zu einem wehmütigen Lächeln verziehen, die anmutig geschwungenen Wimpern. Die andere Hälfte liegt fast völlig im Dunkeln und ist unsichtbar.

»Manchmal hasse ich es«, spricht sie weiter. »In den Sachen herumzuwühlen, die noch vom Leben anderer Leute übrig sind, wie ein Aasgeier, und alles mitzunehmen, was sich verkaufen oder auseinandernehmen lässt, um es einzeln zu verscherbeln oder zu recyceln. Aber ich habe schon ziemlich früh mit einer Sammlung angefangen, weißt du? Sachen ohne besonderen Wert, die Evie nicht helfen, aber trotzdem irgendwas Besonderes haben. So was wie Schnappschüsse. Geschichten über die Menschen, die die Sachen irgendwann geliebt haben. Das meiste von dem persönlichen Kram ist nicht mehr da, aber aus dem, was man noch findet, kann man sich alles Mögliche zusammenreimen. Ich mag so was.«

Meine eigenen Lippen biegen sich zu einem Lächeln, allerdings ist meines eher herzlich als wehmütig. »Genau das ist Archäologie, weißt du«, sage ich ebenso leise. »Sich aus dem, was noch da ist, Geschichten zusammenzureimen. Genau das tue ich.«

Und wie sich herausstellt, versteht sie es doch, und als unsere Blicke sich treffen, denken wir für ein paar Sekunden das Gleiche: dass wir jeder beim anderen dieselbe Liebe zu verborgenen Geschichten wahrnehmen. Ich wünschte, wir hätten mehr Gemeinsamkeiten – ich wünschte, ich würde sie wirklich kennen. Wir stammen in jeder Hinsicht aus unterschiedlichen Welten. Eigentlich müsste mir schon ihre Anwesenheit hier zuwider sein. Eigentlich müsste ich alles ablehnen, was sie getan hat und je tun wird, nachdem wir hier wegkommen. Aber genau wie die vergessenen Geschichten, die wir freilegen – sie in verfallenen Gebäuden, ich in verschwundenen Zivilisationen –, ist unsere eigene Geschichte komplizierter als eine einzige, schlichte Wahrheit.

Eine schlichte Wahrheit gibt es dennoch: ich müsste mich nur ein kleines Stückchen vorbeugen, und sie auch, dann würden unsere Lippen sich treffen. Ihr Blick geht zu meinem Mund und entzündet einen Funken in mir – eine kurze Hoffnung, dass sie genauso denkt wie ich.

Sie räuspert sich, wendet sich ab und senkt den Kopf, um ihren Rucksack zu öffnen und darin herumzuwühlen, so als würde sie Inventur machen. »Es muss dich doch fertigmachen, dass du dir keine Zeit lassen kannst, um dir alles genau anzusehen.«

Du machst mich fertig.

Aber ich lasse meinen Atem laut entweichen und lehne den Kopf an die Wand. »Ziemlich«, gebe ich zu. »Aber wir haben Wichtigeres zu tun.« Über uns gähnt die schwarze Leere der Felswände, über die wir uns zuvor abgeseilt haben, die Dunkelheit, schwer von all dem Wissen, all den Geschichten, die wir wegen unserer Eile zurücklassen mussten. Ein plötzliches Schwindelgefühl überkommt mich, so als würde unser kleiner Lichtschein am Felsen kleben und als würde ich ohne Mia, die mich am Boden hält, nach oben in die Dunkelheit stürzen.

»Was sollte das mit den Fotos?«

Beim Klang ihrer Stimme fahre ich zusammen. »Was für Fotos?«

Sie runzelt die Stirn und deutet dann mit ihrem Kinn auf meinen Arm. »Die, die du da drin gemacht hast, von den Wänden und so. Die du dir angesehen hast, als wir nach der Brücke haltgemacht haben.«

»*Mehercule*, ich habe ganz …« Ich unterbreche mich und blinzle. Stimmt ja. Ich habe brandneue Fotos, neue Schriftzeichen, die ich studieren kann. Vergessen, wegen dieser verwirrenden Kriminellen mit den pinkblauen Haaren neben mir. Ich schaue nach unten und wecke mein Armbanddisplay mit einer Handbewegung auf. Ein paar der Fotos sind verschwommen, weil ich es so eilig hatte, die Schriftzeichen in jenem ersten Raum zu fotografieren, aber andere sind schärfer, und als der Mia-Nebel in meinem Gehirn sich langsam lichtet, werden sie zunehmend klarer. Mit der anderen Hand taste ich herum, bis ich in meinem Rucksack mein Notizbuch finde, und lege es in meinen Schoß, den Blick immer noch auf den Bildern.

Mia schnaubt neben mir. »Und das war's mal wieder.«

Ich könnte ihr ja sagen, dass sie ein ebenso faszinierendes Rätsel ist wie die verschlüsselten Nachrichten, die die Unsterblichen hinterlassen haben. Dass sie meine volle Aufmerksamkeit haben könnte, wenn sie das wollte. Aber sie hat den Zauber vorhin gebrochen, als sie den Blick abgewendet hat – und ich weiß, wann ich mein Glück lieber nicht strapazieren sollte. Es wäre ohnehin nicht real. Ich habe sie angelogen, und sie hält mich für etwas, das ich nicht bin. Also verdränge ich sie aus meinem Bewusstsein – genau wie ihr Summen und ihren Schatten, als sie sich an einem der Karabiner zu schaffen macht, ihren Duft in der unbewegten Luft – und konzentriere mich auf meine Übersetzung.

Als ich wieder aufsehe, habe ich keine Ahnung, wie viel Zeit vergangen ist. Mit jedem neuen Bild habe ich das Gefühl, tiefer in die Sprache der Unsterblichen einzutauchen, die Feinheiten besser zu verstehen. Aber hier ist nirgendwo von der Nautilus die Rede – und so verstohlen, wie ihr Bild an beiden Fundorten eingeritzt war, weiß ich nicht recht, ob mir die offizielle Zeichnung überhaupt weiterhilft. Bis jetzt habe ich nur eine Nacherzählung der Geschichte aus der ursprünglichen Botschaft gesehen.

Mia ist ein Stück von mir abgerückt und schaut auf ihr Handy. Das Display ist auf die geringste Helligkeit eingestellt, aber ich sehe das Flackern auf ihrem Gesicht – sie sieht sich ein

Video an. Sie hat es stumm gestellt, sieht jedoch aufmerksam zu. Wir sind viel zu weit unter der Erde, um hier ein Signal zu empfangen, selbst wenn sich die Station direkt über uns befände. Vermutlich ist es die Videonachricht, bei deren Empfang ich sie gestern Abend beobachtet habe.

Im Schein des Displays sieht ihr Gesicht müde und schmutzig und traurig aus, und sie lässt die Schultern hängen. Ich will etwas sagen und überlege es mir dann anders – aber irgendeinen Laut muss ich von mir gegeben haben, denn sie sieht auf. Augenblicklich verfinstert sich ihre Miene, und sie tippt auf den Button, der das Handydisplay ausschaltet.

»Was?« Ihre Stimme klingt provozierend und fordert mich heraus, etwas zu sagen.

»Nichts.« Ich lasse mein Armband ausgehen und schiebe meinen Stift in das Notizbuch, um die Seite zu markieren. »Ich habe nur an meinen Dad gedacht. Vermutlich erinnert mich die Arbeit hier daran, wie sehr ich ihn vermisse.«

Mias Schultern entspannen sich ein wenig, und nach ein paar Sekunden beugt sie sich vor, um nach ihrem Rucksack zu greifen und ihr Telefon zurück in die Schutzhülle zu stecken. Dann setzt sie sich wieder neben mich. »Kommst du mit deinen Übersetzungen voran?«

»Teilweise.« Es fällt mir schwer, nicht erneut nach meinem Notizbuch zu greifen, doch meine völlige Erschöpfung kommt mir zu Hilfe. Ich habe in meinem Leben zwar schon oft die Nacht durchgemacht, aber noch nie den ganzen Tag über in einem Alien-Tempel um mein Leben gekämpft. »Diese Zeichen sind sehr viel weniger förmlich als die in dem Hauptttempel, den die Crew der *Explorer IV* fotografiert hat. Beinahe umgangssprachlich.«

»Na, du kannst dir den Rest als Belohnung für morgen aufheben.«

Ich grinse, und wir legen uns zum Schlafen auf den kalten Steinboden, nachdem wir unsere Schlafplätze von dem Geröll gesäubert haben. Dann ziehen wir uns die Atemmasken über Mund und Nase, damit die Atemluft im Schlaf mit Sauerstoff angereichert wird. Mein Körper ist für die Extradosis bereit, das merke ich gleich beim Einatmen.

Es lässt sich nicht vermeiden, dass wir dicht nebeneinanderliegen – der gröbere Schutt bildet eine labyrinthartige Mauer, die uns wenig Platz lässt. Aber mir fällt auf, dass zwischen meinem Schlafsack und ihrem Deckenlager nur eine dünne Grenze aus Kiesel und Steinen liegt, und ich zermartere mir das Gehirn, wer von uns als Erster sein Bett gemacht hat und wer als Zweiter. War ich es? Oder hat sie sich für diese Nähe entschieden?

Noch während ich mir die Frage stelle, geißelt mich schon wieder mein Gewissen. *Du lügst sie an. Du lügst sie an.*

Beinahe ohne Vorwarnung schaltet sie die Lampe aus, ehe ich in ihrer Miene oder in dem, was hinter der Atemmaske davon sichtbar ist, lesen kann. Ehe sie in meinem Gesicht lesen kann und die Schuldgefühle darin sieht.

Ich höre es rascheln, als sie sich hinlegt, und folge ihrem Beispiel, während meine Gedanken kreisen. Ein paar Atemzüge lang herrscht Stille, dann höre ich ihre Stimme, leise und sanft, ein bisschen gedämpft von dem Atemgerät.

»Und die Übersetzungen – was sagen die?«

»Es dauert noch ein bisschen, bis ich alles habe.« Wieder der Drang, meine Stirnlampe einzuschalten und in ihrem schwachen Licht meine Notizen zu lesen, aber ich muss ihn unterdrücken. Was mir jetzt, da Mia nur eine Handbreit neben mir liegt, leichter fällt. »Wir haben zwar noch nicht die gesamte Geschichte, aber es ist eine detailliertere Version der ursprünglichen Funkbotschaft. Ich glaube, es ist die Geschichte ihrer Zivilisation. Ihr Aufstieg, ihr Niedergang. Wie sie das hier zurückgelassen haben, damit eine neue Spezies es findet.«

»Sie müssen so viel bedeutender gewesen sein als wir«, murmelt sie, und für einen Augenblick muss ich meine Gedanken zurückdrängen und mir ins Gedächtnis rufen, was ich gerade gesagt habe. »Unsere Geschichte handelt hauptsächlich von einem Planeten. Von einem einzigen kurzen Versuch, ihn zu verlassen, der Alpha-Centauri-Mission, und abgesehen davon keinerlei Signal, bis heute.«

»Und der Geschichte nach zu schließen, die sie in diesem Tempel erzählen, haben sie die ganze Galaxie gesehen. Kannst du dir vorstellen, was sie alles zu erzählen hätten?«

»Geschichten«, wiederholt Mia, und ihre Stimme klingt ganz schwer vor Bedeutung. »Von zurückgelassenen Dingen.«

Es ist schwer zu sagen, was sie genau meint – die Unsterblichen vielleicht, oder unser Gespräch über Plündern versus Archäologie. Oder sie redet von Evie und meinem Vater, den Lieben, die wir zurückgelassen haben. Meiner verpfuschten Laufbahn als Wissenschaftler und ihrer gefährlichen Arbeit in Chicago. Von der Sonne und dem Himmel und ihren Wolkenkratzern und meinem Swimmingpool – von unseren beiden Leben vielleicht. Keiner von uns beiden schreibt die Geschichten, die uns einmal vorgeschwebt haben.

Aber ihre nächsten Worte verraten mir ganz genau, an welches Zuhause sie gerade denkt. »Jules«, sagt sie leise. »Wir sind jetzt ein paar Räume weiter, aber hier ist nichts, was ich mitnehmen und verkaufen könnte. Bist du ganz sicher, dass wir etwas finden werden?«

Mein Schweigen dauert einen Tick zu lange. Das ist mir bewusst, noch während es andauert, noch während ich nach Worten suche, die keine Lüge sind. »Ich habe versprochen, dir zu helfen«, sage ich schließlich, eine kleine Ewigkeit zu spät.

Die Lampe geht an, und sie stützt sich auf den Ellbogen und blickt mich misstrauisch an. »Jules?« Es ist eine Warnung. Eine Frage.

»Auf jeden Fall ist das hier der wichtigste Ort, den es auf Gaia gibt.« Ich verhasple mich und klinge defensiv.

»Wegen der zweiten Code-Schicht«, sagt sie ausdruckslos, und ganz kurz bleibt mir das Herz stehen. Dann fällt mir die Lüge ein, die ich ihr aufgetischt habe – dass uns die zweite Schicht verrät, wo die besten technischen Gerätschaften liegen.

»Ja«, sage ich langsam, bedächtig. Denn ich kann nicht lügen, nicht noch einmal. Nicht gegenüber Mia, und nicht, wenn sie mich direkt fragt. Ich sollte es zwar – das hier ist wirklich wichtig –, aber ich kann nicht. »Wegen der zweiten Schicht. Aber die zweite Schicht führt uns nicht zu verborgener Technologie. Zumindest glaube ich das nicht.«

Endlich schaue ich zu ihr hinüber, mein Blick sucht ihr Gesicht. Und plötzlich, als ob ein Damm brechen würde, erzähle ich ihr, was ich wirklich weiß – ich erkläre ihr die Gleichung in jener zweiten Schicht Code, die, wenn man sie aufzeichnet, den Beginn einer perfekten Fibonacci-Spirale bildet. Eine Form, die man überall in der Natur findet, einschließlich der Nautilus-Schnecken, nach denen ich die Spirale benannt habe. Ich erzähle ihr von diesem Schriftzeichen mit seiner vagen Bedeutung, das sich so schwer übersetzen lässt.

Katastrophe. Apokalypse. Das Ende aller Dinge.

»Und von oben sieht dieser Tempel hier aus wie eine perfekte Spirale, genau wie der Graph«, sage ich. »Ich habe keine Ahnung, ob uns irgendjemand davor warnen wollte, dass dieser Tempel voller Gefahren ist, oder ob dieser Tempel uns verrät, wie wir die Gefahr erkennen, aber ich bin der Einzige, der Bescheid weiß, und niemand will auf mich hören, jetzt, nachdem mein Vater …« Ich verstumme und suche nach den richtigen Worten. *Im Gefängnis sitzt? Inhaftiert ist?*

Als ich begriff, was ich auf diesen Satellitenbildern gesehen habe, als mein Gehirn plötzlich zündete, als ich die Spiralform mit dem Dach dieses Tempels in Übereinstimmung brachte, da wusste ich, was ich zu tun hatte. Bei unserem letzten Videoanruf habe ich versucht, es meinem Vater zu sagen. *Weißt du noch, meine erste Ausgrabung?*, sagte ich und hielt die Pfeilspitze hoch, die meine fünfjährigen Finger damals der Erde abgetrotzt hatten. Sein Gesicht wurde sanft, und dann hielt ich eine Nautilus-Schnecke hoch, mit ihren schmutzigen rotweißen Streifen auf dem Gehäuse. Er wurde ganz still – er wusste, dass die Muschel nicht aus einer meiner Ausgrabungen stammte. Er wusste, was die Form bedeutete. *Ich werde dorthin fliegen*, sagte ich ihm und beschwor ihn gleichzeitig innerlich, sein Pokerface beizubehalten. *Mal sehen, was sich dort sonst noch finden lässt. Ich hab dich lieb, Dad.*

Ich beendete den Anruf, bevor er protestieren konnte. Er wusste genau, wo ich hingehen würde. Er wusste, wieso. Und die IA-Angestellten, die unser wöchentliches Gespräch überwachten, dachten, ich würde mich auf einer Uni-Exkursion vergnügen.

Widerwillig kehre ich in die Gegenwart zurück. »Ich musste hierherkommen, Mia. Diese Form, diese Spirale, die bedeutet etwas. Und hier ist der Ort, der mir verraten wird, was genau.«

Sie sieht mich in dem schwachen Licht an, immer noch auf den Ellbogen gestützt, und sie blinzelt einmal und schluckt langsam. Als sie spricht, klingt ihre Stimme so ruhig und gefasst, wie ich es bisher noch nie von ihr gehört habe. »Die Spirale bedeutet Gefahr«, sagt sie. »Aber du hast keine Ahnung, ob dieser Ort gefährlich *ist* oder nur von der Gefahr *erzählt*.«

»Das stimmt«, gebe ich zu. »Aber wir sind hier richtig, da bin ich mir sicher. Kurz vor der Brücke habe ich ein eingeritztes Bild von der Nautilus gesehen, so ähnlich wie ein Schriftzeichen. Oben an der Klippenwand auch. Hier werden wir mehr über sie erfahren.«

»Aber du weißt nicht, ob dieser Ort tödlich ist.« Ihre Haltung ist scheinbar entspannt, doch auch im Dunkeln erkenne ich, dass ihre Muskeln sich verkrampft haben. »Und trotzdem hast du mich mitgenommen, ohne auch nur – du hast mich einfach mitgenommen, ohne mich zu fragen, wie ich zu dem

Risiko stehe. Und dann hast du ein Symbol gesehen, das vermutlich die verdammte Apokalypse bedeutet, und bist einfach weitergelatscht, ohne mir Bescheid zu sagen?«

Stumm sehe ich sie an. Es gibt nichts, womit ich mich verteidigen könnte. Sie hat recht.

»Hast du irgendeine Ahnung, ob hier überhaupt etwas Wertvolles für mich ist? Für Evie?«, fragt sie, wieder beherrscht.

Am liebsten würde ich mich verkriechen. »Ich weiß es nicht«, flüstere ich. *Vielleicht*, sagt mein Verstand. *Hoffentlich. Ich wünsche mir, dass es so ist.* Aber keines von diesen Worten schafft es an dem Kloß in meiner Kehle vorbei.

Sie setzt sich abrupt auf, fährt sich mit beiden Händen durchs Haar und presst die Hände dabei so fest gegen den Kopf, dass ihre Knöchel weiß hervortreten. »Du weißt es nicht«, wiederholt sie eisig. Und dann, im Bruchteil einer Sekunde, ist das Eis verschwunden, weggeschmolzen von der Hitze ihres Zorns. »*Du weißt es nicht?* Das Leben meiner *Schwester* hängt von mir ab, meine einzige Familienangehörige, meine kleine Schwester – alles, was mir auf der Welt etwas bedeutet, und du beschließt einfach, mich hier reinzuschleifen, für so ein blödes Detektivspiel, weil du Jules Addison bist und es besser weißt als alle anderen. Du wusstest, dass ich hier nur ein einziges Ziel habe, dass ich hier nur eins will. Ich brauche Technikkram, und du … Du hast mich *angelogen*. Das hier ist kein Spiel, das ist kein – selbst wenn es dir völlig egal ist, was aus meiner Schwester wird, ohne irgendwas Wertvolles kann ich mir keinen Rückflug leisten. Ich werde hier *sterben*, Jules.«

»Ich helfe dir«, versuche ich, als sie eine kurze Pause einlegt, die sich mehr wie ein Schluchzer anhört. »Ich habe dir mein Wort gegeben. Das habe ich ernst gemeint.«

»Mit welchem Geld denn?« Ihre Stimme versagt, und ich würde am liebsten in das Gestein und den Schutt hineinschmelzen. »Wo soll dieses Zaubergeld denn herkommen? Bist du so reich, Jules?«

Aber natürlich bin ich das nicht. Ich mag zwar im exklusiven Speckgürtel von Oxford wohnen, aber mein Vater verdient ein Professorengehalt. Ich habe nicht das Geld, das Mia braucht, um die Freiheit ihrer Schwester zu erkaufen. »Wir werden schon etwas finden«, murmle ich, und nicht mal in meinen eigenen Ohren klinge ich überzeugend. »Man weiß nie, was man am Ende findet.«

Mias Augen glühen im Licht der Laterne. »Hast du dir das die ganze Zeit eingeredet? Um dich besser zu fühlen?«

Ich antworte nicht – ich kann nicht. Weil sie recht hat, und weil wir das beide wissen, und obwohl ich weiß, dass ich das Richtige tue, obwohl ich weiß, dass ich ins Herz dieses Tempels muss, um herauszufinden, was an der Technologie der Unsterblichen so gefährlich ist … Bei einem Blick in ihr Gesicht erscheinen mir die Dinge, die ich weiß, gar nicht mehr so gewiss.

Sie hat recht. Und mein Schweigen bestätigt sie darin.

Sie starrt mich noch einen Augenblick an, dann zwei, ihr zorniger Blick taxiert mich und befindet mich in jeder erdenklichen Weise für unzulänglich. Dann schaut sie zu ihrer Ausrüstung, ihrem Klettergurt, und dann – ich erschauere innerlich – hinüber zur Felswand. Ihrem wütenden Gesicht ist deutlich anzusehen, dass sie nichts lieber täte, als hier zu verschwinden, mich sitzenzulassen und ihren ursprünglichen Plan in die Tat umzusetzen. Aber wenn sie auch nur halb so erschöpft ist wie ich, hält sie das jetzt niemals durch. Also streckt sie die Hand nach der Lampe aus und hüllt uns beide erneut in Dunkelheit.

Ich würde sie gern überzeugen, dass ich wirklich eine Möglichkeit finden werde, um ihr zu helfen.

Ich würde ihr gern noch einmal erklären, dass wir vielleicht kurz vor der wichtigsten Entdeckung auf Gaia stehen – dass wir vielleicht die ganze Welt retten werden.

Ich würde gern ...

»Mia ...«

»Nein.«

Das Wort ist eine Kugel, und es bringt mich zum Schweigen.

AMELIA

Als ich aufwache, weiß ich, dass Zeit vergangen ist, aber nicht genug Zeit. Meine Lider sind immer noch schwer, und in meinem Magen brennt die Übelkeit, die vom allzu frühen Aufwachen kommt, wenn man ohnehin schon unter Schlafmangel leidet. Irgendwas berührt mich im Gesicht, und ich brauche einen Augenblick, bevor mir klarwird, dass es mein Atemgerät ist und dass es dort hingehört.

Ein Lichtschein zuckt an meinem Gesichtsfeld vorbei, und über mir stoßen Steine aneinander. Musste Jules mal raus und bahnt sich einen Weg oder so? Moment, nein – er liegt immer noch zusammengerollt hinter mir. Im Schlaf sind wir näher zusammengerückt – *weil es kalt ist*, sage ich mir, *und weil man es wärmer hat, wenn man nah beisammen liegt* –, und die Wölbung meines Rückens schmiegt sich gegen seine Vorderseite. Als ich tief und zitternd einatme, merke ich, dass er einen Arm um mich gelegt hat. Als hätte er gewusst, dass ich letzte Nacht ans Abhauen gedacht habe – als wollte mich selbst sein Unterbewusstsein daran hindern.

Nichts wie weg hier, Mia, sage ich mir, und der Zorn der

letzten Nacht wallt erneut in mir auf. Ich weiß, dass er naiv ist, idealistisch, seinem Ziel verschrieben – aber irgendwie, irgendwann habe ich in der kurzen Zeit unserer Bekanntschaft begonnen, ihm zu vertrauen. *Du blöde Kuh*, wütet die Stimme in meinem Kopf.

Wieder zuckt der Lichtschein an meinen Augen vorbei. Mit einem Mal bin ich hellwach, und Adrenalin durchflutet mich, als ich mich aufsetze. Jules stöhnt protestierend, aber er spürt wohl den gleichen Instinkt, denn einen Augenblick später setzt er sich hinter mir auf.

»Haben wir euch geweckt, ihr zwei Turteltäubchen?« Es ist die Stimme einer Frau, hart, amerikanisch.

»Wer sind Sie?«, fauche ich. Mein Herz hämmert in meiner Brust, und ich zwinge mich zu langsamen Bewegungen, während ich die Hand unter die Decke schiebe und nach meinem Multitool taste. Wenn ich es zu fassen bekomme, muss ich es irgendwo verstecken – diese Leute sind uns auf keinen Fall wohlgesinnt, und ich darf mich nicht gefangen nehmen lassen. Jules kann unmöglich wissen, was ich gerade tue, aber er lässt den Arm um mich liegen, so dass niemand meine Bewegungen sehen kann.

»Ich heiße Liz, Süße«, antwortet die Frau und senkt die Taschenlampe ein wenig. Nun kann ich die Silhouetten von vier weiteren Leuten erkennen, die im Halbkreis um uns herumstehen. Sie müssen die Felswand heruntergekommen sein, während wir geschlafen haben. Liz' Stimme klingt spöttisch. »Du hast doch nicht etwa geglaubt, dass Mink alles auf eine Karte setzt, oder?«

Scheiße. Scheiße, Scheiße, Scheiße.

»Mink?« Geblendet blinzle ich in das Licht auf meinem Gesicht, ohne hinter seinem grellen Schein viel erkennen zu können. Ich muss Zeit schinden. Irgendwo in meinem Rucksack befindet sich eine der Pistolen, die wir den Plünderern an der Quelle abgenommen haben, aber ich habe keine Chance, da ranzukommen, ohne dass sie es merken – und sie werden uns auf Waffen filzen. Aber das Multitool in meiner Hand – wenn ich das irgendwo verstecken könnte ... »Ich weiß nicht, wen Sie –«

»Stell dich nicht dumm«, unterbricht sie mich. »Darüber sind wir längst hinaus, Freunde.«

Kurz erwäge ich, das Multitool in meinen Stiefel zu schieben, aber dort wird jeder, der halbwegs bei Verstand ist, bei einer Durchsuchung zuallererst nachsehen.

Also schiebe ich das Werkzeug lieber vorn in meine Hose, leicht seitlich in meinen Slip, so dass es sich hoffentlich wie mein Hosenbund anfühlt. Plünderer sind sich zwar nicht zu schade, um bei einer Durchsuchung ein bisschen zu grapschen, aber normalerweise fassen sie einem dabei an die Brust oder an den Arsch.

»Was ist denn los?« Jules folgt meinem Beispiel und gibt sich alle Mühe, verwirrt zu klingen. Als er zum Sprechen das Atemgerät herunterzieht, spüre ich seinen Atem im Nacken. Er behält die Maske unten, als würde er die Leute dadurch besser sehen, besser verstehen können. Er wirkt wie ein konfuser Wissenschaftler, der durch seine Brille späht.

Liz lacht nur, es ist ein kaltes Lachen. Hinter ihr bewegt sich ein Schatten, und ich höre, wie eine Fackel eingeschaltet wird. Ein orangefarbener Schein flackert im Dunkeln auf und fällt dann auf den Boden.

Mein Mut verlässt mich, es sind fünf, und Jules ist zwar größer als ein paar von ihnen, aber er ist schmal, und Liz' Männer sind kräftig und muskulös – und alle größer als ich. Es ist keiner von der Gruppe dabei, der wir die Pistolen und das Gleitmotorrad geklaut haben, aber das beruhigt mich nur wenig. Es bedeutet, dass ich keine Ahnung habe, worauf es diese Leute abgesehen haben, was mir jeden Handlungsspielraum nimmt.

Mit meiner ersten Vermutung, dass sie ein IA-Trupp sind, mit dem Auftrag, Plünderern das Handwerk zu legen, lag ich klar daneben. Liz hat Mink erwähnt, und Mink hat viel Zeit und Mühe darauf verwendet, ihre kleine Nebentätigkeit vor der IA geheim zu halten. Um sich und ihren Leuten Zugang zur Orbitalstation zu verschaffen, musste sie eine ganze Menge untergeordnete IA-Angestellte bestechen, und die können Mink nicht verraten, ohne selbst aufzufliegen. Wenn diese Liz weiß, wer Mink ist, dann gehört sie nicht zur IA.

Liz' Männer fangen an, unsere Rucksäcke zu durchwühlen. Als sie die Waffen finden, grunzen sie anerkennend und beschlagnahmen sie. Den Rest unserer Ausrüstung dürfen wir größtenteils behalten, obwohl sie sorgfältig Inventur machen und sich ein paar ausgewählte Gegenstände aus Jules' Rucksack schnappen, darunter den wertvollen Kurzwellenherd. Meine Sachen sind vermutlich zu billig und abgenutzt, um von Interesse zu sein.

Dann dreht sich Liz zu uns um, schnipst mit den Fingern und streckt die Hand aus. Verständnislos starren wir sie an und warten auf eine klare Anweisung.

»Eure Atemgeräte, Turteltäubchen«, sagt sie ungeduldig. Mein letzter Rest Optimismus verlässt mich. Unsere Rettungsleine. Ohne die Geräte sind wir in ein paar Tagen tot. Einer von ihrer Bande stellt sich neben sie, in der einen Hand eine Pistole, mit der er wichtigtuerisch herumwedelt, und wir legen beide die Atemgeräte ab und händigen sie ihm aus. Echt schlau von ihr. Jetzt können wir nicht weglaufen, selbst wenn wir fünf bewaffnete Plünderer überrumpeln könnten, ohne eigene Waffen zu haben.

»Aufstehen«, befiehlt Liz, gestikuliert mit der Taschenlampe und erhebt sich aus der Hocke. Sie ist Mitte vierzig und hat ein hartes Gesicht, das ganz hübsch sein könnte, wären da nicht die schmalen, kalten Augen und der spröde Zug um ihren Mund.

»Wir stehen ja schon auf.« Unter der gemeinsamen Decke drücke ich ganz kurz Jules' Arm, dann komme ich langsam auf die Beine. Er folgt meinem Beispiel. Beim Aufwachen wollte ich abhauen, aus seiner spiralförmigen Todesfalle herausklettern und versuchen, zu meinem ursprünglichen Plan zurückzukehren. Aber nur weil ich mich nicht überwinden kann, ihn anzusehen – und Gott, ich wünschte, ich könnte es –, will ich noch lange nicht, dass sein Gehirn sich auf der Felswand über uns verteilt. Ich will das hier lebendig überstehen, und wenn es irgendwie geht, will ich, dass er es ebenfalls lebendig übersteht. Also danke ich den Gottheiten oder Ahnen oder Spaghettimonstern, die gerade zuhören, weil er den Mund hält und kapiert, dass ich besser geeignet bin, um uns hier rauszuquatschen. »Nur um ganz sicherzugehen – Mink schickt dich?«

»Ganz genau, Süße.« Liz mustert ausgiebig erst mich und dann Jules. Bei ihm verweilt ihr scharfer Blick etwas länger, zweifellos erkennt sie in ihm die gleichen Qualitäten, die auch mir aufgefallen sind. Auch wenn seine nagelneuen Kleider nicht mehr ganz so makellos sind und seine teuren Stiefel nicht mehr so glänzend.

»Na, zumindest sind wir auf derselben Seite.« Einen Versuch ist es wert. Ich gebe mir alle Mühe, lässig zu wirken, auch wenn mir das schwerfällt angesichts des Adrenalins, das durch meinen Körper kreist.

»Wir arbeiten für den gleichen Auftraggeber.« Liz mustert mich argwöhnisch. »Deswegen sind wir noch lange nicht auf derselben Seite.«

Ich muss schnell handeln. Ich habe nur einen einzigen Trumpf, eine einzige Information, um sie davon zu überzeugen, dass ich wertvoll bin. Und wenn sie erst von selbst dahinterkommen, bringt sie nichts mehr.

Genau darauf hat mich das Plündererleben vorbereitet – im Bruchteil einer Sekunde Risiken und Chancen abzuwägen und dann ohne Zögern zu handeln. »He«, sage ich mit etwas lauterer Stimme, in die ich nur einen Hauch Gereiztheit lege, so als würden die fünf meine Zeit verschwenden. »Habt ihr eine Ahnung, wer dieser Typ ist? Wie wertvoll er ist? Das ist Jules Addison, Elliott Addisons einziges Kind.« Ich höre, wie Jules hinter mir scharf und schockiert die Luft einzieht, und zwinge mich, ihn zu ignorieren. Mit harter Stimme spreche ich weiter. »Er weiß mehr über Gaia als alle auf diesem Planeten zusammen, und ich habe ihn bis jetzt am Leben gehalten. Also lasst uns mit dem Getue aufhören und überlegen, wie wir weiterkommen, ja?«

Liz fixiert mich mit einem langen Blick, und ihr Mundwinkel hebt sich, so als würde sie über einen Witz lachen, den nur sie versteht. »Süße, wir wissen, wer er ist.«

Mir bleibt die Luft weg, in meinem Kopf herrscht Chaos. Jules' Identität war die einzige Währung, die ich hatte, mein einziges Faustpfand.

Liz grinst, ihr höhnisch verzogener Mund bewirkt, dass ich mich am liebsten auf sie stürzen würde. »Mink weiß alles über ihn. Wozu blind durch die Gegend stolpern, wenn man der dressierten Ratte bis in die Mitte des Labyrinths folgen kann?« Sie genießt das hier, so viel ist klar – sie ist einer dieser Menschen, die ein perverses Vergnügen darin finden, sämtliche Karten in der Hand zu halten. Aber Informationen sind auch etwas wert. Wenn ich sie am Reden halte, rutscht ihr vielleicht etwas heraus, das ich verwenden kann.

»Aber ...«, stottere ich, und obwohl ich absichtlich dick auftrage, muss ich nicht lange nach dem Beben in meiner Stimme suchen. »Aber ich gehöre zu Minks Leuten, sie hätte mir das doch gesagt ...«

»Du solltest mit den anderen Plündererhohlköpfen zum Haupttempel gehen.« Liz verändert ihre Haltung, langsam verwandelt sich ihr Vergnügen in Ungeduld. »Eine Versicherung. Plündererabschaum – man verliert nichts, wenn man mehr

Leute ins Feld schickt, und wenn einer oder zwei von euch mit etwas Wertvollem zurückkommen, gibt's zusätzlich Kohle.«

In meinem Kopf rattert es. Doch Liz' Blick richtet sich auf Jules, und als ich aus dem Augenwinkel zu ihm hinüberschaue, ist seine Miene steinern. Er hat gehört, wie ich ihn verraten habe – es spielt keine Rolle, dass Liz schon wusste, wer er ist oder dass ich uns beide retten wollte, indem ich es für sie profitabler gemacht habe, uns am Leben zu lassen. Er muss den Eindruck haben, dass wir gestern Abend einen Streit hatten und ich mich nun gegen ihn gewandt habe.

Mit unserer kleinen Chance, als Team zu handeln, ist es vorbei. Vielleicht war sie von Anfang an zum Scheitern verurteilt. Vielleicht war ja der Augenblick die Lüge, als wir nach dem Einsturz der Brücke zusammen dalagen.

Schließlich bin ich Plünderin. Grabräuberin. Ich bin eine Diebin und Vandalin und eine Kriminelle. Und er ist ein privilegierter, idealistischer Gelehrter, der mir in einem anderen Leben, in einer anderen Welt die Cops auf den Hals hetzen würde, wenn er könnte.

Das mit uns beiden wäre sowieso schiefgegangen. Ich hole tief Luft und verhärte mich gegen mein Bedauern und das Gefühl des Verlusts in meinem Inneren. Das hier ist mein Beruf. Ich blende alles aus und mache weiter, egal was passiert. *Am Leben bleiben. Evie retten. Das tun, wozu du hier bist.*

Liz bricht ihre Musterung von Jules mit einem gebellten Befehl ab, und zwei ihrer Männer kommen nach vorn, um unsere Taschen auszuleeren und uns auf Waffen zu durchsuchen, während sie den Rest wieder in die Rucksäcke stopfen. Ich bin mir des Multitools an meinem Unterleib, das sich langsam auf Körpertemperatur erwärmt, überaus bewusst. Der Kerl, der mich filzt, ist ein ungepflegter Typ in den Zwanzigern, der dringend eine Dusche bräuchte – aber geht uns das nicht allen so? –, wie auch frische Kleider. Bis zu meiner Taille bleibt er professionell. Aber als er mir an den Arsch fasst, zucke ich weg und schnauze ihn an: »He, brauchst du die Hand noch?«

Er will aufbrausen, doch der Typ, der den ausdruckslos dreinblickenden Jules durchsucht, blafft ihn an: »Lass das, Hansen. Sie ist noch ein Kind.«

»Von mir aus.« Hansens Antwort klingt mürrisch, und er bringt die Durchsuchung meiner Taschen so schnell wie möglich hinter sich. Dann überprüft er flüchtig meine Stiefel und stapft davon. Ich bleibe zitternd zurück und kann nur mit Mühe meine Erleichterung darüber verbergen, dass er mir das Multitool nicht abgenommen hat. Darin befindet sich ein Messer. Ich bin also nicht ganz hilflos. Er lässt den anderen Kerl da, um auf mich und Jules aufzupassen, während Liz in einiger Entfernung ein unverständliches Gespräch mit dem Rest der Truppe führt. Einer von ihnen ist klein und blond, der andere trägt eine Lieferantenschirmmütze, die sein Gesicht beschattet, und auf seinen Wangen wuchert albern aussehende Gesichtsbehaarung.

»Tut mir leid, das mit ihm«, sagt der Latino, der etwa in Liz' Alter ist, vielleicht Ende dreißig bis Ende vierzig. Er folgt meinem Blick, als ich Hansens Rückzug verfolge. »Ich heiße Javier. Tut einfach, was sie sagt, dann passiert euch nichts.«

»Danke.« Ich nicke ihm zu, obwohl ich ihm seine »Entschuldigung« am liebsten ins Gesicht rammen würde. Schließlich hat er ihr ja trotzdem bei dem Überfall geholfen. Aber ein bisschen Freundlichkeit kann nicht schaden. Vielleicht kann ich so ein oder zwei Sekunden Zeit schinden, wenn Liz ihm befiehlt, mich abzuknallen.

Jules schweigt und fixiert einen Punkt in der Ferne, als hätte er sich völlig in seine eigene Welt zurückgezogen. Ein Teil von mir würde ihm gern erklären, dass sein Name ein Tauschmittel war, dass ich versuchen wollte, Vertrauen aufzubauen, um uns beide hier rauszuholen – und ein anderer Teil von mir rebelliert dagegen, immer noch in Rage, und beharrt darauf, dass ich ihm kein Fitzelchen Loyalität schulde.

Sie beenden ihre Durchsuchung und hieven uns die Rucksäcke wieder auf die Schultern. Sie fesseln unsere Hände mit meinem Kletterseil, binden uns zusammen und lassen am Ende ein Stück Seil wie eine Leine herabhängen. Na toll. Wir sind Packesel. Es ist Hansen, der die Knoten bindet, und meine zieht er extra fest, mit einem befriedigten Grunzen. Javier mag vielleicht Mitgefühl mit uns haben, aber Hansen ist eindeutig kein Fan mehr von mir.

Liz beendet den Plausch mit ihrem Team, schlendert auf uns zu und hebt die »Leine« auf. »Du gehst voran«, informiert sie Jules, knallt ihm den Helm auf den Kopf und schaltet seine Stirnlampe ein. »Du bist ja bis jetzt so gut mit diesen kleinen Fallen zurechtgekommen. Nachdem wir uns nicht mehr mit Haken und Klettergurt rumschlagen müssen, wird es sehr viel einfacher sein, euch zu folgen. In dem ersten Raum da oben habt ihr ein ziemliches Chaos hinterlassen.«

»Und unsere Atemmasken?«, frage ich. Ich habe nicht gesehen, was aus ihnen geworden ist – was zweifellos die Absicht dieser Leute war. Ich weiß, dass der Versuch zwecklos ist, dass sie uns die Masken absichtlich abgenommen haben, um dafür zu sorgen, dass wir nicht abhauen können, selbst wenn es uns gelingen sollte, uns von den Fesseln zu befreien. »Wir konnten sie nicht die ganze Nacht benutzen.«

Liz wickelt sich das Ende der Leine um die Hand. »Ihr kriegt sie, wenn wir unser Lager aufschlagen. Falls ihr genau das tut, was ich sage, und uns sicher hindurchführt. Wenn ihr uns unter einer halben Tonne Gestein begrabt, gehen eure Atemmasken mit uns drauf.«

Ich habe Jules gefragt, ob die Unsterblichen so wie Menschen zur Lüge und zu Gewalt imstande sind. Ich hätte mir eher weitere Gedanken über meine eigene Spezies machen sollen.

Jules schluckt, er blickt zwischen Liz und mir hin und her, bevor er seinen Blick auf die gähnende Finsternis am Rande der Schotterfläche richtet. Er wirkt ängstlich – aber nicht annähernd ängstlich genug. Ich habe Jules längst nicht alles über meine Vergangenheit erzählt, über die Leute, denen man als Plünderer begegnet. Ich habe ihm gesagt, dass manche von ihnen anständig sind, und das stimmt.

Aber ich habe ihm nichts von Leuten wie Liz erzählt. Leuten, die einen so schnell erschießen wie sie mit einem reden. Die einen fesseln und dann dem sicheren Tod überlassen, nur für ein bisschen Ausrüstung.

Für Leute wie Liz hat alles, *jeder* einen Wert. Es ist genau das Gleiche wie damals zu Beginn unserer kleinen Partnerschaft, als ich Jules' Ausrüstung durchgegangen bin – alles, was nicht transportwürdig ist, muss weg.

Dass sie mich nicht an Ort und Stelle umgebracht haben, muss noch lange nicht heißen, dass das nicht noch passieren wird. Es heißt nur, dass sie sich noch nicht entschieden haben, oder sie wollen mich wie einen Kanarienvogel in einer Mine benutzen, damit ich die Fallen auslöse, die Jules übersieht. Ich zweifle nicht daran, dass Liz imstande ist, mich ohne zu zögern umzulegen, falls das ihren Zwecken dienlich ist.

Jules hat für sie einen Nutzen, aber mein Leben hängt an einem seidenen Faden.

Ich muss dafür sorgen, dass wir beide transportwürdig sind.

* * *

Die nächste Kammer scheint relativ intakt zu sein. Auch wenn das nicht unbedingt positiv sein muss, schließlich war es viel einfacher, vor unserem Nachtlager durch das kaputte Rätsel zu klettern, als das Musikrätsel zu lösen und dann diese Todesfalle von einer Brücke zu überqueren. Aber nachdem er sich kurz die Schriftzeichen an den Wänden angesehen hat, beginnt Jules, die Expedition umständlich durch den Raum zu führen.

Erst nach einer Weile wird es mir klar – dieser Raum unterscheidet sich nur wenig von einem der frühen Rätselräume im Tempel der *Explorer IV*. Ich habe mir die Videos dieser Astronauten bei meinen Vorbereitungen für Minks Auftrag mehrere Dutzend Mal angesehen. Das hier ist zwar nicht genau das Gleiche, aber es ist ein relativ einfaches Schachbretträtsel – und ich kann die Schriftzeichen zwar nicht lesen, aber Jules schon.

Jedes Mal, wenn er auf die richtige Bodenplatte tritt, scheint ein schwaches Leuchten durch sie zu laufen, so als würden die silbrigen Adern für einen Augenblick zum Leben erwachen. Es zerrt an den Nerven, dieses Gestein, das kein richtiges Gestein ist. Genau wie der Gedanke, dass die Unsterblichen vor fünfzigtausend Jahren, als wir gerade erst Speer gegen Pfeil und Bogen eintauschten, und noch bevor wir etwas hatten, das die Bezeichnung Sprache verdient, diesen Ort erbauten, die letzte Botschaft an ihre Erben losschickten und Technik erschufen, die wir bis heute nicht verstehen.

Wir bewegen uns weiter, während Jules herausfindet, wo man gefahrlos hintreten kann, und die Minuten dehnen sich zu Stunden. Daran, wie er seine gefesselten Handgelenke hebt, merke ich, dass er immer noch Fotos von den Schriftzeichen macht – als würde es jetzt noch irgendwas bringen, die Sagen der Unsterblichen zu übersetzen. Er hat ja keine Ahnung, wie schlimm das hier ist, wie tief wir in der Scheiße sitzen. Wie gering die Wahrscheinlichkeit ist, dass er je nach Hause kommt und diese Bilder jemandem zeigen kann. Aber wir können nichts tun, als nah beisammen zu bleiben und aufzupassen, dass das Seil, das uns verbindet, keinen von uns in die falsche Richtung zieht, in gefährliche Bereiche.

Während ich mich dicht hinter ihm halte, habe ich Zeit zum Nachdenken. Irgendwie haben sie herausgefunden, wer

Jules ist – Mink wusste, dass er nach Gaia kommen würde, sie wusste, dass er die Eintrittskarte in diese Todesfalle sein würde. Und dass es sich lohnen würde, ihm zu folgen. Das ist ein kleiner Hoffnungsschimmer. Mink schert sich nicht um akademische Forschung, es sei denn, es lässt sich dabei ein Gewinn herausschlagen. Vielleicht, ganz vielleicht gibt es ja doch noch eine Chance, dass ich genug Kohle mache, um Evie zu helfen.

Da Liz das Seil hält, das mich mit Jules verbindet, haben wir keine Gelegenheit, unter vier Augen miteinander zu sprechen, was vermutlich auch besser so ist. Ich weiß immer noch nicht so recht, ob ich ihn nach seiner Lüge lieber retten oder in einen dieser bodenlosen Abgründe werfen will.

Mühsam reiße ich meine Gedanken von Jules los und konzentriere mich aufs Gehen. Doch dann, während ich darauf lausche, wie ab und zu hinter uns ein Stein wegrollt oder ein Kiesel über den Fußboden schlittert, wird mir etwas klar.

Ich habe sie gehört. Ich habe sie *gesehen*. Das, von dem ich glaubte, es wäre einfach eine Bewegung in dem zerstörten Labyrinth, nachdem wir hindurch waren, was ich für das Gleißen einer Alien-Sonne am Rand der Schlucht gehalten habe – das waren die Anzeichen, dass wir verfolgt wurden.

Ich könnte schreien vor Enttäuschung. *Eigentlich weiß ich es doch besser.* Ich hätte auf der Hut sein müssen, um … Aber wir waren uns so sicher, dass niemand einen Grund haben würde, uns zu folgen. Jules war hinter einem zweiten, geheimen Spiralcode in der ursprünglichen Botschaft her – von dem sonst keiner wusste –, und ich dachte, er würde mich zu einem Schatz führen, den noch niemand entdeckt hatte. Wir konnten nicht ahnen, dass Mink ein Team auf ihn angesetzt hatte. Wir konnten nicht ahnen, dass sie überhaupt von ihm wusste.

Meine Augen brennen – Erschöpfung, sage ich mir –, und ich kneife sie fest zusammen. Niemand weiß, wie viel Wasser sie ihren Gefangenen zugestehen. Ich kann es mir nicht leisten, welches in Form von Tränen zu verschwenden.

Hier unten, so ohne Fenster zur Oberfläche, kann man ohne Uhr unmöglich sagen, wie die Zeit vergeht. Und wegen meiner gefesselten Hände komme ich nicht an mein Handy heran. Aber einige Zeit später – es fühlt sich wie Stunden an –, nachdem die Kammer mit dem Schachbretträtsel und der Korridor sich zu einer mit Schutt gefüllten Vorkammer öffnen, ruft Liz, dass wir anhalten sollen.

Ohne Vorwarnung reißt sie kurz an dem Seil, das uns verbindet, so dass meine Schulter gezerrt wird. Ein Schmerzensschrei entfährt mir, bevor ich die Lippen zusammenpressen kann. Auch Jules, der mit mir verbunden ist, muss abrupt stehen bleiben, fällt auf die Knie und wirft mich dabei beinahe um.

»Du da«, befiehlt sie mit einem herrischen Nicken in Jules' Richtung. »Ist das noch so ein kaputtes Rätsel?«

Jules dreht den Kopf gerade so weit, um sie aus dem Augenwinkel ansehen zu können. »Scheint so.« Ich sehe, wie sich die Muskeln an seinem Kiefer verkrampfen.

»Können wir hier gefahrlos unser Lager aufschlagen?«

»Ich glaube nicht.«

Liz' Augen verengen sich. »Hör mal, Hübscher, wenn meinen Leuten irgendwas passiert, weil du etwas ›übersiehst‹, ob mit Absicht oder nicht, dann sorge ich dafür, dass dir genau dasselbe zustößt. Also, jetzt noch mal mit Gefühl: Ist das hier eine sichere Stelle für ein Nachtlager?«

Jules beißt die Zähne zusammen, dann blickt er sich ein paar lange, angespannte Sekunden im Raum um. »Soweit ich das beurteilen kann, ja.«

»Gut.« Sie kommt nach vorn und scheucht uns beiseite, nachdem sie Jules gezwungen hat, aufzustehen. Sie befiehlt uns, uns hinzusetzen, was wir tun, und befestigt dann ihr Ende des Seils an einem massiven Findling. Anschließend ziehen ihre Männer los – Javier und Hansen, die Namen der anderen beiden habe ich noch nicht mitbekommen, inspizieren den Raum und klopfen den Boden ab, da sie Jules' Versicherungen nicht ganz trauen. Ich kann es ihnen nicht verübeln – ich an ihrer Stelle würde ihm auch nicht glauben.

Durch unsere Fesseln haben wir keine andere Möglichkeit, uns auszuruhen, also lehne ich mich nach hinten gegen Jules und lasse mich für ein paar Atemzüge von meiner Erschöpfung überwältigen. Selbst wenn wir uns befreien könnten, wo sollen wir hin? Geradewegs zur nächsten Falle, und da sie uns verfolgen würden, hätten wir keine Zeit, über die Lösung nachzudenken. Außerdem würden wir ohne unsere Atemgeräte nur einen oder zwei Tage durchhalten.

»Alles in Ordnung?« Jules' Stimme ist ganz leise, und es klingt, als würde es ihm Schmerzen bereiten, die Frage zu stellen.

Der verängstigte, erschöpfte, nur einen Schritt von der Hysterie entfernte Teil von mir würde am liebsten loslachen. Was für ein Gentleman, selbst noch gefesselt an ein schmutziges, verschwitztes, verräterisches Mädchen, am Fuß eines tödlichen Tempels, umgeben von Söldnern, die bereit sind, uns ins Gesicht zu schießen. »Alles okay. Und du?«

»Okay.« Er schweigt kurz. »Nein, eigentlich verdammt wütend.«

Diesmal grinse ich wirklich, getrieben von einem Anflug von Erleichterung, oder Hoffnung, dass er versteht, wieso ich seine Identität verraten habe. »Freut mich zu hören.« Wagemutig lehne ich den Kopf nach hinten, um ihn in stummer Solidarität an seine Schulter zu legen – doch er reißt sie weg. Das kurze Aufflackern von Wärme in meiner Brust verschwindet.

Um uns herum schlagen die Mitglieder von Liz' Team gerade ein rudimentäres Lager auf, legen ihr Gepäck ab und räumen den Fußboden frei, um ihre Schlafsäcke auszurollen. Ich beobachte sie kurz, bis ich mir sicher bin, dass keiner mein Gemurmel belauscht. »Jules, ich habe ihnen deinen Namen nur gesagt, weil –«

»Lass es.« Er presst die Worte durch die zusammengebissenen Zähne und hält die Augen dabei fest geschlossen. »Ich will deine Entschuldigung nicht hören.«

Ich ertappe mich dabei, wie ich selbst die Zähne zusammenbeiße. »Du hast kein Recht, auf mich sauer zu sein.« Meine Stimme klingt kalt. »Wenn du mich nicht angelogen hättest, wäre ich gar nicht hier.«

»Vielleicht hätte ich dich ja nicht mitgebracht, wenn ich gewusst hätte, dass du mich beim ersten Anzeichen von Ärger verrätst.«

»Sehen wir einfach zu, dass wir das hier überleben.« Ich

wahre weiter einen kühlen Tonfall. »Anschließend können wir uns dann trennen.«

An meinem Rücken spüre ich, wie sich seine Muskeln anspannen. Durch die erzwungene Intimität der gemeinsamen Fesseln fühlen sich alle seine Bewegungen und Reaktionen fast so an, als wären es meine. Ich ringe um Entschlossenheit und versuche, mich innerlich zu verhärten. Ich schulde Jules nichts. An diesem Gedanken halte ich mich fest und mache meinen Körper dort, wo wir uns berühren, so steif wie möglich.

»Ist gut«, sagt er schließlich.

»Ich bin mir ziemlich sicher, dass sie uns schon seit der Schlucht folgen.« Ich atme kurz ein und vergewissere mich, dass keiner von Liz' Schergen uns hören kann. »Uns wird schon bald jemand bewachen, wir haben nicht viel Zeit. Irgendeine Ahnung, wer diese Leute sind?«

»Nein. Hab sie noch nie gesehen, und der Name Liz sagt mir nichts.«

»Die Gruppe, zu der du stoßen solltest, als du gelandet bist? Als du dachtest, du würdest dich mit einer Forschungsexpedition treffen?«

Ich spüre, wie Jules den Kopf schüttelt, sein Ohr streift mein Haar. »Ist zumindest nicht das, was mir beschrieben wurde.«

»Mink ist eine berüchtigte Strippenzieherin«, flüstere ich, wobei mir vor Hunger und Erschöpfung ganz schwindlig ist. »Vielleicht ist sie irgendwie dahintergekommen, dass du auf dem Shuttle warst, und sie ... hat ein Team zusammengestellt, das dir folgen sollte, weil sie wusste, dass es sich lohnen würde, ganz gleich, wohin du gingst.«

»Kann sein.« Jules' Stimme ist leise, aber eher erschöpft als sanft. »Das Unternehmen, das mich angeheuert hat, die Frau, die an mich herangetreten ist, Charlotte, hat viele Vorsichtsmaßnahmen getroffen. Ich habe die Firma wochenlang überprüft, habe sämtliche Onlineaktivitäten der Leute, die in den letzten Jahren mit ihnen zu tun hatten, mehrere Jahre zurückverfolgt, aber wenn Mink so gute Verbindungen hat … Vielleicht hatte sie jemanden bei Global Energy, irgendjemanden, der ihr einen Tipp gegeben hat.«

Ich schließe die Augen und wünschte, ich könnte die Geräusche von Liz' Bande, die es sich bequem macht, ausblenden. Vorher fand ich die Stille unserer Zweiergemeinschaft, allein in einem uralten Alien-Tempel, beklemmend – jetzt sehne ich mich danach zurück.

Falls Mink einen Hinweis von einem Spion erhalten hat – oder wie auch immer sie sonst darauf gekommen ist –, wusste sie womöglich von Anfang an, dass der Haupttempel nicht die erste Adresse zum Ausräumen ist. Jules hätte einer Bande von so skrupellosen und tüchtigen Räubern und Söldnern wie der von Liz nie geholfen, wenn sie ihn gleich zu Anfang gefangen genommen hätten.

Mink ist klug genug, um vorab Erkundigungen einzuziehen, und sie würde wissen, dass er dafür zu prinzipientreu ist. Sie würde ihn von Global Energy anheuern lassen, die Gruppe kaltmachen, mit der er sich treffen sollte, sich von ihm zum richtigen Platz führen lassen, dort warten, bis es kein Zurück mehr gäbe, und dann die Falle zuschnappen lassen.

Der Plan ist brillant, und meine Eingeweide verkrampfen

sich in einem winzigen Aufflackern von Bewunderung. Aber es ist die Grausamkeit, die darin liegt, die mir wirklich den Magen umdreht. Liz muss Befehl gehabt haben, nicht einzugreifen, sich nicht zu verraten, bis er so tief im Tempel war, dass er nicht mehr wegrennen konnte. Um ihn anschließend zu fesseln und als Bluthund zu benutzen, während er zusehen muss, wie sie jeden Beweis mitnimmt, der seinen Vater entlasten würde. Und der ganze Plan läuft wie am Schnürchen.

Bis auf eine winzige Einzelheit: mich.

Es war vorgesehen, dass ich zum Haupttempel gehen sollte. Ein Back-up-Plan vermutlich, für den Fall, dass ihre Intuition sie täuschte oder Jules aufgab oder tot war. Es war nie geplant, dass wir uns begegneten, und ganz sicher war nie geplant, dass wir uns zusammentaten. Jules hätte allein sein sollen.

Was bedeutet, dass ich für Liz unnützer Ballast bin.

Furcht, heiß und fast mit den Händen zu greifen, läuft mir so heftig den Rücken hinunter, dass ich fast sicher bin, dass Jules sie spüren kann, wo unsere Rücken sich aneinanderpressen.

Ich bin nicht transportwürdig.

»Jules«, wispere ich und achte dabei darauf, nicht richtig zu flüstern – in Höhlen wie dieser trägt ein lautes Flüstern weiter als eine leise Stimme. »Wir müssen aus diesen Fesseln raus.«

»Ach nein, wirklich?« Unter anderen Umständen würde sein Sarkasmus mich zum Grinsen bringen, aber ich habe zu viel Angst.

»Nein, ich meine, ich muss ...«

Aber einer der Männer kommt auf uns zu, und ich verstumme. Es ist Javier, derjenige, der Hansen gehindert hat, mich zu begrapschen, derjenige, der ein kleines bisschen Mitgefühl mit uns gezeigt hat.

»Wir bleiben über Nacht hier«, verkündet er. Ich habe zwar keine Ahnung, wie spät es ist, aber hier unten in der ewigen Dunkelheit spielt es sowieso keine Rolle. »Ich muss euch beide fixieren.«

Mit fixieren meint er fesseln.

Er kauert sich neben uns hin und schneidet eine Grimasse, als er die Knoten sieht, die Hansen vorhin gebunden hat. Ich spüre meine Finger nicht mehr, und erst nach einer Weile fühle ich Javiers Hände, als er beginnt, unsere Fesseln zu lockern. »Ich kann euch ein bis zwei Minuten Zeit lassen, damit der Blutfluss wieder in Gang kommt.«

»Ich brauche das Notizbuch aus meinem Rucksack«, sagt Jules mit so eisiger Höflichkeit, dass es ein Wunder ist, dass Javier nicht auf der Stelle zu einem Eisklumpen gefriert. »Wenn ihr morgen weiter vorankommen wollt, muss ich weiter an meiner Übersetzung arbeiten.«

Javier lässt sich das durch den Kopf gehen, aber anscheinend ist er willens, Jules eine so furchterregende Waffe wie einen Stift zuzugestehen, denn er gibt ihn ihm und wendet sich dann meinen Fesseln zu.

Das Blut schießt zurück in meine Fingerspitzen, es brennt und kribbelt so heftig, dass ich mir auf die Unterlippe beiße. Aber ich zwinge mich, genau wie Jules trotz der Schmerzen meine Hände zu massieren. Wir sind beide in der Lage, uns ein Stück zu drehen, und jetzt kann ich sein Gesicht sehen. Bei dem Anblick krampft sich mir das Herz zusammen.

Er ist *wütend*. So habe ich ihn noch nie gesehen, und ich kenne ihn zwar erst seit ein paar Tagen, aber gut genug, um zu wissen, dass diese Art von Zorn auch ihm fremd ist. Vielleicht zum allerersten Mal hat er erlebt, wie geldgierig und berechnend Menschen sein können. Zu erkennen, dass keines seiner Worte diese Leute dazu bringen wird, ihn zu verstehen, das große Ganze zu sehen, das ihm so wichtig ist, muss für jemanden wie Jules – klug, engagiert, leidenschaftlich – absolut niederschmetternd sein.

Ich bin wenigstens in einer Welt der beschränkteren, eigennützigeren Sichtweisen groß geworden. Für ihn ist ein solcher Verrat etwas Neues.

Ich werde uns aus dieser Scheiße herausholen, verdammt. Mich und Jules.

»Ich muss pinkeln«, platze ich heraus, während sich in meinem Kopf ein Plan formt. »Bevor du uns wieder fesselst.«

Der Rest des Lagers hört uns, und einer der anderen Männer, dessen Name ich noch nicht kenne – der kleine Blonde –, kichert. Er wirft eine leere Plastikflasche in unsere Richtung, die schlitternd neben meinem Oberschenkel liegen bleibt.

Ich blicke darauf herunter und sehe dann mit übertriebenem Entsetzen wieder auf. »Soll das ein Witz sein? Mädchen können nicht in Flaschen pinkeln, du Blödmann. Hör zu – deine Chefin kann mitgehen. Wir können in den Gang gehen, aus dem wir gerade gekommen sind. Dort ist es doch sicher, oder?«

Das gilt Jules, und er sieht mich einen langen Moment an, bevor er nickt. Ich wünschte, ich könnte ihm den Plan auseinandersetzen, ihm sagen, dass er mir vertrauen soll, aber ich kann ihn nur einen halben Atemzug lang anstarren, bevor Liz achselzuckend aufsteht.

»Das Mädel hat recht, Alex. Wenn sie irgendein Ding dreht, kann ich sie immer noch erschießen.«

Ich versuche, es nicht an mich heranzulassen, aber es gelingt mir nicht, und meine Gliedmaßen kribbeln vor Verlangen, wegzurennen und mich zu verstecken, wie ich es tun würde, wenn ich es mit den schwer bewaffneten Räuberbanden in Chicago zu tun hätte. Dort hätte ich ein halbes Dutzend Schlupflöcher in Laufdistanz, ganz gleich, wo ich unterwegs wäre. Hier gibt es nur Todesfallen vor und eine glatte Felswand hinter mir.

Liz geht mit mir den Weg zurück, den wir gekommen sind, in den Gang, bis wir außer Sichtweite der restlichen Gruppe sind. Mein Rückgrat kribbelt, weil mir bewusst ist, dass sie hinter mir ist – mir ist zwar keine Waffe an ihr aufgefallen, aber ich weiß, dass sie eine hat. Und sie könnte ebenso gut die Gelegenheit nutzen, um sich von dem Ballast zu befreien.

Also rede ich schnell.

»Hör zu«, sprudle ich hervor und bleibe stehen. Ich drehe mich um und hebe die Hände, um ihr zu zeigen, dass die plötzliche Bewegung kein Versuch ist, sie zu überwältigen. Trotzdem zielt sie, als ich sie sehen kann, mit einer Pistole auf mein Gesicht. Ich schlucke. »Eigentlich musste ich gar nicht pinkeln, ich wollte nur eine Chance, ohne ihn mit dir zu reden.« Ich nicke zu der Gruppe hinüber, wo ich undeutlich höre, wie Jules den Rest der Bande nach etwas zu essen fragt.

Liz zieht eine Augenbraue hoch, doch die Waffe bleibt ruhig. »Dann rede. Du hast zehn Sekunden, um was Interessantes zu sagen.«

»Ihr wisst also, wer er ist? Ich auch. Er war so dumm, es mir gleich zu sagen, als wir uns begegnet sind.« Die Lügen kommen rasch und mühelos. Darin bin ich gut. »Ich bin mir ziemlich sicher, dass ich weiß, wieso ihr hier seid – nämlich aus dem gleichen Grunde wie ich. Du hast recht damit, dass ich eigentlich zum Haupttempel hätte gehen sollen, aber als ich Jules getroffen habe, ist mir klargeworden, dass er woandershin wollte, und dass er weiß, wo das gute Zeug ist. Also bin ich mitgegangen.«

»Mir wird langsam langweilig.« Liz ist kaum mehr als ein Umriss in der Dunkelheit, aber ich höre die Ungeduld in ihrer Stimme.

»Ich bin Plünderin, genau wie du.« Ich spreche schneller. »Glaubst du etwa, der akademische Kram von diesem Typen interessiert mich? Aber das Ding ist, er wird euch nicht helfen. Du hast ihn doch gesehen – ein behüteter, verhätschelter Oxford-Schnösel. Er glaubt an Loyalität und Heldentum und Ehre und den ganzen Quatsch. Und er ist dumm genug, lieber sterben zu wollen, als Plünderer zu den Artefakten zu führen, die er retten will.«

»So was sagen die Leute oft, aber für gewöhnlich ändern sie ihre Meinung, wenn eine Pistole auf sie gerichtet ist.«

»Dieser Typ nicht. Ich kenne ihn inzwischen ein bisschen. Bei ihm ist das echt. Er ist genauso verrückt wie sein Dad, und Elliott Addison hat lieber sein Lebenswerk zerstören und sich ins Gefängnis stecken lassen, als der IA zu helfen.«

Ich hole tief Luft, mir ist schwindlig von dem Risiko, das ich gleich eingehen werde. »Ihr glaubt, dass ich wertlos für euch bin. Nur einer von Minks Back-up-Plänen. Dass der Blödmann da drüben der Hauptgewinn ist, und ihr habt recht. Aber ich bin der Schlüssel, um an ihn ranzukommen.«

Liz verlagert ihr Gewicht von einem Bein aufs andere. »Was zum Teufel meinst du?«

»Er wird *euch* nicht helfen – aber ich habe ihn schon dazu gebracht, *mir* zu helfen. Hab ihm eine rührselige Geschichte über eine erfundene, illegale Schwester aufgetischt, über Schulden, die ich bezahlen muss.« Mein Herz zieht sich zusammen, ein Teil von mir würde am liebsten in Tränen über das ausbrechen, was ich da sage. Evie ist keine rührselige Geschichte. Sie ist alles, was ich habe. Doch ich verhärte meine Stimme. »Und du hast es doch selbst gesagt, als du uns gefunden hast. Turteltäubchen. Er ist verknallt, hat noch nie eine wie mich getroffen. Er denkt garantiert schon über eine Fluchtmöglichkeit nach. Er ist vielleicht naiv, aber du versuchst hier, ein Genie festzuhalten, und das wird nicht funktionieren. Er wird abhauen. Aber wenn ich bei euch bin – wenn ich mich eurem Team anschließe –, dann bleibt er. Ich kann ihn davon überzeugen, dass es in seinem Interesse ist, mit euch zusammenzuarbeiten und euch zur Beute zu führen.«

»Und was springt für dich dabei heraus?«

»Nun, zum einen, dass mir niemand ins Gesicht schießt.«

Liz' Mund verzieht sich zu etwas wie einem Lächeln, und sie lässt die Pistole sinken. »Und?«

»Unsere Atemgeräte.« Ich höre, wie Liz Luft holt, um mir zu widersprechen, und ich rede schnell weiter. »Er ist gefesselt, und ich kann nirgendwo hin – ich weiß genauso wenig wie du, wie man diese blöden Rätsel löst. Aber wenn wir unsere Atemgeräte benutzen dürften, wäre es deutlich leichter, ihn zum Mitkommen zu bewegen.«

Liz zieht eine Augenbraue hoch und spannt die Waffe, das Klicken wird von den Felswänden wie eine Explosion zurückgeworfen. »Wenn wir seine kleine Freundin umlegen, wäre es deutlich leichter, ihn zu überzeugen, dass wir es ernst meinen.«

Es kostet mich jedes bisschen meiner Kraft, nicht zusammenzubrechen, mich nicht von der Furcht überwältigen zu lassen und in ein flennendes Häufchen Elend zu verwandeln. Aber mein Mund weiß, was er sagen muss, obwohl mein Gehirn mich anbettelt, mich schluchzend auf den Boden zu werfen. »Wenn du mich umbringst, zerstörst du das einzige Druckmittel, das du hast. Weißt du, was er als Erstes gesagt hat, als wir angehalten haben? Dass er lieber kopfüber in den nächsten Abgrund springt, als euch zur Beute zu führen.«

Liz' Augen verengen sich. »Es fällt mir schwer, das zu glauben.«

Ich zucke mit den Schultern und hoffe, dass es lässig wirkt. »Glaub, was du willst. Aber wenn Mink euch seinetwegen hierhergeschickt hat, halte ich es für unwahrscheinlich, dass sie euch den Rückflug zur Erde bezahlt, wenn sie weiß, dass ihr ihn über die Klinge habt springen lassen.«

Liz kaut ein paar Sekunden lang an der Innenseite ihrer Wange, dann steckt sie die Waffe weg. Irgendwo unter ihrer Jacke hat sie ein Holster, aber im Dunkeln kann ich nicht genau sehen, wo. »Also gut«, sagt sie, und die Anspannung um meine Lunge zerreißt wie ein Gummiband. »Aber du bleibst zum Schein unsere Gefangene – besser, als wenn er glaubt, du hättest ihn hintergangen.«

Verdammt, ich hatte gehofft, dass sie nicht daran denken würde. Wenn ich uns hier rausschaffen soll, muss ich frei sein, muss sogar ihr Vertrauen haben. Dafür hat Jules mich mitgebracht, auch wenn er es damals noch nicht wusste – das hier ist meine Welt, ein halbes Universum von zu Hause entfernt. »Wenn ich eine Gefangene bin, wird er nach einer Fluchtmöglichkeit suchen. Und irgendwann wird ihm was einfallen, was so gut ist, dass ich nicht nein sagen kann, ohne dass klar ist, dass ich seine Flucht verhindern *will*. Nein, er muss glauben, dass er hier rauskommt, indem er der Gruppe *hilft*, und dazu muss ich eine von euch sein. Er wird stinksauer sein, klar. Aber ich weiß, wann ich einen Typen am Haken habe.« Aus irgendeinem unwahrscheinlichen Winkel meines Gehirns zaubere ich ein Grinsen hervor. »Er steht auf mich, also wird er nicht lange sauer auf mich sein. Außerdem kann ich ihm einreden, dass ich nur so tue, als wäre ich auf eurer Seite.«

Liz schweigt lange und denkt nach. »Na schön. Aber die Männer behalten dich im Auge, und sie sind alle dafür ausgebildet, zu schießen, bevor auch nur Fragen aufkommen. Verstanden?«

Mir ist zumute, als müsste ich gleich umkippen – der Drahtseilakt, den ich hier vollführe, macht mich schon fertig, wenn ich nur darüber nachdenke. »Verstanden.«

»Und *ich* werde dich ebenfalls im Auge behalten.«

Irgendwie ist das schlimmer als der Rest ihrer Gruppe zusammen.

Wir gehen zurück zum Lager der Bande, und mein Inneres ist in Aufruhr. Unwillkürlich muss ich daran denken, wie viel einfacher es wäre, nicht lügen zu müssen – wenn ich die Seite wechseln würde. Ich hätte eine bessere Chance, Jules zu retten, ganz zu schweigen von mir selbst. Und wenn ich zu ihrer kleinen Crew gehöre und Mink sie tatsächlich geschickt hat ... dann beteiligen sie mich vielleicht am Gewinn. Auch Jules würde wahrscheinlich seine Antworten bekommen, wenngleich als Gefangener.

Er hat mich angelogen. Immer wieder klingen mir die Worte in den Ohren, bei jedem Schritt hallen sie dort wider. Ich schulde ihm nichts, schon gar nicht Loyalität.

Als wir zum Lager kommen und in den Schein ihrer batteriebetriebenen Lampen treten, blicken alle auf.

»Gute Neuigkeiten«, verkündet Liz und schubst mich ein paar Schritte nach vorn. »Hab mich mit der da geeinigt – sie macht bei uns mit.«

Protest erhebt sich in der Runde, und Javier sieht mich aufmerksam an, doch ich muss mich derart anstrengen, nicht zu Jules hinüberzublicken, dass ihre Stimmen verschwimmen. Nachdem ich vorhin mit seinem Namen herausgeplatzt bin, wird er ohne weiteres glauben, dass ich die Seite gewechselt habe. Gut so, denke ich zornig und klammere mich an das Gefühl des Verrats, das Wissen, dass er mich mit einer Lüge hierhergelockt hat. Soll er sich winden. Doch der Gedanke tröstet mich nur wenig.

»Wir behalten sie im Auge«, fährt Liz fort, »aber sie ist eine von Minks Plünderern, genau wie wir, und schlau dazu. Schlau genug, um so weit gekommen zu sein. Zwei weitere Augen und Ohren können hier nicht schaden.«

Am Ende fesseln sie mich trotzdem. Liz ist zu sehr auf der Hut, um mich einfach mit Begrüßung und Handschlag in der Herde willkommen zu heißen. Aber sie fesselt mir nur die Hände, und sie bindet sie locker vor meinem Körper zusammen, fast schon bequem. Gerade noch so unbequem, dass ich Lärm verursachen werde, falls ich in der Nacht versuchen sollte, zu entkommen. Aber bequem genug, um das Atemgerät zu halten, das Liz mir in den Schoß wirft, bequem genug, um mir die Maske vor das Gesicht zu halten und einen tiefen Atemzug zu nehmen. Als ich zum Lager hinüberschaue, sehe ich Jules' Atemgerät – sie haben es ihm noch nicht zurückgegeben.

Und genau das ist es, was mich stutzig werden lässt und meinen Schmerz und Zorn fortspült. Denn wenn wir erst ins Zentrum des Tempels kommen, wenn Jules seinen Zweck erfüllt hat und Liz und die anderen zu der Beute oder den dort wartenden Enthüllungen führt, dann brauchen sie ihn nicht mehr. Dann ist er nur noch ein Klotz am Bein, ein Mitwisser, der gegen Liz aussagen kann, gegen ihre Bande, gegen Mink selbst. Sie werden ihn nicht einfach laufenlassen.

Sie werden ihn töten.

Ich zwinge mich, Jules anzusehen, versuche, ihm zu verstehen zu geben, dass er mir vertrauen soll, dass er mich tun lassen soll, was ich am besten kann. Will ihm begreiflich machen, dass ich jetzt schon einen kleinen Vorteil für uns ausgehandelt habe, und zwar die beste Art von Vorteil: einen, von dem die andere Seite nichts weiß. Aber er schaut mich einen langen Augenblick an, eiskalt, dann schließt er die Augen. Obwohl ich warte und warte, macht er sie nicht wieder auf – ich kann mir kaum vorstellen, dass er schläft, aber er weigert sich, mich anzusehen.

Ich blicke zu Boden, während die Gespräche sich langsam von den letzten Ereignissen wegbewegen. Schweigend sitze ich da, während die Söldner sich langsam entspannen, über vergangene Abenteuer reden, über Insiderwitze lachen. Und sich ein bisschen amüsieren, jetzt, da sie die Oberhand haben.

Liz' Stimme wird etwas lauter, und ich werde aufmerksam – sie alle lachen über etwas, laut und vulgär. »Na sicher, Hansen.« Sie kichert und macht eine kurze Pause, um einen Schluck aus ihrer Wasserflasche zu nehmen. »Deine *Freundin* zu Hause«, und die Art, wie sie das Wort betont, lässt deutlich erkennen, dass die besagte Freundin nichts als Erfindung, bestenfalls ein Wunschtraum von Hansen ist, »kann sich ja mit der kleinen Schwester unserer neuen Freundin zusammentun. Imaginäre Freunde kommen ja immer bestens miteinander aus.«

Noch mehr Gelächter, während mir flau im Magen wird.

Ich drehe den Kopf und weiß, was ich sehen werde. Jules hat die Augen geöffnet und sieht mich direkt an. Liz hat gerade meine Lüge – meine Verleugnung von Evies Existenz – laut ausgesprochen. Sie hat darüber gelacht.

Und Jules hat gehört, wie sie Evie als Hirngespinst beschrieben hat.

Langsam geht eine Laterne nach der anderen aus, während die müden Söldner sich schlafen legen. Erst als nur noch einer übrig ist, nehme ich meinen Mut zusammen und schaue zu Jules hinüber, um herauszufinden, wo sie ihn hingelegt haben. Trotz allem, trotz des Zorns über seine Lügen, der immer noch in mir kocht, will ich nicht noch mehr Betrug anhäufen. Er hat gerade gesehen, wie skrupellos Menschen sein können, und es graut mir bei dem Gedanken, ein Teil davon zu sein. Ich wünsche mir so sehr, dass er versteht, dass er begreift, was ich hier tue – oder zumindest darauf vertraut, dass ich mich nicht gegen ihn wende, auch wenn es so scheint –, dass ich fast sein Blinzeln, sein kurzes Lächeln, sein rasches, zustimmendes Nicken zu sehen glaube.

Doch dann klärt sich das verschwommene Bild. Er ist an einen Felsen gefesselt, der doppelt so groß ist wie er selbst und der dem Seil kaum so viel Spielraum lässt, dass er sich seitlich auf den nackten Boden legen kann. Jemand hat eine Decke über ihm ausgebreitet, aber sie fällt bereits herunter.

Sein Notizbuch und sein Stift liegen jetzt neben ihm auf dem Boden, und obwohl sie ihm endlich die Atemmaske über Mund und Nase gezogen haben, kann ich immer noch seine Augen sehen, hart und gerötet, die ihren Blick in meinen bohren. Und wie sich herausstellt, war der Zorn von vorhin, die Wut und der Schmerz darüber, von Minks Bande verfolgt worden und in ihre Falle getappt zu sein, noch gar nichts.

Denn wie er mich jetzt ansieht ...

Ich reiße den Blick von ihm los und rolle mich unter meiner Decke zusammen, wohlwissend, dass Jules kaum etwas hat, was ihn in der Kälte dieses uralten Ortes warm hält. Frierend, zitternd schließe ich die Augen und versuche zu schlafen. Aber die ganze Zeit über sehe ich Jules' Gesicht vor mir, halb verborgen hinter seiner Atemmaske, und den Ekel in seinen Augen.

JULES

Am nächsten Morgen komme ich im dritten Raum ins Stolpern. In der vergangenen Nacht habe ich kaum geschlafen, teilweise, weil mir so kalt war, dass ich zitterte, und teilweise wegen der Schmerzen. Am Ende der ersten Stunde bettelten meine Muskeln um eine andere Körperhaltung. Beim Aufstehen heute Morgen mussten mich zwei der Kerle festhalten, bis ich wieder Gefühl in den Beinen hatte und Höllenqualen in den Füßen fühlte. Mit den Atemmasken sind wir immer noch in Verzug, und als Folge davon sind meine Glieder träge und schwer.

Aber vor allem konnte ich nicht schlafen, weil ich die Nacht damit verbracht habe, im Geist wütende, anklagende Gespräche mit Amelia zu führen, in denen ich ihr jedes armselige Schimpfwort an den Kopf warf, das mir einfiel, während sie bei ihrer Verteidigung kläglich scheiterte. Ich kann sie immer noch hören, wie sie nach den Unsterblichen fragt, nach Täuschung und Gewalt. Die Perversion dieser Erinnerung trifft mich so heftig, dass mir fast die Luft wegbleibt. Ich kann nicht fassen, dass ich diesem Mädchen vertraut habe, dieser – dieser Verbrecherin.

Auch wenn das aus meinem Mund leicht anmaßend klingt, aber zwischen ihrer Täuschung und meiner liegen Welten. Ich brauchte ihre Hilfe für die Menschheit – ich musste mein Vorhaben hier über die Bedürfnisse aller anderen stellen, einschließlich meiner eigenen. Und wenn das nicht genügen würde – und vielleicht genügt es tatsächlich nicht –, ich hatte mir selbst versprochen, dass ich nach dieser Lüge, die sie zu diesem Tempel geführt hat, irgendeine Möglichkeit finden würde, ihr das Geld zu verschaffen, das sie braucht.

Sie dagegen hat mich bei der ersten Gelegenheit den Wölfen zum Fraß vorgeworfen, und dann gleich noch ein zweites Mal.

Ich kann nicht glauben, dass ich ihretwegen einen Narren aus mir gemacht habe. Dass ich sie gemocht habe, bewundert habe, sogar – *Gott, ich bin so ein Idiot.* Wie einen Schutzschild hat sie ihnen meinen Namen präsentiert, wie ein Schmiergeld – wenn Liz nicht schon gewusst hätte, wer ich bin, mein Schicksal wäre besiegelt gewesen.

Ich habe alle enttäuscht. Charlotte, die daran geglaubt hat, dass ich es schaffen würde, die Global Energy überzeugt hat, mich zu unterstützen und riesige Summen zu investieren, um mich hierherzuschmuggeln, die ihre Karriere aufs Spiel gesetzt hat, nur damit ich genug Informationen zurückbringe, so dass sie ihren Job behalten kann und mein Vater rehabilitiert wird.

Mein Vater.

Meine Augen brennen. Mit meiner Reise hierher habe ich mich seinem Wunsch widersetzt – oder dem, was sein Wunsch gewesen wäre, wenn er gewusst hätte, was ich vorhabe. Ich habe einer Plünderin geholfen, ins Zentrum dieses Tempels zu gelangen, und mich so stark von ihr ablenken lassen, dass ich mein Vorhaben aus den Augen verlor.

Im Moment kann ich an nichts denken als an meinen Vater, der gerade genauso sicher in Haft ist wie ich. Und er ist nicht nur irgendein Pappkamerad von Akademiker, eine imaginäre Figur, der für eine abgehobene ethische Debatte steht.

Er ist mein *Dad*. Er ist mein Dad, der beim Weggehen den Mantel vergisst, wenn er eine Idee hat. Der Luftschlösser baut, bis er auf der Couch einschläft, den kalten Teebecher neben sich. Der sich immer noch umdreht, um mit meiner Mutter zu reden, obwohl sie schon seit über einem Jahr nicht mehr da ist.

Er ist allein und hält sich tapfer, wehrt sich dickköpfig gegen den Druck, den die IA und die Welt auf ihn ausüben, immer in Sorge um mich und mein Wohlergehen, während er machtlos hinter Gittern sitzt. Er ist alles, was ich habe, und ich habe ihn enttäuscht.

Aber um das irgendwie wiedergutzumachen, muss ich am Leben bleiben, also zwinge ich mich, meine Konzentration wieder auf den vor mir liegenden Gang zu verlagern.

Bis jetzt ist uns kein weiteres Rätsel wie die musikalische Brücke begegnet, nur simple Anweisungen, die eine nach der anderen entschlüsselt werden mussten, um die Fallen zu umgehen – sich auf der rechten Seite des Raums halten, nur auf die dunklen Steine treten, solche Dinge. Vereinzelt habe ich in den Ecken das Nautilus-Symbol entdeckt, manchmal auch ganz oben, irgendwo hingekritzelt, als sollte es niemand sehen. Jedes Mal zeigt die Linie in einem anderen Winkel davon weg. Jedes

Mal habe ich es fotografiert. Letzte Nacht saß ich über meinem Notizbuch und habe wieder und wieder die Spirale gezeichnet, Chiffren erdacht und verworfen, die die scheinbar zufälligen, nach außen abstrahlenden Linien erklären sollten. Ich bin nicht weitergekommen.

Das Gute ist, die Gangster hinter mir nehmen meine Anweisungen ein wenig ernster, seit einer von ihnen – Alex, glaube ich – für die Suche nach einem Snack den Rucksack absetzte, solange ich nachdachte, und ihn gegen einen nicht gekennzeichneten Stein lehnte.

Sechzehn rasiermesserscharfe Speere schossen in einem Vierergitter aus dem Stein, auf dem der Rucksack lag, und schnitten durch seinen Rucksack wie ein Messer durch warme Butter. Jetzt sind Alex' Habseligkeiten also gut durchlüftet, und alle hören mir ein wenig aufmerksamer zu.

Ich übersetze schon gefühlte Stunden lang und grüble dabei über einen Ausweg. Aber ich kann mich kaum auf die Schriftzeichen konzentrieren, etwas, was normalerweise meine zweite Natur ist, ganz zu schweigen vom Pläneschmieden. Als ich mit der Stiefelspitze an einer losen Fliese hängen bleibe und beinahe in den nächsten Raum stürze, bevor ich Zeit hatte, die Anweisungen zu lesen, lässt Liz uns rasten.

Wir befinden uns in einem breiten Gang zwischen den Kammern, und die Stelle ist so sicher wie jede andere. Ich lasse mich in die Hocke sinken, lehne mich an die Wand und hebe die gefesselten Hände, um mich am Kinn kratzen zu können. Die Fesseln tragen nicht gerade zu meinem Gleichgewicht bei, aber offensichtlich sind sie nicht verhandelbar.

Javier hockt sich vor mich hin, um meine Blutzirkulation zu überprüfen und meine Fesseln ein bisschen zu lockern, und gibt mir ein paar Cracker und ein Stück Käse aus meinen Vorräten. Ich zwinge mich zum Kauen und Schlucken, lehne meinen Kopf an den kühlen Stein hinter mir und denke fieberhaft nach.

Es ist ein Ding der Unmöglichkeit, hier herauszukommen, die Felswände wieder hinaufzuklettern und über den brüchigen Fels zu springen. Es wäre zwar zu schaffen, aber mit Verfolgern im Nacken und ohne Mias Kletterkünste? Um hier herauszukommen, wird fast so viel Gehirnschmalz nötig sein wie für den Weg ins Innere. Ich vertraue darauf, dass Liz genauso denkt und mich so lange am Leben lässt, dass ich sie wieder hinausführen kann, nachdem sie sich geholt haben, was sich im Herzen des Tempels befindet, aber sobald wir draußen sind, geht mein Nutzen gegen null, das ist mir klar.

Hinzu kommt, dass ich nicht mal weiß, was wir in der Mitte dieses Tempels finden werden. Die Antwort auf mein Nautilus-Rätsel, logisch. Aber technisches Gerät? Wertvolle Beute? Ich weiß es wirklich nicht. Wenn ich Pech habe, verliert sie die Geduld, bevor wir es schaffen.

Wenn ich hier lebend rauskommen will, muss ich meine Chancen verbessern. Schließlich ist nicht nur mein Vater auf mich angewiesen, sondern – wenn seine Theorien stimmen – möglicherweise auch der Rest der Menschheit. Ich kann es mir nicht leisten, aufzugeben. Ich kann es mir nicht leisten, Amelia meinen Schmerz über ihren Verrat ins Gesicht zu schreien oder mein Leben für einen törichten Sprung in die Freiheit wegzuwerfen, denn wenn ich erschossen werde, gibt es niemanden mehr. Ich muss *nachdenken*.

Und mich bereithalten.

Einen Augenblick später zerrt mich der vierte Kerl hoch, den sie immer M.C. nennen. Schon bald sind wir wieder unterwegs, die steinerne Passage vor uns wird von unseren Stirnlampen erhellt. Ich gehe vorneweg, als die dressierte Laborratte, die ich bin, Amelia mit den anderen hinter mir. Ihre Hände sind jetzt nicht mehr gefesselt, auch wenn Javier und Alex sie in die Mitte nehmen. Es freut mich, dass sie ihr nicht ganz vertrauen.

Und es macht mich fertig, dass sie mit ihrer Annahme recht haben: So übel ihr Verrat auch war, ich glaube nicht, dass ich es übers Herz brächte, sie einfach an diesem Ort zu lassen, im Bewusstsein, was das bedeutet. Offenbar sehen sie in ihr ein Faustpfand, das mich dazu bringt, mich zu benehmen. Und sie haben recht damit.

Als wir zur nächsten Kammer kommen, wird sofort klar, dass es sich um ein weiteres großes Rätsel handelt und nicht nur um ein paar simple Handlungsanweisungen. Warnende Schriftzeichen ziehen sich über die Decke und bedecken die Wände, und der Fußboden ist ein kompliziertes, aber mit Bedacht angelegtes Muster aus Steinplatten, viele davon weisen ebenfalls eingeritzte Schriftzeichen auf. Ich hebe mein Handgelenk, um eine halb im Schatten verborgene Nautilus-Zeichnung zu fotografieren, die am Durchgang am anderen Ende der Steinplatten eingeritzt ist.

Kristallines Gestein glitzert mir entgegen, als ich mit meiner Stirnlampe über die Tür leuchte, und beim Blick nach oben sehe ich in den dunklen Nischen über der Decke schemenhaft Kabel. Metallische Adern winden sich durch die Steinwände, und wo ich auch hinblicke, gibt es noch mehr von ihnen.

Ich bleibe stehen und schaue, mich verlässt der Mut. Es sieht nicht so aus, als wäre es zu schaffen.

»Nun?«, sagt Liz ungeduldig hinter mir.

»Das wird eine Weile dauern«, antworte ich, und sie stößt zwar ein leises Knurren aus, doch als sie zu mir kommt und mir über die Schulter schaut, überzeugt der Anblick sie offenbar davon, dass ich keine Zeit schinden will.

Sie haben Lampen aufgestellt, so dass ich die ganze Höhle sehen und mich beim Arbeiten für eine weitere Runde Snacks hinsetzen kann. Ein winziger Teil von mir – der gleiche Teil, der nicht damit beschäftigt ist, nicht zu sterben oder sich exotische, unmögliche Rachepläne auszudenken – würde am liebsten jeden Winkel dieser Höhle filmen, jedes Schriftzeichen und jeden Stein für die Forschung erhalten. Jenseits der Warnung durch die Nautilus, durch das, was das Schriftzeichen daneben bedeutete – *Katastrophe. Apokalypse. Das Ende aller Dinge* –, hat mein Vater während unzähliger Stunden mit der Internationalen Allianz über den Wert reiner Forschung diskutiert, über die unendlichen Möglichkeiten, die sich durch die Gelegenheit ergeben, eine so uralte und gewaltige Zivilisation zu erforschen.

Wir haben dieses Gespräch etliche Male geführt. Beim ersten Mal, an das ich mich erinnern kann, war ich zwölf. Ich hatte Schulferien, und wir nahmen beide in Spanien an einer

Expedition der Universität von Valencia teil. Ein Freund meines Vaters leitete sie, Miguel, und für mich war er der König der Ausgrabungen. Wir gruben eine Reihe jahrhundertealter Häuser in der Nähe der Universität aus, die man kurz zuvor zufällig bei Bauarbeiten entdeckt hatte. Zwischen Abriss und Neubau waren die Archäologen eingefallen.

Miguel und mein Vater ließen mich ein paar der Doktoranden helfen, und als ich an jenem Abend zurück ins Hotel kam, sprudelte ich schier über. Ich wischte durch die Fotos auf meinem Handy und erzählte meinem Vater von den Artefakten, die wir entdeckt hatten, berichtete, welche Museen sie vielleicht haben wollten und was sie wert wären.

Er hörte zu und nickte, und als er dann das Wort ergriff, sagte er, womit ich am wenigsten gerechnet hatte. »Das ist eine lange Liste, Jules. Aber was hast du heute *gelernt*?«

Ich erinnere mich noch an das Gefühl, als wäre es gestern gewesen – wie es mir den Boden unter den Füßen wegzog und ich plötzlich unsicher wurde. Ich hatte etwas falsch gemacht, aber ich wusste nicht was. Schweigend starrte ich auf mein Handy mit der Bildergalerie.

»Jedes dieser Stücke wird eine wichtige Rolle in einem Museum spielen«, sagte er sanft. »Aber gemeinsam erzählen sie eine viel bedeutsamere Geschichte. Sieh mal hier, diese Sachen, die du alle in dem Schlafzimmer gefunden hast. Ich sehe vier verschiedene Kämme. Was verrät uns das über den Menschen, der in diesem Zimmer gelebt hat?«

»Der Besitzer war wahrscheinlich reich«, meinte ich. »Oder seine Haare waren für ihn sehr wichtig.«

»Oder beides«, stimmte er mit einem Lächeln zu. »Schauen wir mal, was wie sonst noch hier finden und welche Geschichte sich daraus zusammensetzen lässt. Man weiß nie, was man findet.«

Und ich hätte mir nicht träumen lassen, wie viel wir herausbekommen würden. Bis weit nach Mitternacht blieben wir auf und rekonstruierten Geschichten über die Menschen, die in jenem Haus gelebt hatten. Wir erfuhren alles Mögliche über sie, betrachteten sie erst durch die eine Linse und dann durch eine andere.

Ohne jenen Abend hätten wir nie entdeckt, dass das Haus, das dort ausgegraben wurde, einem Dichter aus dem fünfzehnten Jahrhundert gehörte, der bis heute gelesen wird. Andere Gelehrte wären ohne das Wissen über seinen Wohnort nie auf neue Interpretationen seiner Werke gekommen. Wir hätten nie gesehen, wie sich die Schönheit seiner Kunst dort spiegelte, oder mehr über die Welt erfahren, in der er lebte. Was uns wiederum etwas über die Welt lehrte, in der wir lebten.

»Wenn der Mensch seinen Geist für die Wissenschaft öffnet, wächst er über sich hinaus«, sagte mein Vater in jener ersten Nacht. »Wenn wir uns dem Wunder der Neugier überlassen, statt uns auf ein bestimmtes Ziel festzulegen. Auf das Ziel, das wir für das Wichtigste halten, weil es das Einzige ist, das wir sehen können. Wenn wir uns erlauben, etwas frei zu erkunden, entdecken wir Ziele, die vorher nicht auf unserer Karte waren.«

An jenem Abend veränderte mein Vater die Art, wie ich die Welt sah. Wegen jenes Abends verstand ich ihn, als er dazu aufrief, Gaia langsamer zu erforschen, und zwar noch bevor wir auf die verborgene Warnung, die Nautilus-Spirale, stießen. Bis heute frage ich mich, was wohl geschehen wäre – wie anders die Welt aussähe – wenn auch nur ein paar Funktionäre der IA einmal etwas wie jenen Abend in Valencia erlebt hätten.

Jahrelang haben mein Vater und ich davon geträumt, einen Raum wie den zu erkunden, der nun vor mir liegt. Aber jetzt kann ich es mir nicht erlauben, ihn zu erforschen, weil ich meine ganze Energie ins schiere Überleben stecken muss. So wie es damals die Internationale Allianz auf der Erde tat, als sie ihren Fokus darauf richtete, Leben zu retten, das ihrer Mitglieder und der übrigen Menschheit. Nachdem ich jahrelang den Kritikern meines Vaters widersprochen habe, klinge ich jetzt genau wie sie.

Also mache ich so viele Fotos wie möglich und beginne zu lesen. Das Problem mit dem Lesen konzeptioneller Schriftzeichen – Zeichen und Signale, die keine bestimmte Bedeutung haben, sondern sich je nach ihrer Beziehung zueinander verändern – besteht darin, dass man die ganze Inschrift lesen und im Kopf behalten muss, um sie zu übersetzen. Und ich habe keine Ahnung, wo ich anfangen soll. Also lasse ich meinen Blick über die Schriftzeichen gleiten, sinne über ihre verschiedenen Bedeutungen nach und warte, ob sich ein Muster zeigt. Hätte ich doch nur die mathematische Begabung meines Vaters – oder die von Amelia.

Das Rätsel hat etwas mit Zeit zu tun, wie mir nach einer Weile klarwird. Die Schriftzeichen sprechen vom Wesen der Zeit – ich glaube, da steht, dass sie linear ist, dass man sich darin vorwärts oder rückwärts bewegen kann wie auf einer Straße, aber das ergibt keinen Sinn. Andererseits stammen diese Zeichen von Außerirdischen, und ich kann froh sein, wenn sie Zeit überhaupt auf eine Weise wahrgenommen haben, die für uns Sinn ergibt. Womöglich sprechen die Zeichen buchstäblich von einer Bewegung durch die Zeit, aber wahrscheinlicher ist etwas Abstraktes gemeint, wie die Vorstellung der Zukunft oder die Erinnerung an die Vergangenheit.

Ich kann zwar nicht in die Vergangenheit reisen, aber ich würde es schrecklich gern tun. Ich würde gern zu den Augenblicken zurückkehren, in denen ich Mia vertraut habe. Ich würde sie gern über das Lagerfeuer hinweg anlächeln. Ich möchte in die Zeit zurück, in der ich noch nicht wusste, wie weit sie gehen und wen sie verraten würde, um an ihr Geld zu kommen.

Ich trete auf den ersten Stein und spüre, wie sich mir die gesamte Aufmerksamkeit zuwendet, als ich mich in Bewegung setze. »Folgt mir noch nicht«, sage ich und hebe meine gefesselten Hände, zum Zeichen, dass sie stehen bleiben sollen. »Wenn etwas schiefgeht, muss ich vielleicht schnell wieder zurückrennen.«

Die ersten paar Rätsel sind einfach – Varianten von denen, die ich schon kenne. *Hier einen Schritt nach links. Auf dem dunklen Stein stehen bleiben. Den hier mit dem Fuß antippen, bevor du dein Gewicht darauf verlagerst.*

Und dann fällt mein Blick auf einmal auf eine vertraute Kurve, und ich reiße die Augen auf. Ich habe das schon mal gesehen, aber es ist kein Schriftzeichen. Es ist der Graph, den Mia dechiffriert hat, der Schlüssel zum Stimmen der Pfeifen und zu der Brücke, die die unbewegliche Tür geöffnet hat. *Wieso ist er jetzt wieder hier?*

Diesmal gibt es keinen Wind, keine Musik, aber es ist ein Rätsel, das in meiner unmittelbaren Vergangenheit liegt. Genau wie die Anweisungen, die ich bisher gesehen habe, Wiederholungen waren.

Schlagartig wird mir klar, was das für ein Raum ist. Es ist tatsächlich eine Reise durch die Zeit, von dem hinter uns liegenden Geschehen zu dem noch vor uns liegenden, auch wenn ich keine Ahnung habe, wie ich ein Rätsel lösen soll, das mir noch nicht begegnet ist, das noch in der Zukunft liegt. Aber ich kann mit dem anfangen, was ich weiß. Vielleicht klärt sich dann der Rest von selbst. Oder ich finde eine Möglichkeit zur Flucht.

»Ich brauche Amelia und eine Flasche Wasser«, rufe ich über die Schulter nach hinten. Ich höre deutlich, wie kalt meine Stimme klingt, und am liebsten würde ich sie noch ein paar Grad herunterschrauben, ihren Nachnamen benutzen statt des vertraulichen Vornamens. Aber mir geht auf, dass ich nicht nach »Ms« irgendwas rufen kann, weil ich nicht weiß, wie ihr Nachname lautet. *Ich weiß eine ganze Menge nicht über sie. Verdammt, wie kann ich sicher sein, dass ich* überhaupt *etwas über sie weiß?*

»Wofür brauchst du sie?«, ruft Liz vom Eingang hinter mir.

»Es hat mit dem ersten Rätsel zu tun«, antworte ich. »Sie hat mir geholfen, es zu lösen. Allein schaffe ich es nicht.«

Ich höre, wie sie sich hinter mir leise beraten, ein unverständliches Stimmengewirr, dann Schritte. Vorsichtig bewegt sich Amelia über den Pfad der Steinplatten, die ich bereits habe einrasten lassen, und bleibt neben mir stehen. Ihre Hände sind noch immer frei, und in der einen hält sie eine Wasserflasche.

»Wir haben Gewehre auf euch gerichtet«, ruft Liz uns zu. »Vorsicht, Amelia. Wir wollen doch nicht, dass deine *Schwester* wegen dir Kummer hat, was?«

Ich kann nur annehmen, dass Liz zu den Menschen gehört, die mich auf einem bestimmten Gebiet für ein Genie und in allen anderen für einen Trottel halten. Offenbar glaubt sie, dass ich nicht höre, wie sie das Wort *Schwester* betont, so als würde sie es in Gänsefüßchen setzen. Mein Zorn brodelt heftig, er drückt mir auf die Brust und schnürt mir die Kehle zu. Die Schwester, wegen der ich mir im Stillen geschworen habe, dass ich einen Weg finden würde, ihr zu helfen. Die Schwester, von der Amelia mir erzählt hat, um mir einen Blick in ihr Innerstes zu gewähren. Die Schwester, die die Lüge besiegelt hat. Die Schwester, die es gar nicht gibt.

»Verstanden«, ruft Amelia. Ihre Stimme klingt angespannt, sie sieht sich nicht um. Stattdessen blickt sie geradeaus, so dass ich sie hören kann, aber die anderen nicht sehen können, wie sich ihre Lippen bewegen. »Jules«, murmelt sie. »Ich mache das hier für uns.«

Ich schnaube, bleibe jedoch leise, obwohl Empörung in mir aufsteigt. »Für uns? Mir passiert schon nichts, sie brauchen mich. Ich hätte dich trotzdem beschützt, aber du hast mich jetzt schon zweimal den Wölfen vorgeworfen, und du bist ungefesselt, mich dagegen bedrohen sie mit der Waffe. Ich hoffe, du verzeihst mir, wenn ich im Moment nicht allzu viel Verständnis für deine Bedürfnisse habe.«

Ihre Miene wird hart, doch ihre Stimme bleibt leise. »Du hast jedes Recht, so zu denken. Aber ich lasse dich nicht im Stich, versprochen. Ich weiß, wie es ist, wenn man der Einzige ist, der einem geliebten Menschen helfen kann.«

»Ach, wirklich?« Ich klinge bissig, ihre ohnehin schon großen Augen weiten sich noch mehr. *Nicht*, denke ich, während meine Muskeln sich vor Zorn anspannen. *Tu nicht so, als wärst du erschrocken oder gekränkt. Schau mich nicht so an, als ob wir Freunde wären.*

Ehe Amelia sich eine Antwort zurechtlegen kann, durchschneidet Liz' Stimme die Stille zwischen uns erneut. »Genug gequatscht, Freunde. Wenn ihr schon wisst, wie man durch diesen Abschnitt kommt, dann setzt euch in Bewegung.«

Die Enttäuschung schwappt in mir hoch wie eine Welle, die mich umwirft und überschwemmt. »Hör zu«, fauche ich. »Wenn ihr das hier wollt, dann macht ihr es entweder selbst, oder ihr wartet verdammt nochmal, bis ich so weit bin. Wenn ihr wollt, dass die Decke runterkommt, und dazu braucht es nur einen einzigen falschen Schritt, dann nur zu.«

Von hinten ist nichts zu hören, aber ich zweifle nicht daran, dass ich mir gerade eine Bestrafung eingebrockt habe – eine gestrichene Mahlzeit, einen Tritt in den Brustkorb. Das war es mir wert. Bestimmt schauen sie gerade zu den kaum sichtbaren Kabeln und dem schimmernden Metall über uns hoch, die sich in der Dunkelheit unmöglich auseinanderhalten lassen, und kommen dabei zu dem Schluss, dass da eine Menge Decke herunterkäme. Vielleicht lassen sie mich jetzt ja in Ruhe, damit ich mich konzentrieren kann.

Ich zeige die Kurve Amelia, die sofort begreift – in den nächsten fünf Steinen sind Löcher, und sie füllt sie sorgfältig mit der gleichen Wassermenge, die sie beim ersten Rätsel verwendet hat. Die nächsten fünf Steinplatten rasten ein, und wir treten gemeinsam darauf. Hinter uns brechen ein paar von den Schlägern in Jubel aus und verstummen dann unvermittelt, als Liz etwas blafft.

Mia blickt schräg nach oben zu mir, ihr Mund verzieht sich zu einem Lächeln, und ganz kurz frage ich mich, ob man wirklich in der Zeit vor- und zurückgehen kann, wie dieser Raum anzudeuten scheint. Denn ganz kurz reise ich zu dem Augenblick zurück, den ich mir gewünscht habe – als wir einander noch vertraut haben, als wir ohne zu zweifeln zusammengearbeitet haben.

Und dann ist der Augenblick vorbei, und ich verschiebe die nächste Steinplatte und trete darauf. Amelia bleibt neben mir, und noch wird sie nicht zurückgerufen, obwohl ich weiß, dass die Gewehre weiter auf uns gerichtet sind. Ich nehme einen tiefen Schluck aus der Wasserflasche, weil ich durstig bin und nicht besonders motiviert, die Vorräte meiner Verbündeten zu schonen, was mir eine geknurrte Warnung von Liz einträgt.

Wir schaffen sechs weitere Steinplatten – gut zwei Drittel des Gangs –, bevor wir zum nächsten großen Rätsel kommen. Und sofort ist mir klar, dass wir in Schwierigkeiten stecken.

»*Mehercule*«, murmle ich und hebe die gefesselten Hände, um mir durch die Haare zu fahren.

»Jules?«, flüstert Mia, ehe Liz mitbekommt, dass ich länger stehen geblieben bin.

»Ich glaube, das hier ist aus dem Rätsel, das schon eingestürzt war. Bei der Felswand, an der wir uns abgeseilt haben«, murmle ich.

Es dauert nur eine Sekunde, dann zeichnet sich Begreifen auf ihrem Gesicht ab, und der Mund bleibt ihr offen stehen. Wir sind nicht dazu gekommen, dieses Rätsel zu lösen, weshalb wir keine Ahnung haben, wie wir es jetzt lösen sollen. Und wenn wir es versuchen, besteht ein nicht unerhebliches Risiko, dass wir alles zum Einsturz bringen.

»Wenn wir das verbocken …«, flüstert sie.

Ich nicke knapp und wende den Blick zur Decke über uns. Sie liegt größtenteils im Dunkeln, aber man kann nicht leugnen, dass die Erschaffer des Raums der Decke viel Aufmerksamkeit gewidmet haben. Drähte glitzern, und kurz scheint es, als würden sie sich im schwankenden Licht meiner Stirnlampe bewegen und schaukeln. Mia schluckt heftig.

»Probleme, Schatz?«, ruft Liz zu uns herüber.

In stummem Einvernehmen ignorieren wir sie. »Denk weiter nach«, flüstert Mia. »Konzentrier dich auf das große Ganze, vielleicht ist da was.«

»Alex, geh dort rüber«, blafft Liz, als keiner von uns antwortet. »Hol das Mädel zurück.«

Die nächsten Sekunden vergehen wie in Zeitlupe, während in meinem Kopf tausend Gedanken ablaufen.

Der kleine blonde Schläger, Alex, betritt den Pfad.

Uns bleiben nur wenige Augenblicke, bevor er Mia zu den anderen zurückschleifen und mich hier draußen allein lassen wird. In diesen wenigen Augenblicken, bevor er bei uns ist, geht er buchstäblich durch eine Todesfalle. Er ist angreifbar.

Angreifbar.

Es ist ein ganz simples Wort, das dem Unaussprechlichen ausweicht, was es bedeuten könnte: Das ist meine Chance, das Blatt zu wenden.

Das ist meine Chance, einen von ihnen auszuschalten.

Eine weitere Sekunde verstreicht.

Hier geht es nicht nur um mein eigenes Überleben. Es geht um meinen Vater. Um die Gefahr, die von der Technologie der Unsterblichen ausgeht, und um die Chance, es zu beweisen. Um die Zukunft meines Planeten, *unseres* Planeten.

»Mia«, flüstere ich mit gesenktem Kopf und schaue zu ihr hinüber.

Jetzt dreht sie den Kopf richtig, zögernd, und blickt zu mir hoch. Sie ist müde und schmutzig, und ihre Augen wirken verängstigt. Sie sieht einsam aus, und es schnürt mir die Kehle zu. Ich wünschte, ich wüsste, ob sie mich hinters Licht führt, ob sie sich auf die Seite schlägt, die sie ihrer Meinung nach weiterbringt.

Ich weiß, dass ich ihr glauben möchte.

Ich weiß, dass sie mir geholfen hat, bevor sie wusste, ob ich ihr etwas zu bieten hatte.

Ich weiß, dass ich stinkwütend bin, weil sie mich an diese Verbrecher verraten hat.

Aber ganz gleich, was sie getan hat, sie hat den Tod nicht verdient. Ich will sie nicht auf dem Gewissen haben.

Abgehackt hole ich Luft. »Vertraust du mir?«

Eine weitere Sekunde vergeht, in der ich ihr Gesicht beobachte, mich in ihm verliere. Schweigend legt sie eine ihrer Hände auf meine gefesselten und antwortet, indem sie meine Finger drückt.

Ich erwidere den Druck, meine einzige Vorwarnung, bevor ich losrenne. »Lauf!« Zusammen rasen wir auf den vor uns liegenden Bogengang zu, in Richtung Sicherheit. Im selben Augenblick setzt über unseren Köpfen donnerndes Getöse ein, als die Decke langsam nachgibt. Ein Stein trifft mich an der Schulter und bringt mich aus dem Gleichgewicht. Ich stolpere nach vorn, verliere beinahe die Balance, und Mia drückt ihre Schulter seitlich gegen meine, um mich wieder in eine aufrechte Position zu bringen, ohne dabei mit dem Rennen aufzuhören.

Im nächsten Augenblick gibt der Boden unter uns nach. *Perfututi, wir sind geliefert, ich hatte gar keine Zeichen gesehen, die irgendetwas über den Boden verraten haben!*

Ich habe ein Detail übersehen, das uns nun zum Verhängnis werden wird: Nicht nur die Decke war manipuliert, sondern auch der Fußboden. Wir springen von einer Steinplatte zur nächsten, während unter uns der Boden wegbricht, unser Schwung trägt uns weiter in Sicherheit, aber nicht schnell genug, *nicht schnell genug*. Irgendwie hat Mia plötzlich ihr Multitool in der Hand, und die Rettung ist zum Greifen nahe, aber wir werden es nicht schaffen.

Die letzte Steinplatte bricht unter mir weg, und ich werfe mich durch den Bogengang, aus dem plötzlich, noch im Fallen, ein Felsvorsprung über mir wird – *ich habe mich verschätzt, das ist meine Schuld, es ist aus* –, als sie mir plötzlich nach oben zwischen die gefesselten Handgelenke schlägt und das Multitool in die Felswand rammt.

Das Seil schneidet sich in meine Handgelenke, und meine Arme brennen wie Feuer, Schmerz durchzuckt meine Schultern, als sie abrupt nach oben gerissen werden. Der Fußboden unter mir ist verschwunden, während die Decke immer weiter einstürzt und ich an dem im Felsen klemmenden Messer hänge. Mias Schwung zieht sie weiter und weiter nach unten, und mir bleibt fast das Herz stehen. Doch ich kann nichts tun – und dann bekommt sie eins meiner Beine zu fassen, und heftiger Schmerz von dem zusätzlichen Gewicht schießt durch meine Schulter. Unwillkürlich entfährt mir ein Aufschrei, aber es liegt ebenso viel Erleichterung wie Schmerz darin.

Sie hält sich nicht damit auf, dass sie fast in den Tod gestürzt wäre, und klettert an meinem Körper hoch, benutzt ihn wie eine Leiter. Sobald sie auf dem Vorsprung ist, dreht sie sich um und packt meine Arme. Sie ist zu klein, um mich hochzuziehen, zu leicht, und mein Gewicht zieht sie zum Rand des Felsens. Ich trete wild um mich, mein Stiefel trifft auf einen winzigen Vorsprung, und ich stoße mich davon ab und klettere nach oben, während ein Felsbrocken an meinem Kopf vorbeidonnert.

Dann habe ich es irgendwie geschafft, und wir liegen zusammen in der Sicherheit des Bogengangs, ineinander verknäult.

Sie greift an mir vorbei und reißt das Multitool aus dem Felsen. Immer noch stürzt die Decke ein, und bald wird der Raum, aus dem wir gerade kommen, randvoll mit Schutt sein.

Und irgendwo darunter liegt Alex und ist tot. Wir sind auf der anderen Seite, in Sicherheit, getrennt von Liz, ihren übrigen Männern und dem größten Teil unserer Ausrüstung, aber wir sind am Leben, und ...

Und dann trifft es mich wie ein Schlag. *Alex ist tot. Und ich habe ihn umgebracht.*

Wie es aussieht, bin ich der erste Mörder Gaias. *Einen von ihnen ausschalte*n, habe ich gedacht – einen von ihnen *umbringen*, hatte ich gemeint. Ich hatte mich vor dem Wort gedrückt. Vor der Tat kann ich mich nicht drücken.

Ich befreie mich von Mia, stemme mich auf alle viere hoch, und mein Husten verwandelt sich in ein Würgen, meine Haut ist eiskalt und schweißnass. Wortlos drückt Mia meine Arme weg, um an das Seil heranzukommen, mit dem ich gefesselt bin. Sie braucht drei Versuche, um mich loszuschneiden, weil ihre Hände so heftig zittern, dass ihre Finger nicht richtig funktionieren.

»Wir müssen weiter.« Auch ihre Stimme bebt, und ich glaube nicht, dass ich sie ansehen kann, wenn nicht mein allerletzter Rest Gelassenheit flöten gehen soll. »Liz wird nicht aufgeben. Wir müssen einen Vorsprung gewinnen.«

Ein Mensch ist gestorben. Liz ist uns auf den Fersen, wütender denn je.

Und ich sitze auf der falschen Seite eines Steinschlags, mit einer Verbündeten von zweifelhafter Loyalität.

Hat sie mich gerettet, weil sie mich noch braucht, oder ... Ich weiß selbst nicht genau, wie das Ende des Satzes lautet.

Wir rappeln uns hoch, und die vielen Fragen in meinem Kopf pochen so laut wie mein Puls.

AMELIA

Eine Zeitlang gehe ich voraus. Nicht jeder Raum hier ist ein Rätsel, für das Jules' Sachkenntnis gebraucht wird, und ich kann die Schriftzeichen zwar nicht lesen, aber so langsam weiß ich, worauf die Muster hindeuten. Wie Jules gesagt hat, basieren die Zeichen auf Mathematik, und nachdem ich die Gleichung für ihre Sprache langsam verstehe, lassen sich die einfacheren Anweisungen – *hierhin treten, hier nicht gehen* – leicht übersetzen. Und die ordinären Fallen wie verborgene Dolche und Fallgruben sind zunehmend leichter zu erkennen – es ist fast so, als hätten die Unsterblichen sie angebracht, damit wir sie sehen und wissen, dass wir noch auf dem richtigen Weg sind.

Vielleicht sagt es etwas über mich aus, dass ich mich umso beklommener fühle, je einfacher es wird. So als müsste selbst eine uralte Spezies, die ausgestorben ist, bevor die Menschheit Werkzeug benutzte, hinter mir her sein. »Macht dir das denn nicht zu schaffen?«, sage ich zu Jules, der hinter mir geht, und breche damit das Schweigen.

»Was?« Seine Stimme klingt abwesend.

»Es ist irgendwie, als würden sie mit uns spielen«, sage ich. »Dieser Teil hier ist so einfach.«

»Kann sein«, antwortet er. Er klingt müde, seine Stimme ist ein bisschen schroff. Ich weiß nicht, ob ihn mein ständiges Misstrauen nervt oder ob das diese neue Barriere zwischen uns ist, oder beides. »Aber wir dürfen nicht davon ausgehen, dass sie so sind wie wir, Amelia. Oder dass sie uns mit diesen Tests nur quälen wollen. Sie waren nicht menschlich, es gibt keinen Grund zu der Annahme, dass sie begreifen würden, zu welcher Grausamkeit wir fähig sind.«

Mit Amelia redet er mich nur an, wenn er förmlich oder verärgert ist. Sonst sagt er immer Mia, wobei in den Vokalen sein Akzent durchklingt. *Grausamkeit*, denke ich mit einem Anflug von Übelkeit, und verstumme wieder.

Ich rede mir ein, dass ich vorausgehe, um mich selbst zu testen, um zu sehen, ob ich auch ohne Jules eine Chance habe, lebendig hier rauszukommen. Nur falls er beschließen sollte, dass mir doch nicht zu trauen ist. Aber in Wirklichkeit gehe ich voraus, um ihn nicht ansehen zu müssen. Er ist so müde, so abgerissen, und so *anders*. Dieses Gutgläubige, das ich verspottet und bei dem ich ihm prophezeit habe, dass es ihn umbringen würde – es ist verschwunden. Ich sehe es an seiner Haltung, seiner Körpersprache. Seine leicht hängenden Schultern wirken jetzt, als müsste er den ganzen Steinschlag tragen, bei dem dieser Mann gestorben ist.

Dass er hinter mir geht, bedeutet natürlich, dass ich spüren kann, wie er mich mit Blicken durchbohrt. Zumindest bilde ich mir das ein. Trotz der Wärme seiner Hand, als wir auf den

Rand des letzten Rätselraums zugerannt sind, trotz seines Nickens, als ich vorgeschlagen habe, weiterzugehen, sehe ich immer noch diesen glühenden Blick von gestern Abend vor mir, als ich mich zu Liz' Bande gelegt habe und er an einen Felsen gefesselt dalag, kaum in der Lage, sich zu bewegen. Als alles, was zwischen uns gewachsen war, zu bröckeln begann, unter dem Gelächter über meine »imaginäre« Schwester.

Du schuldest ihm nichts, insistiert mein Verstand und zeigt mir ein Bild nach dem anderen, seit seinem Eingeständnis, dass er mich angelogen hat, damit ich ihm helfe, damit ich ihn zu diesem Tempel bringe, wo er seine altruistischen Träume verwirklichen kann. *Es gibt nichts zu erklären.*

Und selbst wenn ich es erklären wollte, wir haben keine Zeit, um stehen zu bleiben. Wir gehen weiter. Das genügt.

Ich fühle mich wacklig auf den Beinen, und es ist nicht nur die Erschöpfung, die meine Muskeln zum Zittern bringt. Trotz all meiner Großspurigkeit und obwohl ich so lange zusammen mit Dieben und Mördern die Ruinen geplündert habe, habe ich nie mitangesehen, wie jemand gestorben ist. Und klar, bei diesem Typen – Alex hat Liz ihn genannt – habe ich auch nicht gesehen, wie er gestorben ist, und ihn nicht mal schreien hören. Ein Teil von mir beharrt darauf, dass er vielleicht noch am Leben ist, dass er vielleicht zurückspringen konnte, fort aus der Gefahrenzone, zur anderen Seite des Rätsels, noch während Jules und ich darauf zuliefen. Aber wir waren dem Rand näher als er, und dank Jules waren wir vorbereitet – und haben es gerade noch geschafft.

Der Mann ist tot.

Ich würde mich schrecklich gern umdrehen, nach Jules' Hand greifen und ihn zu mir heranziehen, nur um seine Wärme zu spüren, obwohl ich ihn für seine Lüge hasse, dafür, dass er mich und Evie zum Tode verurteilt hat, für die Verbrechen seines Vaters, für alles.

Aber inzwischen ist es gefühlt Hunderte von Jahren her, seit er mir den Arm im Schlaf um die Taille geschlungen hat und ich für eine Sekunde nichts anderes wahrnahm, bevor Liz' Taschenlampe uns mit einem Schlag in die Realität zurückholte. Ich weiß, dass da etwas zwischen uns war, und ich glaube, er wusste es auch, aber wir waren zu verschieden. Und mittlerweile sind da zu viele Lügen.

Auch wenn es nur eine Sekunde war, vermisse ich es, seinen Arm um meine Taille zu spüren. Ich habe Abstand zu ihm gehalten, zu diesem Jungen, der so verflucht brillant und zugleich so verflucht naiv ist, diesem Jungen, der es einerseits am ehesten ins Herz des Tempels schafft, sich andererseits aber auch am wahrscheinlichsten komplett ahnungslos in Gefahr begibt. Ich habe mich bewusst von ihm ferngehalten, denn meine Schwester steht für mich an erster Stelle, und ich wusste, dass vielleicht ein Moment kommt, in dem ich mich zwischen ihr und Jules entscheiden muss.

Und ich würde Evie wählen. Ich würde *immer* Evie wählen. Erst kommen Evie und ich, auf dem Weg zu unserem Amsterdam, und danach alle anderen, die weniger wichtigen Menschen.

Aber jene Nacht, sein Arm um meine Taille, mein Kopf, der sich unter sein Kinn schmiegte … Zum allerersten Mal, und das nicht erst, seit ich auf Gaia bin, war ich nicht allein. So, wie Evie es sich gewünscht hat.

Eigentlich kennen wir uns ja erst ein paar Tage, und was wir voneinander nicht wissen, übersteigt das, was wir uns erzählt haben, bei weitem. Aber er hat etwas an sich – ich spüre, dass wir zusammen etwas Besonderes sein könnten, als Team, oder auch mehr, und ich weiß, dass er es eine Zeitlang auch gespürt hat.

Wenn ich es ihm nur sagen könnte. Im Moment ist unser Vertrauen so schwer beschädigt, dass er mir nicht glauben würde – ich habe keine Ahnung, ob er mir überhaupt noch irgendwas glaubt von dem, was ich ihm erzählt habe.

Aber in jener Nacht waren wir ein *Wir*. Und jetzt, da ich wieder ein *Ich* bin, fühle ich mich verlassener denn je.

Ich schiebe diese Gedanken gezwungenermaßen beiseite, als wir zu einem Bogengang kommen, der auf einen Raum mit einem der größeren, komplexeren Rätsel hindeutet. Jules bleibt neben mir stehen, und wir leuchten beide hinein, um die vor uns liegende Herausforderung einschätzen zu können.

Die riesige Kammer scheint leer zu sein, aber auf jeder einzelnen Fußbodenplatte ist etwas eingraviert, und ich kann mir schon denken, was für ein Rätsel es ist: Tritt man auf die richtigen Steine, kommt man unbeschadet hindurch. Bei den falschen nicht.

Jules denkt vermutlich an Liz, die hinter uns ist, und vielleicht auch an Alex, denn er lässt sich viel Zeit, um die Steinplatten stirnrunzelnd zu studieren. »Das sind keine Schriftzeichen«, sagt er schließlich, und als ich auf den Boden blicke, sehe ich, dass er recht hat. Ich war einfach davon ausgegangen, dass es Zeichen sind, aber bei genauerem Hinsehen fehlt ihnen die mathematische Präzision der Schriftzeichen, ihnen fehlen die Muster, die ich langsam wiedererkenne. Diese Schrift ist völlig anders.

Mein Mut verlässt mich. Wir haben nicht genug Zeit, damit Jules für diesen Raum eine ganz neue Sprache lernen kann. Ich legte den Kopf in den Nacken, betrachte die Decke und versuche, mir einen Ersatzplan zurechtzulegen. Wir könnten vielleicht klettern, um irgendwie um das Rätsel herumzukommen. Das Risiko gefällt mir gar nicht. Wir sind beide völlig erledigt und haben kaum noch Ausrüstung.

»Hier sind Muster«, sagt Jules schließlich ganz langsam, als wollte er die Idee austesten. Er deutet auf die Zeichenfolgen, die sich vor uns ausdehnen. »Siehst du, wie die Buchstaben sich ein wenig verändern? Und die Wörter, wenn man das so nennen kann?«

»Ja, ich sehe es«, bestätige ich. »Aber wenn wir die Zeichen nicht lesen können, was nützt dann das Muster? Sie könnten schließlich alles Mögliche bedeuten.«

»Oder auch gar nichts«, gibt er zu. »Das menschliche Gehirn sucht immer nach Mustern, so ticken wir einfach. Das muss nicht bedeuten, dass die Unsterblichen die Dinge genauso sehen.«

Ich zwinge mich zur Ruhe, um ihn nicht zu drängen, und gebe ihm im Geist ungefähr weitere zehn Sekunden im Doziermodus, bevor ich einknicke. »Sie haben Musik auf die gleiche Weise gehört wie wir«, sage ich. »Wir mussten die Brücke stimmen, um sie zu überqueren. Vielleicht sollten wir also davon ausgehen, dass hinter dem Muster eine Absicht steckt. Wenn nicht, haben wir schließlich gar nichts und stecken tief in der Scheiße. Also können wir genauso gut darauf hoffen, dass es so ist.«

»Einverstanden«, sagt er, während er immer noch auf den Fußboden blickt. »Schau mal hier. Siehst du diesen Punkt und daneben diese drei ... ich nenne sie mal Wörter, auch wenn sie zu keiner Sprache gehören, die ich je gesehen habe. Vielleicht ist das gar keine Sprache, vielleicht gehören sie zum Rätsel.«

»Ja«, sage ich und übe mich in Geduld. »Ein Punkt.«

»Und hier sind zwei Punkte«, sagt er und zeigt auf den nächsten Stein. »Und daneben wieder diese drei Wörter.«

»Zählen wir hier die Punkte?«, provoziere ich und mustere mit zusammengekniffenen Augen die Steine hinter den vorderen zwei. Fast jeder scheint einen Punkt zu haben, oder auch zwei, manchmal drei, und daneben steht die Liste mit den Wörtern.

»Ich glaube ...« Er verstummt wieder. Während ich nur mit Mühe einen Schreianfall unterdrücken kann, die Fingernägel in meine Handflächen bohre und warte.

Schließlich werde ich damit belohnt, dass er wieder das Wort ergreift. »Ich denke die ganze Zeit darüber nach, was mir an diesen Worten auffallen würde, wenn es Englisch wäre, oder Französisch, Chinesisch oder irgendwas, das ich spreche«, murmelt er. »In welcher Weise sie sich verändern, wenn sie neben einem Punkt stehen statt neben zweien. Ansonsten sind sie sich nämlich ziemlich ähnlich. Ich glaube, es ist ...« Unvermittelt bricht er ab und nickt ganz langsam.

»Jules?«, versuche ich.

»Konjugation«, sagt er flüsternd, als wäre das Wort ein Gebet. »Das sind – das sind so was wie Verben. Du weißt doch, wie sich ein Verb verändert? Ich renne, sie rennt? Oder denk an Französisch – *j'ai, tu as, elle a*, und so weiter.«

»Wenn du das sagst«, stimme ich ihm zu, und er kommt aus seinem Doziermodus heraus und wendet sich etwas Nützlichem zu.

»Die Unsterblichen gebrauchen Verben in einigen Fällen genauso wie wir. Das Verb verändert sich, je nachdem, ob es ich, du oder wir ist, und so weiter. Ich glaube, das hier ist so was wie eine Nonsens-Sprache, bei der diese Art von Mustern verwendet wird, und wir müssen sie lernen.«

»Wir sollen *Grammatik* lernen?« Unwiderstehlich blubbert ein Lachanfall in mir hoch, aber ich dränge ihn zurück. Wenn ich damit erst mal anfange, kann ich womöglich nicht mehr aufhören.

»Ja«, sagt er mit deutlich größerer Begeisterung als ich. »Die mit dem einen Punkt bedeuten ›ich‹. *Ich renne*. Und die mit zwei Punkten, die sind etwas anderes, zweite Person. *Du rennst*. Drei, dritte Person. *Sie rennt*. Wir müssen also nur die Endungen für jedes Wort lernen und dann auf die Steine mit den richtigen treten. Wenn wir drei Punkte sehen, treten wir auf einen Stein mit der Endung für die dritte Person.«

»Nichts leichter als das«, murmle ich. Ich folge seinem Blick, während er das Muster nachzeichnet, das er gefunden hat, die Wörterreihe mit den veränderlichen Endungen. Wir finden es einmal, dann ein zweites Mal, und als wir uns einigermaßen sicher sind, betreten wir die Bodenplatten, wobei wir uns bei jeder Platte nach den Punkten entscheiden. Alle Nerven meines Körpers sind zum Zerreißen gespannt, aber nirgendwo knirscht oder knackt es – der Boden unter unseren Füßen bleibt stabil. Und eines nach dem anderen entdecken wir die neuen Wörter, finden heraus, wie man sie konjugiert und treten auf die jeweiligen Bodenplatten. Als ich den Dreh erst mal heraushabe, ist es fast wie ein Mathe-Rätsel.

Auf der gegenüberliegenden Seite angekommen, atme ich auf, lehne mich an den Türrahmen und blicke zurück. Unsere Fußspuren sind im Staub deutlich zu sehen, falls Liz und ihre Männer sich durch den Felssturz durchschlagen können, aber wir können die Spur nicht verwischen, ohne damit womöglich die tödlichen Fallen zu triggern, mit denen Fehler in diesem Raum bestraft werden.

Schweigend bewegen wir uns durch die endlosen Labyrinthe und Gänge. Die nächsten Räume sind viel einfacher. Als Nächstes kommt ein Rätsel mit Steinblöcken, die man zwischen verschiedenen Bodenplatten hin und her schieben muss, bis ihr kombiniertes Gewicht gleich ist. Ohne eine Möglichkeit zu wiegen, ist es nicht ganz einfach, aber wir nehmen sie in die Hand und bekommen es schnell heraus. Mathematik und Logik scheinen bei unseren beiden Spezies gleichermaßen gültig zu sein. Vielleicht auch bei allen intelligenten Spezies, ich weiß es nicht.

Auf unserem Weg kommen wir schließlich zu einer Stelle, an der sich der Weg teilt, wobei über jeder Gabelung Zeichenfolgen eingeritzt sind. Diesmal bin ich es, die erkennt, worauf es ankommt – es ist eine Variante des Rätsels, bei dem zwei Tunnel von je einem Mann bewacht werden. Der eine lügt immer, und der andere sagt immer die Wahrheit, aber man weiß nicht, wer welcher ist. Beide behaupten, dass am Ende ihres Tunnels der Tod wartet, und man muss herausfinden, wem man glauben kann. Jules übersetzt leise murmelnd die Zeichenfolgen, die darunter stehen. Die Bedeutung verändere sich je nach Kontext, sagt er – wie die Schriftzeichen im Japanischen und einer Reihe anderer irdischer Sprachen. Soweit ich sehe, versucht er, die Wortspiele einer Alien-Sprache zu übersetzen. Ich halte mich zurück und zügle meine Ungeduld, bis er endlich zögernd in die Richtung eines der beiden Tunnel nickt.

Vorsichtig gehen wir weiter, immer auf der Hut, um wegzurennen oder auszuweichen, falls sich unter uns etwas bewegt, doch anscheinend war unsere Wahl richtig. In den nächsten Gängen gibt es nur hier und da die typischen Fallgruben, und langsam driften meine Gedanken ab – bis ich sehe, wie Jules vor mir auf eine Druckplatte tritt.

Ich schieße nach vorn, packe ihn am Rucksack und reiße ihn mit aller Kraft nach hinten. Ich wiege so viel weniger als er, dass ich kaum etwas bewirke, aber es genügt – als die Platte auslöst und ein Regen fußballgroßer Findlinge herabdonnert, liegen Jules und ich als ineinander verknäulter Haufen dicht am Plattenrand.

Etwas benommen starrt Jules den Schutthaufen kurz an, dann stöhnt er und reibt sich den Kopf. Als ich einen Blick zur Seite riskiere, sehe ich, wie erschöpft er ist. Seit wir Liz und ihre Handlanger losgeworden sind, haben wir keine Pause mehr gemacht, und das ist mindestens einen Tag her.

Unser kurzer Schlaf davor wurde von unserer Gefangennahme unterbrochen, und während der Zeit bei der Gruppe hat keiner von uns viel geschlafen. Jules schon gar nicht, so fest, wie sie ihn an diesen Findling gefesselt hatten.

»Wir müssen rasten«, keuche ich.

Jules hustet, der Staub vom Steinschlag legt sich um uns herum. »Liz.« Immer noch bäuchlings schüttelt er den Kopf.

Ich weiß, was er meint. Liz' Truppe war trotz der eingestürzten Brücke imstande, den Abgrund unter dem Musikrätsel zu überqueren. Sie haben sich so leise zu dem zerstörten Rätsel mit unserem Nachtlager abgeseilt, dass wir nicht aufgewacht sind. Früher oder später werden sie einen Weg durch den Steinschlag finden, und dann müssen wir außerhalb ihrer Reichweite sein.

»Die hören wir dann schon«, sage ich und klinge dabei sicherer, als ich mich fühle. »Erst müssen sie einen Tunnel durch die Steine graben, und das dauert, und beim Durchbruch werden sie eine Menge Lärm machen. Bei so etwas entsteht ein Echo, das hört man.«

»Aber wir haben schon die anderen Rätsel gelöst, ihnen den Weg freigemacht und gleichzeitig eine Spur hinterlassen. Wenn sie es durch den Steinschlag geschafft haben, müssen sie uns nur noch einholen.«

Ich schlucke heftig. Es ist fast so, als würde er meine eigenen Befürchtungen aussprechen. »Ich weiß. Aber Jules, sieh dich doch an. Du kippst gleich um. Und ich erst – ich war halb eingedöst, um ein Haar hätte ich die Bodenplatte auch nicht gesehen. Wir haben Glück gehabt. Und ich weiß ja nicht, ob es dir aufgefallen ist, aber bis jetzt war es mit unserem Glück nicht so weit her. Ich möchte mich lieber nicht darauf verlassen. Wir brauchen Schlaf. Wir müssen die Atemgeräte benutzen. Selbst wenn du dich zum Weitergehen zwingst, ohne ein bisschen Sauerstoff bist du nicht in der Lage, klar zu denken.«

Jules atmet heftig aus, dann richtet er sich langsam etwas mehr auf. »*Mehercule*«, murmelt er, einer seiner unverständlichen Flüche. »Du hast recht«, räumt er schließlich ein. »Scheint, als wäre da oben noch eine Kammer – wenn es dort sicher ist, können wir rasten.«

In der Finsternis kann ich das dunkle Loch sehen, auf das er zeigt. Die Kammern an sich, die mit den Rätseln, haben alle die gleichen, türartigen Eingänge, mit Türrahmen, die wie zur Warnung beschriftet sind, während die Verbindungsgänge eher schlichte Durchgänge von einem Raum in den nächsten darstellen. Mühsam stehe ich auf und halte Jules die Hand hin, aber er winkt ab und kommt allein hoch. In meinem Zustand wäre ich ihm zwar sowieso keine große Hilfe, aber die Handbewegung erinnert mich daran, was sich zwischen uns verändert hat. Langsam gehen wir auf die nächste Kammer zu, stets auf der Hut. Im Eingang bleiben wir stehen. Jules sieht sich um und sucht nach den Schriftzeichen zur Warnung und Belehrung, die bisher typisch für die Rätselräume waren.

Es gibt keine.

Die Wände und die Decke sind vollkommen kahl. Der Fußboden ist leer, es gibt hier keinerlei Bodenplatten, Druckplatten oder Löcher. Auch keine eingeritzten Zeichen, keine Zeichnungen, kein glänzendes Metall oder kristallinen Stein, keine schattenhaften Kabel an der Decke, nichts. Nur ein leerer Raum. Das einzig Auffällige ist ein weiterer Bogengang auf der anderen Seite, doch dahinter liegt anstatt Dunkelheit nur eine Steinplatte mit den kompliziertesten Schriftzeichen, die wir bis jetzt gesehen haben. Wenn das eine Tür ist, dann ist es keine mit einem sichtbaren Schlüsselloch.

Diese Kammer ist völlig anders als alle bisherigen, und auch wenn ich keine Ahnung habe, was das zu bedeuten hat, muss Jules mir nicht sagen, dass ich vorsichtig sein muss – ganz langsam und vorsichtig bewegen wir uns voran, stets auf der Hut, dass die Falle zuschnappen könnte. Aber wir erreichen die Mitte des Raums ohne besondere Vorfälle. Und nachdem wir die Steinplatten um uns herum mit dem Fuß angetippt und schließlich betreten haben, um dann – endlich – darauf herumzuspringen, stellt Jules erschöpft seinen Rucksack ab. »Scheint ungefährlich zu sein. Wir können uns die Zeichnungen ansehen, wenn wir ein bisschen geschlafen haben.«

»Glaubst du, es hat etwas zu bedeuten, dass dieser Raum so anders als die anderen ist?«

»Ich weiß es nicht genau«, sagt er. »Aber wir müssen ganz nah am Zentrum sein. Was auch immer an diesem Tempel besonders ist, wovor auch immer die Nautilus uns gewarnt hat ... Es liegt vielleicht auf der anderen Seite.«

Sein Blick ruht auf der Tür, und ich verspüre den gleichen Drang – nach diesem ganzen, langen Weg ist der Preis jetzt ganz nahe. »Umso wichtiger ist es, dass wir schlafen«, ringe ich mir irgendwie ab. »Falls uns hier ein Test bevorsteht, sollten wir zusehen, dass wir eine Chance haben.«

Langsam nickt Jules. »*Mehercule*, ich bin wirklich müde.«

Ich setze ebenfalls den Rucksack ab und lasse mich auf dem Steinfußboden nieder. »Was bedeutet das? Du sagst das andauernd. Ist das eine von deinen Sprachen?«

Er sieht ein wenig betreten aus. »Das ist, äh, Latein. ›Bei Hercules.‹ Unsere Lehrer haben immer geschimpft, wenn sie uns beim Fluchen erwischt haben, also mussten wir wohl irgendwie ... erfinderisch sein.«

Ich werfe ihm einen Seitenblick zu und weiß nicht recht, ob ich lachen oder weinen oder vor Erschöpfung hysterisch zusammenbrechen soll. »Immer wenn ich denke, du könntest nicht mehr ...« Aber ich weiß selbst nicht genau, nach welchem Wort ich suche. *Mehr Jules* ist das, was ich im Sinn habe. Er ist der juligste Mensch, den ich je getroffen habe.

Wir verstummen beide und strecken uns auf dem Fußboden aus. Er ist kalt, aber ich bin so müde, dass ich auf der Stelle einschlafen könnte, die Wange auf die kühle Steinplatte gepresst. Doch obwohl sich mein Körper verzweifelt nach Schlaf sehnt, weiß mein Kopf, dass die Erschöpfung zumindest teilweise von einem Mangel an Nahrung und Sauerstoff kommt, weshalb ich mich zwinge, meinen Rucksack zu öffnen und darin herumzuwühlen.

»Gut, dass sie faul waren und wir unsere Sachen selbst tragen mussten«, breche ich das Schweigen. Das schwache Licht von meiner Handgelenks-LED wirft Schatten in meiner Tasche und verwirrt meine müden Augen.

»Sie haben den Kurzwellenherd genommen«, kommt Jules' Antwort aus der Dunkelheit ein kleines Stückchen vor mir. »Keine warmen Mahlzeiten mehr.«

Bei der Erinnerung zucke ich buchstäblich zusammen – eine warme Mahlzeit wäre wie ein Lichtstrahl in der endlosen Nacht dieses unterirdischen Labyrinths. Ich bemühe mich, nicht allzu laut zu seufzen, und hole mein Atemgerät aus dem Rucksack. Dann rücke ich den Gurt zurecht und atme ein paar Atemzüge mit Sauerstoff angereicherter Luft ein.

Ich weiß, dass das Gerät nur wenig Sauerstoff zu Gaias dünner Luft hinzufügt, aber die Wirkung ist so stark, dass ich mich von der plötzlichen Zufuhr benommen fühle. Ich höre, wie Jules in seinem eigenen Rucksack herumkramt, sehe, wie das Licht seiner Stirnlampe sich in der Dunkelheit hierhin und dorthin bewegt. Ich hole meine zusammengerollte Decke und ein paar Proteinriegel heraus, dann krabble ich zu ihm hinüber. Er stellt seine Laterne auf, indem er die Lampe so weit auszieht, dass sie einen gelben Schein in dem leeren Raum verbreitet. Danach schaltet er den Helm aus und legt ihn neben den Rucksack.

Er hat die Lampe bewusst zwischen mich und sich gestellt, zieht nun das kleine Notizbuch und den Stift heraus und setzt sich zum Schreiben zurecht, wobei er sich vor Müdigkeit etwas ungeschickt anstellt. Es zieht ihn zu seiner Übersetzung zurück, als könnte er nicht anders. Verbissen arbeitet er weiter, als könnte er uns damit irgendwie retten, uns auf das vorbereiten, was hinter der Tür liegt.

Bei der Vorstellung, allein auf dem kalten Steinfußboden zu schlafen, schaudere ich. Ich werfe Jules einen Proteinriegel zu, der zu Boden fällt und neben seinem Bein liegen bleibt. Jules reagiert nicht.

»Iss«, sage ich. Durch die Atemmaske über meiner Nase und meinem Mund klingt meine Stimme verzerrt.

»Kein Hunger«, antwortet er knapp und legt den Kopf in die Hände.

Mein Hirn arbeitet so langsam, dass ich erst nach ein paar Sekunden begreife, wieso seine Stimme so anders klingt als meine. »Dann nimm wenigstens dein Atemgerät«, schlage ich vor. »Mit mehr Sauerstoff im Blut kriegst du auch Hunger.«

Er sieht auf, ohne etwas zu sagen, eine Sekunde lang treffen sich unsere Blicke, bevor er zu seinem Rucksack hinübersieht. Dann geht mir ein Licht auf.

Als ich mit Liz verhandelt habe, war meine einzige Bitte – abgesehen davon, nicht erschossen zu werden –, dass sie uns die Atemgeräte zurückgeben sollten. Ich habe mitbekommen, wie meines wieder in meinem Rucksack verstaut wurde. Aber Jules … Ich war so damit beschäftigt, seinen anklagenden Blicken auszuweichen, dass ich nicht gesehen habe, was aus seinem Gerät geworden ist, als wir schließlich wieder aufbrachen.

Sein Atemgerät ist weg.

Meine Gedanken überschlagen sich, und das Herz wird mir schwer. Mink hat mich mit einem Sauerstofftank ausgestattet, bei dem Gewicht und Zeit so bemessen sind, dass der Sauerstoff gerade ausreicht, um mich zum vereinbarten Treffpunkt zu bringen. Was immer noch mehr als zwei Wochen in der Zukunft liegen dürfte, auch wenn ich an der Oberfläche sein müsste, um zu wissen, welchen Tag wir haben. Solange ich mit meinem Vorrat sorgsam umgehe und mich pro Tag auf die acht Stunden beschränke, die mein Körper braucht, anstatt mir die deutlich mehr Stunden zu nehmen, die mein Körper will, reicht der Tank.

Für eine Person.

Wenn ich mein Atemgerät teile, wird die Zeit dadurch halbiert, und dann schaffe ich es nicht zum Treffpunkt. Dann komme ich weder von Gaia herunter noch zurück zu Evie.

Ich atme tief und zittrig ein, die Maske über meinem Gesicht verstärkt das Geräusch. Dann krabble ich los, wobei mein Schatten im Licht der Laterne über die Felswand schwankt, während ich zu Jules hinüberkrieche. Ich nehme die Maske ab und halte sie ihm hin. Meine Hände zittern.

Er sieht auf, sein Blick wirkt überrascht und verwirrt.

»Du atmest«, flüstere ich, »und ich esse so lang. Hinterher tauschen wir.«

Er erwidert meinen Blick lange und sieht mich forschend an. Wie Schichten aus Staub und Schutt, hinterlassen von Zeit und Nachlässigkeit, verbergen unsere Lügen die darunterliegende Wahrheit. Unwillkürlich frage ich mich, ob wir zu tief unter ihnen begraben sind. Ob die Aufrichtigkeit in dem Moment, als ich aufgewacht bin und sein Arm um mich lag, ebenso dahin ist wie die Spezies, die diesen Tempel erbaut hat.

Dann legt er Notizbuch und Stift beiseite und streckt beide Hände aus – die eine legt sich auf meine zitternden Finger und bringt sie zur Ruhe, während die andere mir die Maske abnimmt. Ich atme auf, und ein bisschen von dem Staub, der mir das Herz zudrückt, schwebt mit dem Seufzer davon, der mir entweicht.

Es wird notgedrungen ein schweigsames Abendessen. Wenn es so weitergeht, ist es vermutlich eine gute Idee, unsere Sauerstoffvorräte zu schonen. Als ich aufgegessen habe, tauschen wir, und später ein weiteres Mal. Jules hält den Kopf gesenkt, seine Hände baumeln von den hochgezogenen Knien herab, er atmet flach hinter der Maske.

Zum ersten Mal seit dem Überfall von Liz' Bande hole ich mein Handy hervor. Es ist ein schwer mitgenommenes, altersschwaches Ding. Vor ein paar Jahren hatte jeder so eins – sie waren so verbreitet wie Personalausweise, damals, bevor alles digital wurde. Inzwischen gibt es ein Dutzend Hersteller, die immer neuere und bessere Versionen herausbringen, mit innovativen Technologien, die dieses hier nicht hat. Jules' Armband zum Beispiel, mit seiner holographischen Schnittstelle und der kinetischen Stromversorgung, durch die der Akku nie leer wird.

Doch das Schöne an diesen Handys ist, dass sie zwar technologisch total veraltet sind, aber gleichzeitig so universell, dass man überall Ersatzteile bekommt. Sie sind preiswert und robust, und als Plünderer benutzt man nicht die neueste Technik, wenn man nicht gerade von einer rivalisierenden Bande im Schlaf ausgeraubt werden will.

Das Handy wird mit Solarenergie betrieben, konnte sich also schon seit mehreren Tagen nicht mehr aufladen. Als ich mit dem Daumen über das Display streiche, blinkt das kleine Batterie-Icon warnend auf, bevor der Kreis für den Fingerabdruck erscheint. Wahrscheinlich habe ich nur noch ein paar Minuten Akku.

Selbst wenn die Station jetzt direkt über uns wäre, würde ich so tief unter der Erde nie und nimmer ein Signal bekommen. Ich kann weder jemanden anrufen noch an irgendwelche Daten herankommen. Wenn ich versuchen würde, mir Evies letzte Videobotschaft anzusehen, wäre der Akku im Nu leer. Aber ich beuge mich über den Bildschirm, regle die Helligkeit herunter, um Strom zu sparen, und wische bis zu meiner Fotogalerie.

Da ist das Selfie, das ich Evie geschickt habe, kurz bevor ich an Bord ging, und davor ein paar Schnappschüsse von Beutestücken, die ich online versteigere. Ich scrolle weiter, bis ich auf das Foto stoße, das ich suche.

Es war das letzte Mal, als Evie und ich zusammen waren. Sie trägt noch das Make-up von ihrer Arbeit, die dunklen Smokey Eyes und den Lippenstift, der sie viel älter als vierzehn wirken lässt. Am Bildrand sieht man ihr Tracker-Armband – das Armband, das der Club ihr verpasst hat und das mit vielen, mikroskopisch kleinen Haken an ihrem Unterarmknochen befestigt ist. Es lässt sich nur entfernen, wenn man ihre astronomisch hohen Schulden bezahlt oder ihr den Arm abhackt.

Es ist zwar schwer, über das Make-up und das Armband hinwegzusehen, aber sie trägt einen Pyjama mit rosa Elefanten drauf, und ich bin ebenfalls im Schlafanzug, und wir haben uns zusammen auf die schmuddelige Couch in ihrem Zimmer unter dem Club gekuschelt. Wir haben die Köpfe zusammengesteckt, man sieht den Arm, mit dem ich das Handy hochhalte, und wir lächeln. Kurz vor der Aufnahme hatten wir über irgendwas gelacht, und unser Lächeln ist echt.

Ich weiß nicht mehr, worüber wir gelacht haben. Vor meinen Augen verschwimmt alles, als ich an diesem Gedanken hängen bleibe und ihn im Geist immer wieder hin und her drehe. Wieso kann ich mich nicht an den Witz erinnern? Wieso weiß ich nicht mehr, worüber meine Schwester und ich bei unserem letzten Zusammensein gelacht haben?

Ich bekomme keine Luft mehr, ziehe die Beine an und halte das Telefon so zwischen beiden Händen, dass ich das schwache Bild dicht vor meinen Augen habe.

»Dann gibt es sie also wirklich.«

Beim Klang seiner Stimme zucke ich zusammen und wische meine Tränen schnell weg. Doch Jules hat schon gesehen, dass ich weine.

»Es gibt sie wirklich.« Ich schaue wieder auf das Handydisplay, um ihr Gesicht zu sehen. Eingeschlossen von einem Steinschlag, hinter mir blutrünstige Söldner, über mir unzählige Tonnen Gestein und Sand, auf einem Planeten, der so unvorstellbar weit von der Erde entfernt ist, mit zu wenig Sauerstoff, um meinen Rückflug zu erwischen, selbst wenn er uns hier wegbringen würde – ich strenge mich an, einfach nur Evie anzusehen und nicht das Akkusymbol, das in einer Ecke des Bildschirms weiterhin warnend blinkt.

»Du hattest recht«, sagt Jules und zieht seine Atemmaske herunter. Er hat sich neben mich gesetzt, um sich das Foto meiner Schwester ansehen zu können. »Sie ist wunderschön. Sieht dir total ähnlich.«

Das bringt mich zum Lachen, aber weil ich immer noch weine, wird daraus ein halbes Schniefen, und ich wische mir die Nase mit dem Ärmel ab, bevor der ganze Schmodder heruntertropft. »Lügner.«

»Ich lüge nicht.« Seine Stimme klingt ganz ruhig, und plötzlich fällt mir ein, wieso da diese Distanz zwischen uns war, und obwohl unsere Körper sich nicht bewegen, scheint seine Wärme sich zu verflüchtigen. »Diesmal nicht.«

Ich schaue auf mein Handy, weil ich weiß, dass es jeden Moment ausgehen kann, aber ich wünschte, ich könnte auch zu Jules hochschauen. »Ich wollte nie bei ihnen mitmachen, Jules. Ich habe dich auch nicht angelogen, nicht über Evie und nicht über mich. Das da hinten, als wir bei ihnen waren, war die Lüge. Nicht das hier.«

Es erscheint mir wichtiger denn je, dass er das weiß, dass er die Wahrheit von mir hört, auch wenn er sie schon in meinem Gesicht gesehen hat oder sie gespürt hat, als ich ihm mein Atemgerät gegeben habe. Es fühlt sich seltsam dringlich an, dass er versteht, ohne danach fragen zu müssen oder zu raten, oder meine Miene zu deuten. Ich habe zwar keine Ahnung, was uns hinter dieser Tür erwartet, aber ich will, dass er mich sieht, wie ich bin, bevor wir sie passieren.

Jules hebt die Maske an, um noch einmal einzuatmen, aber ich merke, dass er vor seiner Antwort auch Zeit schinden will. Er schweigt eine Weile, bevor er seufzend ausatmet. »Ich weiß nicht mehr, was wirklich ist. Ich weiß nur, dass ich hier sein muss. Ich muss Antworten für meinen Dad finden. Für mich selbst.«

»Ich bin wirklich.« Zwischen den Felsen klingt meine Stimme dünn und leise. »Und ich bin hier.« Ich hebe den Kopf und suche im schwachen Schein der Laterne nach seinem Gesicht. *Ich bin hier*, habe ich gesagt. Gemeint habe ich: *Ich bin bei dir*. Was als Beruhigung gedacht war, klingt stattdessen wie ein Versprechen.

Er öffnet den Mund, um etwas zu sagen, doch bevor er dazu kommt, flackert das Licht. Noch ehe ich nach unten sehe, weiß ich, dass es nicht die Laterne ist – es ist mein Handy.

Der Bildschirm ist dunkel. Evies Gesicht ist verschwunden. In einem kurzen panischen Moment weiß ich nicht mal mehr, wie das Bild aussah. Und ich habe nicht hingesehen, als es verschwunden ist – ich habe sie nicht angesehen, in diesen letzten, kostbaren Sekunden. Und ich kann das Bild nicht mehr zurückholen.

Ich weine schon wieder und halte dabei das Handy in den Fingern, als wäre es lebendig gewesen, nehme es zwischen meine Hände, als wäre es der Verlust von diesem Haufen Plastik und Schaltkreisen und Computerchips, der mir das Herz bricht. Dann legt Jules seinen Arm um meine Schulter, mit der anderen Hand nimmt er mir das Handy weg und zieht mich an sich.

So legen wir uns hin, dicht aneinandergeschmiegt, die Beine in der Wärme seines Schlafsacks miteinander verhakt, zwischen uns das Atemgerät. Im Dunkeln reichen wir die Maske hin und her, wobei wir Hände und Finger und Gesicht des jeweils anderen ertasten. Und als ich einschlafe, weckt er mich nach einer Weile und drückt mir die Maske ins Gesicht, und nach einer oder zwei Stunden tue ich bei ihm das Gleiche. So binden wir uns aneinander, während wir uns für das bereitmachen, was hinter dieser letzten Tür liegt.

Die ganze Nacht lernen wir die Hände und Lippen des anderen kennen, während wir uns diese eine Verbindung mit dem Leben teilen, und jedes Mal, wenn er mir die Maske auf das Gesicht legt, ist sie noch warm von seiner Haut. Die Berührung ist intimer als jeder Kuss, unser Verstand halb wach, halb träumend, während unsere beiden Körper sich einen Atem teilen.

***

Ich werde aus dem Schlaf gerissen, als die Erde unter uns bebt. Nach Luft schnappend reiße ich die Augen auf, und mein Blick trifft den von Jules, dessen Finger immer noch sanft um die Maske auf meinem Gesicht liegen. In meiner Schläfrigkeit und Verwirrung würde ich das alles für einen Traum halten, wenn Jules' Miene nicht so eindeutig alarmiert wäre, als würde ich in einen Spiegel schauen.

Dann durchdringt ein Geräusch die Stille – ein gewaltiges Dröhnen, gefolgt vom Donner herabstürzender Felsbrocken und dem vielfachen Widerhall berstenden Gesteins.

Wir fahren abrupt hoch, noch ineinander verschlungen, doch wir bewegen uns gemeinsam. Von der trockenen Luft des Atemgeräts, vor Erschöpfung und vom Schlaf ist meine Stimme ganz heiser. »Das war eine Explosion«, keuche ich. »Kein natürlicher Steinschlag.«

»Ich weiß«, sagt Jules und macht sich los, um nach seinem

Rucksack zu greifen und seine Sachen hineinzustopfen. »Das war eine Sprengung.«

Auch ich stehe mühsam auf, das Atemgerät in der einen Hand, das stromlose Handy in der anderen und komme in der plötzlichen Kälte außerhalb seines Schlafsacks ins Stolpern.

Wenn sie sich durch den Steinschlag gesprengt haben, kann das nur eins bedeuten: Uns läuft die Zeit davon.

JULES

»Okay«, murmle ich und zwinge mich zur Ruhe. »Okay, die Tür.« *Wieso habe ich sie mir nicht gestern Abend angesehen?* Aber ich kenne die Antwort – weil ich so müde war und so starken Sauerstoffmangel hatte, dass ich nicht mehr klar denken konnte. Aber jetzt bleibt uns nur noch die Zeit, die Liz, Javier und die anderen brauchen, um durch die Fallen zu navigieren, die wir auf dem Weg hierher passiert haben, und angesichts der von uns hinterlassenen Spuren wird das nicht lange dauern.

Mia hebt die Taschenlampe, wobei sie ein Stück zurücktritt, so dass die Tür von oben bis unten erhellt wird. Schweigend wartet sie darauf, dass ich die Schriftzeichen über der Tür übersetze – andere Inschriften sind in der ansonsten leeren Kammer nicht zu erkennen. Ich spüre Mias Gegenwart hinter mir, aber jetzt hilft mir ihr Schweigen. In der Nacht hat sich zwischen uns etwas verändert. Wir haben beide immer noch Fragen – alle beide spüren wir immer noch die Kluft zwischen uns. Aber irgendwie sind wir wieder *wir*.

Die Schriftzeichen scheinen ineinanderzufließen, mit neuen

Kombinationen zwischen den alten, die ich bisher noch nicht gesehen habe. Sie zu übersetzen ist ganz anders als bei allen Sprachen, die ich kenne – man muss sich sämtliche möglichen Bedeutungen einprägen und sie sich dann im Geist nebeneinanderlegen, bis auf einmal klarwird, was sie bedeuten, wie bei einer raffinierten optischen Täuschung.

»Hier ist von Energie die Rede«, murmle ich stirnrunzelnd. »Von ... nicht von der Sonne. Mia, ich weiß es nicht.«

Sie schweigt, und ich bin ihr dankbar – das hier ist nicht der richtige Augenblick für den Hinweis, dass *ich weiß es nicht* unser Todesurteil sein könnte.

»Hier«, sage ich leise und hebe meine freie Hand, um eine Linie nachzuzeichnen, die zur unteren, rechten Seite der riesigen Doppeltür hinabläuft. »Hier ist etwas, auf das ich mich konzentrieren soll, so als ob ich ...«

Wo die geschwungenen Schriftzeichen enden, ist ein kleines Quadrat in die Wand eingeritzt, und ich drücke mit den Fingern dagegen. Mit einem leisen Klicken gleitet der Abschnitt, den ich berühre, heraus. Ein Rechteck, nicht ganz so groß wie meine Hand, und es ist hohl. Das Innere glänzt – wie Kristall, wie die Artefakte der Unsterblichen, die wir studiert haben –, und ich verzage. *Nein, nein, nein.*

»Was ist?«, fragt Mia und kommt nach vorn zu mir, um sich die seltsame Vertiefung anzusehen, dann wirft sie einen Blick nach hinten, so als wäre Liz nur noch wenige Schritte hinter uns statt mehrere Räume.

»Hier gehört irgendwas rein, glaube ich«, sage ich, kaum fähig, die Worte auszusprechen. »Ein Bauteil der Unsterblichen.

Eines, dass wir nicht haben. Irgendwas müssen wir übersehen haben, vielleicht hätten wir irgendwo einen Schlüssel aufheben sollen, den wir nicht gesehen haben, oder er lag in einem der eingestürzten Räume.« Ich verheddere mich in den Worten. »Ich weiß es nicht.«

»Was?« Ihre Stimme klingt scharf. »Nein, das kann nicht sein! Jules, wir haben keine Brücke aus Harmonie überquert und sind an aus der Wand schießenden Speeren und herunterfallenden Felsbrocken vorbeigekommen, nur um ohne den verdammten Schlüssel vor dieser verdammten Tür zu stehen. Wir brauchen keinen Schlüssel. Wir brechen einfach ein, wir knacken das Schloss. Irgendeine Möglichkeit muss es doch geben!«

Das Schloss knacken ... ich starre auf den Schaltkreis in der Aussparung.

Ich reiße mir das Armband herunter, das zwar Technologie von der Erde ist, aber zumindest leitendes Material, und halte es vor die kleine Lücke, aber vergeblich – es reicht nicht von der einen Seite bis zur anderen, ich sollte gar nicht erst so tun, als könnte ich es irgendwie passend machen. Ich brauche etwas in der richtigen Größe – und einen Augenblick später fällt es mir ein. Die Erkenntnis ist ein weiterer Schlag in die Magengrube. »Dein Handy«, sage ich. »Ich glaube, dein Handy würde passen.«

»Aber es hat keinen Saft mehr«, protestiert sie, und mir ist klar, dass das nicht der einzige Grund für ihre Abwehr ist. Natürlich nicht.

»Es leitet trotzdem«, antworte ich. »Tut mir leid – aber es

nützt Evie nichts, wenn du stirbst, weil du dich an ein Bild von ihr klammerst.«

Sie nickt, und obwohl ich an ihren zusammengepressten Lippen sehen kann, wie schwer es ihr fällt, zögert sie nicht. Sie holt das Handy aus der Tasche, schiebt es in die Aussparung, und es passt perfekt.

Wir wechseln einen Blick – überrascht, erleichtert, verwirrt –, als das Handy noch tiefer ins Gestein gezogen wird und irgendwo in den gewaltigen Türen das vertraute Knirschen von Getriebe und Mechanik zu hören ist, das uns verrät, dass der Tempel gleich etwas Neues freisetzen wird. Wir sind auf dem Sprung, bereit, uns zu ducken oder zu springen, zu einer raschen, verzweifelten Bewegung, um zu überleben, aber dann gleiten die beiden Türen einfach auseinander und zu beiden Seiten in den Felsen hinein.

Wir leuchten beide mit den Lampen nach oben in den Raum, doch das Licht erhellt nur wenig von der dunklen Kammer dahinter, und wir haben keine Zeit für die Vorsicht, die wir uns in den letzten Tagen angewöhnt haben. Ich greife nach unten und umfasse ihre Hand. Sie verschränkt ihre Finger mit meinen und drückt sie. Was das hier auch ist, wir tun es gemeinsam.

Wir gehen einen Schritt durch den Bogengang und treten auf die erste Bodenplatte in der Kammer. Ich spüre, wie sie einrastet, und jähe Furcht durchzuckt mich – stehen wir auf einer Druckplatte? Fliegt womöglich gleich etwas durch die Dunkelheit auf uns zu? Aber dann ist nur ein leichtes Rumpeln zu hören, als die Türen sich knirschend zu ihrer ursprünglichen Position bewegen und sich hinter uns wieder schließen.

Mia dreht sich um – nur widerstrebend lasse ich ihre Hand los – und wirft sich mit ihrem ganzen Gewicht gegen eine der Türen, ohne sie bewegen zu können. »Na ja«, murmelt sie. »Zumindest werden wir es hören, wenn sie hier durchkommen.« Sie spricht nicht aus, was wir beide denken – ihr Handy ist jetzt verloren, eingeschlossen in der Mauer auf der anderen Seite. »Schauen wir mal, ob wir so was wie ein Ausgangsschild finden.«

Wir leuchten beide wieder nach oben und sehen eine Kammer mit hoher, gewölbter Decke, und irgendetwas in der Mitte, etwas Massiges, das ich nicht erkennen kann. Der Raum ist riesig, aber ich sehe kein einziges Schriftzeichen, das erklären würde, wieso dieser Ort so wichtig ist. Wie zwei Trommeln hämmern die beiden Ziele in meinem Kopf – ich *muss* herausfinden, wieso die Nautilus mich hierhergeführt hat. Herausfinden, was eine verborgene Warnung in einer Funkbotschaft rechtfertigen könnte, in einem Tempel, in der Architektur dieses Ortes selbst.

Und irgendwie müssen wir einen anderen Weg hier herausfinden als den, auf dem wir reingekommen sind, denn wenn Liz uns einholt, wird sie vermutlich wenig Lust zum Verhandeln haben.

»Komm«, murmelt Mia und geht vorsichtig weiter, tastet sich bei jedem Schritt vorsichtig voran, bevor sie ihr ganzes Gewicht auf den Fuß verlagert, so wie sie es nach all den unliebsamen Überraschungen in diesem Tempel gelernt hat, jetzt ein wenig langsamer, nachdem mehr Gesteinsmassen zwischen uns und Liz liegen. Ich leuchte nach unten und untersuche den Fußboden vor ihr, wobei ich mich dicht hinter ihr halte. Als sie unvermittelt stehen bleibt, pralle ich gegen sie und lege ihr rasch eine Hand um die Taille, damit sie nicht nach vorne auf einen Bereich gerät, bei dem noch nicht feststeht, ob er sicher ist. Ihr Körper spannt sich kurz an, dann lehnt sie sich an mich.

»Was hast du gesehen?«, frage ich und schaue nach oben.

»Da ist irgendwas ... Moment.« Sie schaltet ihre Lampe aus, und auf ihr Zeichen hin tue ich das Gleiche. »Da oben, Jules.«

Und da ist es. Ganz schwach, hoch über uns, ist ein ruhiger, schwacher Lichtpunkt, der die Finsternis im Raum zwar nicht vertreibt, aber eine ganz andere Qualität hat als das Licht unserer Lampen. Mein Herz pocht. »Es könnte so was wie eine verbliebene Energiesignatur von der Tür sein«, zwinge ich mich zu sagen. »Oder eine Falle.« Denn ich wünsche mir so sehnlich – und ich weiß, dass sie ebenfalls so denkt –, dass es Tageslicht ist. Wenn es Tageslicht ist, dann ist es vielleicht ein Weg, der nach draußen führt.

»Nach all dieser Zeit gönnen sie uns Licht, und dann machen sie eine Falle daraus«, murmelt sie, und ihr Zynismus ist beinahe so schwarz wie die Finsternis um uns herum. »Komm schon, was sollen wir damit anstellen?«

»Vielleicht hat sich da oben nur ein Stein gelockert«, schlage ich vor, aber wir schalten beide unsere Lampen wieder an und leuchten auf der Suche nach einem Hinweis durch die Kammer. Es ist Mia, die ihn findet und einen kleinen Triumphschrei ausstößt, während sie sich an mir vorbeidrückt, um eilig den Weg bis zur Tür zurückzugehen. Und jetzt sehe ich es auch.

Von der Finsternis der Decke über uns laufen mehrere Kabel aus einem seltsamen, silbrig-grauen Material nach unten, das im Licht fast nass aussieht. Mia leuchtet hinüber zur anderen Seite der Tür, und da ist ein zweites Bündel – beide laufen oben über der gewaltigen Tür zusammen und verschwinden im darüberliegenden Dunkel. Unter jedem Kabelbündel befindet sich parallel zur Wand ein riesiger Hebel.

Die alte Mia würde den Hebel einfach betätigen, ohne weiter nachzudenken, doch sie hat dazugelernt und sieht sich zu mir um. »Kannst du mir irgendeinen Grund nennen, wieso ich nicht daran ziehen sollte?«

»Mir fallen alle möglichen hässlichen Dinge ein, die passieren könnten«, räume ich ein. »Aber wir können nicht ewig hier stehen bleiben. Die Kabel sind deutlich sichtbar und die Hebel auch, sie dürften also keine versteckte Falle sein. Ich glaube, wir können genauso gut daran ziehen.« Inzwischen bin ich zu ihr hinübergegangen, und im Licht meiner Lampe kann ich ihr leises, ironisches Lächeln sehen. Vielleicht hätte ich etwas sagen sollen, das ein wenig aufmunternder klingt. Was Stichwörter angeht, bin ich ziemlich mies. »Nur für alle Fälle«, füge ich hinzu. »War schön, dich kennengelernt zu haben.«

Sie schnaubte. »Es war ein Höllenritt, Oxford.«

»Hallo, ich bin Engländer«, bemerke ich. »Ich kann auch unter grausamen Bedingungen Spaß haben. Und Gleitmotorrad fahren war echt lustig.« Ich reiße Witze, weil ich noch einmal sehen will, wie sie den Mundwinkel zu diesem halben Lächeln verzieht, aber es stimmt. Teilweise hat mir die Reise tatsächlich Spaß gemacht. Ich habe zwar einiges über meine Mitmenschen gelernt, was ich lieber nicht gewusst hätte, aber auch einiges, worüber ich froh bin. Ich habe Mia getroffen.

Gemeinsam sind wir etwas Größeres als getrennt voneinander, etwas Größeres, als ich je zuvor gewesen bin.

Etwas, das ich nicht aufgeben will.

Ich hätte gern mehr Zeit, um diesen Gedanken zu vertiefen, doch sie packt den Hebel, und nachdem sie mit leichtem Ziehen nicht weiterkommt, hängt sie sich mit ihrem ganzen Gewicht daran, um das Ding in die Horizontale zu bewegen. Über uns ächzt ein uralter Mechanismus, und das Licht oben am Scheitelpunkt der Decke wird ein ganz klein wenig heller, so als würde man einen Lichtstrahl scharfstellen.

Für zwei paar Hände ist der Hebel nicht groß genug, doch ich packe die darüberliegenden Kabel und lehne mich mit meinem ganzen Gewicht nach hinten. Das Material ist anders als alles, was mir je untergekommen ist – stark und unnachgiebig wie Metall, und doch scheint es sich unter meiner Berührung irgendwie zu bewegen, auf eine Weise, bei der sich mir der Magen umdreht. Aber langsam haben wir Erfolg, und das Licht wird heller, der Strahl immer stärker und breiter. Kein Zweifel – es ist Tageslicht, aber viel zu hoch oben, als dass wir es erreichen könnten. Dieses Kabelbündel hängt an etwas wie einem Schiebedach oder einer Dachluke. »Wozu ist das?«, murmle ich. »Wieso wollten sie, dass wir das tun?«

Doch als ich zu ihr hinüberblicke, sieht Amelia sich nicht zu mir um. Sie schaut zu dem zweiten Kabelbündel auf der anderen Seite der Tür. »Ich habe da so ein Gefühl …«, murmelt sie, und als sie eine Pause macht, weiß ich, dass ich warten muss, dass ich sie ihren Gedanken zu Ende bringen lassen muss. In den letzten Tagen war ich es, der die kleinen Hinweise gesammelt hat. Aber jetzt denkt sie nach, und je mehr sie um die Ecke denkt, desto intensiver ist ihr Schweigen.

Meine Zurückhaltung wird schließlich belohnt, als sie weiterspricht. »In Chicago«, sagt sie mit vor Erregung ganz angespannter Stimme, »ist der Handyempfang mies. Irgendwas mit Protonen oder Ionen oder irgendwas in den Wüstenwinden, keine Ahnung. Jedenfalls habe ich manchmal ein bisschen was dazuverdient, indem ich für eine der Banden Schmiere gestanden habe, und weil man sich keine Nachrichten schreiben kann und auf keinen Fall rufen darf, weil man sonst den Alarm auslösen würde, braucht man visuelle Signale. In der Nacht ist es das hier.« Sie schaltet die Taschenlampe an und wieder aus, selbst im schwachen Tageslicht sieht man die Veränderung noch ganz gut. »Aber tagsüber ... tagsüber benutzt man Spiegel.« Sie leuchtet nach oben zu der Stelle, wo die Kabel sich teilen, verzweigen und in allen möglichen Richtungen durch den Raum winden.

Ich habe nicht die leiseste Ahnung, wovon sie spricht. »Aber hier sind doch gar keine ...«

Sie geht zur anderen Seite der Tür, ergreift den dort hängenden Hebel und lehnt sich mit ihrem ganzen Gewicht nach hinten. Einen Moment rührt er sich nicht, dann senkt er sich mit mechanischem Knirschen aus der Senkrechten in die Horizontale. Der Sonnenstrahl wird immer stärker und heller, ich erkenne den Umriss einer spiegelnden Scheibe und dann eine weitere, die so angebracht ist, dass sie das Licht der ersten einfängt, sobald sie sich an die richtige Stelle gedreht hat, bevor das reflektierte Sonnenlicht so hell wird, dass ich den Blick abwenden muss. Dann, binnen einer Sekunde und noch während die Spiegel sich ausrichten, verwandelt sich die Kammer in ein Meer aus Regenbogen.

Überall im Raum bricht sich das Sonnenlicht auf den Oberflächen in einem gewaltigen, blendenden Blitz, und irgendwo von links ertönt ein würdeloses Kreischen, als Mia auf mich zustürmt. Automatisch lege ich die Arme um sie und lasse sie dort liegen, während unsere Umgebung mit einem solchen Gleißen zum Leben erwacht, dass ich vorübergehend geblendet bin. Vor meinen Augen tanzen Funken und Sterne, und während ich die Tränen wegblinzle und versuche, den Blick wieder scharfzustellen, dreht sie sich in meinen Armen und blickt sich fasziniert in der Kammer aus Licht um.

»Heilige …« Sie bricht ab und starrt die Lichtstrahlen an, vor Ehrfurcht steht ihr Mund leicht offen. Über uns kommen die Kabel ächzend zum Stillstand, die Regenbogen schimmern, und Mias Staunen ist ihr deutlich anzusehen. »Es ist so schön«, flüstert sie, das Gesicht nach oben zu der gewölbten Decke und den Wänden voller Prismen gewandt. »Glaubst du, sie wussten es?« Endlich reißt sie sich los, gerade so weit, um mich anzusehen. »Glaubst du, sie wussten, was Schönheit ist?«

Mein Herz hämmert in meiner Brust, und nicht nur, weil ich sie wieder in den Armen halte, weil ich zu ihr hinunterblicke, ihr Mund nur wenig von meinem entfernt. Sondern weil sie in diesem Augenblick *ich* ist, damals in Valencia. Sie öffnet sich für die Forschung. Für die Neugier.

Für einen Augenblick hat sie nicht nur an meiner Freude an Entdeckungen teil. Sie *erlebt sie selbst*. Sie versteht.

Während sie durch die Jahrtausende die Hand nach den Unsterblichen ausstreckt, sich fragt, ob sie wussten, was Schönheit ist, warum sie etwas so Komplexes und Perfektes geschaffen haben, öffnet sie ihren Geist für all die Möglichkeiten, die sie repräsentieren.

Sie kommuniziert mit ihnen, indem sie die Geschichten aufgreift, die sie hinterlassen haben, und ihre eigenen Worte hinzufügt, ihre eigenen Fragen stellt. Genau das tue auch ich, genau das ist Forschung und Archäologie – und in diesem Moment gehört Mia dazu. In diesem Moment stellen wir alle unsere Vermutungen und Fragen über die Unsterblichen zurück, während wir das hier mit ihnen teilen, das sie uns vor so langer Zeit hinterlassen haben. »Es muss wohl so sein«, murmle ich. »Sie müssen gewusst haben, was Schönheit ist. Schau doch, was sie gemacht haben.«

»Wow, Jules. Schau, was sie *noch* gemacht haben«, murmelt sie und blickt nicht mehr zur Decke, sondern zum Zentrum des Raums.

Beschienen von dem gebrochenen Sonnenlicht steht dort ein riesiger Monolith, ein hoch aufragender, zerklüfteter schwarzer Stein. In der vorherigen Finsternis unsichtbar, ist das gewaltige Steingebilde jetzt, da wir nicht mehr von der Schönheit des Lichtspektakels abgelenkt sind, nicht zu übersehen. Es ist völlig anders als die roten und blaugrauen und cremeweißen Farben des gaianischen Gesteins in dieser Gegend, und auch anders als das metallische Gestein, das die Unsterblichen zum

Bauen verwendet haben – es hat keine Ähnlichkeit mit irgendetwas, was ich auf diesem Planeten bisher gesehen habe.

Der Monolith ist mindestens zweimal so hoch wie ich und an den Rändern zerklüftet, abgesehen von einer Seite, die marmorglatt geschliffen und poliert worden ist. Kein Zweifel, der Stein bildet das Herzstück des Raums, aber ich habe keine Ahnung, wozu er dient.

Mia entfernt sich von mir, und beide durchqueren wir vorsichtig den Raum, auch wenn wir uns immer sicherer sind, dass es hier keine Fallen gibt. Das ist das Ende der Jagd, ganz gleich, was wir hier finden wollten. Wir haben die Prüfungen bestanden, und die Fallen liegen hinter uns.

Die geheime, in der Funkbotschaft versteckte Nautilus-Gleichung, die verborgenen Spiralen, die in die steinernen Räume dieses Tempels hineingeritzt und mit ihrer Architektur verwoben waren, sie alle haben mich hierhergeführt. Und jetzt werde ich herausfinden, wieso.

Wir stellen unsere Lampen stärker, und jetzt können wir die Kabel über die gewölbte Decke verfolgen, wir sehen, dass es statt der ein oder zwei Spiegel, von denen Mia dachte, dass sie die Kammer erleuchten, Dutzende und Aberdutzende gibt, die jetzt alle auf einen facettenreichen, an der Decke angebrachten Kristall ausgerichtet sind. Er bricht das Sonnenlicht in lauter Prismen, die die Wände in ein taghelles Farbenmeer tauchen. Der Zweck des riesigen Felsbrockens und seines steinernen Rahmens ist uns schon weniger klar. Ich stehe vor der polierten Seite und blicke an ihm hoch, aber der Monolith ist vollkommen frei von Schriftzeichen oder Anweisungen. »Das hier muss das sein, was wir sehen sollen«, sage ich. »In dem Raum gibt es nur diese eine Sache.«

»Das hier ist der letzte Raum«, sagt Mia. »Aber ...« Sie unterbricht sich, dreht sich langsam um die eigene Achse und betrachtet die regenbogenbedeckten Wände, die sie eben noch verzaubert haben. »Nichts«, sagt sie mit plötzlich leiserer Stimme. »Kein Ausgang. Hier ist nur dieser Felsbrocken.«

»Da muss doch irgendwas sein«, sage ich, aber ich tue es ihr gleich, drehe mich um mich selbst, und mit jeder Sekunde verlässt mich der Mut mehr. *Wieso habe ich nicht nach einer weiteren Tür gesucht? Weil es zuerst dunkel war, und dann die Regenbogen und Mias Staunen darüber und meine Vorfreude, und ich ... Es gibt hier keinen Ausgang.*

Liz ist auf dem Weg hierher, wir sitzen in der Falle. Und nirgends ist eine Spur von der Nautilus zu sehen – oder davon, was sie bedeutet.

»Die Luke«, sage ich, blinzle ins Sonnenlicht und schiebe die Frage nach der Nautilus kurz beiseite. Sie wird uns nichts nützen, wenn wir tot sind.

»Die ist zu weit oben«, erwidert Mia immer noch leise und starrt den riesigen Felsbrocken in der Mitte des Raums an, als wäre er schuld an unserer misslichen Lage. »Wir haben kein Seil, das lang genug ist. Unsere Kletterausrüstung reicht nicht bis da rauf, nicht mal, wenn wir sie irgendwie dort hochwerfen und sichern könnten.« Sie muss nicht mal hochschauen, um das zu wissen. »Wir werden hier *sterben*, Jules.« Das gebrochene Licht kann die Panik in ihrem Gesicht nicht verbergen, die Rötung von Augen und Nase, die Erschöpfung und Verzweiflung in ihrem Blick. *So viel zur Entdeckerfreude. So ist das eben, wenn man dem Untergang geweiht ist.*

Als sie wieder spricht, bricht ihre Stimme. »Wir sitzen an einem Ort in der Falle, wo außer dir niemand hinkommt. Abgesehen von der ausgebildeten Schlägerbande, die gleich durch diese Tür kommt und uns umbringen wird, sobald sie hier Sprengsätze gelegt hat. Und selbst wenn sie irgendwo falsch abbiegen oder hier doch nicht reinkommen, wir haben nur noch Nahrungsmittel für eine Woche, Sauerstoff für eine noch kürzere Zeitspanne, und hier gibt es nicht das kleinste Stück Technik, mit dem wir uns den Heimflug von diesem Planeten erkaufen könnten, ganz zu schweigen von Evies Freiheit!«

Ihr ganzer Körper spannt sich, ihre Hände sind zu Fäusten geballt, und als ich einen Schritt auf sie zugehe, dreht sie sich abrupt um und stakst um den Monolithen herum.

»*Deus*«, murmle ich, fahre mir mit der Hand durchs Haar und vergrabe frustriert die Finger darin. Es *muss* doch einen Ausweg geben. Und wir müssen ihn *jetzt* finden. Wenn Liz Mia zu Gesicht bekommt, wird sie ohne Zögern auf sie schießen. Und auf mich gleich hinterher, entweder, weil ich nicht einfach danebenstehen und zusehen werde, wie sie Mia etwas antut, oder weil sie erkennt, dass man auf mich nicht mehr zählen kann.

Also müssen wir einen Ausgang finden, und zwar schnell. Ich schließe die Augen.

Falls diese ganze Reise ein Test der Unsterblichen war, der prüfen sollte, ob wir würdig sind, dann muss die Antwort hier liegen. *Es sei denn, wir sind nicht würdig*, wirft mein Gehirn panisch ein. *Es sei denn, die Lösung übersteigt unseren Verstand.*

Dann durchdringt, von der anderen Seite des Steins, Mias Stimme meine wirren Gedanken. »Jules, was bedeutet ›Pergite si audetis‹?« Sie spricht die Worte zögernd aus, stockend.

Ich blinzle. »Seit wann kannst du Latein?«

»Kann ich gar nicht«, sagt sie mit dünner Stimme, und als ich um den Sockel herum zu ihr gehe, schaut sie mich mit großen Augen an und zeigt dann auf die Basis. »Es ist hier eingeritzt.«

Ich blicke nach unten, und tatsächlich, da steht es, in die Sockelbasis eingeritzt.

PERGITE SI AUDETIS

Meine Kehle ist trocken, mein Puls rauscht mir in den Ohren. Mia sieht mich an, und als sie mein Gesicht sieht, wächst ihre Beunruhigung. Sie wartet auf meine Erklärung, und ich muss all meine Kraft aufwenden, um zu sprechen. »Es bedeutet – es bedeutet: ›Geht weiter, wenn ihr es wagt.‹«

AMELIA

Latein. In einem Tempel auf der anderen Seite der Galaxis, erbaut von Wesen, die ausgestorben sind, lange bevor es Rom überhaupt gab.

In meinem Kopf dreht sich alles, und ich weiß, dass Jules genauso perplex ist wie ich.

»Diese Inschrift ist für uns bestimmt«, sage ich heiser. »Für Menschen.«

»Ja«, flüstert er.

»Ich meine, verdammt, das ist *Latein*!« Das letzte Wort kommt als Quieken heraus. »Was hat das alles zu bedeuten, Jules?«

»Genau dieselben Worte haben sie bei der Funkbotschaft verwendet«, sagt er benommen, sein Blick ist glasig. »›Geht weiter, wenn ihr es wagt‹. Und jetzt steht es hier, das ist … Die Prüfung war immer für uns bestimmt. Wir sind es, die geprüft werden, ob sie würdig sind.«

»Das gefällt mir nicht«, murmle ich und starre zu dem schwarzen Monolithen hoch, als könnte er sich bewegen. »Ich traue dem Ganzen nicht. Wir haben unser Bestes getan, um alles wegzuerklären – fünfzigtausend Jahre, parallele Evolution, aber ...«

»*Ich* habe es wegerklärt«, korrigiert er mich, immer noch leise. »Du hast mich gefragt, in welcher Hinsicht sie uns außerdem noch ähnlich sein könnten. Ob sie zur Lüge fähig waren. Zur Täuschung. Hier haben wir unsere Antwort.«

»Aber die Antwort ergibt keinen Sinn«, sage ich. »Das würde bedeuten, dass sie von Anfang an auf die Menschheit aus waren, die Erde angepeilt haben. Das ist *unmöglich*.«

»Und trotzdem steht es hier.« Irgendwas scheint mit seinem Kopf nicht zu stimmen – intellektuelle Überlastung oder so. Er schüttelt ihn langsam hin und her und starrt die lateinische Inschrift an.

Ein Geräusch, winzig und in weiter Ferne, bringt mich wieder zu mir. Vielleicht habe ich es mir eingebildet – Jules scheint es eindeutig nicht zu hören, zu tief ist er in Gedanken versunken –, aber es erinnert mich dennoch daran, dass es für uns, ganz gleich, was wir hier entdeckt haben, immer noch um Leben und Tod geht.

Am liebsten würde ich ihn schütteln, ihn anschreien, dass Liz hinter uns her ist und dass sie sich nicht mit dem Türrätsel aufhalten wird – sie wird sich den Weg einfach freisprengen. Aber ich will, dass er nachdenkt.

»Okay«, sage ich und zwinge mich zur Ruhe. »Da steht ›Geht weiter, wenn ihr es wagt‹. Das bedeutet, dass wir irgendwie weiterkommen können, oder? Ich meine, mir gefällt das zwar nicht, und ich habe mehr Fragen, als ich im Moment zählen kann, aber wir wissen, dass Liz uns *ganz sicher* erschießen wird, wenn sie uns einholt, also ist Weitergehen immer noch besser als unsere anderen Optionen.«

Jules' Mund geht ein paarmal auf und zu, bevor er eine Antwort zustande bringt. »Stimmt. Ja. Es müsste eine Möglichkeit geben.«

»Dann ist hier drin vielleicht auch ein Rätsel. Irgendwas, was etwas mit diesem Ding hier zu tun hat.« Ich nähere mich dem gewaltigen, steinernen Gebilde in der Mitte des Raums, wobei ich mich zwinge, es anzusehen, und nicke zu den dort eingeritzten Buchstaben hin. »Es verwandelt sich in eine Leiter oder eine Falltür, oder es öffnet eine unsichtbare zweite Tür da drinnen oder so. Vielleicht kann man irgendwie daran hochklettern.« Doch noch während ich das sage, mustere ich zweifelnd die spiegelglatte Schräge, an der es nicht mal einen Spalt oder eine Ausbuchtung für die Fußspitzen gibt.

»Vielleicht.« Jules ist immer noch so durcheinander, dass er mich kaum hört. »Aber ich ... Da steht nur ›weiter‹, nichts über ein Rätsel, keine Schriftzeichen wie in den anderen Räumen. Wenn das hier das Ende des Labyrinths ist, wo sind dann unsere Antworten? Die Nautilus ...«

»Okay.« Ich atme tief ein und stelle mich neben ihn. Ein Teil von mir würde gern seine Hand nehmen, meine Furcht mit seinen Fingern zudecken, die sich mit meinen verschränken, aber er soll über diese Statue nachdenken, nicht über mich. »Okay, Jules – vergiss mal das Latein. Vergiss die Schriftzeichen, vergiss die Nautilus, vergiss die Unsterblichen, vergiss Gaia. Vergiss alles andere in diesem Tempel. Du bist Archäologe. Wo fangen wir an?«

Jules gibt sich einen kleinen Ruck, wie um die Verwirrung, die Furcht und das Staunen abzuschütteln. »Wir ... Wir sehen uns alles genau an. Wir halten Ausschau nach Verschleißspuren, die uns verraten, ob man es zu irgendetwas benutzt hat, wir suchen nach Teilen von anderen Artefakten, die danebenliegen. Nach irgendwelchen Hinweisen darauf, wieso es für die Zivilisation, die es hervorgebracht hat, wichtig gewesen sein könnte.«

Er beginnt, das Ding Zentimeter für Zentimeter abzusuchen, und ich tue es ihm gleich, aber ich habe keine Ahnung, wonach ich suche. Ganz offensichtlich *tut* das Gebilde irgendetwas, wie mir klarwird, als ich näher herangehe – einzelne Bereiche des Steins sind von dünnen, fast unsichtbaren Fugen durchzogen, durch die die einzelnen Teile sich bewegen könnten, wenn irgendein unsichtbarer Mechanismus sie in Gang setzen würde.

Wieder wird die Stille von einem fernen Geräusch durchbrochen, das durch die dicke Steintür gedämpft wird, und mein Herzschlag beschleunigt sich. Diesmal hört es Jules ebenfalls und sieht mich mit weit aufgerissenen Augen an.

»Achte nicht darauf.« Ich spreche schnell, bemühe mich jedoch, gelassen zu wirken. »Wir haben Zeit. Konzentrier dich.«

Aber innerlich schreie ich. *Krieg das bitte schnell raus, sonst fliegen wir in die Luft, oder man erschießt uns oder fesselt uns und überlässt uns dem sicheren Tod.*

Nach gefühlten Stunden, auch wenn ich weiß, dass es nur wenige Augenblicke waren, stößt Jules einen leisen Schrei aus.

Rasch bin ich an der Stelle, wo er sich am Sockel der Statue hingekniet hat und sich etwas ansieht, das halb im Schatten liegt. Es ist eine weitere von diesen eingeritzten Zeichnungen, nach denen er die ganze Zeit gesucht hat – die geschwungene Nautilus-Form, von der eine Linie abstrahlt. Er atmet tief ein, um seine Hand zur Ruhe zu bringen, und hält das Armband hin, um sie fotografieren zu können.

Dann streicht er mit den Fingern darüber und verharrt über einer Form daneben, die zwar ähnlich, aber eindeutig nicht die gleiche ist. Diese Zeichnung ist nicht in die Oberfläche eingeritzt – sie ist erhaben, als hätte jemand sie auf den Stein geprägt.

»Siehst du das?« Seine Stimme ist ruhig und konzentriert. Er deutet auf das geschwungene Schriftzeichen und den Schatten, den es wirft, ohne es zu berühren. »Ich glaube, es ist ein Alpha.«

»Ein was?« Diesmal hört man mir die Ungeduld an.

»Der erste Buchstabe des alten griechischen Alphabets.«

Die Schleife, auf die er zeigt, sieht wie ein primitiver Fisch aus, aber sie könnte auch ein schlampig geschriebenes kleines A sein. »Wurde bei den alten Griechen nicht Latein gesprochen?«

»Ähm, nein, eigentlich haben sie Griechisch gesprochen. Während des Römischen Reichs, das danach kam, waren verschiedene Ausprägungen des Lateins die vorherrschenden Sprachen, auch wenn es dabei darauf ankommt, von welchem Teil des Römischen Reichs die Rede ist, denn es gehörten Gebiete dazu, die sich bis in das heutige –«

»Jules!«

»Okay. Okay. Ich glaube, diese Statue ist tatsächlich ein weiteres Rätsel. Meiner Meinung nach könnte es schlicht ein Alphabeträtsel sein.«

»Mit diesem Alpha-Ding als Anfang?«

Er nickt und fährt den Buchstaben über der Zeichnung nach.

»Das reicht mir.« Ich strecke die Hand danach aus, und wir halten beide den Atem an. Der Buchstabe ragt aus dem Stein heraus, lässt sich also ganz leicht greifen. Unter meinen Fingern gibt er ein wenig nach, die Steinschicht, auf der er liegt, scheint sich vom Rest zu trennen, und ich drücke ein wenig fester. Die kleine Platte mit dem Alpha vollführt eine Vierteldrehung nach rechts und rastet dann nach innen ein.

Der Sockel um die polierte Oberfläche des Monolithen erzittert, und mit einem Mal fällt von dem Stein eine Wolke aus uraltem Staub und Sand ab, und er erwacht zum Leben. Weitere steinerne Inschriften erscheinen auf der Oberfläche, bis sich um den ganzen Sockel griechische Lettern ziehen.

Bevor wir Gelegenheit haben, sie uns genauer anzusehen, rumpelt die Höhlenwand hinter uns, Staub rieselt herab, und wir springen auf, bereit zu fliehen, falls die Decke herunterkommt – auch wenn ich weiß, dass wir beide denken: *Fliehen, wohin?*

Die Ursache des Geräuschs ist eine weitere Buchstabenfolge, die auf der Steinwand erschienen ist, mindestens dreißig Zentimeter hoch. Ganz plötzlich ist sie in Kopfhöhe dort sichtbar, wo vorher nichts war, genau wie bei den Lettern auf der Statue. Bei den Worten handelt es sich nicht um Griechisch – es ist eine andere Schrift, die ich nicht lesen kann –, aber ich erkenne sie.

»Was ... Ist das *Chinesisch*?«, japse ich.

Jules starrt die Zeichen verblüfft und ehrfurchtsvoll an.

Doch ehe wir spekulieren können, hören wir etwas, das keinerlei Zweifel mehr daran lässt, dass Liz und ihre Männer ganz nah sind: Stimmen.

Sie sind gleich hinter der Tür.

Jules sieht mich an, und in diesem Moment ist kein Wort mehr nötig.

Sofort drehe ich mich um und mustere den Sockel. »Was ist der nächste Buchstabe im griechischen Alphabet?«

»Beta. Es sieht aus wie ein B mit einem längeren Strich ...«

Wir müssen uns beeilen. Jules ruft Beschreibungen, und gemeinsam suchen wir die Buchstaben ab, die erschienen sind, als ich den Alpha-Stein gedreht habe. Meistens findet er sie mit seinem geübten Blick, aber hin und wieder bin ich es, die vorspringt und das nächste Stück des Rätsels dreht.

Jedes Mal, wenn wir einen neuen Buchstaben drehen, erscheinen auf den umliegenden Wänden weitere Wörter, manchmal vier oder fünf Sätze auf einmal. Sie treten auf jeder Wand in der Kammer hervor, bis der ganze Raum voll von ihnen ist, in einer Vielzahl von Sprachen, von deren Existenz ich zum Teil gar nichts wusste. An einer Stelle erscheinen mehrere Zeilen, die eher nach Gekrakel aussehen, doch sie erinnern mich vage an eine Schulstunde, kurz bevor ich abgegangen bin. Keilschrift. Aus einer antiken Zivilisation, noch vor den Griechen und Römern.

Was zum Teufel geht hier vor?

Dass Liz und ihre Leute noch nicht hier eingedrungen sind, bedeutet, dass sie noch nicht die kleine Einbuchtung mit meinem Handy gefunden haben, den Schlüssel, um die Tür zu entriegeln. Aber ich bezweifle, dass sie nur eine einzige Sprengladung dabeihaben. Und wenn sie sich hier reinsprengen, sind wir tot – entweder wird uns die Explosion umbringen oder Liz. Jules wird sie vielleicht noch eine Weile am Leben lassen, aber nur, solange er ihr nützt.

»Ich habe dir doch gesagt«, ruft Jules, die Dringlichkeit lässt ihn lauter sprechen, »es sieht aus wie ein kleines W.«

»Und ich sage dir«, gebe ich zurück, »das Einzige, das hier wie ein W aussieht, war das Psi, das wir gerade gedrückt haben. So als würden ein W und ein Y miteinander rummachen.«

»Such gründlicher, es muss hier irgendwo sein. Omega. Der letzte Buchstabe.«

Ich suche, und meine Augen tränen von der Anstrengung und dem Gleißen des gebrochenen Sonnenlichts, das den Raum durchflutet, als mein Blick sich plötzlich scharf stellt – nicht auf den Sockel des Monolithen, sondern auf die Wand dahinter. Da steht ein Satz ... auf Englisch.

Die Würdigen werden zu den Sternen aufsteigen ...

Ich halte mich nicht weiter mit dem Staunen darüber auf, dass ich eine Inschrift in einem uralten Tempel lesen kann. Ich darf mich nicht davon beunruhigen lassen, dass es kryptisch ist, dass ich es mir nur wörtlich vorstellen kann, dass ein naiver Collegestudent und ein ungebildetes Plünderermädchen ganz sicher in keiner Weise »würdig« sind.

Ich blicke nur auf.

»Jules – wie sieht ein großes Omega aus?«

»Alle anderen Buchstaben waren klein –«

»Ich weiß, aber es ist das letzte, und diese Wörter – da steht *aufsteigen* ... Was ist das da oben?« Ich zeige nach oben – *zu den Sternen aufsteigen* –, wo in der Mitte des Raums eine halbkreisförmige Zeichnung eingeritzt ist.

»*Mehercule*«, murmelt Jules.

»Heb mich hoch«, verlange ich und laufe zu ihm. Er kniet sich hin und legt gehorsam die Hände zusammen, und dann hebt er mich, vor Anstrengung ächzend, hinauf. Ich kann den oberen Teil der Wand gerade noch erreichen, aber das genügt – meine Finger ertasten den Rand des Omegas, und der Buchstabe dreht sich und sinkt in den Rahmen hinein.

Der Boden unter uns erbebt, und während Jules einen Schrei ausstößt und ich herunterpurzele, denke ich, *o Gott, sie haben ein Loch in die Wand gesprengt ... Es ist aus ...*

Aber als ich auf Jules lande, ihm halb ein Stöhnen, halb ein Keuchen entlocke, und mich wieder hochrapple, sehe ich, dass die Tür noch intakt ist.

Das Rumpeln kommt von dem steinernen Gebilde. Ich war so auf Jules konzentriert, so darauf bedacht, ihn zum Arbeiten, Übersetzen, Denken anzuhalten, dass ich keine Zeit hatte, über meine eigene Furcht nachzudenken. Die Hoffnung, die jäh in mir aufsteigt, ist so heftig, dass ich auf die Knie fallen würde, wenn ich nicht schon als Knäuel mit Jules zusammen am Boden läge.

Das Gebilde ist *wirklich* ein Rätsel, und es tut tatsächlich etwas. Es öffnet eine Tür, lässt eine Treppe erscheinen ... Mir ist egal, was es ist, solange es uns nur irgendwie aus dieser Todesfalle von einer Sackgasse herausbringt.

Wir kommen gerade rechtzeitig auf die Beine, um zu sehen, wie ein Beben durch das feste Gestein des Monolithen geht. Ich zucke zurück, Jules kommt mit mir ins Stolpern – seine Finger sind mit meinen verschränkt, aber ich habe keine Ahnung, wer von uns nach wessen Hand gegriffen hat.

Ein weiteres Beben geht durch die spiegelglatte Mitte der Statue, und plötzlich sieht sie gar nicht mehr wie ein Stein aus. Die Oberfläche wirkt ölig, halb spiegelnd und flüssig.

Ich nehme alles zurück. Ich will verdammt nochmal eine Treppe.

»Was zum Teufel ist das?« Ich dränge mich ganz dicht an Jules, seine Wärme ist tröstlich in der Kälte, die jetzt von einer seltsamen Energie zu vibrieren scheint, so als stünden wir unter einer Stromleitung oder während eines Gewitters auf offenem Feld.

»Ich weiß nicht –« Aber er bricht abrupt ab, seine Augen weiten sich. »Warte ... Ich habe das doch schon mal gesehen. Erkennst du es nicht? Es sieht aus wie die Oberfläche des Portals, durch das unsere Shuttles nach Gaia gekommen sind.«

»Ich habe die Reise in einer Frachtkiste verbracht, weißt du noch?«, gebe ich zurück. Nach all meinen Träumen, das Weltall zu erobern, habe ich nur das Innere einer Kiste bekommen – und den blanken, durchdringenden, alles zerreißenden Schmerz beim Durchtritt durch das Portal.

Bei der Erinnerung würde ich am liebsten vor dem ölig aussehenden Ding vor mir zurückschrecken. Ich schaffe das nicht noch mal. Ich kann nicht. Nicht, wenn es dabei nicht nach Hause geht – zurück zu Evie.

»Wir können nicht einfach blind da reinspringen«, sagt Jules und betrachtet das Portal staunend. »Wir wissen nicht, warum sie diesen Ort erbaut haben, wir wissen nicht, warum sie uns geprüft haben, jedenfalls nicht mehr. Wir wissen immer noch nicht, vor welcher Gefahr die Nautilus uns warnt. Das hier ist der Raum, den wir suchen, Mia, das hier *ist es*. Das, wofür ich hierhergekommen bin. Sie haben uns hierhergeführt, und wir müssen die Antwort finden. Dieses Portal könnte genau die Bedrohung sein, die wir meiden müssen – die Spirale ist genau hier am Sockel dieses Dings eingeritzt. Wir brauchen mehr Zeit.«

»Wir *haben* aber keine Zeit«, erinnere ich ihn, und es ist mir zuwider, dass ich es bin, die das sagen muss. »Wir haben keine Wahl mehr.«

»Mia, wir *können* nicht durch dieses Ding gehen, ohne zu wissen, wohin es führt. Vielleicht schickt es uns zu einem anderen Planeten, einem, wo wir mehr als Atemgeräte zum Überleben brauchen. Vielleicht schickt es uns direkt in ein schwarzes Loch. Vielleicht schickt es uns mitten ins Weltall, in den Tod.«

Wenigstens würde ich dann noch das Weltall sehen, bevor mir im Vakuum die Augäpfel platzen.

»Sieh dir diese Wände an.« Ich ziehe an seiner Hand, damit er sich umdreht, wodurch das Licht von seinem Helm über die vielfältigen Sprachen und Schriftzeichen gleitet, die zum

Vorschein gekommen sind, während wir das Portal entriegelt haben. »Das sind menschliche Sprachen. Ich habe zwar keine Ahnung, was das bedeutet, aber ich weiß auch nicht, wieso die Unsterblichen uns hierher zum Portal führen, und wieso uns eine Botschaft sagt, dass wir weitergehen sollen, in einer Sprache, die wir verstehen – in buchstäblich *Dutzenden* von Sprachen, die Menschen verstehen können –, wenn dieses Portal uns umbringen würde.«

»Du gehst davon aus, dass ihre Motive –«

»Wir haben keine *Wahl*!«, unterbreche ich ihn. »Ich weiß nicht, was das hier soll, aber ich weiß, dass wir *sterben*, wenn Liz und ihre Leute durch diese Tür kommen. Da versuche ich es lieber mit dem Portal.«

Doch er schüttelt den Kopf, schiebt das Kinn vor und sieht sich um. »Die Antworten sind genau hier, Mia.« Wieder macht er Fotos – *Fotos, um Himmels ...* – von den Wänden und ihren vielsprachigen Inschriften, und in seinen Augen brennt dieses Feuer, das immer darin leuchtet, wenn er sich in den Geheimnissen der Unsterblichen vergräbt.

»Diese Wände ... Das ist das, wofür ich nach Gaia gekommen bin, wofür ich mein Leben aufs Spiel gesetzt habe. Die Übersetzung dieser Inschriften könnte belegen, dass mein Vater recht damit hatte, der Technologie der Unsterblichen nicht blind zu vertrauen. Diese Tempel sind erbaut worden, lange bevor diese Sprachen existiert haben. Du kannst mir doch nicht sagen, dass ich das einfach zurücklassen soll.«

Ich schließe die Augen und versuche, tief durchzuatmen. Wenn dieser Raum voller wertvoller Artefakte wäre, würde ich so viel davon zusammenraffen, wie in meinen Rucksack passt, für Evie. Diese Inschriften sind für ihn das Gleiche – ich darf ihn nicht von dem abhalten, wozu er hier ist, nur weil ich gescheitert bin. Und abgesehen davon hat er recht – es gibt Fragen, auf die wir die Antworten finden *müssen*.

Ich blicke zur Tür, die immer noch zwischen uns und Liz steht, und atme langsam aus. »Vielleicht gibt es ja noch ein Versteck, das wir übersehen haben«, sage ich leise. »Ich sehe mich mal um, jetzt, nachdem wir den Stein …«

Aber ich komme nicht dazu, den Satz zu beenden. Ein ohrenbetäubender Knall unterbricht mich, dann ein Dröhnen, und wieder bebt die Erde – diesmal so stark, dass es mich umwirft, auch wenn Jules auf den Beinen bleibt. Als ich hochschaue, ist ein Teil der Tür verschwunden, ausreichend groß, um in der Dunkelheit dahinter Lichter zu erkennen. Ein Netz aus Rissen zieht sich durch die restliche Tür, und bevor ich wieder zu Atem komme, höre ich das Geräusch von Spitzhacken. Durch die Explosion hat sich die Hälfte der Spiegel verschoben, und die verbleibenden Lichtstrahlen gehen nicht mehr zu dem Prismenkristall – die Regenbogen sind verschwunden.

Jules' Stirnlampe schwenkt zur Tür, von der Explosion ist die Luft jetzt so staubig, dass der Strahl von seinem Helm beinahe stofflich wirkt, als er hin und her zuckt.

Ich höre Liz auf der anderen Seite der Tür Befehle rufen, auch wenn ich nach der Explosion immer noch so schlecht höre, dass ich nicht verstehen kann, was sie sagt. Unsicher komme ich auf die Beine, immer noch benommen von der Druckwelle.

»Wir müssen hier weg!«, rufe ich Jules zu und stolpere auf ihn zu, bis ich mich an ihm festhalten kann. »Jetzt!«

Er starrt mich an, vorübergehend hat er vergessen, dass seine Lampe mich blendet – aber ich brauche ihn nicht zu sehen, um zu wissen, dass er hin- und hergerissen ist zwischen dem Drang zu fliehen und dem, hierzubleiben, um diesen Raum und seine Geheimnisse zu erkunden.

»Ich kann nicht«, gibt er zurück, kaum hörbar für meine explosionsgeschädigten Ohren. »Mia – wir können nicht einfach in so ein Ding reinspringen, ohne zu wissen, wo es hinführt. Schon gar nicht, nachdem wir das alles hier gesehen haben.« Er deutet auf die Wände um uns herum. »Sprich noch mal mit Liz – vielleicht können wir sie überreden zu warten, uns am Leben zu lassen, bis wir –«

»Bis wir was? Noch eine Möglichkeit finden, auf wundersame Weise vier ausgebildeten, bewaffneten Söldnern zu entkommen, die uns ohne jeden Skrupel erschießen würden? Jules, zwing mich nicht, allein durch das Portal zu gehen.«

Aber er zögert immer noch. Ein Schuss fällt, der durch das immer größer werdende Loch in der Tür abgefeuert und von dem Felsen hinter uns zurückgeworfen wird. Ich keuche auf und schalte rasch die Lampe an seinem Helm aus, damit man uns wenigstens nicht so leicht sehen kann.

Ich verstärke meinen Griff um Jules' Arme und versuche, ihn zu dem Portal zu zerren – aber auch wenn er nicht zwanzig Zentimeter größer wäre als ich, er ist stark, und ich bringe ihn kaum von der Stelle. »Es gibt Zeiten, in denen man beobachtet und plant und abwartet und sämtliche Details prüft, so wie du es tust, und es gibt Zeiten für Antworten, aber manchmal muss man seinem Bauchgefühl folgen, seinem ...«

Ein Steinhagel und ein Ruf unterbrechen mich, als einer von Liz' Männern einen weiteren Teil der Tür einreißt. In wenigen Sekunden wird das Loch so groß sein, dass sie sich hindurchquetschen können.

Jetzt, da sein Helm aus ist und mich nicht mehr blendet, kann ich in dem halben Licht von den noch übrigen Spiegeln über uns einen Teil von Jules' Gesicht erkennen. Sein Zwiespalt ist so deutlich darin sichtbar, dass mir um seinetwillen das Herz weh tut. Und in diesem Moment weiß ich, was ich tun muss.

»Manchmal muss man seinem Instinkt folgen«, flüstere ich. Dann beuge ich mich zu ihm vor, gehe auf die Zehenspitzen, lasse eine Hand an seinem Arm emporwandern, um sie um seinen Nacken zu legen, ziehe seinen Kopf zu mir herab und küsse ihn.

Für einen kurzen Augenblick gibt es kein Portal. Es gibt keine Liz, keine bewaffnete Crew, die uns umbringen will, keine Lieben, die auf der Erde auf uns warten. Eine Sekunde lang rührt er sich nicht. Dann schlingt er seinen Arm um meine Taille und zieht mich so heftig an sich, dass es mir den Atem raubt.

Seine andere Hand liegt an meiner Wange, so sanft, wie seine Umarmung stürmisch ist, und unter seinen Fingern brennt meine Haut. Ich wollte ihn überrumpeln, ihn ablenken, seine starre Unschlüssigkeit durchbrechen – und jetzt bin ich es, die dahinschmilzt, als mein Körper sich an seinen schmiegt, als meine Lippen sich wie seine teilen, als Hitze in mir aufsteigt, so intensiv, dass ich mich losreißen muss, weil ich sonst Feuer fange ...

Benommen stolpere ich rückwärts. Ich blicke zu ihm hoch, und seine Augen brennen, und meine Stimme ist irgendwo ganz weit weg, so dass ich im Tumult meiner Gedanken danach suchen muss. »Instinkt«, flüstere ich.

Dann, ehe ich es mir selbst ausreden kann, ehe mir wieder die Qualen der Reise durch das Portal nach Gaia einfallen, ehe Jules mich packen und festhalten kann, drehe ich mich um und renne los.

Bitte, Jules. Als ich auf die trübe, dunkle Oberfläche des Portals zurase, habe ich nur diesen einen Gedanken. *Bitte lass mich nicht allein da durchgehen.*

JULES

Panik durchflutet mich, als Mia in die ölige, schwarze Oberfläche des Portals springt und nur eine Wellenbewegung zurückbleibt, während ich dastehe und ihr mit offenem Mund hinterherstarre.

Mein Körper steht noch unter Strom, mein Herz hämmert, und ich kann immer noch ihre Lippen auf meinen fühlen. Wir waren nur ein paar Sekunden zusammen, und schon jetzt ist dort, wo sie war, schmerzliche Leere.

In diesem Raum befindet sich alles, wonach ich gesucht habe.
Alles, was mein Vater gefürchtet hat.
Alles, was unsere Welt sehen muss.

Die Nautilus. Eine Warnung. Sprachen, die sich erst Zehntausende von Jahren, nachdem dieser Ort schon verlassen war, entwickelt haben. Wenn ich weglaufe, werfe ich alles weg, was es mich gekostet hat, hierherzukommen.

Aber Mia ist durch das Portal gegangen.

Es gibt nur eine Entscheidung, also treffe ich sie. Ich stolpere ein paar Schritte nach hinten, dann renne ich los. Ich gelange zu dem schwarzen Glanz, in dem Mia verschwunden ist, und bete, dass ich auf der anderen Seite Sauerstoff vorfinden werde. Hinter der zerstörten Tür höre ich einen Ruf, aber Liz kommt zu spät – die Finsternis verschluckt mich, und ich bin allein, und da ist nur noch Stille.

Heftiger Schmerz schießt mir durch Arme und Beine, pocht gegen meine Schläfen, reißt an meinen Gedärmen. Mir ist kotzübel, und ich verliere jedes Gefühl für oben und unten. Wellen aus Grün und Gold gleiten durch mein Gesichtsfeld, noch während ich die Augen fest zusammenkneife, noch während ich ins Leere greife, nach irgendetwas, an dem ich mich festhalten kann – aber da ist nichts.

Gerade als ich losschreien will, stoße ich gegen etwas Festes. Durch den Aufprall bleibt mir die Luft weg, und ich überschlage mich, während ich überall, wo meine Haut unbedeckt ist, beißende Kälte spüre. Ich komme auf dem Bauch zum Liegen, und als ich mühsam die Augen öffne, bin ich mir nicht ganz sicher, ob ich noch Gefühl in Armen und Beinen verspüre. Ich sehe nichts als verschwommenes Weiß. Der Sand unter mir ist weiß.

Nein, wendet mein Gehirn ein, während die Kälte an meiner Stirn sich anfühlt wie spitze Nadeln. *Der Schnee ist weiß. Du liegst mit dem Gesicht nach unten im Schnee.*

Etwas Zusammenhängenderes bekomme ich nicht zustande – ich weiß nicht mehr, wo ich bin oder wo ich sein sollte, aber mir tut alles weh, und aus irgendeinem Grund bin ich mir ganz sicher, dass ich mich bewegen muss.

Gleich hinter mir steht in der eisigen Landschaft ein riesiger, schwarzer Monolith, spiegelglatt poliertes Gestein, und ich blinzle ihn wartend an. Dann kommt die Erinnerung, das Wissen, mit einem plötzlichen Schwall von Adrenalin: Es ist das Portal.

Mia.

Ich drehe den Kopf, um in dem schwachen Licht nach ihr zu suchen, wälze mich auf die andere Seite, und da liegt sie, ein paar Armlängen entfernt, ein kleines Häufchen auf dem Boden, vollkommen reglos. Ich stemme mich auf alle viere hoch und krabble zu ihr hinüber, der Schnee brennt auf meinen Händen und durchnässt an den Knien meine Hose, während mein Rucksack mich seitlich umzuwerfen droht wie der allzu schwere Panzer einer übergroßen Schildkröte. »Mia«, keuche ich und packe mit der einen Hand ihre Schulter. »Geht es dir gut?«

Sie stöhnt; es ist ein tiefes, langgezogenes Geräusch, ihre Kehle ist heiser, so als hätte sie geschrien. Auf dem Schiff hierher war die Hälfte der Crew beim Weg durch das Portal arbeitsunfähig, und offenbar gehört auch Amelia zur Gruppe der Leidenden. Ich fand das Gefühl damals zwar unangenehm, aber ich habe mich hinterher rasch erholt, so wie jetzt. Und nun muss ich für uns beide denken.

Ich drehe mich um, blicke noch einmal zum Portal zurück und komme auf die Knie hoch, weil ich merke, dass meine Hände von dem Schnee langsam taub werden. Der Monolith hinter uns wirkt undurchdringlich, eine schwarze Masse in der Dunkelheit. *Ein Zurück gibt es nicht mehr.* Aber nur weil er auf dieser Seite wie ein Stein aussieht, gibt es noch lange keine Garantie, dass er auf der anderen nicht immer noch ein Portal ist. Ich kann mir zwar kaum einen Menschen vorstellen, der sich eher für »Unbekanntes außerirdisches Portal« entscheiden würde als für »Umkehren und heimfliegen«, aber die Welt dieser Söldner ist mir eindeutig fremd.

Es ist eine Welt, die uns gerade durch ein Portal geschickt hat, weil unsere Angst vor den Menschen hinter uns größer war als die Furcht vor dem Unbekannten, das vor uns lag. Oder vielleicht ist das ja gar nicht ihre Welt. Sondern unsere.

Jedenfalls habe ich das eine zurückgelassen, was ich hier sehen wollte, aber ich muss mich daran festhalten, dass man, wo Leben ist, auch Hoffnung findet. Das Wichtigste ist jetzt erst mal ein Versteck, für den Fall, dass Liz und ihre Spießgesellen hier auftauchen, und anschließend muss ich herausfinden, wo zum Teufel wir hier sind und was wir als Nächstes tun sollen.

Ich schaue mich in der Gegend um. Wir befinden uns in einer Art gefrorenen Rinne, in der hoher Schnee liegt, während sich rechts und links von uns Eiswände erheben. Selbst in dem schwachen Licht kann ich deutlich erkennen, wo ich den Schnee aufgewirbelt habe. Egal, wo wir hingehen, wir werden Spuren hinterlassen, eine Fährte, die direkt zu unserem Versteck führt.

Mühsam rapple ich mich hoch, ohne mich damit aufzuhalten, das Eis von meinen Kleidern zu klopfen, und drehe mich hin und her, um in beide Richtungen durch die Rinne zu blicken. Hinter dem schwarzen Stein des Portals steigt das Gelände ein wenig an und wird zu gefrorener, brauner Erde – oder ist es Gestein? –, während die Schneedecke dünner wird.

Dorthin also. Hoffentlich gibt es irgendwo dort oben ein Versteck.

»Mia«, sage ich, lege ihr eine Hand auf den Rücken und beuge mich zu ihrem Ohr herab. »Wir müssen hier weg. Liz könnte uns durch das Portal nachkommen.«

»Ich k-k-kann nicht«, flüstert sie mühsam und rollt sich noch mehr zusammen, wobei aus dem leichten Zittern ein ausgewachsenes Zähneklappern wird. Sie protestiert nicht, als ich sie behutsam von ihrem Rucksack befreie.

»Ich helfe dir beim Aufstehen«, murmle ich, ziehe ihre Hände hervor – selbst auf meiner von der Kälte tauben Haut fühlen sie sich eiskalt an – und nehme sie in meine. »Nicht weit, dann verstecken wir uns und wärmen uns auf. Komm, du schaffst das.«

Es macht ihrer Entschlossenheit – und überhaupt allem, was ich mittlerweile an ihr bewundere – alle Ehre, dass sie sich bemüht, auf die Beine zu kommen. Es ist deutlich zu sehen, wie schwer ihr jede Bewegung fällt. Ich schiebe meine Arme unter ihre Achseln und hebe sie ein wenig an, halte sie fest, bis sie die Beine ausstrecken kann und an mich gelehnt im Schnee steht. Dann schlinge ich die Arme um sie und drücke sie an mich, halte sie einfach einen Augenblick fest, damit sie sich sammeln kann.

»D-danke«, bringt sie nach einer halben Minute heraus. Ihre Stimme klingt heiser und flüsternd. »Dass du mir hinterhergekommen bist.«

Sie hat das schon auf dem Weg von der Erde nach Gaia durchgemacht und ist dennoch durch das Portal gesprungen, im Bewusstsein, was das mit ihr anstellen würde. Ohne die Gewissheit, dass ich nachkommen würde, um ihr hier auf der anderen Seite beizustehen. Auch wenn sie ziemlich effektiv dafür gesorgt hat, dass ich ihr folge.

»Na ja«, sage ich und halte sie mit der einen Hand fest, während ich mit der anderen in ihrer Hosentasche suche und ihren letzten Müsliriegel herausziehe. Ein Lächeln stiehlt sich in meine Stimme, trotz des Adrenalins, das immer noch meinen Körper durchflutet, einfach, weil sie bei mir ist. Und ich lasse das Lächeln zu, nur ein ganz kleines bisschen. »Ich musste dir doch hinterherkommen. Ich war mir nicht ganz sicher, ob das Küssen vorbei war, und ich wollte nicht riskieren, etwas davon zu verpassen.«

Ihr Atem bildet ein weißes Wölkchen, als sie langsam ausatmet, doch sie antwortet nicht. Keiner von uns beiden spricht. Und als der weiße Nebel ihres Atems sich auflöst, passiert dasselbe auch mit der Wärme in meinem Inneren.

Ich kann nicht glauben, dass der Kuss nur eine List war – ich weiß, dass dieser schwindelerregende Rausch für sie genauso stark war wie für mich, ich *weiß* es. Aber das muss nicht heißen, dass sie ihn wiederholen will. Sie ist so zielstrebig, nicht nur, wenn es ums Überleben geht, sondern auch bei der Rettung ihrer Schwester, dass womöglich die schiere Intimität des Augenblicks sie verschreckt hat. Sie kann es sich nicht leisten, sich von mir ablenken zu lassen. Vielleicht darf *ich* mich ja nicht von ihr ablenken lassen.

Mit den Zähnen reiße ich die Verpackung des Müsliriegels auf, den ich immer noch in der Hand halte, wickle ihn mit einer Hand aus und halte ihn ihr an die Lippen. Sie beißt ein Stück ab, doch das Kauen fällt ihr sichtlich schwer. Auch ich nehme ein paar Bissen, dann stopfe ich den Rest in meine Tasche. Am liebsten würde ich ihn hinunterschlingen, aber einem kleinen Winkel meines Gehirns gelingt es, mich daran zu hindern. Nachdem wir keine Ahnung haben, wo wir sind oder wie wir zu Mias Treffpunkt mit Mink zurückkommen, müssen wir unsere Verpflegung jetzt erst recht einteilen. Ich weiß nur, dass wir hier nicht ewig bleiben können. Wir müssen vorankommen – weiter kann ich nicht denken, die Ausweglosigkeit unserer Situation ist zu überwältigend, um darüber nachzusinnen.

»Bist du so weit, es zu versuchen?«, frage ich.

Sie nickt, doch als ich mich bücke, um ihren Rucksack hochzuheben und mir meinen über die linke Schulter und ihren über die rechte zu legen, schwankt sie. Wir brauchen ein Versteck in der Nähe – unsere ersten, unsicheren Schritte bestätigen das.

»Jules«, flüstert sie heiser, aber hörbar. »Warum ist es so dunkel?«

Für einen Augenblick erscheint mir die Frage völlig unlogisch, aber dann wird mir klar, dass sie recht hat. Im Tempel hatten wir jedes Zeitgefühl verloren, aber kurz bevor wir durch das Portal gesprungen sind, war der Raum hell von Tausenden Regenbogen, von dem Sonnenlicht, das im Kristall oben an der Decke gebrochen wurde. Doch dem Licht nach zu schließen, ist es jetzt entweder kurz vor Morgengrauen oder kurz nach Sonnenuntergang. »Ich weiß es nicht«, gebe ich zu. »Wir müssten immer noch auf Gaia sein – die Luft fühlt sich genauso an, und wir ersticken nicht, aber dieser Schnee ... ich habe keine Ahnung.«

Wir halten ein langsames, aber gleichmäßiges Tempo, und als wir den gefrorenen Erdboden auf der anderen Seite des Portalsteins erreichen, blicke ich zurück und schalte meine Stirnlampe ein. Nachdem wir nun über Eis gehen anstatt auf Schnee, scheinen wir jetzt keine Fußspuren mehr zu hinterlassen, oder zumindest wird man die Spuren erst bei Tageslicht sehen.

Etwa zehn Minuten lang gehen wir über das Eis, wobei sich rechts und links von uns Gletscherwände erheben, die uns um ein Vielfaches überragen. Wenn wir nicht schon so erledigt wären, könnten wir an ihnen aus dem Gletscher herausklettern, auch wenn ich nicht weiß, was wir oben vorfinden würden. Aber ich glaube nicht, dass ich im Moment so hoch klettern könnte, und Mia kann es ganz gewiss nicht.

Angestrengt lausche ich auf Geräusche, die auf Verfolger schließen lassen könnten, und suche mit meiner Lampe systematisch die Klippen nach jeglichen Anzeichen eines Spalts, einer Höhle oder eines anderen möglichen Verstecks ab. Mias Schritte werden langsam angestrengter, und ich übernehme immer mehr von ihrem Körpergewicht, als ich sie endlich sehe: eine Öffnung in der Eiswand, gleich über meinem Kopf, was bedeutet, dass sie etwa zwei Meter über dem Boden liegt. Sie ist zwar kaum mehr als schulterbreit, aber wenn wir uns mit den Füßen voran hineinquetschen – und wenn sie ausreichend tief und stabil ist –, wird sie ein brauchbares Versteck abgeben, bis wir wieder ein bisschen zu Kräften gekommen sind.

Sanft lasse ich Mia herunter, bis sie, ans Eis gelehnt, neben den Rucksäcken auf dem gefrorenen Boden sitzt, und blicke an der Gletscherwand hoch. Es ist nicht hoch, aber bei einem Sturz könnte man sich trotzdem empfindlich weh tun. Vorausgesetzt, die Wand bricht nicht einfach zusammen, wenn man dort hochklettert.

Mia hebt den Kopf und sieht zu mir auf, in der Dunkelheit sieht ihr Gesicht ganz weiß aus. Sie drückt die Fingerspitzen gegen das Eis, und mir wird klar, dass sie bisher immer in Wüsten gelebt hat, wie in der, die Chicago dezimiert hat. Vermutlich hat sie bis jetzt noch nie richtiges Eis gesehen, oder Schnee, und ganz sicher nicht in solchen Massen. Ich war bis jetzt nur einmal in einer Gegend wie dieser, auf einer geologischen Expedition in der Antarktis mit meinem Vater. Für Mia, die bei der Vorstellung von mir in einem Swimmingpool fast der Schlag getroffen hat, muss so viel frisches Wasser, auch wenn es gefroren ist, nahezu unbegreiflich sein.

Ich strecke die Hand nach oben aus und teste das Eis. Es ist nicht so rutschig, wie ich befürchtet hatte, wenn auch klirrend kalt. Ich ziehe die Ärmel nach unten, um meine Hände teilweise zu bedecken, setze den Fuß auf den Vorsprung, der nur zwei Finger breit ist, greife über mich, und jeder Muskel in meinem Körper protestiert, während ich mich langsam hochziehe. Die Wand hält.

Ich muss nicht sehr weit über den Erdboden klettern, um einen Blick in den Spalt werfen zu können – eine Höhle kann man ihn kaum nennen –, aber inzwischen bin ich mir sicher, dass die Felswand stabil ist, und Erleichterung steigt wie Wärme in mir auf, als ich einen Blick in unsere mutmaßliche

Zuflucht werfe. Der Spalt ist so tief, dass wir beide hineinpassen, und nachdem ich Mia heute sicher nirgendwo mehr hinbringe, wird er genügen müssen.

Ich klettere wieder hinunter und schleudere die Rucksäcke nach oben in den Schutzraum, dann helfe ich ihr hoch. »Klettern mal wieder«, scherze ich, was ihr ein schwaches Lächeln entlockt. »Du magst ja Klettern.«

»Du hasst es«, murmelt sie.

»Stimmt«, gebe ich zu. »Hier ruht Jules Addison. Er starb im Dienste der Archäologie, als er versuchte, eine Eiswand zu erklimmen, und auf den Kopf fiel.«

»Ich kümmere mich darum, dass das auf dem Grabstein steht«, antwortet sie, wobei ihre Stimme schon etwas kräftiger klingt. Ich bücke mich und verschränke die Finger, um sie nach oben zu hieven. Ihre Kraft reicht aus, um den Fuß zu heben und ihn auf meine Hände zu stellen. Dann hält sie sich an den beiden Vorsprüngen über ihr fest, an die sie gerade noch herankommt.

»Auf Lateinisch, bitte«, sage ich und spanne meine Muskeln an, dann hebe ich sie hoch, bis sie den Rand unserer kleinen Nische zu fassen bekommt, sich mit den Füßen abstößt und kopfüber hineingleitet. Innen dreht sie sich, und streckt gleich darauf den Kopf hinaus.

»Wenn du es auf Latein haben willst, wirst du es mir aufschreiben müssen«, sagt sie, während ich unter mir einen Fußabdruck verwische. Dann klettere ich ihr hinterher. »Und wenn ich mir den Tag bisher so ansehe, würden Unsterbliche das wohl eher verstehen als Menschen.«

Es ist so eng, dass ich mich gerade noch zu ihr hineinquetschen kann – mit dem Kopf voran geht es ganz gut, aber das Umdrehen ist etwas mühsam. Ich kann gerade noch in den Vierfüßlerstand gehen, ohne mir in unserem Unterschlupf den Kopf zu stoßen.

Schließlich sitzen wir eingekeilt nebeneinander, ich auf der einen Seite von Mia, die Rucksäcke auf der anderen, alle beide in meine Decke gewickelt. Schweigend verspeisen wir den Müsliriegel, und sie protestiert nicht, als ich ihr das Atemgerät gebe.

Sein Anblick erinnert mich – und zweifellos auch sie – an unsere begrenzten Ressourcen, und während meine Glieder langsam etwas auftauen, wende ich mich der nächsten Frage auf der Liste zu.

Mia am Leben – okay.

Versteck finden – okay.

Herausfinden, wo zum Teufel wir hier sind und was hier verdammt noch mal los ist ... keine Ahnung.

Als würde sie meine Gedanken lesen, schaltet Amelia das Atemgerät nach ein paar Minuten aus und nimmt es ab, um sprechen zu können. »Also«, sagt sie ruhig, während ihr Atem in der eisigen Luft kondensiert. »Unser Sauerstoff ist begrenzt, unsere Lebensmittel sind begrenzt, und wir haben keinerlei Beute, um uns einen Rückflug zu kaufen. Wir sind immer noch auf Gaia, aber dieser Schnee hier bedeutet, dass wir sehr weit entfernt von unserem ursprünglichen Standpunkt sein müssen, so dass wir sowieso keine Chance haben, mit Mink auf der Station Kontakt aufzunehmen.« Ihre Stimme klingt leise, fast monoton, sie blickt zu der Eiswand, die gegenüber von unserer kleinen Höhle liegt.

»So ungefähr«, stimme ich zu und setze mich zurecht, um sie ansehen zu können. »Aber wir sind noch nicht tot.«

Sie rutscht herum und setzt sich mir gegenüber. »Wenn du jetzt so was wie ›wo Leben ist, da ist auch Hoffnung‹ sagst, haue ich dich«, warnt sie mich.

»Ist gut«, gebe ich nach, und mein Mundwinkel zuckt ein bisschen, als mir einfällt, was ich vorhin bei dem Versuch, sie zum Gehen zu bewegen, gedacht habe. Gut, dass ich meine Gedanken für mich behalten habe, sonst wäre sie womöglich aus schierem Trotz im Schnee liegen geblieben.

Was ich wirklich gern tun möchte: mich zu ihr hinüberbeugen, ihre Lippen mit meinen berühren, ihre Wärme spüren und meine eigene mit ihr teilen. Aber ich weiß nicht, ob ich das darf, ob das angebracht ist. Als ich vorhin die Sprache darauf brachte und Raum für einen Witz ließ, nur für den Fall, dass sie mich wirklich nur dazu bringen wollte, durch das Portal zu gehen, hat sie nichts gesagt. Also lege ich stattdessen den Arm um sie, ziehe sie zu mir heran und wärme sie auf diese Weise. Wir reden wieder miteinander, sie neckt mich wieder, und damit kann ich leben. Körperlich sind wir uns so nahe, wie ich es mir nur wünschen könnte – *na ja, fast* –, aber ohne das Wissen, ob sie diesen Kuss wirklich wollte, ist das ein schwacher Trost.

»Wollen wir darüber reden, was vorhin passiert ist?«, murmelt Mia.

Einen verrückten Moment lang frage ich mich, ob sie wirklich meine Gedanken lesen kann, ob sie auch an diesen Kuss gedacht hat. Dann blicke ich zu ihr herunter und sehe, dass sie vor sich hinstarrt, ihr Blick ängstlich und distanziert, und mir wird klar, dass sie über den Raum mit dem Portal spricht. Wie jeder normale Mensch es tun würde.

Reiß dich zusammen, Jules.

Als ich nicht antworte, richtet Mia sich auf und rückt ein wenig von mir ab. »Das waren irdische Sprachen an den Wänden, Jules. Ich meine, ich spreche kein Russisch oder Chinesisch, aber ich weiß, wie das aussieht. Ganz zu schweigen von Französisch und wo man sonst noch normale Buchstaben verwendet.«

»Ich weiß.« Die Worte entschlüpfen mir, leise und hilflos, ehe ich sie aufhalten kann. Ich bin ratlos.

»Englisch war da auch«, fährt sie fort. »Ich habe es nur ganz kurz gesehen, aber da stand irgendwas davon, dass man zum Himmel aufsteigt. Stand das nicht auch in der Funkbotschaft damals?«

»Ja, ganz am Ende der Nachricht. Wir dachten, damit wäre gemeint, das Portal zu bauen und zu benutzen.«

»Aber ... Genau das haben wir getan. Wir sind schließlich hier, oder nicht? Warum bekommen wir immer noch dieselben Anweisungen von ihnen? Aufsteigen?«

»Ich ... ich kann es nicht erklären, Mia.« Meine Stimme klingt klein und trostlos, und so gern ich ihr auch etwas Tröstliches sagen würde, ist mir doch absolut schleierhaft, was hier los ist. Ich habe nicht mal eine Hypothese, und sei sie noch so an den Haaren herbeigezogen. Zum ersten Mal in meinem

Leben treibe ich in einem Ozean der Ungewissheit, und es ist ein grässliches, niederschmetterndes Gefühl.

»Aber du bist der Experte«, widerspricht sie. Die Erschöpfung lässt ihre Stimme vorwurfsvoll klingen. »Könnte es sein, dass sie Radiowellen von der Erde abgehört und auf diese Weise unsere Sprachen gelernt haben?«

»Das hier ist nicht mal die Milchstraße – von hier bis zur Erde wären Radiowellen Millionen Jahre unterwegs.«

»Na ja ... die Tempel sind erst vor fünfzigtausend Jahren entstanden, aber wir haben trotzdem die Unsterblichen-Botschaft gehört, die uns nach Gaia geführt hat. Vielleicht kann man durch die Portale ja auch Funkbotschaften schicken.«

Ich hebe den freien Arm, um meinen schmerzenden Kopf massieren zu können. »Selbst wenn sie einen Grund hätten, uns zu suchen und mit Hilfe ihrer Portale unsere Funksignale abzuhören ... Mia, ihre Zivilisation ist untergegangen, bevor die Menschheit überhaupt Radios hatte. Bevor wir mehr konnten, als Steinwerkzeuge herzustellen. Der Tempel, der uns hierhergeführt hat, dessen Wände die Geschichte von der Vernichtung ihrer Spezies erzählen ... Der ist über fünfzigtausend Jahre alt.«

»Wie kann es dann sein, dass wir an diesen Wänden menschliche Schriftzeichen gefunden haben?« Ihre Stimme klingt ganz hoch vor Verwirrung und Müdigkeit, und ich spüre, wie sie mich ansieht und auf eine Antwort wartet. »Deine ganzen Nautilus-Symbole haben uns zu einem Raum voller Inschriften in unseren eigenen Sprachen geführt. Er muss also für Menschen gedacht gewesen sein, aber wie ist das möglich, wenn sie ihn gebaut haben, bevor es diese Sprachen überhaupt gab?«

»Ich weiß es nicht!« Kleinmütig und verärgert platzen die Worte aus mir heraus. Ich erwarte, dass sie aufbraust, sich ganz von mir zurückzieht, mir vorwirft, dass ich wegen meiner Herkunft nicht begreife, wie tief wir in der Patsche stecken. Stattdessen schweigt sie ein paar Sekunden, dann höre ich sie einatmen. »Okay«, sagt sie schließlich, »wir sollten weitergehen.«

»Was?« Ich schaue zu ihr hinüber, und sie hat wieder dieses unbewegte Gesicht aufgesetzt, dieses Na-los-ich-halte-alles-aus-was-du-mir-an-den-Kopf-wirfst-Gesicht. »Wohin denn?«

Mia zuckt mit den Schultern und spreizt die Finger. »Irgendwohin. Schau, du hast gesagt, dass dieser Tempel wichtig ist. Dass er den Schlüssel zu der geheimen Warnung in der Botschaft enthalten würde, zu dem Beweis dafür, ob dein Dad recht oder unrecht hatte. Dass das Wichtige darin ganz in der Mitte sein würde, ganz unten. Das war das Portal. Sie wollten, dass wir es erreichen – dafür muss es irgendeinen Grund geben. Den werden wir aber nicht herausfinden, wenn wir hier sitzen bleiben.«

Ihre Logik ist wie ein Floß, das in meinem Meer der Ungewissheit auftaucht, gerade als ich zu müde bin, um weiter Wasser zu treten. »Vielleicht gibt es hier ja noch einen Tempel«, sage ich langsam. »Vielleicht war dieser Raum ja gar nicht das letzte Stück des Nautilus-Rätsels. Vielleicht war er nur ein Sprungbrett. An den Polen sind die Satellitenbilder bestenfalls lückenhaft, wegen Gaias magnetischer Felder, vielleicht fehlt darauf also etwas. Wir könnten weiter hinaufgehen, wo wir eine bessere Aussicht haben.«

Mia nickt, bereit, nach jedem Strohhalm zu greifen. »Okay, also los.«

Ich atme tief und langsam ein und ertappe mich bei einem Nicken. Doch ehe ich den Mund öffnen und etwas erwidern kann, durchbrechen Geräusche die Stille. Sie sind leise, entfernt, gedämpft – aber unverwechselbar.

Stimmen.

Liz und ihre Männer sind durch das Portal getreten.

AMELIA

Wir erstarren alle beide. Wir sitzen so dicht nebeneinander, dass ich spüre, wie Jules' Muskeln sich anspannen, wie sein Atem sich verlangsamt, genau wie mein eigener. Ich höre, wie einer von Liz' Männern sich irgendwo da unten die Seele aus dem Leib reihert, eine Nebenwirkung des Durchgangs durch das Portal, und das Würgegeräusch bewirkt, dass mein eigener Magen sich mitfühlend zusammenkrampft.

O ja, ich weiß ganz gut, wie du dich fühlst, Kumpel.

Liz dagegen scheint genau wie Jules gegenüber den Nebenwirkungen des Portals immun zu sein, oder sie ist einfach so daran gewöhnt, körperliches Unbehagen zu verdrängen, dass sie darübersteht. Ich höre, wie sie Befehle erteilt, ihre Männer anweist, auszuschwärmen und nach Spuren Ausschau zu halten.

Spuren ...

Die Augenblicke, nachdem ich auf der anderen Seite des Portals im Schneetreiben wieder zu mir kam, sind ein bisschen verschwommen – das Erste, woran ich mich richtig erinnern kann, ist Jules, der vom Klettern redet. Aber wir sind ein ganzes Stück vom Portal entfernt, und irgendwie müssen wir hierhergekommen sein.

Spuren.

»Spuren«, platze ich heraus, als mein Verstand endlich verarbeitet, was ich gehört habe. »Wir müssen hier weg. Sie werden unsere Spuren im Schnee sehen und uns im Handumdrehen finden.«

Jules reagiert schnell, er dreht sich in unserem winzigen Eisloch nach innen, um mir mein Gepäck geben zu können. »Ich habe sie verwischt, so gut es ging. Die letzten Minuten waren wir auf dem Eis unterwegs, es wird also schwerer sein, unserer Fährte zu folgen, aber nicht unmöglich. Wenn wir wieder runtergehen, laufen wir ziemlich sicher wieder über Schnee und hinterlassen mehr Fußspuren. Und wenn wir weiter nach oben gehen, kommen wir ins offene Gelände, wo sie uns sehen können, wenn sie aus der Gletscherspalte rausklettern.«

Noch einmal ziehe ich die Riemen meines Rucksacks um meine Schultern fest, dann stecke ich vorsichtig den Kopf aus unserem Versteck, um mich zu vergewissern, dass sie uns noch nicht gefunden haben. Obwohl gelegentlich Lichtstrahlen durch das Eis zucken, scheinen die Stimmen nicht näherzukommen. Ich verdrehe meinen Hals und betrachte den Gletscher. »Deine Spitzhacke«, flüstere ich und ziehe den Kopf ein, so dass ich Jules' Umriss im Dunkeln erkennen kann. »Die, die du für die Artefakte und so weiter mitgebracht hast.«

»Was?« Er starrt mich an, als hätte ich den Verstand verloren – und vielleicht habe ich das ja tatsächlich.

»Wenn wir weder nach unten noch nach oben gehen können, gehen wir eben seitwärts.« Ich hole mein Multitool aus seiner Tasche und drehe daran, bis ich die Mini-Axt herausschnappen lassen kann. »Über das Eis.«

Jules murmelt etwas vor sich hin, das ich inzwischen als mutmaßliches Latein erkenne. *Latein*. Es gibt so viele Fragen, auf die wir jetzt eine Antwort brauchen, und sobald wir nicht mehr um unser Leben rennen, werde ich ihn dazu bringen, sein gigantisches Gehirn damit zu beschäftigen. Aber im Moment steht Überleben an erster Stelle.

Ich quetsche meine obere Hälfte halb aus dem Loch heraus und ramme die Klinge des Werkzeugs ein Stück von mir entfernt in das Eis. Dann lasse ich ein Bein heraushängen und versuche, Halt zu finden. Ich taste so lange mit dem Fuß herum, bis ich stabil genug bin, um gegen das Eis zu treten und eine winzige Einbuchtung für meine Fußspitze zu schaffen. Jules folgt mir, ich höre ihn hinter mir heftig atmen. Wir sind gar nicht weit über dem Erdboden, aber ein Sturz würde verräterische Spuren hinterlassen, denen Liz folgen kann, und so viel Lärm verursachen, dass sie es hören. Und das wäre ein ebenso sicheres Todesurteil wie jeder Sturz aus großer Höhe.

Ich habe schon viele Filme über Eisklettern gesehen, und es sah immer so viel einfacher aus, als Wolkenkratzer zu erklimmen – man muss einfach mit der Spitzhacke seine eigenen Löcher schaffen, wo man sie braucht. Aber während wir uns seitlich an der Gletscherwand vorarbeiten, wird mir klar, dass diese Filme Blödsinn waren. Zum einen hat jeder von uns nur ein Werkzeug. Wir müssen dicht beisammenbleiben, damit ich Jules' Löcher benutzen kann, während ich meine Axt befreie, und umgekehrt. Zum anderen gibt das Eis die Hälfte der Zeit nach, sobald ich etwas von meinem Gewicht auf den Griff meines Multitools verlagere, wobei jedes Mal ein Regen aus Eis zum Grund des Gletschers hinunterrieselt. Zum Glück ist die Schlucht an den Seiten von Eisbrocken aus Jahren oder sogar Jahrhunderten wechselhafter Winde übersät. Ich glaube nicht, dass Liz unserer Spur so schnell folgen wird. Zumindest ist das besser als der Versuch, unsere Spuren zu verwischen.

Wir kommen nur langsam voran, und zuweilen könnte ich schwören, dass ich hören kann, wie die Wand gegenüber das Geräusch meines Atems zurückwirft – wir befinden uns in einer schmalen Gletscherklamm, unten liegt Schnee, über uns sieht man den Himmel.

Als die Spalte sich ein erstes Mal und dann noch einmal gabelt, sind wir gezwungen, an derselben Wand zu bleiben, immer geradeaus durch das Eislabyrinth. Aber als Liz' Stimme und die ihrer Männer sich in der Ferne verlieren, sehe ich unsere Chancen zunehmend optimistisch.

Zumindest, was Liz angeht. Der Rest – über den Rest darf ich nicht nachdenken, genau wie über alles, was mehr ist, als die nächsten Stunden zu überleben.

Schließlich zwingen mich meine zitternden Beine und meine brennende Lunge, aufzugeben. »Ich glaube, das ist weit genug«, keuche ich und versuche dabei, nicht so kurzatmig zu klingen, wie ich mich fühle. Mein einziger Trost ist, dass Jules sich nach meinen Worten fast augenblicklich zu Boden plumpsen lässt und erschöpft zusammenbricht.

Ich lasse mich neben ihn fallen. Nach meiner Schätzung liegt zwischen unseren letzten Spuren und diesen hier mindestens ein halber Kilometer, und die Gletscherspalte hat sich zweimal gegabelt. Nachdem Liz Alex an Jules' Steinschlag verloren hat, hat sie jetzt nur noch drei Männer. Sie wird einige Zeit brauchen, um uns zu finden. Wir ruhen uns ein paar Minuten aus, teilen uns das Atemgerät und dehnen unsere Glieder. Langsam wird es eindeutig heller am Horizont, auch wenn die Sternendecke über uns immer noch vor einem tiefvioletten Himmel glitzert. Ich schaue nach oben und versuche, nicht darüber nachzudenken, wie fremdartig alles aussieht, wie hier oben keine einzige Konstellation der Chicagoer Skyline zu sehen ist.

Ich habe das Gefühl, dass ich etwas zu Jules sagen sollte – nicht über die unmöglichen Sprachen, die wir vorhin gesehen haben, oder wie wir von diesem Planeten herunterkommen, sondern darüber, was passiert ist, bevor wir durch das Portal gesprungen sind. Ich habe ihn geküsst. Und er hat meinen Kuss erwidert wie ein Wahnsinniger. Aber ich weiß einfach nicht, was ich sagen soll.

Schließlich gebe ich mir einen Ruck und schiebe das Multitool in seine Tasche. »Gehen wir.«

* * *

Jules und ich halten uns dicht an der Wand und hacken uns durch die vom Gletscherrand heruntergefallenen Eisbrocken. Unsere Spuren sind zwar immer noch sichtbar, aber wenigstens nicht so auffällig. Wenn Liz unsere Fährte erst einmal findet, wird sie uns leicht verfolgen können. Aber inzwischen sind wir so weit weg, dass sie Stunden brauchen dürfte, bis sie auf unsere Spuren stößt.

Wir haben die Vorsicht gegen Geschwindigkeit eingetauscht, um den Vorsprung gegenüber von Liz' Bande zu vergrößern. Ich bin zwar für Kälte gerüstet, aber eher für die Kälte der Wüste – unter null Grad, ja, aber nicht *so* weit unter null. Schon bald spüre ich meine Füße nicht mehr, und der eisige Wind raut meine Gesichtshaut rasch auf.

Die Gletscherspalte verengt sich, und dann noch ein weiteres Mal, so dass wir gezwungen sind, uns im Gänsemarsch hindurchzuschlängeln, bis ich Jules hinter mir eine Warnung zischen höre. Ich halte an, aber im Eis ist so wenig Platz, dass ich den Kopf nicht drehen kann. Erst jetzt merke ich, dass die Spalte so eng geworden ist, dass er mir nicht mehr hinterherkommt. Meine Hüften passen gerade noch durch, aber seine breiteren Schultern kann er nicht mehr hindurchquetschen.

Ich schiebe mich wieder zurück, bis ich den Kopf drehen und über die Schulter blicken kann. »Verdammt«, stöhne ich und gestehe mir ein, dass wir in einer Sackgasse stecken. »Wie weit liegt die letzte Gabelung zurück?«

»Paar Kilometer«, kommt Jules' kurze Antwort, der selbst den Kopf nach hinten gelegt hat, um ihn gegen das Eis zu lehnen. Er atmet schwer, und sein Atem steigt als Dampfwölkchen nach oben.

»Scheiße.« Auch ich lasse den Kopf nach hinten sinken. So bleiben wir eine Weile stehen und schauen zu, wie unser Atem zu dem inzwischen deutlich helleren Himmel aufsteigt und sich auflöst. »Na gut. Dann gehen wir jetzt wohl nach oben.«

»Wir müssen wirklich in eine höhere Lage«, bemerkt Jules. »Wir sollten nach einem anderen Tempel Ausschau halten. Vielleicht bewegen wir uns im Kreis.«

Die Tatsache, dass wir beinahe steckengeblieben sind, macht den Aufstieg viel einfacher als das seitliche Geklettere ein paar Stunden zuvor. Ich gebe mich nicht mehr mit meinem Multitool ab, sondern schlage meine Stiefel einfach seitlich in die gegenüberliegenden Wände der Gletscherspalte und schiebe mich so nach oben. Das letzte Stück ist das schwerste, und ich habe es so eilig, mich hochzuziehen, dass ich abrutsche und es schaffe, Jules ins Gesicht zu treten, bevor er meinen Sturz auffängt.

Er ächzt vor Schmerz und Anstrengung, und ich zucke zusammen. Ich greife nach dem Rand der Gletscherspalte, ziehe mich hoch und bete, dass ich ihm nicht die Nase gebrochen habe. Das brauche ich nicht auch noch im Register meiner Sünden. Oben lege ich mich bäuchlings hin, bohre die Stiefelspitzen in einen Eisspalt und leiste Jules Hilfe, als er mir hinterherklettert. Anschließend rollen wir uns beide auf den Rücken, ignorieren für einen Augenblick den eisigen Boden unter uns und schauen keuchend in das silberne Blau des frühen Morgenhimmels.

Als ich endlich die Kraft finde, mich aufzusetzen – und mich umsehe –, stockt mir der Atem, und ich schnappe nach Luft.

Die Sonnen stehen gleich über dem Horizont mit den fernen Bergen, die aussehen, als könnte ich die Hand ausstrecken und sie berühren, so kristallklar ist die Luft. Gaias zwei Sonnen überlappen sich am Himmel, rot und orange hängen sie über den Berggipfeln, und ihr Licht taucht die Eisgrate in ein feuriges Purpurgold.

Vor uns liegt eine weite Eisfläche mit Gletscherspalten wie die, aus der wir gerade herausgeklettert sind, jede einzelne von feurigem Gold überzogen, aus dem in der Tiefe rasch ein dunkles Wasserblau wird.

Ohne nachzudenken, greife ich nach Jules' Hand und ziehe ihn hoch. Und er nimmt zwar meine Hand, steht jedoch aus eigenem Antrieb auf und behält dabei meine Finger in seinen.

Wir schweigen. Mein Geist ist geblendet von der plötzlichen Schönheit dieses Ortes, und es gibt keine Worte, um das Schweigen zu füllen. Es ist ein Schweigen, das sowieso nicht gefüllt werden muss, ein Schweigen so voller Ehrfurcht, dass jedes Wort unser Staunen nur mindern würde.

Hinter uns scheint das Gletscherfeld sich unendlich weit auszudehnen, aber vor uns deutet eine Unterbrechung der weißen Fläche auf eine Veränderung im Terrain hin. Ohne dass wir uns absprechen müssen, setzen wir uns in Bewegung und gehen darauf zu.

Hier gibt es keinen Schnee, der uns ausbremst, und wir merken bald, warum. Ohne den Schutz der Gletscherwände herrscht hier oben ein stürmischer Wind, zu stürmisch, als dass sich in der eisigen Ebene Schnee ansammeln könnte.

Zum Gehen müssen wir uns nach vorne gebeugt gegen den Wind stemmen, auch wenn er immer wieder nachlässt und uns kurze Verschnaufpausen gönnt, in denen wir beträchtlich schneller vorwärtskommen.

Das veränderte Terrain erweist sich als Abhang, aber wir

sind noch zu hoch oben, um bis nach unten ins Tal schauen zu können. Wir sind schon mindestens eine Stunde unterwegs, als Jules stehen bleibt und mit seinen eiskalten Fingern meine Hand drückt, als kurze Vorwarnung, bevor ich selbst abrupt stehen bleiben muss.

»Die Sonnen steigen nicht mehr höher«, sagt er und betrachtet mit gerunzelter Stirn den Horizont. »Sie haben sich zwar bewegt, aber nur an der Bergkette entlang.«

Mein müder Verstand weigert sich, seine Worte zu interpretieren. »Und?«

»Das deutet darauf hin, dass wir uns in der Nähe von einem der Pole befinden. Und zwar vermutlich am Südpol, dem Sonnenstand nach zu urteilen. Deswegen war es dunkel, als wir durch das Portal gekommen sind. Es war keine Zeitreise oder so – wir sind einfach nur zu einem Teil des Planeten teleportiert worden, wo die Sonnen noch nicht aufgegangen waren.«

»Der Südpol?«, wiederhole ich. Benommen versuche ich mich an das zu erinnern, was ich über den Planeten gelernt habe. Die Gegend um die Abwurfstelle kannte ich wie meine Westentasche, aber ich will verdammt sein, wenn ich mich erinnern kann, wo genau das auf dem Planeten war. »Das sind …«

»Mindestens fünfzehntausend Kilometer von der Stelle, wo wir vorher waren.«

Es müsste ein Schlag sein. Es müsste mich umhauen, wie weit wir von meinem Treffpunkt entfernt sind. Eigentlich müsste ich mich aufs Eis werfen wollen, um dort aufs Erfrieren zu warten.

Aber ich glaube, etwas in mir hat es schon gewusst. Schon in der Prismenkammer, als wir das Portal aktiviert haben, wusste ich es. Der alte Plan – reingehen, Beute machen, zurück zur Erde – war schon damals längst futsch, ein Scherbenhaufen in einer der Fallgruben jenes Tempels.

Er ist schon lange vor all dem hier in die Brüche gegangen – bevor Liz uns gefunden hat, schon bevor wir einen Fuß in den Tempel gesetzt haben. Er bekam die ersten Risse, als ich mich mit Jules zusammentat und zu dem geheimen Tempel aufbrach. Er zerfiel, als wir im Zentrum des Tempels all die irdischen Sprachen vorfanden, dieses Ding der Unmöglichkeit.

»Wird dieser Teil des Planeten überhaupt von Satelliten erfasst?«, frage ich, obwohl ich die Antwort schon kenne.

Langsam schüttelt Jules den Kopf. »Gaias magnetisches Feld ist an den Polen so stark, dass es hier keine Luftraumüberwachung gibt.«

Fast gleichmütig nehme ich diesen neuerlichen Schlag hin. Keine Chance, Mink anzurufen, selbst wenn sie die Absicht hätte, uns zu holen. Und auch wenn wir sie anrufen könnten, hätte sie keine Karten oder Bilder dieser Gegend. Wir könnten ebenso gut auf einem anderen Planeten sein.

Jules drückt meine Hand und führt sie an seine Lippen. Er nimmt meine Finger zwischen seine Hände und presst sie an seinen Mund, wo die Haut wärmer ist und sein Atem noch wärmer, und haucht meinem gefühllosen Körper wieder Leben ein.

Dann zerreißt ein Knacken die Stille, und wir fahren zusammen und geraten auf dem Eis halb ins Stolpern. Es hat sich angehört wie ein Pistolenschuss, aber gleich darauf wird das Echo vom lauten Krachen im Eis übertönt. Irgendwo hinter uns ist ein großer Eisbrocken vom Gletscher abgebrochen. Und auch wenn sich unmöglich sagen lässt, in welcher Entfernung das war, hören wir das Echo jetzt überall um uns herum, und durch die Geräusche von herunterfallendem Eis dringt das wärmere Gemurmel überraschter Stimmen.

Jules' und meine Blicke treffen sich kurz, dann rennen wir los. Erst ein paar Sekunden später hören wir einen Ruf. Liz' Männer sind nicht nur unserer Spur gefolgt, sie haben auch das Gleiche getan wie wir und sind aus der Gletscherspalte herausgeklettert, um einen besseren Blick zu haben. Gemeinsam sehen wir uns um – sie sind ungefähr einen Kilometer hinter uns, nur dunkle Flecken vor dem Eis. Aber wir können sie deutlich sehen, genauso, wie sie uns.

Ohne Vorwarnung gibt der Boden unter mir nach – ich hatte nach hinten geschaut und nicht dorthin, wo ich meine Füße setze. Jules fällt noch vor mir hin, das Eis bricht unter uns und entlässt uns mit ohrenbetäubendem Krachen auf eine Eisfläche weiter unten.

Der Schwung unseres Sturzes trägt uns weiter, und wir schießen durch die Dunkelheit, nur von unseren miteinander verschränkten Händen zusammengehalten, obwohl der Sturz uns zu trennen droht. Wir sind in eine Art Schmelzwassersystem innerhalb der Eisdecke gestürzt und werden mit jeder Sekunde schneller, während wir immer weiter abwärts sausen.

Wir knallen gegen eine Reihe filigraner Eisstalaktiten, die uns benommen machen, uns aber nicht bremsen können. Helle

Abschnitte sausen an uns vorbei, wenn wir Schächte passieren, die nach oben in die Dämmerung führen, aber wir sind zu schnell, um mehr zu sehen. Jules packt meine Hand fester und zieht mich näher zu sich hin.

Wir brechen durch eine weitere Eisdecke und krachen gegen eine Wand, bevor wir uns in die Kurve legen und eine Rinne entlangsausen. Ich blinzle Eis und Tränen weg und sehe, dass die Dunkelheit allmählich nachlässt, nicht plötzlich, als würden wir uns einem senkrechten Schacht zum Tageslicht nähern, sondern langsam, so als würden wir rasch auf das Ende eines ...

»Festhalten!«, brülle ich und greife nach meinem Multitool. Jules schlingt den Arm um mich, zieht mich zu sich hin, und während die Axtklinge aus dem Werkzeug herausschnellt, legt sich seine andere Hand um meine beiden Hände und den Griff der Axt. Gemeinsam sausen wir weiter abwärts, und die Klinge trifft auf Eis, ohne hängen zu bleiben fährt sie kreischend hindurch, wie Nägel durch eine Rigipswand und ungefähr genauso wirksam.

Dann überflutet uns Tageslicht – nach der völligen Finsternis in den Höhlen blendet uns sogar die Dämmerung des polaren Frühlings. Die Axt vibriert kurz in meiner Hand, die einzige Vorwarnung, bevor sie im Eis hängen bleibt und wir mit einem Ruck zum Halt kommen. Wenn Jules nicht ebenfalls zugepackt hätte, würde es mir den Arm auskugeln – auch so treibt der Schmerz mir Tränen in die Augen und entringt mir ein Stöhnen. Jules' eigenes Ächzen verrät mir, dass er Mühe hat, sich festzuhalten.

Und in diesem Moment erkenne ich, wieso: Wir hängen in der Luft.

Jenseits der Eisfläche öffnet sich die Höhle zum Tal, und wir hängen am Griff meines Multitools, so hoch über dem Erdboden, dass ich nicht mal die durch unseren Sturz losgelösten Eisbrocken im Blick behalten kann, die tief unten ins Tal stürzen.

Wieder stöhne ich, aber diesmal ist es ein halber Aufschrei, und es genügt, damit Jules nach unten blickt und ebenfalls einen Schrei ausstößt. Wir kämpfen und strampeln alle beide, und das Adrenalin gibt uns die Kraft, uns über den Tunnelrand zurück nach oben zu ziehen und durch Eis und Schutt ein Stück weit nach oben zu klettern, bis wir hustend und zitternd liegen bleiben.

Das Multitool steckt so tief im Eis, dass ich es nicht herausbekomme. Jules muss mir helfen, meine Finger vom Griff zu lösen. Ich ruckle damit auf und ab, und er hackt mit seiner Spitzhacke das Eis darum weg.

Ich dränge mich an ihn, zum Trost wie zum Schutz, und er weicht mir nicht aus, sein eigener Körper zittert genauso heftig wie meiner – jede Bewegung kostet uns Mühe, wir brauchen länger als eigentlich nötig, aber das hier ist eine kleine, konkrete Handlung, an der wir uns festhalten können, also tun wir es. Das Multitool ist wertvoll, und ganz gleich, was passiert, wir werden es brauchen. Irgendwann löst es sich aus dem Eis, und nach und nach lässt unsere Anspannung so weit nach, dass wir zurück zum Höhlenausgang krabbeln und das vor uns liegende Tal in Augenschein nehmen können.

Der Erdboden unter uns würde wie eine riesige, ununterbrochene Ebene aussehen, wie ein gefrorener Binnensee, wäre da nicht ein Steinblock, der schräg aus dem Boden ragt. Für meine geblendeten Augen sieht er aus wie eine Säule in Stonehenge, etwas Begrenztes, Begreifbares.

Doch als ich das feine Spinnennetz der Risse im Eis erkenne, die von dem Ding ausstrahlen, und als mein Verstand mir in Erinnerung ruft, wie hoch wir uns über dem Talboden befinden, wie groß die Entfernung sein muss, wird mir langsam klar, wie riesig der Brocken wirklich ist. Er ist gewaltig – viel größer als jeder Tempel, sogar größer als der Lockvogel-Tempelkomplex, den ich ursprünglich ausrauben sollte. Auch seine Form hat nichts mit einem Tempel gemeinsam. Auf den zweiten Blick ist sein Umriss dort, wo er im Eis steckt, gekrümmt, in sich gedreht, so als wäre der Stein eine halb verborgene Schlange, die sich zusammenrollt, bevor sie zuschlägt.

»Das ist kein Fels.« Jules' Stimme ist ganz leise. Diese geschwungene Basis kommt mir bekannt vor, und ich spüre, wie wir beide gedanklich nach dem Grund dafür tasten. »Es ist ...«

Er greift nach dem Multitool und nimmt es mir aus den willenlosen Fingern. Sein Atem stockt, als wollte er sprechen, ohne dazu in der Lage zu sein. Er fummelt am Griff des Multitools herum, und die Klinge springt heraus. Er findet nicht die Worte, doch er zieht die Klinge über Eis zwischen uns und ritzt dort hinein, was er mir zeigen will.

Das Nautilus-Symbol. Geschwungen, spiralförmig, in sich gedreht.

Ich starre es an, dann schaue ich wieder nach unten zu dem

Ding im Eis. Diese Krümmung an der Basis ... Er hat recht. Es ist ein genaues Ebenbild der Fibonacci-Spirale, deren Zeichnungen er überall im Tempel vorgefunden hat. In einer bisher noch nicht dagewesenen Dimension.

Dann neige ich das Objekt im Geist zur Seite, und nun wird mir auch der Rest klar. Der längliche Teil rückt in die richtige Perspektive. Es ist der Rumpf eines Vogels, eines Fisches, eines Kampfflugzeugs. Entworfen, um sich durch die Luft zu bewegen, durch das Wasser, den Stoff der Realität, ohne diese dabei kaum mehr als zu kräuseln.

Entworfen.

»Zu den Sternen aufsteigen«, flüstert Jules neben mir, als unsere Gedanken sich ausnahmsweise in die gleiche Richtung bewegen.

Das hier ist das, was wir mit Hilfe der Botschaft der Unsterblichen und durch deren Tempel finden sollten – und gleichzeitig das, wovor wir gewarnt wurden, wer auch immer die Gleichung für die Nautilus – für die Form dieses Dings – in die Funkbotschaft geschmuggelt und die Spiralen in die Tempelwände geritzt hat.

Katastrophe. Apokalypse. Das Ende aller Dinge.

Das hier ist der Schatz, den sie hüteten, der Preis am Ende des Labyrinths, die Entdeckung, die die Zukunft der Erde für immer verändern wird. Denn es ist kein Tempel und auch kein Monument, oder überhaupt ein steinernes Gebilde.

Es ist ein Raumschiff.

JULES

Mir ist schwindlig, und mein Herz hämmert so heftig, als wollte es meine Brust sprengen, während ich neben Amelia liege und auf die Ebene unter uns hinunterschaue, und zwar nicht, weil wir gerade fast in den Tod gestürzt wären.

Alles hat uns die ganze Zeit über hierhergeführt.

Jede bestandene Prüfung, jeder gestimmte Ton, jeder Schritt, den wir getan, jedes Rätsel, das wir gelöst haben. Das alles hat uns zu dem Portal in der Regenbogenkammer geführt, zu dem Weg, der uns an diesen Ort gebracht hat.

Wir schauen hinunter zum Talgrund, vor uns steigt unser Atem als Wölkchen nach oben, der Dampf meines Atems vermischt sich mit ihrem. Amelia hat die Sichtbrille aufgesetzt und zweifellos die Vergrößerung eingestellt, aber ich weiß auch so, was ich sehe. Es ist ein Schiff, ganz unverkennbar, und nach den Dutzenden Sprachen, die uns alle gesagt haben, dass wir *aufsteigen* sollen, steht außer Frage, dass es dem Willen der Unsterblichen entspricht, dass wir es gefunden haben.

Wir – Menschen.

Und hier sträubt sich mein Verstand, hier rennen meine

Gedanken gegen die Mauern der Logik an. Die Unsterblichen waren schon lange tot, bevor sich jene Sprachen entwickelt haben, und außerdem kann ich mir nicht vorstellen, wie eine Spezies am anderen Ende der Galaxis auch nur von den primitiven Menschen hätte wissen können, die sich auf der Erde entwickelten, während sie diese Tempel bauten. Von der Logik abgesehen – vor allem krampft sich mein Magen furchtsam zusammen, weil sie gelogen haben.

Ihre Botschaft schien so aufgebaut zu sein, dass jede intelligente Spezies sie hätte entschlüsseln können, und doch beweist der Planet, zu dem sie uns geführt hat, dass sie die Nachricht ebenso gut auf Englisch hätten schicken können oder in einer der mehreren Dutzend anderen Sprachen, die wir in dem Tempel gesehen haben. Wozu die Täuschung, wenn die Wahrheit uns nicht davon abgehalten hätte, hierherzukommen?

Ich bin erschöpft, und ein Teil von mir würde am liebsten vorschlagen, einfach hierzubleiben, auf dem Vorsprung, der uns vor dem Todessturz ins Tal gerettet hat. Aber Liz und ihre Männer sind immer noch da draußen, und wenn sie dieses Schiff vor uns erreichen, werden wir niemals hineinkommen und seine Geheimnisse erschließen.

Dieser uralte, zugefrorene See und das halb darin begrabene Schiff sind es, wovor die Nautilus-Symbole mich warnen sollten. Ich dachte, ich hätte die Chance auf eine Antwort auf all die Fragen vertan, doch jetzt steigt neue Hoffnung in mir auf und verdrängt den Schmerz und die Enttäuschung. Ich muss der Erste sein, der dieses Schiff betritt. Ich muss die Wahrheit herausfinden. Ganz gleich, was es mich kostet.

Die Entdeckung dieses Schiffes ist erst die Hälfte der Antworten, die ich brauche, um meinen Vater zu rehabilitieren. Dass die Nautilus-Form und ihre Warnung eine Verbindung mit etwas Realem haben, wird der Internationalen Allianz nicht reichen. Ich muss ihnen beweisen, *wieso* das Schiff gefährlich ist, und dazu muss ich am Leben bleiben und es betreten.

Ich hole gerade Luft, um vorzuschlagen, dass wir aufbrechen, als Mia abrupt den Kopf hebt. Sie zieht die Sichtbrille ab, und ich sehe, wie ihr Blick abwesend wird – sie lauscht. Ich halte den Atem an und horche ebenfalls, und da höre ich es.

Ein Summen, schwach, aber unverkennbar künstlich, wie das Flüstern von Rotoren oder das Surren von Reifen oder – das Geräusch wird lauter – das ferne Dröhnen eines Motors.

»Sie können doch keine Schneemobile oder so was haben«, flüstert Mia mit weit aufgerissenen Augen. »Wir haben gesehen, was sie dabeihatten, und sie wussten nicht, dass es uns zum Pol verschlagen würde ...«

Ich drehe den Kopf hin und her, um herauszufinden, woher das Geräusch kommt, aber bei all den Eishöhlen und Gängen lässt sich das unmöglich feststellen. »Ich glaube nicht, dass es ein Schneemobil ist«, sage ich langsam, während mein Verstand noch vor der Wahrheit zurückschreckt. »Ich glaube, es ist ...«

Inzwischen ist aus dem Geräusch ein tiefes Dröhnen geworden, das mein Innerstes vibrieren lässt, und in plötzlichem Begreifen stecke ich den Kopf aus unserem Loch, über den Vorsprung hinweg, und schaue nach oben. Ich erstarre, und nachdem Mia einen Blick auf mein Gesicht geworfen hat, folgt sie meinem Beispiel.

Vom Himmel nähert sich mit schwindelerregender Geschwindigkeit ein Shuttle.

Nein, nicht *ein* Shuttle – *mehrere*. Zwei, drei … vier … Auf einmal ist der ganze Himmel voll von ihnen.

Keines von ihnen ähnelt dem grauen, klobigen Frachtshuttle, das mich von der Raumstation nach Gaia gebracht hat – und ebenso wenig den dreieckigen, weißen Shuttles, die die IA bei ihren Erkundungsmissionen einsetzt. Diese hier sind glänzend schwarz und ähneln eher Kampfflugzeugen als Raumfahrzeugen.

Sie brausen über die Talsohle, ordnen sich zu einer kreisförmigen Formation und landen dann unweit des halb begrabenen Schiffs.

Mia findet die Sprache als Erste wieder. »Gehören die zu deiner Firma? Energy World oder wie die hieß?«

Global Energy. Ich starre die Shuttles an und schüttle den Kopf. »Die haben keine solchen Privatschiffe. Sie mussten ein halbes Dutzend Mitglieder der Raumstation bestechen, um mich in einem IA-Shuttle mit Forschungsausrüstung nach unten zu schmuggeln.« Die Zahnräder in meinem Gehirn knirschen und scheinen nicht recht zusammenzupassen, mein ganzer Denkapparat klemmt. »Könnte es vielleicht … Mink? Vielleicht hat Liz sie irgendwie benachrichtigt, nachdem sie uns mit ihren Leuten durch das Portal gefolgt ist …«

Aber Mia schüttelt bereits den Kopf, genau wie ich. »Nie und nimmer hat Mink so etwas zur Verfügung. Das ist keine

Rettungsmission. Das ist das Militär, das ist ... das ist die Regierung.«

»Die IA.« Inzwischen ist mindestens ein Dutzend Shuttles gelandet, neben dem gewaltigen Schiff im Eis wirken sie winzig und unbedeutend. Ein paar ameisengroße Leute strömen aus der Raumflotte, wodurch die Dimension des Unsterblichen-Schiffes noch stärker ins Auge rückt. »Wie konnten sie so etwas geheim halten?«

»Sie sind erst aufgetaucht, als wir schon hier waren«, meint Mia. »Vielleicht wussten sie es nicht. Vielleicht hat Liz die ganze Zeit über für sie gearbeitet – vielleicht hat sie ... vielleicht ...« Aber uns sind die Antworten ausgegangen.

Verloren in dieser Dunkelheit, in diesem alles verschlingenden Ozean der Ungewissheit besteht mein einziger Trost darin, dass Mia bei mir ist, ebenso verloren wie ich.

Ein Detail treibt an die Oberfläche und scheint wie ein Leuchtfeuer in meinen Gedanken auf. Wer auch immer diese Leute sind, sie müssen Lebensmittel haben. Wasser. Atemgeräte. *Ein Ausweg.* »Diese Schiffe«, beginne ich langsam.

»Ja«, stimmt Amelia mir zu. »Wir können auf keinen Fall da runter.«

»Moment mal, wie bitte?« Ich blinzle sie an. »Machst du Witze?«

Sie schiebt die Brille nach oben, um mich besser ansehen zu können. »Jules, machst *du* Witze? Das da unten ist die verdammte IA. Wir sind Plünderer. Die würden uns erschießen.«

»Na ja, was schlägst du denn vor, um hier wegzukommen? Ich sehe hier kein anderes Transportmittel. Kannst du ein

Shuttle fliegen, Amelia? Selbst wenn wir imstande wären, eines zu stehlen, könntest du es an den Kontrollen des Portals vorbeilenken, zur Erde fliegen und irgendwo unbemerkt landen? Ich nämlich nicht.« Ich kann mich selbst hören – ich weiß, dass ich so britisch und besserwisserisch klinge wie nur irgendwas –, aber ich kann einfach nicht anders. »Ganz gleich, wie die Erfolgsaussichten sind, wir haben keine Wahl.«

»O doch, die haben wir«, widerspricht sie. »Wir sind noch nicht so verzweifelt, um ein solches Risiko eingehen zu müssen.«

»Ich schon!« Ich mache eine Pause, um Luft zu holen, und sie greift nach dem Atemgerät, während ich fortfahre. »Wir haben kaum noch Lebensmittel, nur noch Sauerstoff für ein paar Tage, wir sind fix und fertig, und irgendwo da draußen sucht Liz nach uns. Wenn du wirklich jemanden suchst, der dich erschießt, dann nur zu, sie wird dir bestimmt gern den Gefallen tun. Bei dem Stützpunkt da unten besteht zumindest eine kleine Chance, dass die Leute moralische Werte haben.«

»Moralische Werte«, wiederholt sie, als wäre ich beschränkt, und drückt mir das Atemgerät in die Hand. »Moralische Werte, dazu fällt mir echt nichts mehr ein. Von welchem Planeten bist du?«

»Jedenfalls nicht von diesem hier«, blaffe ich, zerre den Riemen des Atemgeräts über meinen Hinterkopf und ziehe mir die Maske übers Gesicht. Das reicht, um dem Gespräch ein Ende zu machen, und wir bleiben beide auf unsere Ellbogen gestützt liegen und schauen zum Lager hinunter.

Je mehr die Helligkeit zunimmt, desto lebhafter wird es da unten. Einzelne Gruppen stellen Zelte und Gerätschaften auf, während andere den Schiffsrumpf absuchen, in mehreren Trupps darüberlaufen, ihn seitlich abgehen. Vermutlich suchen sie nach einem Weg hinein.

Trotz allem wäre ein kleiner Teil von mir schrecklich gern dort unten, um an der Spannung teilzuhaben, um dabei zu sein, wenn sie eine Tür finden, um zu sehen, wie sie entriegelt wird und sich zum ersten Mal seit Tausenden von Jahren öffnet. Es muss einen Weg ins Innere geben.

Und die Auserwählten werden die letzte Prüfung bestehen und zu den Sternen aufsteigen ...

Doch in mein Staunen mischt sich in meinem Hinterkopf die Stimme meines Vaters. Wenn es gefährlich ist, technisches Gerät der Unsterblichen zu unserem Planeten zu bringen, so als würden Ameisen kostbare Zuckerkörner in ihren Bau schleppen, um wie viel gefährlicher ist dann etwas dieser Größe? Trotz all unserer Funde haben wir zu den Unsterblichen mehr unbeantwortete Fragen als je zuvor. Wir wissen rein gar nichts über dieses Schiff – nur dass einer unter den Unsterblichen in der Funkbotschaft eine Warnung versteckt hat, die uns zu ihm geführt hat.

Während ich zu dem Schiff hinunterstarre, weicht mein Staunen etwas Dunklerem. Irgendwie kommt es mir so vor, als würde das riesenhafte, wunderschöne Geschöpf vor uns die Zähne fletschen und sich als Fleischfresser entpuppen.

»Hör zu, können wir wenigstens noch ein bisschen warten?« Amelias Stimme bricht das Schweigen, und mir wird klar, dass sie, während ich mich den Gedanken über die Zukunft der Menschheit hingegeben habe, über praktischere Dinge nachgedacht hat. »Lass uns erst ein bisschen mehr über diese Mission herausfinden, bevor wir uns entscheiden. Wir haben noch ein paar Stunden, um sie auszuspionieren.« Aber an ihrer Stimme höre ich bereits, dass sie nachgibt – sie weiß, was wir in ein paar Stunden tun müssen.

»Klar«, sage ich unter meiner Atemmaske, denn wozu mit ihr streiten? »Willst du das Ding hier auch mal?«

»Behalt es noch ein bisschen«, sagt sie. Wieder, unausgesprochen: *Wir werden es unten auftanken können.*

Und so liegen wir nebeneinander, manchmal auf die Ellbogen gestützt, manchmal mit dem Kinn auf den verschränkten Unterarmen. Wir reichen uns das Atemgerät hin und her, gönnen unseren Körpern ein wenig Ruhe und finden in meinem Rucksack noch ein paar Cracker, die wir uns teilen. Und wieder versuche ich, ihre Nähe auszublenden. Versuche, nicht daran zu denken, wie ich gelächelt und den Kuss erwähnt habe und sie gar nichts gesagt hat. Der Wirrwarr meiner Gefühle für sie wird mit jedem Moment schlimmer, und immer, wenn ich einen Faden zu fassen bekomme, zieht sich der Knoten fester zusammen.

Sie dagegen ist völlig davon in Anspruch genommen, das Lager unter uns zu beobachten. Es wird riskant sein, dort hinunterzugehen, und körperlich anstrengend, vor allem angesichts unserer Erschöpfung. Wir werden den Tunnel hinaufkriechen müssen, durch den wir herabgeschlittert sind, und dann irgendwie einen Weg nach unten zur Ebene und zum Stützpunkt suchen, ohne dabei Liz und ihren Leuten in die Arme zu laufen. Die Aussicht darauf begeistert keinen von uns sonderlich.

Es muss wohl zwei oder drei Stunden später sein, als Amelia mich mit dem Ellbogen anstößt und ich merke, dass ich eingenickt bin. »Schau mal«, murmelt sie, zieht die Sichtbrille herab und deutet zu dem Schiff hinunter. Ich brauche einen Augenblick, um das Gleiche zu sehen wie sie, doch ich beuge mich vor, drücke meine Schläfe gegen ihre, wobei ich kurz die Wärme ihrer Haut wahrnehme, und folge ihrer Sichtlinie.

Von den Felsen, die unter uns liegen, nähern sich dem Stützpunkt zwei Gestalten. Im Gegensatz zu allen anderen, die hier zu sehen sind, tragen sie kein Schwarz, sondern das gleiche schmutzige Braun und Khaki wie wir, beide haben Rucksäcke und halten die Arme seitlich nach oben, in der Haltung, die von jeher für »seht, wir sind unbewaffnet« steht.

»Wer sind die?«, flüstere ich, als ob sie uns hören könnten.

»Liz«, antwortet Amelia genauso leise. »Und einer von den anderen Kerlen, nicht Javier und auch nicht Hansen. Ich habe seinen Namen nicht verstanden.«

»M.C.«, sage ich abwesend. »Javier und Hansen haben es wohl nicht geschafft.« Ich frage mich, ob ich sie getötet habe. Ob mein Steinschlag sie zusammen mit Alex erwischt hat. Eigentlich spielt es keine Rolle, wie sie gestorben sind, wenn sie tot sind … nur dass es eben doch eine Rolle spielt, zumindest für mich. Natürlich spielt es eine Rolle.

»Ich frage mich, was Liz ihnen erzählen wird«, sagt Amelia, als ein paar Schwarzgekleidete sich vom Stützpunkt lösen und in Formation auf Liz und ihren Begleiter zustapfen. Man hat sie entdeckt. »Was sie ihnen über *uns* erzählt.«

Bei dem Gedanken wird mir kalt. Sie ist vielleicht nicht

glaubwürdiger als wir, aber was sie ihnen auch erzählt, es wird ein erster Eindruck sein, den wir anschließend ausmerzen müssen. »Vielleicht können wir sie überzeugen ...«

Ich verstumme, denn dort unten sind die beiden Gruppen jetzt vor einander stehen geblieben, und auch wenn wir sie nicht hören können, muss das wohl bedeuten, dass geredet wird. Die schwarzen Gestalten stehen im Halbkreis um die beiden anderen herum, und einer von ihnen – der Anführer, nehme ich an, denn diese Gestalt ist zwar auch schwarz angezogen, trägt jedoch einen anderen Mantel, der länger und großzügiger geschnitten ist und bis zu den Knien reicht – redet mit Liz und dem Mann, den sie mitgebracht hat.

Dann brechen Liz und ihr Begleiter plötzlich ohne Vorwarnung zusammen.

Eine Sekunde später hören wir den Knall, einen ohrenbetäubenden Pistolenschuss, der vom Eis zurückgeworfen wird, durch unsere winzige Höhle hallt und die Felswand unter uns zum Vibrieren bringt. Wir können nichts tun, als uns auf den Boden zu drücken, den Kopf mit den Händen zu bedecken und zu beten, dass nicht alles über uns zusammenbricht.

Als ich schließlich vorsichtig die Augen öffne, blickt Amelia zu der Gletscherfläche unter uns hinunter. Die schwarzgekleideten Gestalten sind bereits auf dem Rückweg zum Stützpunkt, angeführt von der in dem längeren Mantel, die ausschreitet, ohne einen Blick zurückzuwerfen. Auch ohne die Vergrößerung von Mias Sichtbrille kann ich das Blut erkennen, das den Schnee um die beiden Leichen in einem hellen Scharlachrot färbt.

»Heilige Scheiße«, flüstert Mia. »O verdammte ... das kann doch nicht ...«

Sie hat gerade angefangen an zu glauben, dass alles gut werden würde, wenn wir hinuntergingen. Und ich auch.

Wenn wir es getan hätten – wenn ich mich durchgesetzt hätte –, wären wir jetzt tot.

»Sie ...«, flüstere ich zurück, als könnten uns die Schützen dort unten hören.

Und dann, auch wenn ich kaum glauben kann, dass ich das ausspreche: »Sie haben ihre Sachen liegen lassen. Ihre Atemgeräte. Wenn es dunkel wird, könnten wir vielleicht ...«

Mia dreht sich herum und starrt mich an, und ich verstumme. »Verdammt, Oxford«, murmelt sie.

»Ich meine damit nicht, dass ...«

»Doch, doch, du hast schon recht«, sagt sie leise. »Ich hätte dir das nur nicht zugetraut.«

»Wahrscheinlich stehe ich unter Schock«, murmle ich.

»Schon möglich«, erwidert sie leise, die Stirn auf ihre verschränkten Unterarme gepresst.

Wir schweigen beide und verdauen das soeben Gesehene, versuchen, es zu begreifen, und es dauert mehrere Minuten, bevor Amelia etwas sagt. »Hör zu, vielleicht ...«

Weiter kommt sie nicht, ein leises Geräusch unterbricht sie, als aus der Richtung, aus der wir gekommen sind, Eisbrocken zu uns herunterrieseln. Wir rühren uns nicht und warten, ob noch mehr kommt, auch wenn die niedrige Höhle, in der wir uns befinden, ausreichend stabil wirkt.

Noch mehr Geräusche, ein Scharren, und dann taucht mit

einem Mal ein Paar Stiefel vor uns auf. Amelia greift nach ihrem Multitool und ich nach meiner Spitzhacke. Das Bild von Liz' Blut im Schnee steht uns noch lebhaft vor Augen.

Die Stiefel verhaken sich in der Höhlenwand, um den Abstieg ihres Besitzers abzubremsen, und noch ehe ich Zeit habe, um festzustellen, dass der Neuankömmling nicht schwarz gekleidet ist, sehe ich Javier vor mir, der mir seine Knarre ins Gesicht hält.

AMELIA

Ein paar Sekunden lang sagt niemand etwas – Javier blickt keuchend zwischen uns hin und her. Er trägt eine Sichtbrille, wodurch sich sein Gesichtsausdruck schwer deuten lässt, aber sein Körper ist angespannt und in Alarmbereitschaft. Er ist eindeutig Profi. Eher Söldner als einfacher Plünderer. Oder zumindest jemand, der diesen Job schon lange macht.

»Wenn du mit diesem Ding hier drin schießt, bricht die ganze Höhle über uns zusammen.« Die Worte sind heraus, ehe ich weiß, was ich von ihm hören will.

»Schon möglich«, antwortet er. »Aber *ihr* seid auf jeden Fall tot, wenn ich abdrücke.«

»Warum bist du hinter uns her?« Jules ist ganz ruhig, er riskiert nichts, was Javiers Abzugfinger zum Zucken bringen könnte. »Du bist doch wegen dem Ding da unten hier. Uns brauchst du nicht mehr.«

»Ihr seid unser Tauschmittel.« Javier dreht ganz leicht den Kopf – vermutlich schaut er zu dem verhältnismäßig hellen Ausgang der Höhle, von dem man ins Tal hinabblickt. »Liz wird euch beide ausliefern und mit der Allianz da unten hoffentlich einen Deal aushandeln. Diese Operation ist eine Nummer zu groß für uns.«

»Liz?« Ich wechsle einen Blick mit Jules, der die Brauen hochgezogen hat. Er blickt zu dem Loch, durch das Javier gekommen ist, und ich stehe gleich hinter ihm. Während Javier sich seinen Weg durch den Gletscher gesucht hat, hat er bestimmt die Schüsse gehört, aber aller Wahrscheinlichkeit nach nicht mitbekommen, was passiert ist.

Ein paar verrückte Sekunden lang gehe ich in Gedanken ein halbes Dutzend Möglichkeiten durch, unser Wissen gegen ihn auszuspielen. Zumindest darin sind Jules und ich uns einig: Wissen ist Macht. Aber ich bin so müde und so fertig, und die letzten paar Stunden holen mich schneller ein, als mir lieb ist.

Javier sieht wieder uns an, und nach ein paar weiteren Sekunden des Schweigens streckt er seine freie Hand aus und schiebt sich die Brille auf die Stirn. Er schaut uns mit zusammengekniffenen Augen an, ohne die Waffe zu senken. »Was ist?«

Jetzt, da ich seine Augen sehen kann, fällt mir wieder seine sanftere Stimme ein und wie er meine Fesseln gelockert hat. Meine Entschlossenheit, ihn zu bekämpfen, gerät ins Wanken. Es gibt schon zu viel, gegen das ich kämpfen muss. »Liz ist tot. Die da unten haben sie und M.C. erschossen.«

Javiers Augen verengen sich. »Erschossen?«

»Schau selbst.« Jules deutet zum Vorsprung.

Langsam geht Javier darauf zu, ohne uns aus den Augen zu lassen. Es wäre ein Leichtes, auf ihn zuzuhechten und ihn hinunterzustoßen, sobald er ins Tal blickt. Doch als ich zu Jules hinübersehe und unsere Blicke sich treffen, weiß ich, dass wir das Gleiche denken. Unter Liz' Führung war die Truppe skrupellos, gewitzt und effizient. Und trotzdem haben die Soldaten da unten sie erschossen, nachdem sie ein paar Minuten geredet hatten, und zwar offensichtlich ohne Vorwarnung.

Liz war für uns eine fast unüberwindbare Bedrohung, und sie haben sie ausgeschaltet, als wäre das gar nichts. Allein haben Jules und ich keine Chance.

Javier braucht nur wenige Sekunden, um die ferne, scharlachrote Lache und die beiden Leichen auf der zugefrorenen, verschneiten Ebene zu entdecken. Er mustert die Gegend, dann geht er wieder nach hinten und lässt sich gegen die Höhlenwand fallen. »Verdammt.« Mit einem Klicken sichert er seine Waffe und schiebt sie zurück in das Holster im Inneren seiner Jacke.

Ich schlucke, meine Kehle ist trocken, und meine Lippen sind rissig von der kalten Luft. Ich riskiere noch einen Blick zu Jules, der erleichtert wirkt – auch wenn er dank der jüngsten Ereignisse anscheinend genauso wenig darauf brennt wie ich, Javiers scheinbarem Sinneswandel zu trauen.

»Tut mir leid«, sage ich schließlich, obwohl selbst ich höre, wie wenig mitfühlend meine Stimme klingt.

Javier blickt auf, und seine Mundwinkel verziehen sich zu einem Lächeln. »Nein, tut es nicht. Ehrlich gesagt kann ich auch nicht behaupten, dass es mir leidtut. Ich wusste, dass das Ganze ein Fehler war, als sie anfing, herumzukommandieren. Ich bin Söldner, ich gehe dahin, wo das Geld ist. Aber zwei Kinder umbringen?« Er schneidet eine Grimasse und schüttelt den Kopf. »Ich hab selbst Kinder. Nicht das, wofür ich mich verpflichtet habe.«

Ich spüre, dass jetzt nicht der richtige Zeitpunkt ist, gegen das Wort *Kinder* zu protestieren. Stattdessen lasse ich meinen Atem als langen, zittrigen Seufzer entweichen. »Dann lässt du uns also laufen?«

Javier zuckt mit den Schultern, langsam kehrt sein Blick wieder zum Tal zurück, auch wenn man so tief in der Höhle nicht die Stelle sehen kann, wo Liz' Leiche immer noch in einer Lache ihres eigenen Blutes liegt. »Wohin wollt ihr laufen? Das da unten ist eine Spezialeinheit. Es gibt eine ganze Menge, was die Welt über die Allianz nicht weiß, und gegen diese Teams da unten sind die alten Organisationen wie die CIA und eure MI6 der reinste Kindergarten. Wenn wir uns zeigen, werden sie mit uns genauso verfahren wie mit Liz. Profis wie denen ist es egal, wie alt ihr seid. Der Auftrag lautet Geheimhaltung, und Gefangene kosten Ressourcen. Sie müssten euch durchfüttern und ein Plätzchen für euch finden und Arbeitskraft verschwenden, um euch bewachen zu lassen. Sie bräuchten schon einen verdammt guten Grund, um euch zu behalten. Sehr viel wahrscheinlicher werden sie euch erschießen, so wie sie es bei Liz gemacht haben.«

»Nun, wir haben keine Wahl.« Meine Stimme klingt genauso verzweifelt, wie ich mich fühle, wenn auch zum Glück nicht annähernd so verängstigt. »Wenn wir hierbleiben, verpassen wir Minks Abholtermin und verhungern entweder oder sterben irgendwann an Sauerstoffmangel, je nachdem, was zuerst passiert.«

»Wenn du dort hinuntergehst, erschießen sie dich.« Trotz seines grimmigen Tonfalls gelingt es Jules, ein kleines bisschen von dem Eisklumpen in meinem Bauch aufzutauen. Wenigstens bin ich nicht allein.

»Nur, wenn sie uns sehen.« Ich krieche nach vorn zum Vorsprung und spüre, wie Jules' Hand sich um meinen Knöchel legt, um zu verhindern, dass ich abrutsche und in den Tod stürze. Beim Anblick des Schiffes und der Zelte, die darum errichtet worden sind, zieht sich mir der Magen zusammen. Da sind Dutzende von ihnen, ganz zu schweigen von denen, die erst noch landen – insgesamt wahrscheinlich mehrere hundert. Aber wenn man keine Wahl mehr hat, muss man erfinderisch sein. Und entschlossen. »Es wird doch bald dunkel, oder? Und sind hier am Pol die Tage nicht kurz? Wir können uns zumindest anschleichen, ein paar Vorräte klauen und vielleicht rausfinden, was dort los ist. Wachen werden sie hier wohl nicht aufstellen, weil sie nicht damit rechnen, dass jemand vorbeikommt. Aber wir wissen nicht, wie viel Liz ihnen darüber erzählt hat, dass auch andere Leute hier sind. Wir müssen schnell handeln, bevor sie ihre Taktik ändern und es uns schwerer machen. Wenn es Shuttleverkehr von hier aus zu einer Station gibt, können wir vielleicht als blinde Passagiere reisen.«

»Das sind ganz schön viele Vielleichts«, bemerkt Javier.

»Hey«, blaffe ich und schiebe mich von dem Vorsprung nach hinten, bis ich wieder neben Jules bin. »Diese Vielleichts haben uns bis hierher gebracht, viel weiter, als ihr ohne uns gekommen wärt.«

»Stimmt.« Javier atmet heftig aus und lehnt den Kopf nach hinten gegen das Eis. Ein paar Sekunden später verkündet er: »Wir helfen euch.«

Mit einem Ruck setze ich mich auf.

»Wir?«, wiederholt Jules.

»Hansen und ich. Er ist unten im Lager. Inzwischen haben wir mehr als das halbe Team verloren. Hansen ist Pilot, wenn wir es bis zu einem Shuttle schaffen … Ich will einfach nur heil von diesem Planeten runterkommen und zurück zu meiner Familie, und euer Plan klingt auch nicht schlechter als irgendein anderer.«

Jules schaut mich an, aber ich bin so verblüfft, dass ich nur mit den Achseln zucke, zu müde, um darüber nachzudenken, was es bedeutet, wenn wir unsere Kräfte mit dem Überrest der Bande bündeln, die uns vor nicht mal einem Tag umbringen wollte.

»Na schön«, sagt Jules schließlich. »Aber Mia und ich haben das Kommando.«

Javier zuckt mit den Schultern. »Wäre nicht das erste Mal, dass jemand das Sagen hat, der halb so alt ist wie ich.«

»Und wir kriegen Waffen.«

»Abgemacht.«

Jules' Augen verengen sich. »Und keine Fesseln mehr.«

Javiers halbes Lächeln kehrt zurück. »Ist nur fair.«

Ich stemme mich auf die Knie hoch, um mit Jules die Höhle zu verlassen und Javier zu seinem Lager zu folgen. »Noch etwas«, füge ich hinzu und taste nach meinem Multitool und nach der Klinge, die aus seinem Griff springt. »Wenn dieser Hansen mich noch einmal begrapscht, ist er seine Hand los.«

* * *

Bis wir zum Lager kommen, sind die Sonnen wieder hinter die Berge gesunken, und die Nacht bricht schnell heran. Es ist ein bestenfalls unbehaglicher Waffenstillstand. Hansens anfängliche Verwirrung, als er uns ohne Fesseln sieht, nimmt noch zu, als Javier ihm die Situation erklärt. Doch nachdem er ein paarmal aufgebraust ist – *woher soll ich wissen, dass du nicht einfach die Seite gewechselt hast und dass Liz jeden Moment hier auftaucht und uns alle abknallt?* –, scheint die Wahrheit langsam zu ihm durchzudringen, und Hansen lässt sich an der Wand der Gletscherspalte, in der wir uns befinden, herabrutschen.

Jules und ich gehen auf die andere Seite, aber die Stelle ist so schmal, dass wir nur ein paar Meter von Hansen entfernt sitzen. Schweigend geben wir uns eine Weile das Atemgerät hin und her, bis das Knarren von Stiefeln auf dem Schnee meine Aufmerksamkeit erregt. Es ist Javier, der aus dem Dunkeln zu uns herüberkommt und sich bückt, um uns etwas zu geben. Abgesehen von einem schwachen LED-Licht riskieren wir keinerlei Beleuchtung, und erst, als ich es in die Hand nehme, erkenne ich, worum es sich handelt: um ein weiteres Atemgerät.

Ich stupse Jules an, der aufschreckt und dann nach dem Atemgerät greift. »Das ist nicht meins.«

»Deines ist im Rucksack von Liz, der draußen auf dem Eis

liegt.« Javiers Stimme ist ganz ruhig. »Das hier hat Alex gehört.«

Falls Alex' Abwesenheit in der kleinen Gruppe noch nicht Beweis genug war, verrät uns nun Javiers Stimme die Wahrheit. Alex, der den Rätselfußboden hinter uns halb überquert hatte, als die Decke einstürzte. Alex, den wir getötet haben.

Jules starrt das Atemgerät in seiner Hand an, als wäre Giftgas in dem Tank. Ich kann ihn verstehen. Jeder Atemzug aus dieser Maske ist einer, den Alex nie mehr tun wird.

»Wir tauschen«, höre ich mich sagen. »Ich nehme diesen hier.«

Aber Jules schüttelt den Kopf. »Das ist eine Maske für einen Mann. Sie wird mir besser passen als dir.« Er zögert nur noch kurz, dann rückt er sie auf seinem Gesicht zurecht und lehnt sich an die Wand.

Ich schaue zu den beiden neuen Mitgliedern unserer kleinen Gruppe hinüber. Javier überprüft gerade den Rest unserer Ausrüstung. Er sieht durch, was hiergeblieben ist, als Liz losging, um mit den Streitkräften zu reden, die das Schiffswrack ausräumen. Hansen drückt die Schultern nach hinten gegen die Wand der Gletscherspalte, wie um sich zu wappnen. Vor der Brust hält er ein Automatikgewehr umklammert, als wäre es das Einzige, was ihn vom sicheren Tod trennt. Im Tempel war er ein arrogantes Arschloch, das seine Finger nicht bei sich behalten konnte. Jetzt ist er nur noch ein Typ, der ein paar Jahre älter ist als ich, genau wie wir gestrandet auf einem Planeten, so weit entfernt von unserem Zuhause, dass unsere Galaxis unter den zahllosen Sternen über uns nicht mal ein Klecks ist.

Selbst für meine Ohren klingt mein Atem unter der Maske zittrig. Ich lausche dem Geräusch, bis ich die Maske schließlich wegziehe. Obwohl mein Gehirn weiß, dass die Luft aus den Tanks besser für mich ist, wird es unter der Maske mit der Zeit heiß und feucht, und im Moment will ich die eisige Kälte der Polarluft auf dem Gesicht spüren.

»Wir brauchen einen Plan.« Meine Stimme klingt viel kräftiger, als ich mich fühle.

Hansen blickt auf, seine Augen sind so weit aufgerissen, dass ich sehen kann, wie das Weiße sich in meine Richtung dreht. »Einen Plan? Einen Plan? Wir werden sterben, wie wär's damit? Scheiße. Beinahe wäre ich mitgegangen. Beinahe wäre ich *mitgegangen*.«

Ich nehme an, dass er Liz und M.C. meint, deren Leichen da draußen auf der windgepeitschten Ebene inzwischen vermutlich steinhart gefroren sind. Ich atme tief ein und widerstehe dem Drang, zusammen mit Hansen in eine zugegebenermaßen nur allzu berechtigte Panik zu verfallen. Ohne seine knallharte, taffe Chefin hat er mehr Angst als wir.

Ich merke, dass ich zittere, und zwar nicht wegen der Kälte. *Na schön, vielleicht doch nicht mehr Angst als wir.*

»Noch leben wir.« Jules zieht sich Alex' Maske vom Gesicht. »Wenn wir an Vorräte und an ein Shuttle herankommen wollen, müssen wir mehr darüber herausfinden, was da unten los ist.«

»*Sterben*«, stöhnt Hansen.

»Halt den Mund, Junge.« Die Schroffheit in Javiers Stimme wird von der Tatsache gemildert, dass er sich neben Hansen fallen lässt und ihm eine kleine Flasche reicht, die zu klein ist, um Wasser zu enthalten. Dann, zu Jules: »Hast du eine Idee?«

»Na ja«, sagt Jules zögernd. »Als Erstes werden sie sich vermutlich Zutritt zum Schiff verschaffen. Ich weiß zwar nicht, wie sie das anstellen wollen – ich habe es noch nicht aus der Nähe gesehen –, aber ich kriege es von allen hier noch am ehesten heraus.« Er hält inne, und in dem schwachen Licht wechseln wir einen Blick. Wir denken beide an die Hinweise, die wir gefunden haben – an die menschlichen Schriftzeichen in einem Tempel, der fünfzigtausend Jahre alt ist. Ob Javier und Hansen überhaupt alles gesehen haben? Oder sind die Spiegel von der Explosion so stark zerstört worden, dass sie kein Licht mehr auf die Wände warfen? Keiner von uns bringt das Gespräch darauf. Genauso wenig wie auf die Nautilus-Symbole, die uns vor dem Schiff gewarnt haben. Vor einer Gefahr, die wir immer noch nicht wirklich verstehen.

»Ja?«, souffliert Javier sanft, und Jules fährt fort.

»Ihr könnt vermutlich am besten einschätzen, wie ein bewaffneter Stützpunkt dieser Art aussieht. Indem ihr euch seinen Aufbau anseht, sozusagen.«

Langsam nickt Javier. »Du meinst also, wir sollten uns aufteilen und sie ausspionieren.«

»Die Idee gefällt mir nicht besonders«, gibt Jules zu. »Aber etwas Besseres fällt mir auch nicht ein.«

Auch mir gefällt der Plan nicht – wir brauchen ziemlich viele glückliche Zufälle, damit er funktioniert –, aber von den Plünderern, die ich kenne, bin ich einer der besten, wenn es darum geht, heil irgendwo rauszukommen, und mir fällt auch nichts Besseres ein.

Javier wirkt genauso wenig begeistert wie ich, aber schließlich nickt er und stößt ein Grunzen aus. »Vielleicht behalten wir sie erst ein paar Stunden im Auge, bevor wir so nah rangehen, dass wir sie richtig ausspionieren können. So sehen wir, welche Sicherheitsmaßnahmen sie inzwischen haben, und die Typen mit den Gewehren sehen uns nicht und so.«

»Morgen«, sage ich bestimmt. »Wegen euch haben wir schon seit Tagen nicht mehr geschlafen – jedenfalls nicht richtig. Ich bin nicht scharf darauf, einer bewaffneten Patrouille in die Arme zu laufen, nur weil ich schon im Stehen einschlafe.«

Das bringt Javier zum Lachen – zwar nur kurz, aber es ist ein leises, sanftes Lachen und nicht das raue Bellen, dass man von diesem großen, bulligen Typen erwarten würde. »Da ist was dran. Hansen, immer langsam mit dem Zeug.« Er nimmt Hansen, der immer noch zu durcheinander wirkt, um viel mitzubekommen, die Flasche weg.

»Macht aber lieber das Licht aus«, bemerke ich und nicke zu seiner kleinen LED-Lampe hin. »Ich möchte nicht, dass einem von denen da drüben das komische Leuchten am Horizont auffällt.«

Wir legen uns zu beiden Seiten der Gletscherspalte hin, wobei Jules und ich uns die Wärme seines aufblasbaren Hightech-Schlafsacks teilen und meine Deckenrolle als Kissen benutzen. Er legt die Arme um mich, hauptsächlich wegen der Wärme – das heißt, bis ich spüre, wie er seufzt, sich Alex'

Maske vom Gesicht zieht und den Kopf zu mir herunterbeugt, bis seine Lippen auf meinem Haar liegen.

»Noch sind wir am Leben«, flüstert er.

Ich schlucke und spüre, wie meine Finger sich um den Stoff seines Hemdes legen, als könnte ich ihn so noch näher zu mir heranziehen. »Selbst wenn wir von diesem Planeten runterkommen, werde ich auf keinen Fall genug Beute haben, um meiner Schwester helfen zu können. Und ganz gleich, was hier los ist, es ist viel, viel schlimmer als alles, was dein Vater prophezeit hat. Keiner denkt sich aus uneigennützigen Motiven ein so ausgeklügeltes Lügengespinst aus. Irgendwie habe ich meine Zweifel, dass die Unsterblichen verborgen haben, was sie über die kommenden Menschen und ihre Sprachen wussten, nur um uns eine Willkommensparty zu schmeißen. Das hier ist irgendein Schwindel. Und ich wüsste nicht, wie er gut ausgehen soll.«

Jules' Gesicht nimmt einen grimmigen Ausdruck an. »Ich auch nicht.«

»Und in der Botschaft steht sonst gar nichts? Oder in den Übersetzungen aus dem Tempel?«

Er runzelt die Stirn. »Nein, aber ...« Er unterbricht sich, und seine Augen werden groß. Er zieht seine Arme unter mir hervor, damit wir beide sein Armband betrachten können, schaltet das Display ein und ruft die mehreren hundert Fotos auf, die er im Tempel gemacht hat. Mit raschen Fingerbewegungen wischt er sich durch sie hindurch und ruft die auf, die er braucht, während ich schweigend zusehe.

Schließlich hat er ungefähr zehn, die er so aufmerksam betrachtet, dass ich es nicht wage, ihn zu unterbrechen. Es sind nur die Bilder der Nautilus-Symbole im Tempel, die in so vielen Kammern im Tempel eingeritzt waren.

Er stellt die Bilder halbtransparent ein. Und dann legt er sie mit einer Reihe langsamer Wischbewegungen übereinander, eines nach dem anderen. Die Nautilus-Gehäuse passen genau aufeinander, als wären sie eine einzige Muschel. Aber die Linien sind jedes Mal woanders. Und als alle Bilder übereinanderliegen, vereinigen sich die Linien.

Sie bilden die Form des Raumschiffs, das sich unten aus der Nautilus-Muschel erhebt.

»Es war die ganze Zeit über da«, flüstere ich staunend. »Wir wussten nur nicht, wie man sie ansehen muss.«

»Die Spirale war in der Botschaft verborgen«, erwidert er flüsternd. »Und die eingeritzten Spiralen im Tempel waren schnell und unauffällig hingekritzelt. Wir haben uns die Unsterblichen immer als Einheit vorgestellt, mit einem einzigen Ziel, aber sieh dir nur die menschliche Geschichte an – oder auch einfach nur dich und mich. Die Hälfte der Zeit können wir uns kaum auf irgendwas einigen. Wir wissen vielleicht nicht, wozu das Schiff da ist, aber es ist eindeutig wichtig – und zumindest ein Mitglied dieser Spezies wollte uns davor warnen.«

Ich möchte schreien und toben über die Unmöglichkeit des Rätsels, das die Unsterblichen uns hinterlassen haben. Das Gewirr aus Timing und Wahrscheinlichkeit ist schlimmer als jedes Labyrinth und jede Fallgrube im Tempel. Und nicht mal Jules – der brillante, kluge, auf die Unsterblichen spezialisierte Jules – hat eine plausible Erklärung anzubieten.

Stattdessen atme ich abgehackt ein. »Die Frage ist, welche Seite sagt die Wahrheit – die Schöpfer der Funkbotschaft oder die, die uns heimlich warnen wollten?«

Er schluckt nur und schüttelt den Kopf, dann schließt er wieder mit einer raschen Fingerbewegung die Bilder. Er sieht so entschlossen aus, sein Gesicht ist grimmig, der Blick geht zum Horizont. Aber das schnelle Hüpfen seines Adamsapfels lässt ihn nervös wirken – mehr als nervös, ängstlich.

Ich drehe den Kopf, bis nur meine Augen oben aus dem Schlafsack lugen. Über mir sehe ich ein Stück Himmel, jenseits der Gletscherspalte, die sich über uns erstreckt. »Weißt du, was ich vermisse?«, flüstere ich.

Er räuspert sich angestrengt. »Pizza?«

Ich lache, mehr als sein lahmer Witz es verdient hat, erleichtert, weil er es zumindest versucht. Mein Atem an seinem Hals bringt ihn zum Erschauern. Und zu wissen, dass ich das verursache, lässt wiederum meine Haut kribbeln. Ich drehe mich ein bisschen in seinen Armen, um besser zu diesem fremden Himmel hochschauen zu können. »Ich vermisse den Mond.«

Jules' Kopf bewegt sich an der Stelle, wo er meinen Kopf berührt, und ich weiß, dass auch er hinaufblickt. Beide halten wir nach etwas Vertrautem am Himmel Ausschau, obwohl wir wissen, dass nichts dort uns irgendwelchen Trost bringen kann.

Unser ganzes Leben lang war die Internationale Allianz eine Truppe zänkischer, kleinlicher Politiker, mehr damit beschäftigt, Stimmen zu sammeln, als der Menschheit zu dienen –

aber vor langer Zeit waren sie einmal die größte Hoffnung der Erde. Damals, als alle Nationen zu den Sternen blickten und zusammenarbeiteten, um nach Alpha Centauri zu greifen. Nach der Zukunft.

Erst seit wir nicht mehr nach oben schauen, zerbricht die Gemeinschaft.

Ich drehe mich in Jules' Armen, und er zieht mich an sich, damit wir den Schlafsack oben um uns wickeln können, während wir weiter zu den fremdartigen Konstellationen aufblicken. Seltsam, wie vertraut und tröstlich er sich anfühlt, dieser Junge, den ich kaum kenne. So vertraut wie meine eigenen Sterne.

Vielleicht erwischt uns morgen eine dieser Patrouillen, während wir uns anschleichen, und man wird unsere Leichen im Schnee liegen lassen, wo sie genauso steinhart gefrieren werden wie die von Liz. Aber heute Abend mache ich die Augen zu und tue so, als würde ich zum Mond hinaufsehen, zusammen mit Jules.

* * *

Ein winziges Geräusch weckt mich. Mein Verstand geht ein Dutzend Möglichkeiten durch, wobei er mit jeder Runde der Wahrheit näherkommt. Dann höre ich das Geräusch wieder und erkenne das Knacken eines Walkie-Talkies, die kurze, gleich wieder gedämpfte Explosion von leisem, statischem Rauschen. Soweit ich mich erinnern kann, benutzt niemand aus Liz' Gruppe Walkie-Talkies.

Dann höre ich Schritte, die über den Schnee knirschen. Und dieses Stiefelknarren klingt anders als bei Javier, und im Sternenlicht kann ich Hansen sehen, der dort liegt, wo er gesessen hat, als ich eingeschlafen bin.

Die Pistole, auf der ich bei Javier bestanden habe, steckt zwischen uns im Schlafsack. Ich kann mit Waffen nicht gut umgehen – auf der Erde war ich nicht gerade jemand, der die Konfrontation gesucht hat. Ich greife dennoch danach und packe Jules gleichzeitig am Arm, was ihn hoffentlich schnell und stumm weckt.

Ich lausche auf weitere Schritte und versuche herauszufinden, wo sich der Urheber befindet, aber jetzt herrscht nur noch Stille. Dann sehe ich im Sternenlicht etwas Metallisches aufblitzen und reagiere, bevor ich es mir anders überlegen kann. Ich ziehe die Waffe, befreie sie aus den Falten unseres Schlafsacks und richte sie auf das glitzernde Etwas.

Sofort strahlt mir eine Lampe direkt ins Gesicht. »Waffe fallen lassen!«, verlangt eine barsche Stimme, die leicht von einer Atemmaske gedämpft wird.

»Lassen Sie Ihre fallen!«, rufe ich zurück, in der Hoffnung, dass das Zittern meiner Hände nicht allzu deutlich zu sehen ist.

Der Lichtstrahl schwenkt hinüber zu Jules, und für einen Moment erkenne ich drei, vier ... vielleicht sechs Gestalten, schwarz gekleidet wie der Trupp, der Liz getötet hat, überall um uns herum. Soweit ich sehen kann, keinerlei Abzeichen, doch das stützt nur Javiers Theorie, dass es sich um eine Spezialeinheit handelt, irgendeine geheime militärische Eliteeinheit. Jeder Soldat hat ein Nachtsichtgewehr – ich sehe die kleinen, roten Punkte, die hierhin und dorthin irren, bis sie uns alle anvisieren. Ich bin die Einzige, die ihre Waffe gezogen hat.

Der Typ, der auf mich zielt, stößt hinter seiner Maske ein kleines, trockenes Lachen aus. »Vielleicht entsicherst du nächstes Mal deine Waffe, Kleine.«

Ich schaue auf die Pistole, doch ehe ich sie sehe, weiß ich, dass er recht hat. Meine Gedanken überschlagen sich. Wieder höre ich das statische Rauschen, und diesmal antwortet der Typ, der uns am nächsten ist. »Vier feindliche Subjekte. Bewaffnet, nicht gefährlich. Anweisungen?«

Ich höre den Befehl nicht, den er bekommt, nur eine Stimme, die in seinem Ohr knistert. Doch der Mann verlagert sein Standbein und seufzt. »Tut mir leid, Kleine.«

Für einen Augenblick kann ich an nichts anderes denken als an das Mündungsfeuer seiner Pistole, an den Knall, den der Schuss verursachen wird, und ob ich ihn wohl noch hören werde, bevor ich tot bin. Dann werfe ich meine Waffe in den Schnee und hebe die Hände. »Er ist Jules Addison!«, keuche ich. Vor Furcht klingt meine Stimme ganz heiser.

Der Typ stutzt. Vermutlich hat er damit gerechnet, dass wir zumindest ein bisschen um unser Leben betteln, aber damit eher nicht. »Was?«

»Jules Addison.« Neben mir spüre ich Jules – angespannt, aber stumm. Ich habe schon einmal seinen Namen benutzt, um uns zu retten, und hätte Jules dadurch beinahe verloren. Diesmal wartet er ab. Diesmal vertraut er mir. »Das hier ist Elliott Addisons Sohn. Er weiß alles über die Unsterblichen. Erzählen

Sie mir bloß nicht, dass er Ihnen da unten nichts nützen wird. Aber lebendig.«

Der Lichtstrahl schwenkt noch einmal zu Jules' Gesicht herüber und gewährt mir für ein paar kostbare Sekunden seinen Anblick. »Hm«, sagt der Mann nur und mustert Jules, der in das grelle Licht am Helm des Mannes blinzelt. Dann schwenkt der Strahl wieder zu mir, und das Letzte, was ich sehe, ist der große, schwarze Schatten seines Pistolenknaufs, der mir ins Gesicht donnert.

JULES

Das Zelt, in dem wir gefangen gehalten werden, ist ein dünnes Standardding, das die Kälte kaum aussperren kann. Weil man mir die Hände hinter dem Rücken gefesselt hat, kann ich mich nicht ausreichend bewegen, um warm zu bleiben. Ich könnte nicht sagen, ob meine Fingerspitzen taub von der Kälte sind oder weil die Kabelbinder, die sie hier verwenden, mir den Blutfluss abschnüren. Hansen und Javier kann ich nirgendwo entdecken – das Letzte, was ich von ihnen gesehen habe, war, wie Hansen durch die Dunkelheit weggezerrt wurde.

Mia ist immer noch bewusstlos und liegt als schlaffes Bündel neben mir auf dem Fußboden. Ich kann nichts für sie tun, außer über den Stoffboden zu ihr hinüberzurutschen, um zu sehen, wie sich ihre Brust ganz leicht, aber gleichmäßig hebt und senkt, woran ich erkenne, dass sie noch am Leben ist.

Draußen haben sie Flutlichter aufgestellt, und da es hier drin stockfinster ist, wird jede Bewegung im Stützpunkt vor dem Zelt als albtraumhaftes Schattenspiel an die Canvaswände geworfen. Das Einzige, das sich nicht bewegt, ist der Umriss der Wache am Zelteingang. Sie haben uns zwar nicht geknebelt, aber ich schreie nicht. Mias schnelle Reaktion hat uns eindeutig das Leben gerettet – die Wachen haben darauf geachtet, mich nicht zu verletzen –, aber ich will nicht mehr Aufmerksamkeit auf mich ziehen als unbedingt nötig.

Vielleicht vergessen sie ja, dass wir hier sind.

Unwahrscheinlich.

Mia ... wach auf.

Sie ist diejenige mit dem raschen Mundwerk. Ich mag zwar der Rätsellöser sein, der uns aus einem uralten Alien-Tempel herausbringt, aber sie ist es, die uns aus der Gefangenschaft herausbluffen kann. *Mia. Mia. Wach auf, wach doch bitte auf.*

Ein zweiter Umriss gesellt sich zu dem Wachmann dort draußen. Ich bekomme ein kurzes, gemurmeltes Gespräch mit, dann wird die Klappe zurückgeschlagen, um den Neuankömmling hereinzulassen.

Die Flutlichter draußen blenden mich, und ich wende rasch mein Gesicht ab und blinzle Tränen weg. Als ich wieder hinsehe, beugt sich der Neuankömmling über eine Kiste, mit dem Rücken zu mir, und schaltet eine Laterne ein. Als ich erkenne, um wen es sich handelt, zieht sich mir vor Schreck der Magen zusammen: Ich erkenne den langen, schwarzen Mantel von vorhin – er gehört zu der Person, die Liz erschossen hat.

Dann dreht sich die Gestalt um, und alles kommt zum Stillstand. Ich kenne dieses Gesicht.

Ihr Gesicht.

Ein langes, schmales Gesicht mit Adlernase, dichten Brauen, die die scharfen Augen betonen, Lippen, die, ohne ein Wort zu sprechen, Kompetenz und Selbstsicherheit ausstrahlen. Ihre

Haare sind braun, nicht blond wie in meiner Erinnerung, doch die kerzengeraden Fransen um ihr Gesicht sind immer noch dieselben. In der Militäruniform hätte ich sie nur an ihrer Art erkannt, mich anzusehen, beifällig, taxierend, hilfsbedürftig … Nur dass ich jetzt erkenne, dass es keine Hilfsbedürftigkeit ist. Es ist eine Mischung aus Gier und Triumph und Ehrgeiz.

»Ch-Charlotte?«, krächze ich, zu verblüfft, um etwas anderes zu tun, als die Angestellte von Global Energy anzustarren, die mich eingestellt hat. Bei unserer letzten Begegnung haben wir uns in einem winzigen Café in London getroffen. Sie hier zu sehen, ist, als würde ein überzüchtetes Rennpferd im Warteraum einer Polizeiwache stehen – so widersprüchlich, dass ich kaum eine geistige Verbindung zwischen beiden zustande bekomme.

»Mr Addison.« Wäre ihr Blick nicht so distanziert, würde ihre Stimme fast schon herzlich klingen. Ich erinnere mich noch ganz deutlich an unser Gespräch – sie war ebenso leidenschaftlich wie ich, ebenso entschlossen, ihre Position in der Firma zur Unterstützung meiner Reise zu nutzen. Darauf vorbereitet, die Idee jedem ihrer Chefs zu verkaufen, bei dem das nötig war. Sie hatte sich der Sache verschrieben, war eine von uns. Davon ist jetzt keine Rede mehr. Sie ist kurz angebunden, effizient und kühl. »Sie sind in jeder Hinsicht der Schatz, auf den wir gehofft hatten.«

Ich starre sie an und kann nicht aufhören, zwischen ihrem Gesicht und ihrer Uniform hin und her zu blicken, im Versuch, beides miteinander in Verbindung zu bringen. Diese Soldaten tragen keine Abzeichen oder Dienstmarken, aber bei einer geheimen Spezialeinheit wäre das auch nicht der Fall. Und die einzige Gruppe, die auf der Erde noch über die Mittel verfügt, um in solcher Anzahl und mit dieser Präzision und Ausbildung zu erscheinen, ist die IA.

Aber Charlotte gehört nicht zur Internationalen Allianz, protestiert mein Geist erneut. Sie ist davon ebenso angewidert wie ich. Sie glaubt an meinen Vater. Sie ist wie ich … Sie will die Welt retten …

Die dunklen Brauen heben sich. »Haben Sie eine Gehirnerschütterung? Ich hatte extra Anweisung gegeben, Ihnen nicht weh zu tun.«

Ich schlucke heftig. »Nein.« Eine Pause, mein Mund öffnet sich, und sie sieht mich erwartungsvoll an. »Wie … Was … machen …«

»… Sie hier?«, beendet sie den Satz für mich und wirkt beinahe amüsiert. *Beinahe* amüsiert. Doch sie beantwortet die Frage nicht und wartet stattdessen darauf, dass ich selbst auf die Antwort komme.

»Sie sind gar nicht bei Global Energy Solutions«, sage ich langsam, während mein müder, verwirrter Geist versucht, sich alles zusammenzureimen.

»Global Energy Solutions existiert nicht.« Sie geht ein Stück von der Laterne weg, so dass mehr von deren Licht ins Zeltinnere fällt. »Ich will offen zu Ihnen sein, Jules, ich hätte auch bei Ihnen nicht gedacht, dass Sie noch existieren. Nachdem Sie erst einmal zu tief im Tempel waren, haben wir das Signal Ihres Trackers verloren, und wir erhielten keine Meldung, dass Sie wieder herausgekommen wären.«

»Tracker?«, wiederhole ich wie ein Idiot.

»Sie sollten sich für unbeobachtet *halten*«, sagt sie mit übertriebener Geduld. »Nicht unbeobachtet *sein*. Das Atemgerät, dass man Ihnen gegeben hat, war mit einem Tracker ausgerüstet. Als wir bei den Söldnern, die wir Ihnen hinterhergeschickt hatten, Ihr Atemgerät fanden, und die Anführerin nicht sagen wollte, wo Sie waren, nahm ich an, dass sie nur nicht zugeben wollte, Sie getötet zu haben.«

»Liz?« Verzweifelt blinzle ich zu ihr hoch und versuche, alles zusammenzusetzen. *Ja. Liz hatte mein Atemgerät. Offenbar mit diesem Tracker. Und sie hätte ihnen nicht gesagt, wo ich war. Sie hat Javier losgeschickt, um mich zu suchen, weil sie mich ausliefern wollte.*

»Ja, Liz – strengen Sie sich ein bisschen mehr an, Mr Addison.« Charlotte macht ein genervtes Gesicht. »Ich dachte, Sie wären der Kopf dieser Operation.« Sie nickt zu Mias bewusstloser Gestalt hinüber. »Vielleicht hätten wir bei Ihrer Freundin nicht so hart zuschlagen sollen.«

»Meine …« Meine Verwirrung verdichtet sich, und dann wird daraus in meinem Bauch ein Knoten aus Wut und Feuer. »Was zum Teufel wird hier gespielt? Wer sind Sie, und warum …« *Warum* das alles, verlangt mein Verstand zu wissen.

Charlotte verzieht den Mund und schiebt die eine Hand auf Hüfthöhe in einen schmalen Schlitz ihres langen, schwarzen Mantels. Dann klickt etwas, und eine Klinge springt aus ihrer Hand, als sie sich mir nähert. Reflexartig zuckt mein Körper zurück, und ich zerre an meinen Fesseln, von denen ich bereits weiß, dass ich sie nicht zerreißen kann, während meine Augen nach Mia Ausschau halten, in der irren Hoffnung, dass sie selbst die Augen öffnen und mich ansehen wird, dass sie einen Ausweg weiß – oder dass ich zumindest noch einmal erlebe, wie sie mich ansieht.

Doch Charlotte schnaubt nur verächtlich. »Ganz ruhig, Sie Riesenbaby. Ich habe Sie nicht bis hierher gebracht, um Sie umzubringen.«

Ich stehe immer noch unter Strom, meine Muskeln befehlen mir, loszurennen, als sie sich über meine Schulter beugt und nach den Fesseln hinter meinem Rücken greift. Sie riecht nach Shuttle-Treibstoff und Harz, beißend und chemisch und kein bisschen menschlich. Nachdem ich mich tagelang an Mia gekuschelt und an ihren Geruch gewöhnt habe, selbst an den verschwitzten, schmutzigen und »ekligen«, wie sie ihn nennen würde, riecht Charlotte steril.

Für sie muss ich stinken wie eine Latrine.

Dann wird auf die Kabelbinder Druck ausgeübt, durch den sie noch mehr in meine Handgelenke einschneiden, und ich beiße mir auf die Unterlippe. Und endlich fallen meine Arme seitlich herab, der Druck ist verschwunden, meine Hände hängen wie Bleigewichte an meinen Seiten herunter.

Charlotte tritt zurück, klappt ihr Messer zusammen und steckt es ein. »Wir können wirklich keine Zeit mit Erklärungen verschwenden, Mr Addison. Es hat sich nichts geändert, abgesehen von den Mitteln, die Ihnen zur Verfügung stehen. Wir wollen immer noch dasselbe wie Sie: die technologischen Fähigkeiten der Unsterblichen enthüllen.«

»Sie *benutzen*, meinen Sie.« Sie gehört zur IA. Sie gehört zu denen, die meinen Vater ins Gefängnis geworfen haben, weil er sie nicht durch die Tempel führen wollte. Sie hat keine Ahnung, womit wir es hier zu tun haben. *Sie weiß nichts über die Warnungen in den Spiralen, die zu diesem Ort führen.*

Dieses spezielle Detail verkneife ich mir. Liz lag richtig mit ihrer Intuition, Charlotte lieber nicht alles zu erzählen, selbst wenn sie deswegen gestorben ist. Die IA hat meinem Vater trotz seiner jahrzehntelangen Erfahrung nie geglaubt – nie und nimmer wird Charlotte auf mich hören, wenn ich sie bitte, von der Erkundung des Schiffes abzusehen. Sie wird es für eine Verzögerungstaktik halten, oder sogar für eine glatte Lüge, und mich nur umso mehr im Auge behalten, damit ich ihre Mission nicht sabotiere. Die einzige Waffe, über die ich verfüge, ist Wissen – wenn es eine Chance gibt, sie mit Hilfe meines Wissens zu stoppen oder Mia und mich aus dieser Misere zu befreien, dann muss ich mich daran halten.

»Sie wollen die Technologie ausbeuten, ganz gleich, worum es sich dabei handelt«, sage ich. »Ganz gleich, welche Gefahr davon ausgeht.«

»Und Sie suchen nach Wissen, oder?« Charlotte zieht eine Augenbraue hoch. »Sie wollen wissen, ob Ihr Vater recht hatte. Ob Ihr Leben wieder normal werden kann. Hier ist Ihre Chance, es herauszufinden. Die Antwort befindet sich in diesem Schiff, Mr Addison, wenn Sie einen Weg ins Innere finden.«

»Augenblick mal.« Langsam kommen meine Gedanken wieder in Bewegung, so langsam, als müssten sie durch Sirup waten. Auf der Suche nach einem Ausweg. Ich zwinge mich, erneut zu sprechen, Zeit zu schinden, indem ich mich empöre. »Sie lügen mich an, Sie verfolgen mich, Sie fesseln meine Freunde, und jetzt wollen Sie, dass ich Ihnen helfe?«

Charlotte schürzt die Lippen und zuckt mit den Achseln. »Wir können die Tür auch sprengen, wenn Ihnen das lieber ist.«

Teilweise ist der Wissenschaftler immer noch in meinem Gehirn präsent, denn auch wenn ich weiß, dass wir hier nichts Wichtigeres tun können, als herauszufinden, was die Unsterblichen über uns wussten – wie sie davon erfuhren, wer wir waren und was aus uns werden würde, warum sie uns getäuscht haben –, erschaudere ich innerlich bei ihren Worten. Die Vorstellung, einen Teil dieses erstaunlichen Artefakts in die Luft zu sprengen, bereitet mir immer noch fast körperliche Qualen. »Sie wollen, dass ich das Schiff für Sie öffne. Und dann?«

»Geht Sie eigentlich nichts an, oder?«

»Ich meine – was ist mit mir? Was wird aus meinen Freunden? Irgendwie bezweifle ich, dass Sie uns einfach eine Verschwiegenheitserklärung unterschreiben und anschließend in den Sonnenuntergang reiten lassen.«

In erster Linie denke ich an Mia, aber ein Teil meines Gehirns – keiner, auf den ich besonders stolz bin – ist sich immer noch darüber im Klaren, dass Hansen Pilot ist. Das Javier kämpfen kann. Dass die beiden uns von hier wegbringen könnten, falls es mir gelingt, sie am Leben zu halten.

Charlotte lächelt. Mein Herz zieht sich noch ein bisschen mehr zusammen. »Glauben Sie, was Sie wollen, Mr Addison.

Aber die Wahl zwischen dem sicheren Tod jetzt sofort und einem möglichen Tod später ist keineswegs schwierig. Ich bin mir sicher, dass wir zu einer Einigung kommen werden.«

Meine Lippen pressen sich zusammen. Ich spüre, wie sich Wut in mir aufbaut, ein entfernter Verwandter des Zorns, den ich gefühlt habe, als ich glaubte, Mia hätte mich verraten, um sich Liz' Gruppe anzuschließen; auf ähnliche Weise miteinander verwandt wie ein Buschfeuer mit einer Duftkerze.

Und dann verschwimmt plötzlich das Durcheinander meiner Gedanken, und nur die Stimme meines Vaters, sein Gesicht, bleiben übrig. Ganz deutlich höre ich alle seine Warnungen. Ich sehe die Regenbogen im Tempel, die Worte in den Hunderten von Sprachen, die so unmöglich da sein konnten und doch an den fünfzigtausend Jahre alten Mauern standen.

Jeder einzelne meiner überreizten Sinne ruft mir zu, dass dieser Ort, dieser Planet *gefährlich* ist. Und nach allem, was die IA mir, uns, angetan hat, soll ich für sie das Schiff öffnen. Die Nautilus öffnen, die Gefahr entfesseln, vor der all die verborgenen Symbole gewarnt haben.

Gerade will ich den Mund aufmachen und dieser Frau sagen, dass sie sich von einer Klippe stürzen soll, dass sie mich gern umbringen kann, dass der Tag, an dem ich dieses Schiff für sie öffne, der Tag ist, an dem man die Bewusstseinskontrolle entdeckt –

Da regt sich Mia neben mir, mit einem leisen Stöhnen voller Schmerz und Verwirrung, bei dem mein Zorn in sich zusammenfällt wie ein aufgeblasener Luftballon durch eine Stecknadel. Ich beuge mich zu ihr hinüber, lege ihr die Hand auf den

Arm und drücke ihn ganz leicht. Und stelle fest, dass meine Hand kein bisschen taub ist, dass ich ihre Wärme unter meiner Handfläche spüre, ihren Brustkorb, der mich streift, als sie tiefer einatmet.

»Jules«, murmelt sie bei meiner Berührung, bevor sie die Augen öffnet. »Verdammt ... Ich glaube, ich muss kotzen.«

Sie hat eine Gehirnerschütterung, da bin ich mir sicher. Ich bin zwar kein Arzt, aber sie war über eine halbe Stunde bewusstlos, und die Art, wie sie versucht, sich aufzusetzen, ohne dass ihre Glieder richtig funktionieren, ist mir nur allzu vertraut. Die Leute witzeln zwar immer über Wasserpolo, aber sie haben noch nie gesehen, wie ein Spieler einen Schlag gegen die Schläfe abbekommt und seinen Punkt blutüberströmt macht, um dann schnell zum Beckenrand zu schwimmen und sich auf dem Beton zu übergeben.

»Komm, ich helfe dir«, flüstere ich, wobei ich Charlotte vergesse, aber mich daran erinnere, dass meine Hände wieder frei sind. Ich schiebe den Arm unter Mias Schultern und helfe ihr, sich aufzusetzen. Auch sie hat man mit Kabelbinder gefesselt, und ihre Finger sehen unnatürlich rosa und geschwollen aus. Sie lehnt sich an mich.

»Jules, was ist hier ...« Doch ihr benommener, unscharfer Blick hat sich schon von meinem Gesicht abgewandt. »Moment mal«, sagt sie, wobei sie Mühe hat, die Wörter zu bilden. »Halluzi – Hallozeh – Hallozillu – ... Scheiße, sehe ich etwa Dinge, die es nicht gibt?«

Ich folge ihrem Blick, der auf Charlotte gerichtet ist. Die Frau steht direkt vor uns, die Arme locker verschränkt, und beobachtet uns irgendwie erheitert. Wie eine Tante, die den Mätzchen ihrer kleinen Nichte und ihres Neffen mit amüsierter Geduld zusieht. Vorausgesetzt, die Tante hat ein Messer, trägt eine schwarze Militärkluft und befehligt eine Flotte aus Dutzenden von Raumshuttles.

»Schon gut«, murmle ich leise, ohne mich wirklich darum zu scheren, ob Charlotte es hören kann. »Ich regle das schon.«

»Aber …« Mia starrt immer noch, und nach ein paar angestrengten Sekunden platzt sie heraus: »*Mink?*«

Jetzt weiß ich wirklich, dass sie eine Gehirnerschütterung hat. Und dass sie *hallozilluniert*. »Mia«, sage ich behutsam, um sie zu ermuntern, mich anzusehen. »Das ist Charlotte. Sie ist diejenige, die mich eingestellt hat, die, deren Firma meine Reise hierher organisiert hat.«

Nur dass das natürlich nicht stimmt. Weil Global Energy Solutions gar nicht existiert. Aber das kann ich mir noch nicht einmal selbst erklären, umso weniger dem verwirrten, noch halb bewusstlosen Mädchen, das sich an meine Schulter lehnt.

»Nein«, sagt Mia und blinzelt heftig. »Nein, das ist Mink. Meine Unterhändlerin. Sie hat mich angeheuert. Und außerdem Liz und die anderen. Wie kann sie … Sind wir immer noch am Südpol?«

Aber ich schaue wieder Charlotte an. Sie sieht nicht verwirrt aus. Und auch nicht überrascht. Sie sieht überhaupt nicht irgendwie besonders aus – außer vielleicht wie diese geduldige Tante, die darauf wartet, dass ihre Schützlinge sich quälend langsam durch eine Anfängerlektion arbeiten, wie in einem dieser Pappbilderbücher, mit denen kleine Kinder lesen lernen.

Da ist Jane, souffliert mein Verstand absurderweise und ohne sich kontrollieren zu lassen.

»Mink ... Mink ist Charlotte?« Ich bin so durcheinander, dass ich mich frage, ob Mias Gehirnerschütterung ansteckend sein könnte.

Da spielt Jane.

»Wir wurden von der gleichen Person angeheuert?« Mia lehnt sich stärker an mich, und irgendwie weiß ich, dass sie gern meine Hand nehmen würde, aber ich kann nicht. Stattdessen lege ich den Arm um sie.

Charlotte – oder wer immer sie ist – seufzt. »Als wir Mr Addison hier einstellten, wollte er ständig wissen, ob man wirklich unbemerkt nach Gaia kommen kann, nachdem die IA den Reiseverkehr durch das Portal überwacht.«

Mia lehnt sich an mich. »Also hast du es ihm bewiesen«, sagt sie leise.

Da springt Jane.

»Wir haben ein paar Plünderer rekrutiert, die zum Planeten fliegen sollten«, sagt Charlotte. »Ihn darauf hingewiesen, dass es der Zusammenbruch seines eigenen Vaters während einer Liveübertragung war, durch den alle Informationen an die Öffentlichkeit gelangt sind, die ein Plünderer braucht, und dass die Aufzeichnung bereits die Runde machte. Wir haben darauf geachtet, jemanden auszuwählen, den zu Hause niemand Wichtiges vermissen würde.«

Neben mir versteift sich Mia, und alle Luft weicht aus meinem Körper, so als hätte mir jemand in den Bauch geboxt. Es wäre niemals jemand gekommen, um Mia abzuholen. Und sie hat die Chance, hierherzukommen, nicht wegen ihrer Fähigkeiten bekommen, wie sie geglaubt hat.

Charlotte – Mink – hat Mia ausgesucht, weil sie entbehrlich war. Verzichtbar.

Die Augenbrauen der Frau wandern nach oben. »Sieh es mal so, Amelia. Alle anderen, die wir ausgesucht haben, sind jetzt da draußen und warten auf einen Rücktransport, der nie stattfinden wird. In deinem Fall wird Mr Addison vielleicht einen Rückflug für dich aushandeln, bevor alles vorbei ist. Und dann kannst du zurück zu ... Evelyn, nicht wahr? Der heißgeliebten Schwester.«

Ich muss Mias Gesicht in diesem Moment nicht sehen, um ihre Gedanken zu kennen – es sind die gleichen wie meine. Wir sind nicht durch ein ganzes Universum geflogen, haben nicht einen fremden Planeten überquert, sind nicht durch einen uralten Tempel gekrochen und haben uns nicht durch ein unbekanntes Portal geworfen, in dem wir hätten draufgehen können, nur um jetzt zuzulassen, dass man uns auf diese Weise auseinanderreißt.

Charlotte löst ihre verschränkten Arme und geht zur Zeltklappe, ohne Anstalten zu machen, Mias Fesseln zu lösen, und gibt stattdessen mir ein Zeichen. »Kommen Sie, Mr Addison.« Ihre Stimme ist höflich und distanziert und in diesem Moment furchterregender als ein Dutzend bewaffneter, gesichtsloser Soldaten. »Wird Zeit, dass wir an die Arbeit gehen.«

Da läuft Jane.

»Ich brauche sie«, platze ich heraus, ohne mich von Mias Seite wegzurühren. »Sie kennt die Schriftzeichen genauso gut wie ich. Sie versteht ihre mathematischen Beziehungen. Ich ... ich brauche sie.« Ein tiefer Atemzug. »Und wenn ich irgendwas für Sie tun soll, brauche ich einen Beweis, dass die anderen noch am Leben sind.« Mein Pilot und mein Soldat. Meine Fluchtchance.

Charlotte – Mink – Tante Sowieso – verengt ganz leicht die Augen und blickt zwischen Mia und mir hin und her, sinnend, nachdenklich. Sie hat gehört, welchen der drei Namen ich zuerst genannt habe. Sie hat die Verzweiflung in meiner Stimme wahrgenommen.

Ihre Lippen verziehen sich ein ganz klein wenig. Es sieht aus, als würde sie lächeln. »Also gut.«

Lauf, Jane. Lauf.

AMELIA

Mir ist schwindlig, und der Kopf tut mir weh. Der Untergrund fühlt sich uneben an, nicht nur wegen der alten Schneekruste unter meinen Stiefeln, sondern weil er sich ständig auf verrückte Weise neigt, während mein Sehvermögen und mein Innenohr einen hoffnungslosen Kampf ausfechten, dessen erstes Opfer mein Magen ist. Ich weiß nicht, ob es eher demütigend oder befriedigend wäre, sich umzudrehen und auf Minks schicke Uniform zu kotzen.

Ich halte mich dicht bei Jules, und hin und wieder streckt er die Hand aus, um mich festzuhalten. Sie haben immer noch nicht meine Fesseln gelöst, aber selbst wenn ich mich mit den Händen ausbalancieren könnte, würde ich mich wahrscheinlich lieber an Jules festhalten. Ich weiß nicht recht, ob es schlau von ihm war, zu verlangen, dass ich mitkomme – ich weiß nicht recht, ob es klug war, sie wissen zu lassen, dass zwischen uns eine Verbindung existiert, die über den Zufall hinausgeht.

Ich weiß nicht recht, ob das die beste Idee war. Aber Gott, ich bin derart froh darüber, dass er es getan hat, dass ich heulen könnte.

Das Schiff ragt über uns auf, selbst aus dieser Entfernung. Es ist riesiger, als ich zuvor dachte, mit den IA-Shuttles als einzigem Vergleich. Es könnte Hunderte – Tausende von Menschen beherbergen. Oder von Unsterblichen. Oder ... Keine Ahnung. Es ist größenmäßig ebenso für uns geeignet, wie der Tempel das war. Der fünfzigtausend Jahre alte Tempel mit den englischen Inschriften.

Ich bin nie jemand gewesen, den man ehrlich nennen würde – ich bin illegal von der Schule abgegangen, ich hatte Jobs, die schwarz bezahlt wurden, ich habe ohne Hemmungen gestohlen, sobald ich in Chicago war. Doch das Ausmaß, die Komplexität des Lügennetzes, die uns an Gaia binden, erschüttert mich immer mehr. Dass die Unsterblichen sich als Spezies ausgaben, die nichts über die Menschheit wissen konnte, dass sie einen Plan austüftelten, um uns hierherzulocken – sie kannten uns gut, sie wussten, dass wir bei einem Wettrennen um einen Schatz unsere Instinkte ignorieren, alles bessere Wissen missachten, sämtliche Warnungen in den Wind schlagen würden, nur um als Erster am Ziel zu sein und ihn für uns zu beanspruchen.

Mink – oder Charlotte, oder wer auch immer sie ist –, die mich hat glauben lassen, man hätte mich wegen meiner Fähigkeiten für den Flug nach Gaia ausgewählt, wegen meiner Fähigkeit, schnell zu denken, wegen meines Ehrgeizes. Das niederschmetternde Gefühl, als ich erfuhr, dass ich nur hergeschickt wurde, weil die Einzige, der mein Verschwinden aufgefallen wäre, ein Kind in illegaler Sklaverei war, ohne jede Möglichkeit, mich zurückzubekommen. *Gott, Evie, es tut mir so leid.*

Selbst Jules. Jules, der mich belogen hat, damit ich ihm helfe. Jules, der mir erzählt hat, in dem spiralförmigen Tempel, den die anderen Plünderer ignorierten, gäbe es Reichtümer, die meine wildesten Hoffnungen überstiegen. Jules, der zugelassen hat, dass ich ihm folge, im Bewusstsein, dass ich damit meine Schwester im Stich ließ.

Meine Augen brennen, und für einen Augenblick würde ich mich am liebsten von Jules' stützendem Arm losreißen – am liebsten würde ich wegrennen, irgendwohin, in den Schnee und das Eis, ohne mich darum zu kümmern, ob die Soldaten mir in den Rücken schießen.

Jules, der mir die Wahrheit gesagt hat, als ihm klarwurde, dass er mit seiner Lüge mein Leben in Gefahr brachte. Jules, der seine Chance, Antworten zu finden, aufgegeben hat, damit ich nicht allein durch das Portal gehen musste. Jules, der selbst jetzt noch lügt, um mir das Leben zu retten, um mich zu beschützen, obwohl er weiß, dass sie ihn wahrscheinlich umbringen werden, wenn sie ihm auf die Schliche kommen.

Ich atme zitternd ein, blinzle meine Tränen zurück und drücke mich ganz nah an Jules, der neben mir geht. Eine Sekunde lang spüre ich seinen Blick.

Das zumindest ist wahr.

Irgendwo hinter den Bergen steigen die Sonnen über den Horizont. Ihr Licht taucht einen fernen Wolkenstreifen in Pfirsichrosa, und für einen Moment ist es so sehr wie zu Hause – trotz des außerirdischen Raumschiffs, trotz der Kabelbinder, die mir in die Handgelenke schneiden, trotz der eisigen Luft, die in meiner Nase brennt und meinen Atem zu Dampf werden lässt –, dass ich am liebsten stehen bleiben und hinsehen würde, mich ein letztes Mal an diesem Anblick erfreuen. Nur für den Fall, dass es das letzte Mal ist. Und dann sind wir im Schatten des Schiffes, und das Zwielicht ist zurück.

»Da ist eine Tür.« Nachdem so lange nur die Hintergrundgeräusche vom Stützpunkt zu hören waren, den sie um das Schiff herum errichten, klingt Minks Stimme wie ein Peitschenknall. »Wir haben sie mit Ultraschall gescannt, aber solange wir nicht wissen, wie stabil das Schiff ist, möchten wir ungern eine stärkere Sprengladung benutzen. Wir wissen, dass sich hinter der Tür ein Raum befindet – höchstwahrscheinlich eine Art Luftschleuse.«

»Super«, erwidert Jules mit ausdrucksloser Stimme. Noch vor ein paar Tagen hätte er sich noch für das winzigste Detail zu einem Fund wie diesem den linken Arm abgehackt. Es ist das Ausmaß, in dem sich seine Prioritäten verschoben haben, das mich erschüttert, mehr als seine Stimme. »Ich brauche das alles nicht zu wissen, um eure Schriftzeichen zu übersetzen.«

Mink stößt ein Schnauben aus, das als Dampfwolke in der Kälte aufsteigt und sich hinter uns auflöst, während wir weiter auf das Schiff zustapfen. »Sie glauben, es geht hier nur ums Übersetzen? Sie und Ihr Vater haben diese Fähigkeit nicht mehr für sich allein gepachtet, Mr Addison. Verflucht, mit genügend Zeit kann sogar ich sie einigermaßen übersetzen. Aber hinter diesem Schließmechanismus stecken nicht nur Schriftzeichen. Und an dieser Stelle kommen Sie ins Spiel.« Aus dem Augenwinkel nehme ich wahr, wie sie ganz leicht den Kopf dreht und mich ansieht. »Sie beide.«

»Also gut.« Jules streckt die Hand aus, um meinen Arm zu nehmen und mich fast abwesend hochzuziehen – ich hatte gar nicht gemerkt, dass ich angefangen hatte, zu schwanken. »Aber ich will ein Handyvideo, in dem Javier und Hansen bezeugen, dass sie am Leben sind und nicht misshandelt werden. Wenn Sie wollen, dass wir hier weitermachen, will ich ein Lebenszeichen.«

Mink lacht leise, und wenn ich es nicht besser wüsste, würde ich glauben, dass seine Sorge um die beiden sie aufrichtig berührt. »Was immer Sie wünschen«, sagt sie und spreizt die Finger zu einer großmütigen Geste.

»In diesem Fall brauche ich meinen Rucksack. Unsere Rucksäcke.« Jules' Finger umfassen meinen Arm ein wenig fester. Ich versuche nachzudenken, mich zu erinnern, was noch dort drin war, nachdem Liz' Bande sie durchsucht hat.

»Sagen Sie mir, was Sie aus Ihrem Rucksack brauchen, dann lasse ich es Ihnen bringen«, kontert Mink und schneidet meine Fesseln durch, damit ich klettern kann. Ihre Stiefel knarren auf dem eisigen Matsch, als sie am Fuß der Leiter stehen bleibt. Als ich hochblicke, sehe ich nichts als das Schiff, das wie eine Wand vor uns aufragt. Trotz der Dunkelheit kneife ich unwillkürlich die Augen zusammen und versuche zu fokussieren. Das hastig aus Steinblöcken errichtete, provisorische Gerüst endet vor einer glänzenden, runden Platte – der Tür, wie ich annehme.

Sie liegt gar nicht so hoch über dem Erdboden, auch wenn der Aufstieg mir durch mein Schwindelgefühl doppelt so tückisch erscheint wie der Abgrund, an dem wir uns im Tempel abgeseilt haben. Jules ist vor mir oben und streckt mir die Hand hin, um mich hochzuziehen. Dort zögert er, mit meiner Hand in seiner, so als würde er mich gern an sich ziehen. Ich wünschte, wir könnten innehalten, wieder zu Atem kommen, darüber reden, was es bedeutet, dass die Frau, die ihn und die, die mich ausgesucht hat, ein und dieselbe Person sind, darüber reden, was die Sprachen in dem Tempel bedeuten, was es überhaupt bedeutet, dass das Schiff hier ist, und welche Beziehung es zu den Warnungen der Nautilus hat.

Ich wünschte, wir wären wieder allein. Aber Mink oder Charlotte – wer sie auch ist – steht am Fuß der Treppe und beobachtet uns.

Als Jules meine Hand fester umfasst, schüttle ich daher den Kopf und ignoriere dabei, wie darauf mein Gesichtsfeld wegen der Gehirnerschütterung verschwimmt. *Nicht hier. Nicht, wenn du ihnen damit Munition an die Hand gibst. Lass dir nicht in die Karten schauen.*

Jules begreift. Er atmet heftig aus, lässt meine Hand los und wendet sich Mink zu, um aufzuzählen, was wir aus unseren Rucksäcken brauchen – er verlangt so viel von unseren Besitztümern wie möglich. Ich lehne meinen Kopf an die Stange neben mir, während sie unsere Sachen holen, dazu ein Video von einem argwöhnischen Javier und Hansen, die in die Kamera sagen, dass sie noch am Leben sind.

Und dann blicken Jules und ich hoch zu der Tür.

Es ist ein großes, rundes Ding, umgeben von Schriftzeichen und winzigen Rissen, die vom Zentrum nach außen ausstrahlen. Für eine halbe Sekunde frage ich mich, ob die IA sich tatsächlich dorthin hineinsprengen wollte, als mir klarwird, dass das gar keine Risse sind – es sind Fugen. Die Tür öffnet sich nach außen, genau wie die Tür, die wir in dem Tempel mit meinem Telefon kurzgeschlossen haben.

Wir schauen beide gleichzeitig nach unten rechts – und da ist sie. Eine kleine, kaum sichtbare Einbuchtung auf Brusthöhe, in der kristalline Drähte glänzen.

Ich muss den irren Drang zu lachen unterdrücken, die Hysterie, die in mir aufsteigt. Dieser ganze Zirkus – Minks Säbelrasseln, die ganze Angeberei und die Drohungen, ausgesprochene wie unausgesprochene –, und dabei ist es nicht mal ein Rätsel. Es ist einfach nur ein Schloss, eines, das wir sogar schon knacken konnten, bevor wir das Schiff entdeckt haben.

Alles ist vollkommen logisch – wenn die Unsterblichen sichergehen wollten, dass diejenigen, die das Schiff finden würden, des Preises »würdig« sind, dann mussten sie dafür ein Rätsel nehmen, das die Betreffenden schon gelöst haben, während sie sich dem Portal durch den Tempel näherten und die Prüfungen bestanden.

Ich hole tief Luft, doch Jules hebt abrupt die Hand und macht über unseren Köpfen eine Geste. Ich verstumme.

»Hier sind Schriftzeichen«, sagt er beiläufig und deutet auf die Zeichen, die die Tür umgeben. Mink steht so nah bei uns, dass sie jedes Wort verstehen kann, und wir können nicht miteinander flüstern. »Ich werde sie übersetzen und dann mit meinen Notizen über die Schriftzeichen im Tempel vergleichen müssen.«

»Okay.« Mein armer Kopf bemüht sich, Schritt zu halten,

aber was er auch tut, ich bin dabei. »Ich hole dir dein Notizbuch.« Es gehört zu den Dingen, um die er gebeten hat, um die Tür öffnen zu können. Ich gehe in die Hocke, um es aus der Tasche zu holen, und finde auch mein Multitool dort vor. Er muss es auf die Liste gesetzt haben, die er ihnen gegeben hat, während ich geistig abwesend war. Mink braucht nichts von den Modifikationen zu wissen, die ich daran vorgenommen habe – sie hätte es uns niemals gegeben, wenn sie wüsste, wie wertvoll es wirklich ist. Ich behalte es kurz in der Hand, der Griff fühlt sich wunderbar vertraut an, doch als ich nach unten schaue, sieht Mink mich direkt an. Ich kann es nicht einstecken, während sie mich beobachtet, also lasse ich es widerwillig, wo es ist.

»Okay.« Jules nimmt einen tiefen Atemzug, es ist ein dramatisches Aufseufzen. *Ganz ruhig, Macbeth, wir sind hier nicht auf der Bühne.* »Also, dieses hier …«

Er diktiert langsam, übersetzt die Schriftzeichen eines nach dem anderen, nimmt sich alle Zeit der Welt und überprüft, was ich schreibe. Jules, den ich die Schrift der Unsterblichen habe lesen sehen, als wäre es Englisch, als hätte er sie von klein auf gelernt – was, wenn ich es recht bedenke, tatsächlich so war. Dann begreift mein müdes Gehirn.

Er schindet Zeit.

Mink – oder Charlotte, oder wer zur Hölle sie ist – hat keine Ahnung, wie mühelos er die Schriftzeichen lesen kann, und sie weiß nicht, dass wir bereits wissen, wie man die Tür öffnet. Aber sobald sie auf ist, werden Jules und ich sehr viel weniger wichtig und nützlich sein.

Weniger transportwürdig.

Ich widerstehe dem Drang, hinunterzublicken, um zu sehen, ob Mink uns beobachtet, und blättere zu einer früheren Übersetzung zurück, wo sie hoffentlich nicht nachsehen werden, falls sie sich entschließen, seine Arbeit hier zu überprüfen.

Wir können nicht ewig Zeit schinden, schreibe ich und bemühe mich, meine Hand durch schiere Willenskraft am Zittern zu hindern.

Jules »übersetzt« immer noch, er redet mit einer so sonoren Stimme, dass ich mir am liebsten die Haare ausreißen würde. Herr im Himmel, er muss ein paar verdammt langweilige Lehrer gehabt haben, um das draufzuhaben. Er blickt nach unten. »Ja, okay, das sieht gut aus. Dieses Zeichen hier ...«

Sie sind viel zu viele für einen Kampf. Ich quetsche die Wörter an den Rand einer Nautilus-Zeichnung, neben der ein paar unleserliche Schriftzeichen stehen. *Und Weglaufen geht nicht – selbst wenn wir es schaffen, ohne Essen / Wasser / O_2 sterben wir.*

Jules blickt auf die Seite herunter und nickt, sein Gesicht ist grimmig. Doch es gibt immer noch Hoffnung. Wir sind zusammen, und im Moment brauchen sie Jules. Das gibt uns eine gewisse Macht. So winzig klein sie auch sein mag. Ich spüre, wie die Hoffnung irgendwo auch in meinem Inneren einen Funken entzündet.

»Diese Gruppe von Schriftzeichen hier hat etwas mit Austausch zu tun, glaube ich. Ein Handel, eine Abmachung? Natürlich nur, wenn man den Schriftzeichen vertraut ... In dem Tempel gab es einige falsche Hinweise, die nur dazu da waren, um uns in die Irre zu führen.«

Keine der schriftlichen Anweisungen in dem Tempel war falsch – wir haben die Fallen überlebt. Und auch wenn wir nicht wissen, welcher Seite wir trauen können, den Unsterblichen, die die Botschaft geschickt haben, die uns hierhergelockt hat, oder den Unsterblichen, die die Fibonacci-Spirale hinterlassen haben, um uns zu warnen ... Jules redet gerade nicht über die Unsterblichen, nicht wirklich.

Auf keinen Fall, schreibe ich, blättere eine Seite um und drehe das Notizbuch, um neben die Skizze von einem der Rätsel schreiben zu können. *Ich traue diesen Leuten kein Stück weiter als bis zu diesem Schiff.*

Jules stößt ein Schnauben aus und verwandelt es in einen Husten, und als ich hinunterblicke, schaut Mink stirnrunzelnd zu uns herauf.

»Könnten wir etwas Wasser haben?«, rufe ich hinunter. Es ist gewagt, und es überrascht mich nicht, dass sie nur in ein Gerät an ihrem Kragen spricht, anstatt ihren Posten am Fuß der Treppe zu verlassen.

»Hmmm.« Jules massiert sich das Gesicht, sein Blick ist auf die Schriftzeichen geheftet. Ich bin mir ziemlich sicher, dass dort etwas wie *Vorsicht beim Öffnen der Tür* steht, aber er lässt sich nicht beirren. »Dieses hier ist neu, ich komme nicht weiter.«

Ich mache viel Aufhebens darum, aufzusehen und in die Richtung zu blicken, in die er schaut, obwohl meine Gedanken sich überschlagen, wie bestimmt auch seine. Es muss einfach einen Ausweg geben. Es gibt immer einen Ausweg. Aber ausnahmsweise bin ich, während ich auf diesem morschen Gerüst am Südpol eines Planeten auf der anderen Seite des Universums stehe, um mich herum ein paar der am besten ausgebildeten Soldaten der Welt, vollkommen ratlos.

Versehentlich habe ich den Stift auf die Seite des Notizbuchs gedrückt, und als ich endlich die Hand wegziehe, bleibt ein Tintenfleck zurück. Ich blättere um.

Jules, schreibe ich und verharre mit dem Stift bei den Schwüngen und Linien der Buchstaben. Präge meiner Hand das Muster seines Namens ein, weide mich an dem Anblick. *Ich habe Angst.*

Als ich aufblicke, sieht er mich an und nicht das Notizbuch, und er schluckt heftig, und seine Hand, die am Schiffsrumpf liegt, ballt sich zur Faust. Wortlos nickt er, und seine Augen sagen: *Ich auch.*

Ich blättere eine weitere Seite um, und da ist eine Zeichnung, aber sie zeigt keine Schriftzeichen und auch keine architektonische Besonderheit und keine Karte der Fußbodenfliesen. Es ist eine Zeichnung von mir.

Es ist ein stilisiertes Porträt, nicht ganz realistisch, aber präzise und gut zu erkennen. Ich bin im Profil zu sehen und blicke nach unten, meine Haare fallen nach vorn, und ich sehe traurig aus – so traurig, dass ich die Traurigkeit fast selbst spüre. Die Kugelschreiberstriche betonen bestimmte Partien in meinem Gesicht und machen sie dunkler: mein eckiges Kinn, das aussieht, als würde ich entschlossen die Zähne zusammenbeißen. Meine Augen, in denen sich das Licht spiegelt, bei dem er gezeichnet haben muss. Die Sommersprossen auf meiner Wange, in einem Muster, von dem ich gar nicht wusste, dass ich es im Spiegel erkennen würde, bis zu diesem Augenblick, perfekt in allen Einzelheiten eingefangen. Und meine Lippen – hier hat er seinen Stift verweilen lassen. Aus dem kleinen Tintenklecks hat er einen Schatten gemacht, ihn verbreitert, ist die Lippen wieder und wieder nachgefahren.

Die Zeichnung ist wunderschön. Ich bin bisher nie schön gewesen – aber hier bin ich es, auf dieser Seite. Auf diesem Bild, das genauso aussieht wie ich.

Als ich aufsehe, ruht Jules' Blick auf dem Notizbuch, ohne mich anzusehen. Er hat die Lippen zusammengepresst, und ich weiß, dass dieser Augenblick unter anderen Umständen ein Übergriff wäre. Ich habe nie versucht, einen Blick in sein Notizbuch zu werfen – nicht zuletzt, weil ich mir ziemlich sicher war, dass ich nicht mal die Hälfte da drin verstehen würde –, und deswegen muss er gedacht haben, er könne gefahrlos dieses ... Bekenntnis zeichnen.

Ich schlucke heftig und dränge die Tränen zurück, die in meinen Augen brennen.

Ich nehme wieder den Stift, und während ein Tropfen auf die Seite fällt und meine Haare teilweise verschwimmen lässt, schreibe ich:

ich auch

Es ist gerade noch Zeit, um noch einmal aufzublicken, zu sehen, wie er das Notizbuch und dann mich ansieht, ein ganzes Universum in seinen Augen, eine Sprache, die keine Übersetzung braucht. Es ist gerade noch Zeit, um mich an den Moment zu erinnern, bevor ich durch das Portal gesprungen bin, wie seine Arme sich um mich schlossen, wie ich vergaß, wo ich war und was ich gerade tat und wer ich war und was ich war. Es ist gerade noch Zeit, damit sich sein Mundwinkel, sein perfekter Mundwinkel hebt.

Es ist längst nicht genug Zeit.

Mit einem Mal geht ein Ruck durch das Gerüst, und ich schnappe nach Luft und greife nach einer der Streben. Mink ist auf dem Weg nach oben, und ihr zusätzliches Gewicht lässt das Gebilde ächzen und schwanken. Ohne nachzudenken, wische ich mir die Augen mit dem Ärmel ab und blättere mit der anderen Hand die Seiten um, zurück zum Ende des Notizbuchs, um die letzten paar Schriftzeichen niederzuschreiben, die ich in den letzten paar Tagen gelernt habe, die wenigen, die ich dort oben erkennen kann, damit es so aussieht, als hätten wir etwas getan.

Ich höre auf, kurz bevor sie oben ist. »Wasser?«, frage ich. Meine Stimme klingt bemerkenswert normal und freundlich angesichts der Tatsache, dass in meiner Brust ein Sturm tobt.

Mink runzelt die Stirn. Sie nimmt eine Feldflasche, die sie sich umgehängt hat, und wirft sie Jules zu, dann bückt sie sich und nimmt mir das Notizbuch aus der Hand. Ich werfe einen raschen, ängstlichen Blick zu Jules hinüber, dessen eigene, deutlich sichtbare Panik genügt, um mich wieder zu mir kommen zu lassen. Ich gebe ihm ein Zeichen, damit er trinkt – wer weiß, wann wir wieder Wasser bekommen –, und stemme mich auf die Knie hoch.

»Das ist alles total komisch, Mink«, sage ich und versuche dabei, Jules' Tonfall nachzuahmen, wenn er in Gedanken versunken ist und vor lauter wissenschaftlichem Eifer die Gefahr vergisst. »Wir werden einfach nicht schlau aus diesen Sätzen, sie sind völlig ...«

»Blödsinn.« Minks Stimme klingt hart.

»Ähm, na ja ...«

»Nichts habt ihr getan.« Sie blickt von dem Notizbuch auf, schaut von mir zu Jules und wieder zurück zu mir. »Haltet ihr mich nach all dem wirklich für bescheuert? Normalerweise würde ich ja sagen, dass wir alle Zeit der Welt haben, dass ihr so viel trödeln könnt, wie ihr wollt, auch wenn euch niemand retten wird und euch irgendwann ziemlich kalt werden wird. Aber ich verliere langsam die Geduld. Machen Sie die Tür auf, Mr Addison.«

Jules schluckt seinen Mundvoll Wasser und stählt sich. »Ich gebe mir ja Mühe, Charlotte, ich habe nur noch nicht ...«

»Geben Sie sich *mehr* Mühe.«

»Hören Sie, ich tue hier wirklich mein Bestes!« Trotz des Wassers versagt Jules die Stimme, und als Reaktion zieht sich mein Herz kurz und schmerzhaft zusammen.

Mink betrachtet ihn einen Augenblick, ihre Lippen sind geschlossen, ihr Blick nachdenklich. Dann, bevor einer von uns reagieren kann, bückt sie sich, packt mich am Oberarm und zerrt mich hoch. Für jemanden ihrer Größe ist sie absurd kräftig – so als würde ihr Körper nur aus Muskeln bestehen. Reflexartig greife ich nach einer der größten Streben, obwohl das Gerüst nicht sonderlich hoch ist und der Sturz mich nicht umbringen würde, auch wenn sie mich hinunterstoßen würde. Wenn ich unglücklich aufkäme, würde ich mir vielleicht etwas brechen, aber sehr wahrscheinlich ist es nicht. Ich habe Übung im Fallen, ich weiß, wie ich landen muss.

All das berechnet mein Verstand im Bruchteil einer Sekunde, denn im nächsten Augenblick ist mein Kopf leer.

Sie hat die Waffe gezogen und presst sie gegen meine Schläfe.

»Machen Sie die Tür auf, Mr Addison.«

Jules wird aschgrau im Gesicht. Er schaut mich an, und sein ganzes Herz ist in seinen Augen, und selbst wenn es nicht auf jener Seite gestanden hätte, würde ich es jetzt so klar und deutlich sehen wie den Sonnenaufgang, den ich nicht zurücklassen wollte, so deutlich wie die fremden Sterne über uns, als er das letzte Mal die Arme um mich gelegt hat.

Mink lächelt und spannt ihre Pistole.

»Machen Sie die Tür auf.«

JULES

Ich stolpere wie durch einen Nebel. Eigentlich müsste ich fasziniert sein, gebannt, ich müsste an jeder Abzweigung stehen bleiben, an jeder Tür, jedem Riss in der Wand – ich müsste jedes Fitzelchen Text lesen, dass ich finden kann. Ich müsste wieder in Valencia sein, das Staunen neu entdecken.

Ich gehe durch den Korridor eines außerirdischen Raumschiffs, das Zehntausende von Jahren alt ist. Ich sehe etwas, das kein Mensch je zuvor gesehen hat, gehe, wo nie ein Mensch je seinen Fuß hingesetzt hat. Nicht einmal in meinen wildesten Kinderträumen hätte ich mir das hier je ausmalen können.

Machen Sie die Tür auf, Mr Addison.

Ich sollte mich in den Geschichten verlieren können, die dieser Ort mir erzählen möchte. Stattdessen fühle ich mich verloren.

Ich ... Ich brauche ein Handy.

Theoretisch lässt mich Charlotte vorangehen, damit ich mögliche Fallen wie die in den Tempeln entweder erkenne oder zu ihrem ersten Opfer werde. Ich halte die Tasche mit meinem

Notizbuch wie einen Schutzschild vor mich – aber irgendwie weiß ich, dass hier keine Fallen sind. Das hier ist das, was wir gemäß der Funkbotschaft finden sollten – oder anders, dieses Schiff ist das, was wir gemäß der verborgenen Botschaft fürchten sollen. Ich, Charlotte, und ein halbes Dutzend ihrer Leute, behelmt und gesichtslos, deren Lichtstrahlen durch die Luft tanzen.

Luft, die nicht bewegt wurde, seit der letzte Unsterbliche das Schiff verlassen und die Tür hinter sich zugemacht hat. Bis ich sie geöffnet habe.

Vertrauen Sie mir – es ist ein Schloss, das ist alles –, bitte erschießen Sie sie nicht. Bitte, ja? Ich habe es hinausgezögert. Wir hatten Angst, verflucht, wie sollte es auch anders sein? Aber ich öffne sie. Ein Handy – sein Leitvermögen – das ist ein – ein – ein Schlüssel. Bitte, ich ... ich sage die Wahrheit.

Hinter der Tür lag ein achteckiger Raum, möglicherweise eine Luftschleuse – jenseits davon verzweigten sich Korridore wie ein Fächer. Ich habe mich willkürlich für einen davon entschieden. Und jetzt marschieren wir hindurch. Erkunden ihn. Tun das, wonach ich mich gesehnt habe, seit ich klein war und mein Vater mir Geschichten von uralten Wesen erzählte, die uns ein Vermächtnis aus Geschichten und Rätseln hinterlassen haben.

Und hinter mir ist eine Pistole auf mich gerichtet, und ich bin allein.

Halt – warten Sie! Ich hab doch getan, was Sie gesagt haben! Was machen Sie mit ihr? Sie muss mit, sie ist mein Mathe-Gehirn ... Ich habe doch getan, was Sie wollten.

Die Gänge sehen alle gleich aus, mit kristallinen Adern, die sich wie gefrorene Flüsse durch das metallische Gestein ziehen, als würde das ganze Schiff aus Eis bestehen, als könnte es schmelzen, sobald die Sonnen am Himmel ein bisschen höher steigen. Von draußen höre ich die Explosionen, mit denen die IA-Soldaten das Eis vom Schiffsrumpf wegsprengen.

Ein Teil meines Gehirns feuert eine Frage nach der anderen ab, hundert pro Minute. Zu welchem Zweck haben die Unsterblichen uns hierhergebracht, hierher in dieses Schiff? Warum ist das Schiff so wichtig? Was sollen wir damit anstellen? Und die wichtigste Frage von allen: Wer hat die Warnungen in der Nautilus hinterlassen, und vor welcher Gefahr sollten wir fliehen?

Welchen Plan hatten sie, diese Außerirdischen, die uns so perfekt täuschen konnten?

Und welchen Plan hatten die, die uns die Warnung hinterließen? Gehörten sie ebenfalls zu den Unsterblichen? Was haben sie gewusst, worauf ich nicht komme?

Aber ich kann mich nicht auf die Flut meiner Fragen konzentrieren, denn im Vordergrund meines Bewusstseins ist nur eine einzige Frage lebendig, die den ganzen verfügbaren Platz einnimmt: Wie kann ich Mia retten? In meinem Kopf höre ich immer noch Javier, der nach Liz' Tod darüber redet, wie entbehrlich wir sind. *Sie bräuchten schon einen verdammt guten Grund, um euch zu behalten*, hat er gesagt. Also muss ich ihnen einen verdammt guten Grund liefern.

Ich weiß, dass ich mir den Grundriss des Schiffes einprägen sollte. Ich sollte irgendwas *tun*. Sie aufhalten. Mich bei ihnen einschleimen. Schwachpunkte bei Charlottes Soldaten finden. Das tun, was Mia tun würde. Was Mia ... In meinen Ohren rauscht es, dröhnt es.

Ich kann einfach nicht aufhören, daran zu denken. An das leise Klicken, als der Hahn entspannt wurde, Charlotte die Waffe senkte und sie in ihrem Holster verstaute. Als mein Herz wieder zu schlagen begann.

Ich brauche sie.

Das Letzte, was ich von Mia gesehen habe, war ganz kurz ihr weißes Gesicht, als sie mich ins Innere des Schiffes stießen. Ich habe ihre Augen gesehen, groß und dunkel in dem schwachen Licht, habe gesehen, wie das verblasste Pink in ihren Haaren glänzte, als die Sonnen auf der anderen Seite des Schiffes aufgingen. Habe gesehen, wie sie den Mund öffnete, um nach mir zu rufen – und dann war sie fort.

In meinem Kopf höre ich wieder Charlotte. *Keine Sorge, sie stirbt schon nicht. Wenn wir sie umbringen, verlieren wir ja unsere Macht über Sie. Wenn wir ihr weh tun dagegen ...* Ihre heitere, beinahe verschmitzte Miene, mit der sie eine Schulter hebt.

Ich muss mich konzentrieren. Wenn ich meine Arbeit mache, bleibt Mia am Leben. Das ist alles, was ich im Moment weiß. Und alles, was in diesem Moment zählt.

AMELIA

Die Stunden vergehen im Schneckentempo, und man hat mich mit Handschellen an das Gerüst neben dem Schiffseingang gefesselt. Ich reiße ein paarmal daran, und irgendwann hält mir ein Soldat einfach die Knarre ins Gesicht, bis ich damit aufhöre. Botschaft angekommen.

Ich habe mich so an das Treiben um mich herum gewöhnt, dass ich erst merke, wie einer der uniformierten Soldaten vor mir stehen bleibt, als er meine Handgelenke packt, um mich von dem Gerüst loszubinden. Durch die Bewegung schießt zweifacher Schmerz von meinen Armen bis zu den Schultern hoch. Ich stoße einen heiseren Laut aus, der Protest oder Überraschung oder Erschöpfung ausdrückt, ich bin mir selbst nicht sicher. Er beachtet mich nicht und überprüft noch einmal, ob meine Hände noch miteinander verbunden sind.

Der IA-Soldat ist stumm und gibt seine Befehle in Form von roher Gewalt. Er zerrt mich an meinen gefesselten Händen hoch, dann stößt er mich durch den Eingang des Schiffes in einen der vielen Gänge, die sich gleich dahinter verzweigen.

Mein Geist ist leer. All die Jahre, in denen ich den Cops ausgewichen bin und mich aus misslichen Lagen herausgequatscht habe, und jetzt habe ich nichts in der Hand. Jede Sekunde werde ich Javier und Hansen sehen, tot, irgendwo dort abgelegt, wo sie die zurücklassen, die sie nicht mehr brauchen. Jede Sekunde wird mich das gleiche Schicksal ereilen. Und ich habe gar nichts.

Auf einer umständlichen Route führen sie mich durch die langen Korridore. Ich verliere jedes Gefühl dafür, wo wir sind, obwohl die Gänge alles andere als gleichförmig sind und das gleiche metallische Gestein mit den kristallinen Adern aufweisen, die wir im Tempel gesehen haben.

Wahrscheinlich sollte ich froh sein, dass sie mich in das Schiff hineinführen, anstatt mich wieder nach draußen zu bringen – wenn sie vorhätten, mich zu töten, würden sie das vermutlich draußen im Schnee erledigen und nicht hier, wo sich mein Gehirn überall auf ihren kostbaren Artefakten verteilen würde.

Sie bringen mich zu einer Tür, die denen im Tempel ganz ähnlich ist, und brechen sie mit einem Brecheisen und unter lauten, scharrenden Geräuschen auf. Dann schneiden sie meine Handfesseln durch und werfen mich in den Raum. Hinter mir fällt die Tür zu, und durch die Luft, die gegen meine Ohren gepresst wird, dreht sich in meinem misshandelten Kopf alles noch mehr.

»Bist du in Ordnung?«

Ich fahre zu der Stimme herum und bereue augenblicklich die schnelle Bewegung. Stöhnend taste ich nach der verschorften Stelle, wo sie zugeschlagen haben. Meine Arme fühlen sich wie schlaffe Nudeln an, meine Hände sind taub und kribbeln. Als ich blinzle, sehe ich Javier, wenige Schritte von mir entfernt. Er hat die Hand ausgestreckt, wie um mich festzuhalten. Anscheinend sehe ich aus, als würde ich gleich zusammenbrechen.

Ich atme tief ein und reiße mich zusammen, blinzle erneut und sehe mich im Raum um. Sowohl Javier als auch Hansen sind hier, beide gefesselt, aber ohne ihre Ausrüstung, so wie ich. *Nicht tot*, denke ich mit einer Erleichterung, die mich selbst überrascht, nachdem wir noch gestern vor diesen Männern um unser Leben gerannt sind. Bei dem Pech, das wir haben, hatte ich damit gerechnet, dass man sie erschießen würde, sobald sie der Kamera erzählt hatten, dass sie am Leben sind.

»Es geht schon.« Ich mache eine Pause. »Na ja, den Umständen entsprechend.«

Unsere Zelle ist ein kleiner, kabinenartiger Raum, so gesichtslos wie die verschneite Ebene da draußen, erhellt von einer simplen LED-Lampe – der aus Javiers Ausrüstung. Neben der Tür befindet sich eine kleine Vertiefung – aber nicht wie die, die Jules und ich geknackt haben, selbst wenn wir etwas mit leitendem Material hätten. Diese hier ist etwas mehr als handbreit, aber wenn man dagegendrückt, passiert gar nichts. Wenn das hier ein Science-Fiction-Blockbuster wäre, würde die Tür bei der Berührung mit einem Zischen aufgehen, aber offenbar haben die Unsterblichen diese Filme nie gesehen. Oder die Akkus sind leer.

»Trautes Heim«, sagt Javier, als ich mich umsehe. »Dein Jules ist hier ganz am Anfang durchgekommen und hat offenbar gesagt, dass es nichts Sehenswertes gibt.« Er verzieht ironisch die Lippen. »Wahrscheinlich zählen sie darauf, dass es deutlich schwerer ist, aus einem Steingefängnis zu fliehen als aus einem, das aus Stoff besteht.«

Ich drücke gegen den Rand der Tür, aber selbst nachdem Javier und Hansen sich zu mir gesellen, rührt sich der Stein nicht vom Fleck. Ohne irgendetwas, um sie aufzuhebeln, wird sich die Tür kaum verrücken lassen. Was würde ich nicht für mein Multitool geben.

»Nun, zumindest scheinen sie deinen Jungen für genauso wichtig zu halten, wie das alle tun.« Javier lässt sich auf den Fußboden fallen und lehnt sich gegen die Wand. »Sonst wären wir mit ziemlicher Sicherheit schon mausetot.«

»Hoffentlich hast du recht.« Meinem misstrauischen Verstand fallen ein halbes Dutzend Gründe ein, um uns am Leben zu lassen, die nichts mit Jules zu tun haben – Köder für weitere Fallen, Laborratten für unbekannte Korridore. Aber wenn ich Geld hätte, würde ich auf Jules setzen.

Hansen blickt mit ausdrucksloser Miene zwischen uns hin und her, bevor er mit einem Mal herausplatzt: »Wie könnt ihr nur so ruhig bleiben, verdammt? Ich meine, hallo, Leute? Wir sind am Arsch. Wir sind so dermaßen am Arsch, dass ich mir nicht mal ...«

»Was sollen wir denn machen?«, fauche ich. Meine Nerven liegen ohnehin schon blank, und es hilft nicht, dass er genau das sagt, was ich nicht aussprechen will. »Sollen wir uns die Haare raufen, uns die Kleider vom Leib reißen und den Kopf gegen die Tür rammen?«

Hansen starrt mich finster an. Finster ist mir zumindest lieber als panisch. »An alldem bist sowieso nur du schuld.«

»Ich?«, stottere ich. »Ihr wart es doch, die hinter uns her waren – keiner hat euch *gezwungen*, uns durch dieses Portal zu folgen!«

»Doch, sie. Liz hat mich gezwungen.«

»Na schön, sie ist tot!« Trotz der Enge des Raums scheinen die Worte darin widerzuhallen, platzen in ein plötzliches Schweigen, das so dicht und undurchdringlich ist wie die Steintür, hinter der wir hier begraben sind. Schon jetzt bereue ich sie aus mehr als einem Grund – das Geschrei beschert mir heftige Kopfschmerzen. Ich atme tief ein, um mich zu beruhigen. »Hört zu. Es tut mir leid, ich bin nur …«

»Sie hat recht.« Javier bleibt auf dem Boden sitzen, auch wenn er den Kopf hebt und zwischen mir und Hansen hin und her blickt. »Liz ist tot. Es gibt sie nicht mehr. Fürs Erste müssen wir davon ausgehen, dass das auch für Jules gilt. Ganz gleich, wofür sie ihn benutzen, es betrifft uns nicht. Seine Identität mag uns zwar bis jetzt das Leben gerettet haben, aber jetzt ist es an uns, von hier zu fliehen.«

»Ohne Jules gehe ich nirgendwohin.« Die Worte kommen ganz automatisch, noch bevor ich den Gedanken richtig wahrnehme. Eigentlich sollte mich die Entschlossenheit in meiner Stimme überraschen – und bei Liz' verbliebenen Männern scheint das auch so zu sein –, aber ich muss an die Zeichnung denken und an das kleine Lächeln, als ich *ich auch* geschrieben habe, und ich bin kein bisschen überrascht. Ich räuspere mich. »Ich werde ihn nicht hierlassen.«

Javier zieht die Augenbrauen hoch, ohne mir jedoch zu widersprechen. »Eins nach dem anderen«, sagt er stattdessen. »Solange wir hier sind, können wir nirgendwohin. Aber irgendwann werden sie die Tür aufmachen müssen. Es gibt hier keine Essensklappe oder so was – das hier war nicht als Gefängnis gedacht. Irgendwann werden sie die Tür öffnen müssen, um uns Essen zu bringen, damit wir zur Toilette gehen können, solche Dinge. Als sie mich und Hansen hier reingebracht haben, waren sechs Männer dabei. Aber bei dir habe ich nur einen gesehen.«

Er schaut mich an, und ich blicke zu Hansen hinüber, der mich plötzlich mit neuem Interesse mustert.

»Ja, aber ein Typ mit Automatikgewehr und Körperpanzerung und einer Wahnsinnsausbildung.« Ich mache einen Schritt nach hinten. »Ich kann klettern, ich kann mich anschleichen, ich kann wegrennen ... Aber nicht kämpfen. Außerdem sind die alle doppelt so schwer wie ich. Ich hätte keine Chance. Du wärst selbst gegen sechs Typen auf einmal besser dran.«

Javier schüttelt grinsend den Kopf. »Du bist schnell, und das ist wichtiger als Körpergröße oder Kraft. Als sie uns im Stützpunkt gefangen genommen haben, hast du noch vor ihnen mit der Waffe auf sie gezielt.«

»Ja, mit einer, bei der die bescheuerte Sicherung noch drin war«, murmle ich.

»Nun, ich glaube nicht, dass diese Typen ihre Waffen sichern.«

»Soll mir das jetzt irgendwie Mut machen?«

Langsam steht Javier auf. »Du hast recht damit, dass diese Männer gut ausgebildet sind. Aber ich glaube nicht, dass ihre Ausbildung wirklich den Umgang mit Gefangenen einschließt. Einer von meinen Bewachern hat mir beim Gehen die Pistole in den Rücken gedrückt – ein böser Fehler. Ich kann dir beibringen, was du tun musst, um sie zu überrumpeln.«

»Ja, und wie ich mit ein paar hübschen neuen Piercings in Form von Gewehrlöchern nach Hause komme.«

»Ich und Hansen, wir sind ganz offensichtlich ausgebildete Profis. Bei uns sind sie viel zu vorsichtig, setzen zu viele Leute auf uns an. Aber du … Du bist klein, du bist schnell, und vor allem unterschätzen sie dich genauso, wie Liz es getan hat.«

Ich spüre, wie sich mein Magen zusammenzieht. »Moment mal, meinst du das ernst? Ich soll einen ausgebildeten Wachmann überwältigen, der doppelt so schwer ist wie ich, ohne auch nur einen verdammten Löffel in der Hand zu haben?«

Javier winkt Hansen zu sich heran, der aufstöhnt, als wüsste er bereits, was ihm bevorsteht. »Pass gut auf«, sagt Javier. »Und stell dir vor, dass Hansen hier dein Wachmann ist.«

* * *

»Mir reicht's.« Hansen liegt am Boden und wälzt sich herum, bis er mit dem Gesicht nach unten liegt. »Jetzt kann mal jemand anders den Wachmann machen.«

Javier ignoriert ihn und grinst mich an. »Nicht schlecht. Du wirst langsam schneller.«

Ich blicke zu Hansen hinunter, aber eher, weil ich Javier und die Hoffnung und Verzweiflung in seinem Gesicht nicht ansehen will. Er ist derart überzeugt davon, dass ich unsere beste Chance bin, hier rauszukommen. Wenn ich mir nur ebenso sicher wäre. »Ja, aber wir tun dabei so, als wäre sein Arm eine Pistole. Arme schießen nicht besonders schnell. Eine richtige Waffe wird ziemlich sicher losgehen, bevor ich aus dem Weg bin.«

Javier zuckt mit den Schultern. »Möglich.«

Ich sehe ihn an. »Okay, Kumpel, du musst dich beim Lügen schon mehr anstrengen.«

»Lügen ist sinnlos.« Jetzt ist er ernst, das Grinsen ist aus seinem Gesicht verschwunden.

»Aber ich würde das hier kaum vorschlagen, wenn ich nicht der Meinung wäre, dass wir eine Chance haben. Wenn einer von uns ein Ding dreht und scheitert, dann wird ihnen das als Ausrede genügen, um den Rest von uns zu erschießen und sich weiteren Ärger zu ersparen. Wir sitzen hier alle im selben Boot.« Sein Blick wird ein wenig sanfter, und ich muss an das denken, was ihm herausgerutscht ist, bevor man uns gefangen genommen hat – er hat selbst Kinder, irgendwo auf der Erde. »Du schaffst das schon.«

Wir haben die Bewegungsabläufe so oft geübt, dass sie sich in meinem Kopf automatisch abspulen. Wenn der Wachmann mir so nah ist, dass er mir den Knauf seiner Knarre in den Rücken drückt, kann ich mich umdrehen, die Waffe nach rechts drücken und gleichzeitig nach links ausweichen, was den Wachmann aus dem Gleichgewicht bringen wird, so dass ich ihm die Schulter gegen den Brustkorb rammen und ihn zu Boden werfen kann. Anschließend stelle ich dann meinen Fuß auf den Lauf seiner Pistole und drücke sie mit meinem Körpergewicht auf den Wachmann, damit er sie auf keinen Fall noch einmal heben und auf mich ziehen kann.

Aber das alles ist nur der erste Schritt.

Wir gönnen Hansen ein wenig Ruhe, damit er sich ans andere Ende des Raums setzen, seine Wunden lecken und mich finster anstarren kann. Mein Herz klopft von der Anstrengung und vom Adrenalin. Ich lehne mich mit meinem ganzen Gewicht an die Wand.

»Du schaffst das«, wiederholt Javier ruhig. »Die einzige Frage ist ... Willst du es auch?«

Ich schlucke und sehe von der Steinwand hinter mir zu ihm hoch. »Was?«

»Eine Pistole zu halten oder auch auf jemanden zu zielen, ist das eine. Abzudrücken ist etwas anderes. Vor allem aus dieser Nähe.«

Bei jedem unserer Probeläufe mit Hansen war am Ende mein Fuß auf seinem Arm, der seine ausgestreckten Finger gegen seine Kehle drückte, während Javier sagte: »Peng! Okay, gut gemacht. Und beim nächsten Mal ...«

Aber Javier wird nicht *Peng* sagen. Es wird nicht der Arm von irgendjemandem sein, und Hansen wird hinterher nicht aufstehen und über seine Prellungen klagen und sich die Brust reiben. Ich werde nicht grinsen und nach Luft schnappen und meinem Coach ein Highfive geben.

Es wird einen ohrenbetäubenden Knall geben, und danach folgt ein Schlag, der mein Bein gefühllos werden lässt, und jemandes Schädeldecke wird sich über den Fußboden verteilen. Ich werde es sein, die jemanden tötet.

Seit ich aufgewacht bin, seit Mink in der Uniform einer IA-Spezialeinheit vor uns stand, war mir die ganze Zeit über schlecht, aber inzwischen bin ich mir nicht mehr so sicher, ob es noch an der Gehirnerschütterung liegt. Ich schließe die Augen, in der Hoffnung, dass das Schwindelgefühl dadurch nachlässt, doch stattdessen ist es, als wäre dichter Nebel um mich herum, der mit jedem Augenblick dicker wird.

Bevor ich antworten kann, bevor ich die Antwort auch nur kenne, höre ich von draußen ein Geräusch, bei dem wir uns alle drei zum Ausgang umdrehen. Schritte, das Scheppern von Metall auf Metall, dann das leise Knarren eines Brecheisens in der Türfuge. Ich löse meinen Blick von der Tür und sehe, wie Javier mich anschaut.

Ich atme aus, langsam und beherrscht. »Wir werden es wohl gleich sehen«, flüstere ich und drehe mich zur Tür um.

JULES

Schon seit Stunden steige ich Treppen. Das Innere des Schiffes ist ein Labyrinth, so hoch wie unsere höchsten Wolkenkratzer. Und ohne den Strom, um mich von einer Ebene zur nächsten transportieren zu lassen, muss ich etwas herauf- und hinabsteigen, das meiner Vermutung nach Notfalltreppen sind. Hinter mir gehen zwei Wachen, und wir sind nicht der einzige Erkundungstrupp. Wir begegnen einem halben Dutzend weiterer Trupps, während die Gänge unter den stiefelbewehrten Schritten und ab und zu vom Rauschen aus den Funkgeräten widerhallen.

Zweimal begegne ich kurz Charlotte, die eines der Kundschafterteams anführt, und sie schaut jedes Mal aus zusammengekniffenen Augen zu mir herüber, ihr Blick ist nachdenklich. Es muss das erste Mal sein, dass sie etwas von Unsterblichen Geschaffenes betritt. Ob es sie wohl ebenso verstört wie uns an unserem ersten Tag im Tempel, als Mia von mir wissen wollte, wieso er unseren eigenen Ruinen so sehr ähnelte? Und was würde sie denken, wenn sie wüsste, was wir vor dem Sprung durch das Portal gesehen haben? Die Sprachen aus der Vergangenheit und der Gegenwart der Erde. Die Warnungen der Nautilus.

Pergite si audetis.

Geht weiter, wenn ihr es wagt. Aber weiter wohin?

Ich zwinge mich, meine Konzentration wieder auf den vor mir liegenden Gang zu richten. Ich habe keine Ahnung, wie viel Zeit mir noch bleibt, um etwas zu liefern, das sie nützlich findet, bevor sie mit ihren Drohungen gegen Mia Ernst macht.

Ich folge meinem Instinkt und sauge so viel von den Schriftzeichen auf, wie nur irgend möglich – auch wenn es Dutzende gibt, die ich noch nie zuvor gesehen habe. Das Ganze gleicht einem gigantischen Puzzle, und wie sich herausstellt, habe ich dafür trainiert, als ich im Tempel ums Überleben gekämpft habe.

Meine Beine protestieren, als ich mich eine weitere Treppe hinaufquäle und dabei versuche, nicht an den bevorstehenden Abstieg zu denken. Auf einem Treppenabsatz bleibe ich stehen, stütze mich auf meinen Oberschenkeln ab und werfe einen finsteren Blick zu den geschlossenen Türen in etwas, das mir nach einem stromlosen Aufzug aussieht, dann richte ich mich wieder auf und zwinge mich, weiterzugehen.

»Wohin gehen wir?« Der Soldat hinter mir ist das Treppensteigen ebenso leid wie ich.

»Hier entlang«, sage ich und versuche, möglichst zuversichtlich zu klingen, um den Mangel an Eindeutigkeit auszugleichen. Er soll nicht melden, dass ich mir anscheinend nicht sicher bin.

»Und wohin ist hier entlang?«, fragt der andere, nimmt einen Schluck aus seiner Feldflasche und reicht sie dann dem Ersten, der seinem Beispiel folgt und sie anschließend mir gibt.

»Vielleicht zur Brücke oder so was wie einer Kommandozentrale«, sage ich. »Oder etwas anderes, das mit der Schiffshierarchie zu tun hat. Es ist wichtig, mehr kann ich Ihnen nicht sagen.«

Mit dem Finger zeichne ich eine Reihe silbriger Schriftzeichen nach. Sie deuten auf Macht und Kontrolle hin, außerdem auf das Konzept der Veränderung, was meiner Vermutung nach mit Anpassung zu tun hat, vielleicht der Triebwerke oder der Energiequelle des Schiffes. Hinter dieser Energiequelle ist die IA vermutlich her – sie wollen die Technologie, mit der man ein so großes Schiff antreiben kann, und es ist ihnen egal, was man lernen könnte, wenn man es richtig erforschen würde.

Mit der Alpha-Centauri-Mission konnten sie der Erde keine neue Zukunft bringen. Jetzt hoffen sie darauf, dass dieses Schiff mit seiner Technologie die Erde retten wird. Dass es für die Welt das leistet, was die erste Energiezelle für Los Angeles geleistet hat.

Nach dem Willen der IA ist das hier der Schatz, den die Unsterblichen uns in der Funkbotschaft versprochen haben. Sie wollen, dass das hier die Antwort ist. Aber innerlich höre ich wieder und wieder jene Botschaft, die sich mit meinem jetzigen Wissen so anders anhört: *Wisset, dass hinter der Tür Rettung oder Verderben auf euch warten kann …*

Was auch immer die Unsterblichen vorhatten, zumindest

einer von ihnen hat viel riskiert, um die Opfer ihrer Täuschung zu warnen. Uns zu warnen. Und ich werde die Warnung nicht ignorieren – nicht mehr.

Der Korridor führt zu einem kleinen Raum, und der Lichtstrahl meiner Stirnlampe schwenkt über sein Inneres. Gegenüber der Tür liegt so etwas wie eine Konsole, dahinter befindet sich eine Spiegelwand. Mein Begleiter überprüft, ob es noch einen weiteren Ausgang gibt, und geht dann hinaus auf den Gang, um dort zu warten. Die Konsole ist etwa in Hüfthöhe angebracht, ein langes Brett mit Vertiefungen und Erhebungen. Wenn es hier Strom gäbe, könnte man sie vielleicht mit den Fingerspitzen bedienen, wie ein Sensorpad. Aus dem Tempel weiß ich bereits, dass dieses seltsame, gesteinsartige Material auf Druck reagiert.

Ich betrachte mein Ebenbild in der Spiegelwand – meine Locken sind wilder als sonst, und ich sehe fix und fertig aus –, bis mir einen Moment später klarwird, dass die Wand durchsichtig ist. Es handelt sich um ein Fenster, aber die Dunkelheit und meine Stirnlampe haben einen Spiegel daraus gemacht. Ich riskiere einen kurzen Blick über die Schulter, um festzustellen, ob ich beobachtet werde – einer der Wachmänner ist verschwunden, aber der andere steht in der Tür und spricht leise in sein Funkgerät. Ich beuge mich vor, drücke die Stirnlampe gegen das Glas und versuche blinzelnd zu erkennen, was auf der anderen Seite liegt.

Es ist eine mattgraue Wand, ein paar Meter hinter dem Glas, in der Schaltkreise glitzern, die jeden Quadratzentimeter bedecken. Es ist Unsterblichen-Technologie. Ich schaue nach oben, dann nach unten, und studiere sie im Licht der Stirnlampe. Soweit ich sehen kann, erstreckt sie sich in beide Richtungen. *Mehercule.*

Die Solarzelle, die die Wasseraufbereitungsanlage in Los Angeles revolutioniert hat, war etwa so groß wie mein Kopf. Diese hier dehnt sich, soweit ich das sagen kann, mehrere hundert Meter nach oben und unten aus. Damit könnte man einen ganzen Kontinent versorgen.

»Ist da was?« Ich höre eine Stimme aus dem Gang, zucke erschrocken von der Scheibe weg und ringe nach Worten.

»Ich, äh, ich glaube nicht. Nichts Interessantes.«

»Sind Sie sich da sicher?«

Die Stimme zerreißt die Erregung über meine Entdeckung, und als ich mich umdrehe, wird mir kalt. Charlotte steht dort, der Wachmann, der über sein Funkgerät gesprochen hat, ist ein paar Schritte hinter ihr.

Perfututi. Ich bin so ein Idiot – man muss kein Genie sein, um zu erkennen, dass dieser Raum wichtig ist. Ich hätte meinen Wachmann belauschen sollen, darauf achten, was er sagte. Er hat Charlotte angerufen. Und ihr gemeldet, dass ich etwas gefunden habe.

»Ich …« In meinem Kopf herrscht völlige Leere. Im Geist sehe ich immer noch, wie Charlotte Mia die Pistole gegen die Schläfe drückt. Ich darf nicht lügen. Ich *muss* lügen. Wenn ich ihnen gebe, was sie wollen, bin ich irgendwann nicht mehr nützlich – irgendwann wird sich der Grund, aus dem sie mich am Leben lassen, in Luft auflösen. Aber wenn ich ihnen gar nichts gebe, bin ich jetzt schon nutzlos.

Charlottes Gesicht ist undurchdringlich; als ich zu ihr hinübersehe, verzieht sie keine Miene. Im Schein der Stirnlampe ziehen sich ihre Pupillen zusammen, aber sie rührt sich nicht. »Ja?«

»Sehen Sie selbst«, sage ich schließlich und fühle mich, als wäre mir die Kälte des jahrhundertealten Schiffs in die Glieder gefahren. »Ich glaube, hier befindet sich das, was Sie suchen.«

Sie betritt den Raum und hält dabei Abstand zu mir, eine Hand an ihrer Seite – an ihrer Waffe, daran zweifle ich nicht. Ich trete ein Stück zurück, um ihr zu zeigen, dass ich nicht vorhabe, sie zu überrumpeln. Sie schaut auf die Schalttafel mit den Schriftzeichen, dann auf die Scheibe – und hält inne. Hungrig nimmt ihr Blick das gewaltige Gebilde auf der anderen Seite in sich auf.

»Wie schaltet man es ein?« Ihre Stimme durchschneidet die Stille wie ein Peitschenknall.

»Wie man es ein...« Entsetzt starre ich sie an. »Wie man es *einschaltet*? Es ist schon seit Jahrhunderten hier, seit Jahrtausenden. Dass es funktioniert, ist äußerst un...«

»Die Zelle in Los Angeles hat funktioniert.« Charlotte reißt sich vom Antrieb des Schiffes los und fixiert mich. »Wie schaltet man es ein?«

»Ganz ehrlich, es geht mir hier nicht darum, Zeit zu schinden – ein Start nach so langer Zeit, bei einer so komplizierten Technologie ... Bei der Energiemenge, die dabei im Spiel ist, könnte das Schiff explodieren, und wir alle mit ihm.«

»Ich habe Ihre Warnungen zur Kenntnis genommen.« Charlotte verlagert ihr Gewicht, ihre Miene wird hart, und sie zieht eine Augenbraue hoch. »Bedenken Sie Ihre Lage, Mr Addison. Denken Sie daran, was wir alles getan haben, was ich alles einfädeln und durchführen musste, um an dieses Artefakt heranzukommen. Ich habe für das hier gekämpft, ich habe dafür gebettelt, gefleht und getötet … das hier ist das, was uns retten wird, und wenn die Menschen es sehen, werden sie wissen, dass ich recht hatte, dafür alles zu geben. Mit diesem Schiff kann ich die menschliche Spezies retten. Wollen Sie mir vielleicht noch einmal sagen, dass ich aufgeben und nach Hause fliegen soll?«

Ihr Gesicht leuchtet beinahe, und ihre Zielstrebigkeit jagt mir kalte Schauer über den Rücken. Als ich beschlossen habe, nach Gaia zu gehen, war ich der Meinung, alles aufzugeben, alles zu opfern, was ich hatte und was ich jemals sein würde, zum Wohle meines Planeten. Niemand hätte ein größeres Opfer bringen können. Aber hinter den Augen dieser Frau, Charlotte – Mink – wer auch immer sie ist –, brennt ein Licht, das ich wiedererkenne und das meinen Mut sinken lässt. Weil ich diesen Blick von meinem Spiegelbild kenne.

Hätte ich mich von irgendetwas aufhalten lassen?

Ich schlucke, atme ein und versuche, nicht an Mia zu denken, die irgendwo da hinten in einem der Zelte steckt, oder schon auf dem Schiff selbst, als Versuchskaninchen für die Fallen, oder womöglich schon tot ist, auch wenn mein Instinkt sich weigert, diese Möglichkeit anzuerkennen.

Vorgebeugt stütze ich mich auf die Konsole. Es gibt keine Garantie, dass ich das Schiff von hier aus hochfahren kann, aber die Bedeutung, auf die die Schriftzeichen hinweisen, die zu diesem Raum führen, und die Aussicht durch das Fenster bringen mich zu der Vermutung, dass es möglich ist.

Pergite si audetis.

Charlotte wartet.

»Hören Sie«, sage ich verzweifelt und verhaspele mich dabei. »Hinter der Sache mit den Unsterblichen steckt mehr, als Sie glauben. Nur wenige Leute in der IA wissen, dass mein Vater eine zweite Botschaft gefunden hat, eine verborgene Warnung in der Funkbotschaft – dieses Schiff könnte gefährlich sein, auf eine geradezu katastrophale Weise. Wir dürfen nicht einfach ...« Aber es gibt kein *Wir*. Charlotte hat sich nie so für diese Fragen interessiert wie ich. Sie war niemals der Mensch, für den ich sie gehalten habe. Sie wird nicht zuhören.

»Sie spielen auf Zeit.« Ihre Stimme klingt grimmig.

»Nein, ich schwöre Ihnen ... da waren Warnungen, überall im Tempel, Warnungen, die ich ... auch wenn Sie nicht wahrhaben wollen, dass man uns gewarnt hat, im Herzen des Tempels haben wir lateinische Inschriften gefunden, Charlotte. Und griechische, englische und chinesische und italienische und malaiische, und ...«

»In einem Tempel aus einer Zeit, bevor es die Menschheit gab.« Kein Grimm mehr, sondern Ungläubigkeit.

»Ja!« Ich halte mein Armband hoch. »Ich habe Bilder, ich kann es Ihnen beweisen. Bevor wir das Schiff einschalten, müssen wir erst verstehen, was dahintersteckt. Die geheime Botschaft, das war eine einkodierte Spirale, und darin befand sich ein Schriftzeichen, das uns vor dem Ende der Welt warnte, und ...«

»Das Latein und das Malaiisch wurde vermutlich von irgendeiner Technologie erzeugt«, sagt sie wegwerfend. »Aus den Sprachen, die der Tempel bei uns gehört hat.«

»Aber keiner hat dort drin ...«

»Schluss jetzt!«

Ich sehe sie an, und obwohl ihre Miene so finster ist wie eh und je, lodert in ihrem Blick ein Feuer, das mir Angst macht. Bis jetzt habe ich die Internationale Allianz immer als einen Haufen miteinander verstrittener Politiker gesehen. Mir ist nicht klar gewesen, dass es hinter den Kulissen Menschen wie Charlotte gibt. Fanatiker. Menschen, die für ihre Sache brennen, ganz gleich, was es kostet.

»Ich weiß nicht, ob ich es starten kann«, wage ich mich vor.

»Menschenleben hängen davon ab«, sagt sie ruhig.

Und ich weiß, dass sie nicht von den Menschen auf der Erde redet, die durch diese Technologie gerettet werden könnten. Sie meint Javier und Hansen, und vor allem meint sie Mia.

Ich darf nicht tun, was sie von mir verlangt, und trotzdem darf ich mich nicht verweigern.

Solange ich hier reglos stehen bleibe – solange ich nichts sage –, muss ich mich nicht zwischen meinem Planeten und Mia entscheiden.

Dann dringt ein leises Geräusch aus Charlottes Funkgerät, als sie auf den Sendeknopf drückt. Als ich aufblicke, sehe ich, dass sie den Kopf zu dem Empfänger an ihrem Kragen neigt – und mich beobachtet, während sie spricht. »Alpha 04 an die Gefangenenstation. Statusbericht?«

Die Antwort kommt sofort, und Charlotte regelt die Lautstärke hoch, damit ich sie hören kann. »Alles ruhig. Wir bringen die Gefangenen gleich zur Essensausgabe.«

Die Gefangenen, Plural? *Javier und Hansen*, hilft mein Verstand nach, mit überraschend heftiger Erleichterung. Auch sie sind noch am Leben.

»Lass die Männer dort«, sagt Charlotte, während sie mich ansieht. »Schnappt euch das Mädel – bringt sie zu Benson.«

Mir bleibt das Herz stehen. Furcht, so scharf wie ein Messer, zerfetzt mir die Brust und schneidet meine Lunge in Streifen, während ich zu atmen versuche. Undeutlich höre ich, wie die Soldaten durch das Walkie-Talkie antworten, aber mein Kopf ist zu sehr damit beschäftigt, sich vorzustellen, wie sie Mia gefügig machen. Ich hätte nicht so deutlich zeigen sollen, wie sehr ich sie … Ich schlucke heftig und schmecke Galle am Grund meiner Kehle.

Charlotte hebt den Kopf und lehnt sich an die Wand, eine Hand an der Waffe, während sie die andere von ihrem Funkgerät sinken lässt. Sie sieht mich eiskalt an. »Nun?«, fragt sie.

Ich räuspere mich und bemühe mich um einen gelassenen Tonfall, damit sie mir den Zorn, der meinen Blick trübt, nicht anhören kann. »Sie müssen mir etwas Zeit geben.«

AMELIA

Das Aufwallen der Furcht, als die Wachen die Tür unserer Zelle aufreißen, ist nichts im Vergleich mit den eisigen Fingern, die sich um meine Kehle zu legen scheinen, als sie mich rausholen und allein wegbringen. Ich würde gern zu Javier hinübersehen, um ein Nicken oder ein Zwinkern oder ein letztes bisschen Zuspruch zu bekommen, aber ich darf nichts tun, das Verdacht erregt, also schleppe ich mich aus der Zelle, als hätte mich aller Lebensmut verlassen.

Meine beiden Wachen sind groß – die eine ist eine Frau, etwa einen Kopf größer als ich, und der andere ist ein schlaksiger Typ mit wachsamen, unruhigen Augen. Mein Mut verlässt mich, denn nie und nimmer kann ich allein *beide* ausschalten – doch in einem Teil von mir kribbelt es auch vor Erleichterung. Denn kein Mensch kann von mir erwarten, dass ich mit beiden fertig werde. Ich werde nicht Gefahr laufen, erschossen zu werden. Ich werde nicht Gefahr laufen, jemanden zu erschießen.

Jules war nirgendwo zu sehen. Aber ich gehe davon aus, dass es ihm gutgeht und dass er immer noch fordert, dass sie mich als Gegenleistung für seine Kooperation am Leben lassen. Es würde sonst keinen Sinn ergeben, dass sie Arbeitskraft zur Bewachung von ein paar nutzlosen Gefangenen verschwenden.

Sie bringen mich zurück nach draußen, über eine lange, zu beiden Seiten abgegrenzte Rampe, die sie angelegt haben, um den Zugang zur Luftschleuse zu erleichtern. Um uns herum wird immer noch der Stützpunkt der IA errichtet, aber die Soldaten scheinen zumindest menschlich genug zu sein, um ans Mittagessen zu denken, denn in den Küchen wird gearbeitet. Wir gehen zu dem Zelt, das als Kantine dient und wo ein hagerer Militärkoch namens Benson mir eine Schüssel mit geschmacklosem Proteinbrei gibt.

Ich habe etwa zur Hälfte aufgegessen, als aus den Ohrstöpseln des Wachmanns ein elektronisches Knacken dringt. Der Mann sieht seine Partnerin genervt an. »Auf keinen Fall – diesmal bist du dran. Ich hab gehört, dass es fünfundzwanzig Treppen sind, vielleicht sogar dreißig.«

Sie hebt die Augenbrauen. »Ach ja? Dann gehst du also mit der da zur Damentoilette?«

Der Wachmann blickt zu mir herüber und stöhnt. »Das ist geschummelt«, sagt er vorwurfsvoll.

Die Frau zuckt mit den Schultern. »Liegt ganz bei dir. Wenn du mit ihren weiblichen Bedürfnissen klarkommst, gehe ich gern dort rauf.«

Der Mann brummt etwas, das nicht sehr freundlich klingt, und steht auf, vermutlich, um der Aufforderung aus seinem Ohrstöpsel nachzukommen. Die weibliche Wache grinst ihm hinterher, lehnt sich dann zurück und sieht mir beim Frühstücken zu.

»Weiberkram«, bemerkt sie. »Damit kriegt man sie immer. Männer sind solche Schwachköpfe.«

Ich bin geneigt, ihr zuzustimmen, doch mit einem Mal bleibt mir der geschmacklose Brei im Hals stecken. Jetzt ist nur noch eine Wache da.

»Fertig?«, fragt sie, nachdem ich ein paar lange Augenblicke in meine Schüssel gestarrt habe.

Wahrscheinlich sollte ich aufessen, aber ich habe keinen Hunger mehr. Wortlos nicke ich.

»Dann geht es jetzt zu den Latrinen und anschließend zurück in die Zelle. Na los, aufstehen.« Sie kommt zu mir und packt mich am Arm, um mir von der Bank aufzuhelfen. Die andere Hand hat sie an der Waffe – sie klingt vielleicht locker, aber sie ist wachsam. Diese Soldaten sind nicht blöd, so viel steht fest.

Ich rede mir ein, dass ich bis nach dem Toilettenbesuch warten werde, weil sie bis dahin vielleicht entspannter ist. Dass in jenem Abschnitt des Stützpunkts vielleicht weniger Wachen patrouillieren. Dass wir dort näher am Schiff sind, wodurch ich leichter unentdeckt zur Zelle zurückkehren kann. Aber in Wirklichkeit spiele ich auf Zeit.

Bei den Klos, die ebenfalls noch nicht fertig sind, handelt es sich um kaum mehr als Zelte mit ins Eis gehauenen Löchern, und sie sind klein und kahl und riechen durchdringend nach Desinfektionsmittel. Aber wir finden eines, das schon benutzbar ist, und bei einem Waschbecken gibt es sogar lauwarmes, fließendes Wasser, weshalb ich einige Zeit damit verbringe, mir Wasser ins Gesicht zu spritzen.

Du kannst das, sage ich mir so entschlossen wie nur möglich.

Ja, klar, kommt die Antwort, ehe ich es verhindern kann. *Klar kannst du das, in einer verrückten verkehrten Welt, wo du eine verdammte Superheldin bist und keine Highschool-Abbrecherin mit der besonderen Spezialität, abzuhauen, wenn es brenzlig wird.*

Meine Hände zittern, als ich sie an dem feuchten Lumpen abtrockne, der als Handtuch neben dem Becken hängt. Als ich auf die Tür zugehe, fühlen sich meine Beine wie Gummi an. Meine Wärterin erwartet mich und fällt hinter mir in Gleichschritt. Aber sie ist nicht nah genug an mir dran. Sie muss genau hinter mir sein, wenn ich Javiers Plan ausführen will.

Ich verlangsame meine Schritte. »Ich will nicht zurück«, höre ich mich sagen, als wir zu dem nabelschnurähnlichen Tunnel kommen, der zum Schiff der Unsterblichen führt.

»Befehl ist Befehl«, erwidert meine Wärterin. »Tut mir leid.«

»Was ist das hier überhaupt?« Ich rede auch, um mich von dem abzulenken, was ich tun muss. Meine Schritte hallen auf der Rampe wider, als wir wieder zu dem dunklen, eisigen Schiff hinaufsteigen.

»Ist geheim.«

»Ach komm schon«, sage ich über meine Schulter nach hinten. »Lassen wir die Spielchen. Wir sind doch sowieso alle tot, ich und die Jungs – sobald ihr habt, was ihr von Jules braucht, werdet ihr uns umbringen, oder? Was schadet es schon, wenn du es einem toten Mädchen erzählst?«

Meine Wärterin zögert – zumindest antwortet sie nicht gleich. »Eigentlich weiß ich es nicht«, sagt sie schließlich. »Ich stehe nicht sehr weit oben auf der Liste der Leute, die Bescheid wissen. Aber diese Mission – wir retten die menschliche Spezies. Mit dieser Technologie erfüllt die Internationale Allianz das Versprechen, das sie der Welt gegeben hat. Sie wurde für Projekte geschaffen, die größer sind als wir alle, so wie Alpha Centauri. Und das hier ist sogar noch größer. Mehr als eine neue Kolonie. Etwas, das der ganzen Welt hilft. Wir tun das Richtige.«

»Und trotzdem wollt ihr uns am Ende umbringen.«

Ihr Schweigen genügt mir als Antwort, auch wenn sie nicht gerade glücklich darüber aussieht. Ich halte ein langsames Tempo ein, in der Hoffnung, dass sie mich mit dem Pistolenlauf anstupsen wird und mir damit mein Stichwort liefert. Doch sie tut es nicht, sie bleibt zurück und lässt mich trödeln. Trotz meiner Anstrengungen, Zeit zu schinden, biegen wir um die Ecke in den Gang, der unsere provisorische Zelle beherbergt, bevor ich mir einen anderen Plan ausdenken kann.

An der Wand neben unserer Tür lehnt ein Brecheisen, das Werkzeug, mit dem sie unsere Zelle aufdrücken. Meine Wärterin winkt mir mit der Pistole, es aufzuheben und die Tür selbst zu öffnen. Ich halte das Werkzeug in den Händen und spiele einen verrückten Augenblick lang mit der Idee, mich umzudrehen und es ihr gegen den Kopf zu donnern – aber sie hält genügend Abstand, sie ist zu klug, um in meine Reichweite zu kommen. Sie würde mich erschießen, bevor ich ihr zu nahe kommen kann.

Also setze ich das Brecheisen in der Fuge neben der Tür an und lege mich mit meinem ganzen Körpergewicht darauf. Millimeter für Millimeter drücke ich es in die breiter werdende Fuge, bis ein gutes Stück des geschwungenen Endes im Zelleninneren steckt – dann lasse ich keuchend los und fasse mir ans Handgelenk. Die Tür donnert gegen das Brecheisen zurück, das jetzt darin feststeckt.

»Ich glaube, ich habe mir was gezerrt«, stöhne ich.

Meine Wärterin murmelt etwas und wechselt ihr Standbein. »Bitte kein Drama.« Sie klingt müde. Ich wäre es wohl auch, wenn ich den ganzen Tag so wie sie auf der Hut sein müsste. »Wenn du denkst, dass du mich nah genug an dich rankriegst, um mich mit deinem Brecheisen bewusstlos zu schlagen, dann wirf einen Blick auf das hier und denk noch mal nach.« Sie hebt die Waffe, ein Gewehr so lang wie mein Arm. »Das Brecheisen steckt fest«, sage ich, hebe die Arme und trete einen Schritt zurück. »Schau selbst.«

Die Wärterin sieht mich finster an, geht nach ein paar Sekunden jedoch näher heran. Nach einer kurzen Inspektion dreht sie sich wieder zu mir um. »Okay, versuch's noch mal.«

»Sekunde«, murmle ich keuchend. »Muss erst wieder zu Atem kommen.«

»Nein, jetzt.« Die Frau ist gereizt, misstrauisch. Doch ihr Aufbrausen ist genau das, was ich brauche. Sie wedelt mit ihrem Gewehrlauf herum, nur wenige Zentimeter von meiner Brust entfernt.

Für den Trick, den Javier mir beigebracht hat, brauche ich Kontakt zwischen Rücken und Gewehr – ich muss mich dabei drehen, damit der Gewehrlauf sich in die eine Richtung bewegen kann und ich mich in die andere.

Aber näher als hier werde ich nicht an sie herankommen.

Für einen Sekundenbruchteil sehe ich auf, und mein Blick begegnet dem der Wärterin. Sofort weiß ich, dass das ein Fehler war. Sie erkennt, was ich vorhabe, sieht es in meinem Gesicht, und mit einem Mal bin ich entschlossen. Ich springe vor, lasse den Arm nach oben gegen den Gewehrlauf sausen, so dass sie, als sie abdrückt, mit einem ohrenbetäubenden Knall in die Decke schießt. Von dem Lärm wird mir schwindlig, aber mein Körper weiß, was als Nächstes zu tun ist. Ich senke die Schulter und renne in sie hinein, wobei mein Schwung, kombiniert mit dem Rückstoß ihres Gewehrs, sie auf den Rücken wirft. Und genau wie bei unseren Probeläufen winde ich ihr den Gewehrkolben aus der schlaffen Hand und ziehe ihn zu mir, bis der Gurt sich um ihre Schulter spannt, und ich ihr den Gewehrlauf mit meinem Stiefel unter das Kinn schiebe.

Aber dann ist mein Finger am Abzug, und ich kann mich nicht rühren.

Tut mir leid, hat sie gesagt. Und *Männer sind Schwachköpfe*. Und sie hat gegrinst, als sie sich durchgesetzt und den Wachmann zu dem Kommando geschickt hat, so als hätte er den Kürzeren gezogen, als wäre es die bessere Aufgabe, mich zu bewachen. Sie hat gewartet, bis ich mit dem Frühstück fertig war. Auf dem Rückweg zur Zelle hat sie zugelassen, dass ich mir Zeit nahm. *Wir retten die Welt.*

Und jetzt blickt sie zu mir hoch, immer noch halb benommen. Durch den Sturz auf den Fußboden ist ihr die Luft weggeblieben, und ihre Augen tränen.

Hinter der Tür kann ich die Jungs hören, das Brecheisen, das über Stein kratzt, jemanden, der etwas durch die Ritze ruft. Aber alles verblasst zu einem leisen Summen, als ich zu der Frau hinunterstarre.

Es ist nicht so, als hätten wir das geübt.

Dann donnert ein Körper gegen mich, der wie aus dem Nichts kommt und mich zur Seite schleudert. Ich pralle gegen die Wand gegenüber der Zellentür, und einen Moment später fällt ein zweiter Schuss. Zitternd blinzle ich und dann gleich noch einmal, bis ich wieder richtig sehen kann. Hansen bockt gerade die Tür mit dem Brecheisen auf, und Javier steht dort, wo ich noch vor einer Sekunde war, in der Hand das Gewehr. Die Wärterin blickt mich nicht mehr an – sie starrt zur Decke und sieht immer noch überrascht aus. Auf dem Fußboden unter ihr sammelt sich Blut, und während es sich ausbreitet, findet es einen Riss im Steinfußboden und schlängelt sich auf mich zu, als wäre es lebendig.

Ich stolpere davon weg, bis mich eine Hand an der Schulter packt.

»Alles in Ordnung?« Javiers Gesicht ist dicht vor mir. Ich rieche eine winzige Spur von einem beißenden Geruch, der in der Luft liegt. Rauch. Gewehrfeuer. »Tut mir leid, dass ich dich so heftig weggestoßen habe.«

»Ich hätte es getan.« Ich schlucke, unfähig, den Blick von der toten Wärterin zu wenden. »Wirklich.«

Javiers Hand drückt meine Schulter. »Ich weiß. Aber du musst nicht zur Mörderin werden, Kleine. Nicht heute.«

Dann würge ich, drehe mich um und schlüpfe zurück in die Zelle, um in die Ecke kotzen zu können. Beim Hochkommen ist mein breiiges Frühstück ebenso widerlich wie in der anderen Richtung. Hinterher sitze ich da, den Kopf zwischen den Knien, die Stirn auf den geballten Fäusten.

Als ich wieder aufstehen kann, haben Hansen und Javier die Leiche in unsere Zelle geschleppt und das Blut im Gang größtenteils mit der Jacke der Wärterin aufgewischt. Hansen sieht ein bisschen blass um die Nase aus, so wie ich in meiner Vorstellung, aber wenigstens kotzt er sich nicht die Seele aus dem Leib.

»Wir sollten hier verschwinden«, sagt er, streckt zögernd die Hand aus und berührt mich am Ellbogen.

Ich nicke. »Ja. Ja. Okay.«

»Folgt mir«, ordnet Javier an. »Wenn jemand diese Schüsse gehört hat, sind sie schon unterwegs hierher. Falls wir getrennt werden, versucht, nach draußen zu den Shuttles zu kommen.«

»Shuttles?« Das Wort schneidet durch meinen benebelten Zustand wie ein Schweißbrenner durch Kupfer.

»Hansen ist Pilot, schon vergessen?« Javier wartet, bis ich aus der Zelle bin, bevor er das Brecheisen heraushebelt und es Hansen zuwirft, während die Tür zufällt. »Wenn wir eines von diesen Shuttles zum Fliegen kriegen, haben wir ein Transportmittel.«

»Jules«, bringe ich heraus. Einwortsätze. Ich schlucke, schmecke Galle und Angst und bemühe mich, mich zusammenzureißen. »Wir können hier noch nicht abhauen, wir brauchen Jules.«

»Schau, ich weiß, dass du deinem Freund helfen willst.« Javier spricht leise und sieht sich im Korridor nach beiden Richtungen um. »Und wir werden ihm auch helfen. Aber wir wissen nicht mal, wo sie ihn gefangen halten. Erst mal müssen wir selbst hier raus. Er ist wertvoll für sie – sie werden ihn nicht umbringen, nur weil wir geflohen sind. Wenn wir fliehen, zusätzliche Ausrüstung finden, die Stelle hier beobachten, Informationen sammeln ... dann haben wir vielleicht eine kleine Chance.«

Meine Kehle fühlt sich an wie Sandpapier. »Willst du etwa behaupten, dass ihr noch mal zurückkommt, um Jules zu holen, wenn wir es zu einem Shuttle schaffen?« Ich glaube ihm kein Wort – und kann es ihm nicht mal übelnehmen –, aber es trifft mich dennoch, als Javier den Blick abwendet und mir nicht in die Augen sehen kann.

»Er hat euch am Leben gelassen«, sage ich, bemüht, Kraft in meine Stimme zu legen. »Er hat die dazu gebracht, euch am Leben zu lassen. Und ihr wollt ihn einfach hierlassen?«

Javier und Hansen wechseln einen Blick, und es ist Javier, der erneut das Wort ergreift. »Mädel, wenn Jules hier wäre, würde er dir sagen, dass du abhauen sollst«, sagt er ruhig. »Dass du dich selbst retten solltest, solange es möglich ist.«

Und vielleicht würde er das wirklich tun. Ganz bestimmt sogar. Aber genau deswegen kann ich es nicht.

Ich starre Javier und Hansen an, und meine Gedanken drehen sich im Kreis. Sie wollen einfach nur lebend hier raus, und ich kann ihnen keinen Vorwurf machen. Javier hat mir gerade erspart, jemanden aus nächster Nähe töten zu müssen. Er hat keinerlei praktischen Grund, mich bei diesem Fluchtversuch mitzunehmen, ein Mädchen ohne Ausbildung, ein weiterer Mund, der mit den Lebensmitteln, die wir vor dem Weiterflug stehlen können, gestopft werden muss.

Er ist kein schlechter Mensch, aber ich kann nicht mit ihm gehen. Ich kann Jules nicht verlassen. Langsam schüttle ich den Kopf. »Er ist hier irgendwo«, sage ich leise. »Ich muss ihn finden.«

Javier lässt die Schultern hängen, aber er wirkt nicht überrascht. »Wir nehmen diesen Gang«, sagt er. »Es ist der beste Weg nach draußen, und er führt näher zu ihrer Kommandozentrale. Wenn du hörst, was sie vorhaben, verrät dir das vielleicht etwas darüber, wo sie ihn festhalten. Wir bleiben alle zusammen, solange es geht. Und wenn wir bei den Shuttles auf euch warten können, machen wir das.«

Ich nicke. Dann, im Versuch, das Bild der toten Wärterin zu vergessen, die neben ihrer blutgetränkten Jacke im Dunkeln liegt, falle ich hinter Javier mit ihm in Gleichschritt, während Hansen das Schlusslicht bildet. Wir haben nicht viel Zeit.

Die IA ist erst seit einem Tag im Inneren des Schiffes, deswegen sind die meisten Korridore noch frei von Fußspuren, hereingeschlepptem Schnee oder anderen Anzeichen menschlichen Lebens. Wir halten uns an unauffälligere Gänge, aber wir müssen den Fußspuren folgen – je mehr wir davon sehen, desto wahrscheinlicher ist es, dass der betreffende Gang uns zu Waffen führt, oder zu einem Ausgang. Oder, was mich angeht, zu irgendeiner Kommandozentrale, um sie auf Hinweise zu Jules' Aufenthaltsort zu belauschen.

Im Dickicht der Korridore weichen wir den Soldaten aus und navigieren mit Hilfe der Fußspuren im Staub so gut wie möglich um sie herum, bis mir langsam der Schädel brummt. Vielleicht ist es noch die Gehirnerschütterung oder das Schwindelgefühl von dem Versuch, den Ort im Geist zu kartographieren, oder einfach nur Erschöpfung. *Wenn wir bei den Shuttles auf euch warten können, machen wir das*, hat Javier gesagt.

Noch vor vierundzwanzig Stunden waren diese Männer meine Feinde, und jetzt würde ich bei der Vorstellung, sie zu verlassen und allein weiter zu kämpfen, am liebsten aufgeben und mit ihnen gehen. Aber ich kann nicht. Wir nähern uns dem Ausgang des Schiffes und dem Augenblick, in dem sich unsere Wege trennen. Und dann werde ich allein sein, ohne einen Plan, wie ich mich auf einem Alien-Schiff verstecken, Soldaten ausweichen und einen Jungen retten soll, den ich vor ein paar Wochen noch gar nicht kannte. Ich habe Jules gesagt, dass die Fähigkeit zu schnellen Entscheidungen einem als Plünderer das Leben rettet, aber noch nie war ich so unsicher, was ich tun soll.

Plötzlich geht ein Stück weiter knarrend eine Tür auf, und eine Handvoll Menschen strömt auf den Gang. Wir sind zu weit weg von der letzten Kreuzung, um uns verstecken zu können, und es sind nur drei. Javier hat bereits das Gewehr angelegt und ist drauf und dran, sich zwischen mich und die Soldaten zu stellen.

»Warte!« Mein Herz macht einen Satz, und ich schieße nach vorn und packe Javier am Arm. Denn nicht alle drei Gestalten tragen die schwarze Uniform dieser Soldaten. Einer von ihnen ist von Kopf bis Fuß in Khaki gekleidet, und auch wenn er inzwischen so schmutzig ist, als hätte er eine ganze Ausgrabungssaison hinter sich, würde ich ihn überall wiedererkennen. »Nicht schießen! Das ist Jules.«

JULES

Ich bleibe wie angewurzelt stehen, meine Bewacher halten eine halbe Sekunde später an, als sie die anderen vor uns im Gang bemerken. Ich schaue auf die Waffe, und es dauert einen langen Augenblick, bis ich merke, dass Javier sie hält – und dass Mia und Hansen hinter ihm sind. *Mia lebt, Mia ist noch am Leben.*

Während ich noch mit offenem Mund dastehe, legen die Soldaten ihre Gewehre an, auf einer Höhe mit meinem Gesicht, und mir wird klar, dass ich mich zwischen ihnen und Javier befinde – wer auch immer von beiden schießt, ich stehe mitten in der Schusslinie. Ich rühre mich nicht vom Fleck, mein Herz klopft wie wild, und ich forsche in seinem Gesicht nach einem Zeichen und frage mich, ob ich für ihn entbehrlich bin.

Dann ertönt ein ohrenbetäubender Knall, ich werfe mich zu Boden, und neben mir bricht ein Soldat zusammen, die Augen starr und aufgerissen, zwischen ihnen ein großer, blutiger Punkt. *O Gott, er ist tot. Er ist tot, das ist ein Einschussloch.*

Seine leeren Augen starren mich an, und ich beiße mir fest

auf die Wange, um den Würgereiz zu unterdrücken. Javier zielt mit dem Gewehr auf eine Stelle über uns, wo meine andere Bewacherin stehen muss. Ich kann nur annehmen, dass sie mit ihrer Waffe ihrerseits auf ihn zielt.

Moment, Mia ist nicht hinter ihm. Ich schaue nach unten, und da ist sie, sie kauert auf dem Boden und versucht verzweifelt, sich Hansens Arm um die Schulter zu legen und ihn nach hinten zu zerren. Seine Kehle ist voller Blut, das ihm auf die Brust läuft, und seine Augen sind riesengroß.

Javier und die Soldatin, die noch am Leben ist, müssen beide gleichzeitig geschossen haben. Aber Hansen hat die Kugel abbekommen, die für Javier bestimmt war.

Mia flucht unterdrückt, ihre Stimme klingt verzweifelt und verängstigt, und ich wage es nicht, mich zu rühren, um keine Kugel in den Kopf zu bekommen, und alle stehen wie angewurzelt da, während Javier und die Soldatin mit ihren Gewehren aufeinander zielen.

Dann kracht es überall um mich herum, irgendwo über mir feuert die Soldatin. Javier wird nach hinten geschleudert und prallt gegen die Wand, und die Soldatin bricht hinter mir zusammen, wobei ihr die Waffe scheppernd aus der Hand fällt. Ich hechte darauf zu, versuche ungeschickt, die Finger darum zu legen, und in meiner Verzweiflung gebe ich auf und schleudere sie nur weg, schicke sie schlitternd über den Fußboden, weg von mir und hinüber zu Javier und Mia und Hansen.

Aber die Soldatin versucht nicht mal, mich daran zu hindern. Sie ist tot.

Alles ist ruhig.

Es ist Mia, die das Schweigen bricht, ihre Stimme klingt heiser. »Scheiße, Scheiße, Hansen, *nein!*«

Ich drehe mich um, komme auf die Füße und stolpere zu ihr hinüber. Javier drückt sich von der Wand weg, mit der rechten Hand umklammert er seinen linken Arm, um die Blutung aus einer Wunde zu stoppen, das Gewehr hängt ihm von der Schulter. Mia und Hansen sind jetzt am Boden, mit blutverschmierten Händen versucht sie, die Blutung in seiner Brust zum Stillstand zu bringen. Der Blutfluss wird langsamer – aber nur, weil Hansens Augen ruhig und leer sind und in das Nichts hinter ihr starren.

»Wir müssen hier weg«, sagt Javier und kommt hoch.

»Aber Hansen …«, krächzt Mia.

»Wir müssen hier weg«, wiederholt Javier. »*Sofort.*«

»Verdammt«, schreit Mia und schlägt mit der flachen Hand neben Hansen auf den Fußboden, wobei sie einen blutigen Handabdruck hinterlässt, und blickt zu dem Mann herunter, der in ihren Armen gestorben ist. Es ist der Mann, dem sie die Hand abhacken wollte, wenn er sie noch einmal begrapschen würde – und jetzt hat sie Tränen in den Augen und zittert vor Schock.

»Es tut mir leid«, sagt Javier leise, und ich habe keine Ahnung, ob er sich bei Mia oder Hansen entschuldigt. Ich bin mir nicht mal sicher, ob er es selbst weiß.

Bei Mias Anblick würde ich am liebsten auf die Knie sinken. Charlotte hat mich glauben lassen, dass sie gefoltert wird, dass sie alles Mögliche mit ihr anstellen, um mich zur Kooperation zu bewegen. Und hier ist sie, lebendig. Unverletzt, soweit ich es sagen kann, abgesehen von ihrer Verzweiflung.

Ich kauere mich neben sie, ziehe mein Taschentuch heraus und halte es ihr hin. Wortlos nimmt sie es und säubert sich die Hände, so gut es geht, zieht es über jeden einzelnen Finger, bis es blutgetränkt ist, dann legt sie es neben Hansen auf den Fußboden. Ich nehme ihre Hand, ohne mich darum zu kümmern, dass sie vom Blut ganz klebrig ist, und drehe sie um, so dass die Handfläche nach oben zeigt. Dann wühle ich in meiner Tasche und hole ihr Multitool heraus. Seit sich unsere Wege getrennt haben, habe ich es bei mir getragen, wie ein Versprechen an mich, dass wir uns wiedersehen und ich es ihr geben würde.

Genau das tue ich jetzt, lege ihre Finger darum und drücke sie. Stelle diesen kleinen Keim von dem, was sie ist, wieder her, auch wenn ich keine Ahnung habe, welche Bedeutung das angesichts des Schreckens um uns herum haben kann.

Doch sie schaut zu mir herüber, ihr Gesicht ist weiß, sie hat die Zähne zusammengebissen, aber ihre Augen wirken ein wenig klarer als zuvor. Sie fokussieren mich, nehmen mich wahr.

Dann nickt sie, und gemeinsam kommen wir auf die Beine.

»Javier hat recht«, sage ich. »Wir müssen hier weg. Es sind noch mehr von ihnen unterwegs. Die hier waren nur meine Bewacher. Und – Mia, alles ist schiefgegangen, wir müssen …«

»Hansen war unser Pilot«, sagt Javier ruhig und reißt sich den Ärmel über dem verletzten Arm ab, um seine Wunde zu inspizieren. »Wir müssen uns irgendwo verstecken. Wir können jetzt kein Shuttle mehr stehlen.«

»Wir können uns nicht einfach verstecken«, blaffe ich, wobei mir die Stimme versagt. »Genau das wollte ich euch gerade sagen. Sie – sie haben mich gezwungen, es ihnen zu zeigen. Wie man die Energieversorgung einschaltet. Sie wollen das Schiff starten.« *Ich habe es getan, um euch zu retten.* Ich bringe es nicht über die Lippen. *Charlotte hat meinen Bluff durchschaut.*

»Sie wollen was?«, haucht Mia, und mein eigenes Entsetzen spiegelt sich in ihrem Gesicht. »Du hast doch gesagt, dass kein Mensch weiß, was dann passiert – was ist, wenn das Ding einfach in die Luft fliegt?«

Ich sehe sie an und weiß, dass sie meine eigene Furcht sieht. »Dann gibt es keine Hoffnung mehr, zu verstehen, was die Unsterblichen mit uns vorhatten, oder wozu dieses Schiff da ist.«

»Diese Explosion«, sagt Javier und blickt zwischen uns hin und her. »Wie groß könnte die ungefähr werden, was denkst du?«

Ich schüttle den Kopf. »Ich habe keine Ahnung. Aber bei der Energie, die die Unsterblichen entfesseln konnten … Meiner Schätzung nach wird sie den halben Planeten ausradieren.«

Javier zieht die Nase hoch und reibt sich mit der Hand über den Dreitagebart. »Ich glaube, wir sollten uns doch dieses Shuttle holen.«

»Aber Hansen …« Mias Stimme zittert beim Namen des Toten.

»Hör zu, ich kriege es vom Erdboden weg. Ich kann es zwar nicht durchs Portal fliegen, aber ich kann damit abheben. Wenn das Ding hier in die Luft fliegt, will ich lieber auf einem

Shuttle sein, von dem wir kaum wissen, wie man es fliegt, als in einer provisorischen Zelle, ein paar Meter vom Explosionszentrum entfernt.«

Ich hole tief Luft und schüttle den Kopf. »Wir können hier nicht einfach weg. Wenn sie dieses Schiff starten und es noch funktioniert, fliegen sie damit zur Erde. Eine Explosion in der Umlaufbahn wäre die größte Katastrophe seit dem Aussterben der Saurier.«

Mia beugt sich plötzlich vor und packt mich am Arm. »Nicht, wenn wir jemanden warnen. Mink hört nicht auf uns, aber wenn Javier ein Shuttle zum Laufen kriegt, müssen wir damit nicht zur Erde zurückfliegen – wir müssen nur weit genug von den Polen weg, um eine Funkmeldung durchzubekommen. Wir können durch das Portal senden.«

Ich blicke von ihr zu Javier. Er nickt beifällig – und ich schlucke meine Furcht hinunter. »Also los.«

* * *

Eine Viertelstunde später befinden wir uns ein halbes Dutzend Stockwerke tiefer und zwei Sektoren weiter. Javier hebt seine heile Hand, zum Zeichen, dass wir stehen bleiben sollen, und wir alle verharren schweigend und lauschen angestrengt. Keine Geräusche, die auf Verfolger schließen lassen, zumindest noch nicht.

»Hier entlang«, sage ich und zeige nach links, zum nicht kartographierten Gebiet, wo keine Fußspuren sind. So weit ist kein Schnee ins Innere getragen worden, kein Schmutz, der offenbart, wo die Soldaten gewesen sind. Wir suchen nach einem Ausgang, der nicht von IA-Leuten bewacht wird, nach einer Stelle, an der wir unbemerkt durchschlüpfen können, um zu den IA-Shuttles zu gelangen.

»Bist du sicher?«, fragt Javier.

»Nein«, gebe ich zu. »Aber ich glaube, diese Symbole hier sprechen von Bewegung. Ich glaube, sie bedeuten Ausgang.«

»Etwas Besseres haben wir nicht«, stellt Mia klar. »Geht ihr vor, ich kümmere mich um die Fußspuren.«

Sie zieht ihre Jacke aus, und während wir durch den Gang gehen, benutzt sie die Rückseite – die Vorderseite ist blutgetränkt –, um sorgfältig unsere Spuren zu verwischen, bis wir außer Sichtweite von allen sind, die an den Kreuzungen nach Hinweisen auf unsere Route suchen.

Genau wie bei der Suche nach dem Kontrollraum halte ich mich an die Atmosphäre. Die Schriftzeichen, denen ich folge, werden auffälliger, wie um zu versprechen, dass das Ziel näher rückt. »Ausgang« oder »Tür«, ist die beste Übersetzung, die ich für die Schriftzeichen an der Wand habe.

Mit aller Kraft konzentriere ich mich auf das Ziel. Ich darf nicht an Hansen hinter uns denken, an die toten Soldaten, an Charlotte und was sie alles getan und wozu sie uns gezwungen hat, um dieses Schiff zu finden. Ich darf nicht daran denken, dass wir bestenfalls eine Chance von eins zu einer Million haben, die ihrerseits daran hängt, dass irgendjemand auf der Erde vernünftig ist. Es gibt keine andere Option, es sei denn, wir ergeben uns.

Wir gehen eine Treppe hinunter und durch einen weiteren

Korridor, und als ich vor Müdigkeit stolpere, nimmt Mia wieder meine Hand.

»Wir sind ganz nah«, sage ich. »Ich glaube, wir sind ganz nah. Ich ...«

Die Worte ersterben in meiner Kehle, als wir um die Ecke biegen. Vor uns führt der Gang weiter und endet vor einer leeren Wand. Das Licht unserer Lampen wird von schwarzen Platten zurückgeworfen, die in gleichmäßigen Abständen an den Wänden angebracht sind. Abgesehen davon ist der Korridor vollkommen leer, er weist keinerlei Schriftzeichen auf. Eine Sackgasse.

»Hier geht es nicht nach draußen«, sage ich unnötigerweise und starre verwirrt vor mich hin. *Wie konnte ich mich nur so irren?*

Gemeinsam gehen Mia und ich zur nächsten schwarzen Platte, die etwa zweimal so breit wie eine Tür ist. Sie sieht aus wie schwarzes, poliertes Gestein. Irgendwie kommt mir der Anblick bekannt vor, aber ich bin so müde, dass mein Gehirn ihn nicht zuordnen kann.

»Was ist das?«, fragt Javier hinter uns und behält dabei den Korridor im Auge, durch den wir gekommen sind.

»Es ist die Außenseite eines Portals«, sagt Mia und streicht mit den Fingerspitzen ihrer freien Hand darüber, während ihre andere Hand fest in meiner bleibt. »Genauso hat es ausgesehen, als wir durch den Tempel gekommen sind.«

»Das sind alles Portale, die hierherführen?« Javier klingt nervös.

Ich schaue noch einmal hin, denke an die anderen schwarzen Schatten im Gang, und jetzt weiß ich, was ich im Strahl der Taschenlampe sehe. Schwarze Portale, in gleichmäßigen Abständen, die den Korridor zu beiden Seiten bis zu seinem Ende säumen.

»Es bedeutet gar nicht ›Ausgang‹«, sage ich langsam. »Es bedeutet ›Durchgang‹. Darum ging es bei der Bewegung. Es muss das Schriftzeichen für Portal sein.«

Neben mir stößt Mia ein ersticktes Geräusch aus. Ich kenne dieses Geräusch, und mein Mut verlässt mich, noch bevor ich zu ihr hinübersehe. Sie hat etwas gesehen, etwas von Bedeutung. Aber sie blickt zu dem Korridor vor uns, und abgesehen von dem fehlenden Ausgang an seinem Ende sehe ich nichts, was ihr ins Auge gefallen sein könnte.

»Keinerlei Fußspuren, die hierherführen«, flüstert sie und blickt dabei immer noch durch den Korridor, der vor uns liegt. »Dort, wo wir durchgekommen sind, gab es keine Fußspuren. Hier ist niemand gewesen, seit die Unsterblichen vor Äonen von Jahren hier waren, nicht wahr?«

»Stimmt.« Aber ich kenne ihre Stimme, ich weiß, dass die Antwort nicht so einfach sein wird.

»Wer hat dann die da hinterlassen?« Mia hebt den Arm und leuchtet mit ihrer LED-Lampe durch den vor uns liegenden Korridor. Sie sind kaum sichtbar, und über einigen von ihnen liegt Staub, doch als ich zu der Strecke zurückblicke, die wir gegangen sind, lässt sich das, worauf sie zeigt, nicht leugnen.

Da sind Spuren im Staub.

AMELIA

»Bitte sag mir, dass diese Spuren Millionen Jahre alt sind.« Javier bricht als Erster das Schweigen, und obwohl ich den Blick nicht von dem Schmutzfleck auf dem Fußboden vor uns wenden kann, höre ich das metallische Klicken und das Knarren eines Gurts, das mir verrät, dass er sein gestohlenes Gewehr fester packt.

»Ich ...« Jules blickt auf die Spuren, die nicht gerade deutlich sind, weshalb sich unmöglich sagen lässt, welche Art von Fuß sie verursacht hat oder ob es überhaupt Füße waren. Aber unsere eigenen Spuren sind schließlich auch nicht gerade deutlich. Was wir hingegen über die Schlieren im Gang wissen – was *entscheidend* an ihnen ist –, ist die Tatsache, dass sie sich in einem Korridor befinden, in den keine Spuren hineinführen. Was uns zu der Frage bringt: Wie ist der oder das, was sie verursacht hat, hier hereingekommen?

Jules schluckt heftig und versucht es noch einmal. »Ich müsste mir das Wettergeschehen ansehen, zu der Frage ... zu der Frage, wie viel Schnee ins Schiffsinnere gelangt, wöchentlich, monatlich, jährlich ...« Seine Stimme verrät ihn. Und obwohl es erst ein paar Tage sind – *Gott, kann das wirklich wahr sein?* –, kommt es mir doch so vor, als würde ich ihn schon mein Leben lang kennen. Er ist in Panik, und ich kann es ihm nicht verdenken. Entweder ist jemand anderes, eine weitere intelligente Spezies, der gleichen Spur gefolgt wie wir und hat dieses Schiff gefunden, oder …

»Egal.« Ich lasse meine Stimme fest und gebieterisch klingen. Eins zumindest habe ich mir von Liz' Herrschaft über ihre Söldner abgeschaut – ich spreche jetzt mit ihrer Stimme. »Es spielt keine Rolle. Das hier ist eindeutig nicht das, wonach wir gesucht haben, und wir können uns überlegen, was das alles soll, wenn wir nicht mehr in einem uralten Alien-Raumschiff umherirren, das jeden Moment in die Luft fliegen kann, sobald irgendwo ein Schalter umgelegt wird.«

»Stimmt.« Jules schluckt heftig, und ich kann fast sehen, wie er die tausend Fragen zurückdrängt, die ihn beschäftigen. Es ist nur ein weiteres Stück eines riesigen, verwirrenden Puzzles – eines, das mit der Botschaft der Unsterblichen begann, sich im Tempel fortsetzte und eine ganz neue Dimension annahm, als wir all die Sprachen von der Erde um das Portal herum fanden. »Erst mal müssen wir raus hier. Was das alles bedeutet, damit befassen wir uns später.«

Doch in diesem Moment erzittert wie auf ein Stichwort hin das Gestein unter unseren Füßen. Es ist nur ganz leicht und reicht kaum, um meine Fußsohlen in den Stiefeln zum Kribbeln zu bringen, aber dann kommt es wieder. Unverkennbar. Vibrationen.

Jules' Kopf fährt hoch, er schaut erst Javier an, dann mich.

Einen Augenblick lang verharren wir alle drei und warten, ob die Vibrationen aufhören – warten auf die Erkenntnis, dass die Ausgrabungen da draußen die Ursache sind oder irgendetwas anderes als das, was wir darin erkannt haben: Das Schiff springt an. Der Schalter wurde umgelegt. Die uralte Energiequelle unter unseren Füßen erwacht zum Leben.

Eine Reihe von Lämpchen, die in gleichmäßigen Abständen in die abgerundeten Kanten der Korridordecke eingelassen sind, geht flackernd an. Ich zucke zurück und erwarte halb, dass sie wie überlastete Glühbirnen durchbrennen, aber sie verströmen nur ein ruhiges, blaues Licht, das den Korridor um uns erleuchtet.

»Okay«, bringe ich heraus, während mir die Füße immer noch kribbeln – aber jetzt, weil sie am liebsten weglaufen würden. »Ich bin dafür, dass wir verdammt nochmal hier verschwinden.«

* * *

Wir rasen den Weg zurück, den wir gekommen sind, und folgen dabei unseren eigenen Spuren, wieder auf der Suche nach einem Ausgang aus dem Schiff.

Ich will gerade um die Ecke biegen, als eine Hand mich von hinten am Kragen packt und zurückreißt. Mir bleibt die Luft weg, und mein überraschter Aufschrei verwandelt sich in ein leises Gurgeln. Ich taumle nach hinten und stelle fest, dass Javier auch Jules festhält. Als ich ihn ansehe, lässt er mein Shirt los und legt einen Finger an die Lippen.

Und da höre ich, was er gehört hat: Getrampel von Stiefeln, die auf die Kreuzung, die wir gerade überqueren wollten, zumarschieren – nein, die auf sie zurennen. Einer hat ein Funkgerät offen, und ich höre Mink, die Befehle bellt. »Sofortige Evakuierung der gesamten Belegschaft – ich wiederhole, sofortige Evakuierung der gesamten ...«

Und dann sind sie fort, und der vom Funk verzerrte Klang von Minks Stimme verliert sich mit ihnen in der Ferne.

Ich schaue erst zu Javier, dann zu Jules. Wir waren auf der Suche nach einem anderen Ausgang als der Luftschleuse, die wir auf Minks Befehl geöffnet haben – aber noch nie habe ich eine Eliteeinheit in Körperpanzerung so schnell rennen sehen.

»Das bedeutet nichts Gutes.« Javier umfasst seine Waffe fester. »Addison, wieso hauen die alle ab?«

Jules schüttelt den Kopf. »Keine Ahnung. Vielleicht hat sich Charlotte meine Warnungen, dass es gefährlich ist, doch zu Herzen genommen. Vielleicht schafft sie die Männer raus und testet das Schiff irgendwie per Funksteuerung.«

»Ich möchte lieber kein Versuchskaninchen sein, wenn es euch recht ist.« Vor Furcht klingt meine Stimme scharf und angespannt. »Wenn ihr nichts dagegen habt, verlasse ich lieber mit den Ratten das sinkende Schiff.«

Jules nickt, bevor ich den Satz beendet habe. »Dem kann ich kaum widersprechen.«

»Wir wissen, wo die Hauptluftschleuse ist. Das geht viel schneller, als nach einer Stelle mit weniger Wachen zu suchen – dort wird es von IA zwar nur so wimmeln, aber wenn wir unbemerkt bis dorthin kommen, können wir uns vielleicht unter die Leute mischen.«

»Über die Tarnung machen wir uns Gedanken, wenn wir nicht mehr in einer tickenden Zeitbombe sitzen.« Javier steckt den Kopf in den Gang, um sich zu vergewissern, dass von dem flüchtenden IA-Trupp nichts mehr zu sehen ist. »Gehen wir.«

JULES

Wir rennen durch den Gang und bleiben am Treppenabsatz stehen, während Mia, die Kleinste von uns und die beste Kundschafterin, sich hinunterschleicht. Sie hat das Licht an ihrem Handgelenk ausgemacht und ist in der fast völligen Finsternis derart stumm und unsichtbar, dass ich zusammenfahre, als sie sich plötzlich wieder neben mir materialisiert. »Die Luft ist rein«, sagt sie, und Javier schlüpft nach vorn und übernimmt wieder die Führung, die Taschenlampe so schwach eingestellt wie möglich.

Wir folgen den Spuren, die die fliehende IA-Belegschaft auf dem Weg zum Haupteingang hinterlassen hat. Mit ein bisschen Glück übersehen sie in der Verwirrung und Eile der Evakuierung drei Leute, die sich unter die Menge mischen.

Ich folge Javier auf dem Fuß und halte wieder Amelias Hand, wie auf Autopilot. Unvermittelt bleibt sie stehen und zieht mich am Arm, um mich am Weitergehen zu hindern. Als ich nach oben schaue, sehe ich Javier, der wilde Gesten nach hinten macht, und Mia und ich weichen ein paar Schritte zurück. Sie zieht mich in einen Raum auf der einen Seite des Ganges, und

Javier schlüpft rasch hinter uns hinein und duckt sich in den Schatten neben der Tür, die Waffe im Anschlag.

»Da kommt noch ein Trupp«, flüstert er und beugt sich ein wenig vor, um vorsichtig einen Blick nach draußen zu werfen. Als er sich wieder zurückzieht, flüstert er: »Wartet hier, ich folge ihnen und vergewissere mich, dass sie weg sind.«

Im schwachen Licht des Ganges ist er zwar zu sehen, aber der Raum selbst ist dunkel. Mias Hand umfasst meine fester, und ich folge ihr, als sie mich zur gegenüberliegenden Seite in den Schatten zieht. Ich kann ihre Umrisse nur undeutlich erkennen – den Glanz in ihren Augen, die Silhouette ihrer Nase und ihres Mundes. Halb sehe, halb spüre ich, wie sie mit ihrer freien Hand über die Wand neben uns streicht.

»Was ist?«, flüstere ich. Ich weiß, dass sie nachdenkt, aber wir dürfen keine Zeit verlieren.

Langsam schüttelt sie den Kopf. »Jules«, murmelt sie so leise, dass ich sie kaum verstehen kann. »Das, was passiert, wenn das Schiff anspringt, ist doch das, wovor uns diese ganzen Spiralen gewarnt haben, oder?«

»Ich weiß es nicht«, gestehe ich. Vier Worte, die ich in der vergangenen Woche häufiger gesagt habe als in meinem ganzen bisherigen Leben. »Aber ich befürchte es.«

»Und wir wissen immer noch nicht«, flüstert sie, »wer uns warnen wollte. Und warum.«

»Nein«, pflichte ich ihr leise bei. »Aber du hattest recht damit, dass sie uns wahrscheinlich nicht verheimlicht haben, was sie alles über unsere Sprachen wussten, nur weil sie uns überraschen wollten.«

»Was ist, wenn ...« Sie bricht ab und schüttelt den Kopf, wie um ihre eigenen Worte zu leugnen, noch ehe sie sie ausgesprochen hat.

»Rede weiter«, murmle ich. Mia weiß vielleicht nicht so viel wie ich über die Unsterblichen, aber in den letzten Tagen hat sie mehr von ihnen gesehen als alle noch lebenden Gelehrten, abgesehen von mir.

»Was, wenn wir genau das tun, was sie von uns wollten, als sie das hier erschaffen haben? Mittlerweile wissen wir, dass wir in dem Tempel Prüfungen bestanden haben, Prüfungen, die uns hierhergeführt haben. Und zwar *speziell uns* – Menschen –, denn sie haben uns Anweisungen in unseren eigenen Sprachen hinterlassen. Sie haben uns zu einem Schiff geführt, das sich durch seine Machart völlig vertraut für uns anfühlt, mit Räumen und Gängen und Türen. Und jetzt starten wir das Schiff, um es zur Erde zu fliegen und es dort auseinanderzunehmen oder zu erforschen oder in Gang zu setzen. Jules, für jede Spezies, die auch nur die leiseste Ähnlichkeit mit uns hat, wäre die Erde als Planet der reinste Jackpot, trotz allem, was die Menschheit ihr angetan hat. Es gibt dort immer noch Sauerstoff, Meere, Ressourcen, Leben ... Was ist, wenn sie mit all den Tempeln und den Rätseln nur sichergehen wollten, dass *wir wir* sind? Dass wir Menschen sind? Dass wir sie zur Erde führen?«

Ich versuche zu schlucken und kann es nicht. Meine Hand ist feucht an der Stelle, wo sie sie hält, meine Gedanken überschlagen sich, jetzt, da ich begreife, worauf sie hinauswill. Aber sie spricht es trotzdem aus.

»Wir haben bewiesen, dass wir Musik hören wie Menschen, dass wir rechnen wie Menschen, dass wir Sprachen sprechen, die zu den Menschen gehören. Wir waren wie Ratten in einem Labyrinth, nur dass am Ende statt einer Belohnung eine Falle steht. Jetzt sind wir drauf und dran, dieses Schiff für sie zur Erde zu fliegen, und wie du gesagt hast, es muss nur explodieren, damit wir ausgelöscht werden und unser Planet wehrlos zurückbleibt. Du hast davon gesprochen, was passieren würde, wenn es versehentlich in die Luft ginge, weil es alt ist ... Aber diesen Schaden könnte es auch absichtlich anrichten.«

»Aber sie sind doch tot«, protestiere ich mit heiserer Stimme. »Ausgestorben, schon vor Ewigkeiten.«

»Wirklich?«, fragt sie. »Jemand hat uns Nachrichten auf Latein und Englisch und Französisch und Chinesisch und wer weiß was noch alles hinterlassen. Du hast mir gesagt, dass die Datierung mit der Strahlenmethode nicht irrt – und dass es diese Sprachen vor fünfzigtausend Jahren noch nicht gegeben hat. Wir haben es also schon jetzt mit einem unlösbaren Paradoxon zu tun. Was ist da schon eine Unmöglichkeit mehr?«

»Man darf nicht alle Logik über Bord werfen, nur weil man etwas nicht versteht. Es ergibt keinen Sinn, es ist nicht *möglich*.«

»Was ist mit den Fußspuren?«, flüstert sie. »Keine Fußspuren, die in den Gang führen, und trotzdem sind da welche, neben den Portalen.«

»Wir wissen nicht, ob es Fußspuren sind«, sage ich, aber es klingt schwach.

»Dann eben Zeichen«, erwidert sie. »Das alles passt nicht

zusammen. Es sei denn, man zieht eine ganz bestimmte Schlussfolgerung.«

»Und die wäre?«

Wieder schüttelt sie den Kopf, spricht aber trotzdem weiter. »Was ist, wenn sie sich nicht ohne Grund die Unsterblichen nannten? Was, wenn sie damit gar nicht meinten, dass ihr Vermächtnis ewig leben würde, wenn ihre Botschaft überhaupt nicht ausdrückt, dass ihre Geschichte niemals sterben wird? Was, wenn sie ausdrückt, dass *sie* niemals sterben? Was, wenn sie gar nicht ausgestorben sind?«

»Wenn sie gar nicht ...« Mein Mund wird trocken. Es brauchte eine Außenseiterin, um es zu erkennen. Mir hat man immer gesagt, sie seien tot. Ich wusste es. Weil *jeder* es wusste.

»Und wenn sie noch leben«, beendet sie den Satz für mich mit weit aufgerissenen Augen, »was ist, wenn wir sie direkt zur Erde führen?«

AMELIA

Jules starrt mich mit leicht geöffnetem Mund und flachem Atem an – wie jemand, dem ein Fausthieb versetzt wurde. Dann hören wir Javier zischen, der unsere Aufmerksamkeit will.

»Los jetzt«, flüstert er. »Wir haben nicht viel Zeit. Die rennen, als hätten sie Feuer im Arsch – die Evakuierung muss gleich vorbei sein.«

Das Blut fühlt sich in meinen Adern wie Eis an. Ich brauche niemanden, der mir sagt, dass ich rennen soll, wenn mir mein Leben lieb ist, aber meine Füße verweigern ihren Dienst. Ich weiß, wie verrückt es ist, was ich gerade gesagt habe. Die Unsterblichen sind ausgestorben. Wir sind allein im Universum und bedienen uns an den Überresten ihrer Zivilisation, wie ich und die Plünderer an den Ruinen von Chicago. Es sei denn ... Was, wenn die Unsterblichen genauso wenig ausgestorben sind wie die Einwohner von Chicago? Was, wenn sie einfach nur ... weggezogen sind?

Dann flackern die Lampen im Korridor, gehen in rascher Folge an und wieder aus. »Das kann nichts Gutes bedeuten«, murmelt Javier und schlüpft hinaus, um sich noch einmal davon zu überzeugen, dass die Wachen weg sind. Jules folgt ihm, bis unsere vereinten Hände und meine reglosen Füße ihn zum Stehenbleiben zwingen. Ich spüre seinen Blick mehr, als ich ihn sehe – ich blicke hinauf zu den Lampen.

Sie flackern fast zu schnell, als dass man es verfolgen könnte, aber da ist ein Muster.

Ich zähle leise mit, und als das Flackern kurz aufhört, spreche ich die Zahl flüsternd aus. »Neunundzwanzig.«

Inzwischen ist Jules meine scheinbar willkürlichen Äußerungen offenbar gewöhnt, denn er wirft mir nicht mehr diesen Seitenblick zu, der *verrücktes Plünderermädchen* ausdrückt. Stattdessen kauert er sich neben mich und ignoriert Javiers zunehmendes Drängen, ihm zu folgen. »Neunundzwanzig was?«

»Neunundzwanzig Mal haben sie aufgeleuchtet. Warte.« Der Zyklus beginnt von neuem, und ich bin zu müde, als dass ich zählen und gleichzeitig Jules zuhören könnte. Diesmal leuchten die Lampen achtundzwanzig Mal – und diesmal zählt Jules mit.

Unsere Blicke treffen sich, und dann kommen wir gleichzeitig hoch und laufen durch den Gang, an Javier vorbei. »Es ist ein Countdown«, ruft Jules. »Das Flackern – sie zählen jedes Mal herunter.«

Javier rennt hinter uns her. »Ein Countdown – so wie beim Start eines Shuttles oder so?«

»Genau.« Jules klingt kurz angebunden, offenbar spart er sich seinen Atem zum Rennen. »Anscheinend wurden nicht alle evakuiert – jemand hat die Startsequenz ausgelöst.«

Javier hängt sich das Gewehr über die Schulter, um schneller rennen zu können. »Oder sie haben sich eine Fernsteuerung gebastelt.«

Jules stolpert und stößt einen derart erstickten Fluch aus, dass ich nicht mal erkenne, welche Sprache er spricht. »Offenbar hat sie doch auf meine Warnung gehört. Nur ... nicht genug.«

O Scheiße, o Scheiße, o Scheiße. Für Charlotte ist das die beste aller möglichen Welten – sie schickt ihren Gewinn durch das Portal, ohne dabei ihr Leben oder auch nur das eines ihrer Männer aufs Spiel zu setzen. Vorausgesetzt, das Schiff fliegt, vorausgesetzt, es explodiert nicht gleich beim Start, und vorausgesetzt, es löscht auf der Erde nicht die Hälfte allen Lebens aus.

Ich will nicht in die Luft fliegen, während ich Gaias Atmosphäre auf einem uralten Alien-Raumschiff verlasse. Und ganz sicher will ich nicht in der Umlaufbahn des Planeten in die Luft fliegen, den meine Schwester und ich als unser Zuhause bezeichnen. Eigentlich will ich wohl gar nicht in die Luft fliegen. Aber vor allem will ich raus aus dieser verflucht unheimlichen Alien-Todesfalle. Wenn ich je wieder ins All fliege, dann so, wie der liebe Gott es vorgesehen hat: in einem schönen Shuttle aus Carbonfaser und Stahl, mit isolierten Kopfhörern und vorzugsweise genug Beruhigungsmitteln, um einen Elefanten auszuknocken.

Die Gänge des Schiffes sind leer, nur die Stiefelabdrücke der Allianz-Soldaten zeugen davon, dass jemand hier war. Obwohl ich weiß, dass wir nicht schneller rennen können, zähle ich insgeheim den Countdown mit, eine perverse Erinnerung daran, dass die Zeit nicht ausreichen wird. Zum ersten Mal in meinem Leben wünsche ich mir, mich nicht so gut mit Zahlen auszukennen. Ich wünschte, es würde mir nicht zufliegen. Ich wünschte, ich hätte nicht diese Erkenntnis, die in meinem Kopf widerhallt und vom stampfenden Rhythmus meiner Füße zurückgeworfen wird.

Neunzehn.

Ich versuche mich damit zu trösten, dass es kein richtiger Countdown ist – die neunzehn Lichtpulse dauern neunzehn Sekunden, dann folgen weitere achtzehn, die achtzehn Sekunden dauern, und so geht es weiter, wobei jede Ziffer bis herunter zu null gleich lang aufleuchtet. Wir haben mehrere Minuten, nicht nur ein paar Sekunden. Aber jeder Schritt scheint eine Ewigkeit zu dauern.

Jules' Stiefel quietschen in einer Pfütze aus Schneematsch, und er prallt gegen die Wand, anstatt abzubiegen, wobei seine Hand meine loslässt – Javier ist vor allen anderen bei ihm, packt ihn am Ellbogen und reißt ihn wieder hoch.

Aber die beiden setzen sich nicht wieder in Bewegung, und einen Augenblick später wird mir auch klar, warum.

Vor uns liegt die Luftschleuse, und sie steht noch offen. Ein Weg nach draußen.

Die Rampe ist schon fort, aber falls die Türen automatisch schließen, ist das bis jetzt noch nicht geschehen. Ich versuche, mich zu erinnern, wie hoch das Gerüst war – ich weiß noch, dass ich dachte, ich würde es überleben, wenn Mink mich hinunterstoßen würde. Aber jetzt kann ich die Entfernung bis zu dem weißen, unförmigen Schnee unter uns kaum abschätzen.

»Wir müssen zu einem Shuttle«, ruft Javier über das Brüllen der Turbinen hinweg. »Ich habe auf der Erde Familie. Ich habe Kinder. Meine Schwester, meine Neffen. Es ist mir scheißegal, ob ich verhaftet oder erschossen werde. Irgendjemand muss die Erde warnen, damit sie dieses Ding nicht durch das Portal holen, bevor wir wissen, ob es gefährlich ist.«

Bisher hat nichts von dem, was wir zu Mink gesagt haben, irgendwie Eindruck auf sie gemacht – abgesehen davon, dass sie hinreichend misstrauisch wurde, um sich und ihre Truppen in Sicherheit zu bringen –, aber sie ist nicht das einzige einflussreiche Mitglied der IA. Wenn Javier uns zu einem Shuttle bringen kann und wir eine Nachricht an ihren Vorgesetzten schicken, besteht die Chance, dass sie den Start abbrechen lassen oder zumindest dafür sorgen, dass das Schiff der Erde fernbleibt.

Jules nickt langsam. Sein Blick ist entrückt, und ich weiß, dass er nachdenkt. Wenn ich nur wüsste, was ich sagen soll – wie ich ihm in diesem Augenblick sagen soll, dass am Leben zu bleiben, der Menschheit diese Nachricht zu bringen, wichtiger ist als die Antworten, die das Schiff uns geben könnte. Aber ich bin mir selbst nicht mehr ganz sicher, ob das stimmt.

Javier geht in die Knie, packt den Rand des Vorsprungs und lässt sich fallen. Ganz kurz bleibt mir das Herz stehen – dann beginnt es wieder hektisch zu schlagen, als ich sehe, wie er nur wenige Meter unter uns unbeschadet im Schnee landet. Er ruft etwas, aber hier draußen ist aus dem Vibrieren des Schiffes ein

Tosen geworden. Er winkt uns, damit wir ihm folgen, dann rennt er los, außen am Schiffsrumpf entlang, in Richtung der Shuttles, die in einigen Kilometern Entfernung stehen. Doch als ich springen will, merke ich, dass Jules einfach stehen bleibt, reglos, und zu den Lampen über uns schaut.

Siebzehn.

»Die Zeit reicht nicht«, sagt er leise, so leise, dass ich ihm die Worte fast von den Lippen ablesen muss, halb taub vom Dröhnen des Schiffes, das gleich abheben wird. Eine halbe Sekunde denke ich, dass er meine Gedanken lesen kann.

Dann komme ich wieder zu mir. »Nicht, wenn du da stehst und glotzt wie ein Idiot!«, keuche ich, während meine Lungen von unserer halsbrecherischen Flucht noch brennen.

»Die ... Die Zeit reicht nicht, damit Javier eine Nachricht durchkriegt, nicht mal, wenn er an den Wachen vorbeikommt, nicht mal, wenn er sofort herausfindet, wie man das Shuttle startet. Er wird niemanden erreichen, der das hier stoppen kann, nicht bevor es passiert. Er wird nicht mal bis zu den Shuttles kommen, bevor dieses Ding abhebt.« Er atmet heftig ein. »Aber wir haben immer noch eine Chance, es von innen abzuschalten.«

»Von innen ...« Ich breche ab, alle meine schlagfertigen Antworten und ach-so-wortgewandten Erwiderungen kommen mir abhanden. Wie vom Donner gerührt stehe ich da, die eine Hand an der Korridorwand, und starre ihn an. Mit einem Mal begreife ich, was er vorhat – angesichts der Zeit, die uns noch bleibt, werden wir es wahrscheinlich gerade noch zum Kontrollraum schaffen. Sabotage, keine Abschaltung. Wenn dieses

Schiff dazu dient, einen Planeten zu vernichten, soll es lieber das leblose Gaia vernichten als das einzige Zuhause, das unsere Spezies kennt.

Er blickt zu mir hinunter, und nach einem kurzen Augenblick gelingt ihm ein kleines Lächeln. »Manchmal muss man seinem Instinkt folgen«, flüstert er, dann kommt er so nah zu mir, dass er mir seine Hand um die Taille legen und mich an sich ziehen kann. Unsere Lippen finden sich, und dieses Mal ist der Kuss echt – beim ersten Mal wusste keiner von uns so richtig, was da passierte, nicht mal ich, dabei hatte ich damit angefangen. Diesmal ... Diesmal ist da Hitze, Sehnsucht, Verzweiflung in der Art, wie seine Lippen meine erforschen, in der Art, wie seine Hand sich gegen meinen Rücken presst.

Ich trete einen Schritt zurück, nicht um mich von ihm zu lösen, sondern weil meine Knie sich wie Pudding anfühlen, und lehne mich, nach Luft schnappend, an die Wand der Luftschleuse. Das gestohlene Gewehr gleitet mir aus den tauben Fingern und fällt klappernd zu Boden.

Jules beugt sich wieder zu mir vor, aber die Lichter pulsieren erneut – *fünfzehn*. Wir haben dafür jetzt keine Zeit. So sehr und so unbedingt ich es mir auch wünsche. Ich stoße einen Seufzer aus, und er weicht zurück, aber sein Arm umschlingt mich noch immer. Er hebt die andere Hand, um mir eine verschwitzte blaue Locke aus den Augen zu streichen, ganz sanft streicheln seine Fingerspitzen meine Wangen. »Bis dann, Mia.«

Dann dreht er mich zum Rand des Vorsprungs um, drängt mich in Richtung Freiheit. Javier ist bereits zu einer winzigen Gestalt zusammengeschrumpft, die zu den Shuttles läuft.

Meine Knie funktionieren immer noch nicht richtig, und mit einem Mal wird mir voller Entsetzen klar, dass Jules tatsächlich glaubt, dass er mich hier absetzen und allein zurück zum Kontrollraum gehen kann.

Mit einem Protestlaut versetze ich ihm einen Tritt und treffe sein Schienbein, und er schreit vor Schmerz und Überraschung auf und taumelt zurück.

»Zum Teufel damit, Oxford«, keuche ich und strecke die Hand zur Schalttafel neben der Luftschleuse aus. Solche Tafeln habe ich auch neben den anderen Türen gesehen. Wenn das hier ein Science-Fiction-Film wäre, wären das sicher Türschalter. Bisher hatten die Schalttafeln keine Funktion ... Zumindest, als das Schiff noch keinen Strom hatte.

Jetzt reagiert meine Handfläche mit einem Kribbeln, so als würde das Interface die Leitfähigkeit meiner Haut wahrnehmen – und die Türen der Luftschleuse fallen krachend zu. Das grelle Licht des Schnees ist verschwunden, nur das blaue Leuchten der Korridorlampen hüllt uns noch ein, das beim Countdown immer wieder ausgeht.

»Verdammt, Mia!« Entsetzt starrt er mich an. Zum ersten Mal höre ich ihn in einer Sprache fluchen, die ich verstehe, und einen durchgeknallten Augenblick lang bin ich darüber entzückt. Am liebsten würde ich lachen und mich mit verrückter und zugegebenermaßen völlig unangemessener Begeisterung in seine Arme werfen.

»Du glaubst doch nicht etwa, dass du mich *jetzt* hier sitzenlassen kannst?« Immer noch bin ich atemlos – vom Rennen, von dem Kuss, von dem Entschluss, mit ihm zu sterben, falls es das ist, was wir gleich tun werden. »Ihr bescheuerten Akademiker, immer seht ihr in allem eine kitschige Geschichte, in der sich der auserwählte Held aufopfert. Willst du wirklich versuchen, mich aufzuhalten? Du weißt, dass ich gewinnen werde.«

Vierzehn.

Jules' Entsetzen verwandelt sich in Verblüffung, und während meine Augen sich an das bläuliche Leuchten gewöhnen, wird mir klar, dass er mich immer so angesehen hat. Immer überrascht. Immer so, als hätte ich ihn überrumpelt. Anfangs habe ich ihn deswegen für ein Arschloch gehalten, für einen elitären Trottel, der der Meinung war, dass eine ungebildete Kriminelle unmöglich irgendetwas Wertvolles zu seiner wichtigen Expedition beitragen könnte.

Damals dachte ich, seine Verblüffung käme daher, dass er automatisch nur eine Plünderin in mir sah, jemanden, der ihm seine teure Ausrüstung abschwatzen wollte oder das, was er über die Tempel weiß. Damals dachte ich, er wäre vielleicht von sich selbst überrascht, darüber, wozu er imstande war, als es ernst wurde und als wir mit Entscheidungen über Leben und Tod und Opfer und Loyalität für unsere Familien konfrontiert waren. Und dass er in mir vielleicht so etwas wie ein Symbol dafür sah, wie sehr er sich verändert hat.

Aber jetzt sieht er mich einfach nur an, er verzieht den Mund zu einem Lächeln, die braunen Augen sind voller Wärme, und er murmelt: »Aus dir werde ich wohl nie schlau werden, was?«

Vielleicht war ich einfach immer ein Rätsel für ihn. Genau die Art Rätsel, die einen Typen wie Jules anspricht.

»Ich hoffe nicht«, antworte ich.

Er streckt die Hand aus, ich schiebe meine Hand in seine, und gemeinsam rennen wir los zum Kontrollraum und zu unserem allerletzten Versuch, diese fliegende Apokalypse am Starten zu hindern.

JULES

Sieben.

Wir stürmen durch die Tür zum Kontrollraum und stoßen dabei zusammen, wodurch Mias schmale Gestalt gegen die Wand geschleudert wird. Mit einer Handbewegung scheucht sie mich weiter, während sie nach Luft ringt, und ich stolpere vorwärts und starre auf die riesige Konsole. Jetzt leuchtet das metallische Gestein von innen, die Schaltkreise glitzern. Die Pause, bevor die Lichter zur nächsten Sequenz beim Countdown aufleuchten, ist schier endlos, sie scheint sich ewig zu dehnen, aber sie ist dennoch nicht lang genug.

Als ich zuletzt hier war, stand Charlotte mit dem Gewehr hinter mir, aber die echte Bedrohung schwebte über Mia, auch wenn sie nichts davon wusste. Ich habe herausgefunden, wie man das Schiff hochfährt, und für die Startsequenz waren noch ein paar weitere Schritte nötig. Ich habe darüber geschwiegen, in der Hoffnung, dass sie diese nächsten Schlüsse nicht selbst ziehen würden, aber Charlotte sagte, sie hätten Leute, die die Schriftzeichen lesen könnten, was offensichtlich der Wahrheit entsprach. Sie haben es geschafft, den Start auszulösen, komplett mit Autopilot. Dummerweise hatte ich nicht genug Zeit, um zu lernen, wie man dieses Ding abschaltet.

Und wenn Mia mit ihrer Vermutung über die Unsterblichen richtigliegt, dann lässt sich der Start vielleicht gar nicht abbrechen.

Während ich auf die Konsole schaue, leuchten weitere Schaltelemente auf und signalisieren ihre Bereitschaft.

Okay, vielleicht funktioniert es ja rückwärts – das Ding hier zeigt mir, welche Bereiche beim Start beteiligt sind, vielleicht kann ich sie ja abschalten.

Während die Lichter vor einer weiteren Sequenz ausgehen, streiche ich mit den Fingern über die Schaltelemente und die dort eingelassenen Vertiefungen und spüre, wie die Elektrizität unter meinen Fingerspitzen kribbelt. Mia steht neben mir, ihre Hand liegt auf meinem Rücken, sie wartet auf Anweisungen und vergeudet keine Sekunde mit Fragen.

Sechs.

»Da unten«, stoße ich hervor und verheddere mich dabei in meinen Worten. Ich deute auf die andere Seite des kleinen Raums. Wieder werden die Lichter schwächer. »Der Bereich, der blau aufleuchtet, der zweite von oben – ja, der da. Drück den, wenn ich es sage.« Unsere Hände schweben beide über dem, was meiner Hoffnung nach die Messinstrumente für Höhe und Flugbahn sind. Vielleicht. Sie haben mit schneller Bewegung zu tun, und ich *glaube*, dass sie die Bewegung in eine bestimmte Richtung spezifizieren. Vielleicht hält das Schiff ja an, wenn sie nicht funktionieren, bis sie repariert werden.

Fünf.

»Jetzt!«

Gleichzeitig sausen unsere Hände nach unten.

Vier.

Ohne Verzögerung geht der Start weiter.

Keine Ahnung, was ich übersehe, es könnte alles Mögliche sein. Ich könnte mit meiner Einschätzung knapp danebenliegen oder auch Lichtjahre – oder ich habe einfach recht, und durch das, was Charlotte und ihre Leute getan haben, um das Schiff fernsteuern zu können, ist es unmöglich geworden, die Startsequenz zu stoppen. Und ich habe noch etwa zehn Sekunden, um mir etwas zu überlegen.

Wir versuchen eine andere Kombination, und dann eine weitere, bewegen uns in perfekter Synchronizität, Mia trifft die Schaltelemente fast in dem Moment, in dem ich sie ansage, aber was die Wirkung angeht, könnten wir ebenso gut Flöhe auf einem Hund sein – weniger als Flöhe, denn wir bewirken nicht einmal ein Jucken.

Drei.

»*Komm* schon«, ruft Mia und schlägt mit beiden Händen gleichzeitig auf die Schalttafel, von Verzweiflung überwältigt.

Zwei.

Wenn das hier eine Geschichte wäre, dann würde das Schiff in diesem Moment auf magische Weise zum Stillstand kommen, nachdem Mias Hände auf wundersame Weise die perfekte Kombination gefunden hätten. Stattdessen leuchten die Lichter zum letzten Mal auf, während sie mich mit riesengroßen Augen ansieht.

Eins.

Wir stolpern rückwärts nach hinten, als das riesige Schiff sich aus dem Eis befreit und uns vom Aufstieg die Ohren dröhnen. Ich stoße mich von der Wand ab, stolpere zu ihr hinüber und nehme ihren Kopf zwischen meine Hände, um sie nicht versehentlich gegen die Wand zu schleudern, als der Boden schwankt. Sie packt mich am Kragen und zieht meinen Kopf zu sich hinunter, um mir ins Ohr zu schreien.

»Was jetzt? Sollen wir die Schaltkreise plattmachen oder so, den Motor kurzschließen?«

Ich hebe den Kopf und sehe zu ihr hinunter. Es ist gar keine schlechte Idee – wenn wir eine Störung verursachen könnten, vielleicht … Aber wenn wir die Fähigkeit des Schiffes zerstören, sich selbst zu steuern, wird es auf keinen Fall sicher landen können.

»Vielleicht«, schreie ich zurück. »Wir könnten es abstürzen lassen oder dazu bringen, sich auf dieser Seite des Portals zu zerstören anstatt über der Erde.«

»Wie viel Zeit haben wir noch?«, ruft sie mir ins Ohr, wobei sie sich auf die Zehenspitzen stellt.

Ich habe keine Ahnung, wie schnell wir aufsteigen, auch wenn mein Körper gegen die Schwerkraft protestiert, als würden wir uns in einem altmodischen Raketenschiff befinden. Ich schüttle den Kopf. Ich weiß nicht, wie viel Zeit uns noch bleibt. Sekunden? Minuten?

Nicht lange genug, um ihr all das zu sagen, was ich ihr noch sagen möchte.

Die Wand erzittert unter meiner Hand, der Boden hebt sich unter meinen Füßen, und es ist, als hätten sich sämtliche Gedanken in meinem Kopf losgerissen und wären zusammen auf einem riesigen Haufen gelandet, zu stark verheddert, um sie je wieder entwirren zu können.

Ich möchte ihr sagen, wie viel es mir bedeutet, dass sie hier ist.

Ich möchte ihr sagen, wie sehr ich mir wünsche, sie wäre es nicht.

Ich möchte ihr sagen, wie froh ich bin, sie getroffen zu haben.

Ich möchte sie um Verzeihung bitten, dass das je passiert ist.

»Mia«, setze ich an. »Es war ... ich meine, ich ...«

Hilflos schaue ich zu ihr hinunter, und sie schlingt mir die Arme um den Hals und umarmt mich heftig. »Ich weiß«, sagt sie mir ins Ohr. »Ich weiß, Jules. Ich auch.«

Und so lasse ich sie los und nicke, denn uns bleibt keine Zeit. »Egal, welches System sie manipuliert haben, um das Schiff ohne Piloten fliegen zu lassen, ich glaube nicht, dass wir es rückgängig machen können. Aber vielleicht kann ich zumindest ein paar zusätzliche Befehle einfügen. Vielleicht genug, um es zu verwirren. Wenn wir es dazu bringen können, gleichzeitig zu beschleunigen und zu wenden, können wir möglicherweise eine fatale Spannungsspitze auslösen.«

Wir lassen uns los und greifen auf dem Rückweg zur Konsole nach allen möglichen Dingen, um das Gleichgewicht zu halten. »Das Schiff ist derart instabil, eine Spannungsspitze würde ...« Trotz des Geschreis höre ich das Wissen – und die Entschlossenheit – in Mias Stimme.

»Es zerstören«, stimme ich ihr zu. »Bevor es durch das Portal fliegt. Bevor es die Erde erreicht.«

Und zwar, während wir an Bord sind.

Mit einem Mal kommt das Erdbeben unter unseren Füßen zum Stillstand, dass Brüllen erstirbt zu einem lauten, aber gleichmäßigen Brummen, der Fußboden kommt plötzlich zur Ruhe, und nur wir stehen noch da – Mia klammert sich am Türrahmen fest, und ich beuge mich blinzelnd über die Konsole.

Wir sind jenseits von dem Punkt, an dem es noch ein Zurück gibt, unsere Entscheidung ist gefallen, und keiner von uns zögert. Es bleibt keine Zeit mehr, um nachzudenken, keine Zeit, uns vorzustellen, was passieren wird, wenn wir Erfolg haben – und ob es schnell gehen wird.

Torkelnd richten wir uns auf, wenden uns der Konsole zu – und die Welt wird dunkel.

Grün und Gold birst durch mein schwarzes Gesichtsfeld, und Schmerz explodiert in meinen Armen und Beinen, pocht hinter meinen Schläfen, versucht, mich von innen nach außen zu wenden. Ich bekomme vage mit, wie mein Körper zu Boden stürzt, und dann werde ich herumgewirbelt, mein Magen stülpt sich um, als würde ich über den Scheitelpunkt einer Achterbahn fahren und fallen, fallen, fallen. Am liebsten würde ich wegrennen, aber ich habe vergessen, wie man sich bewegt.

Ich weiß nicht genau, ob ich tot bin oder nicht, aber einen Augenblick später geht mir auf, dass ich es vermutlich nicht bin, wenn ich noch darüber nachdenken kann.

Cogito, ergo sum.
Ich denke, also bin ich.
Ich bin ... hoffentlich noch am Leben.

Irgendwo stöhnt jemand, und dann höre ich einen Fluch, darin ein paar Wörter, die ich noch nie zuvor gehört habe, auch wenn ich zu benommen bin, um mir Notizen zu machen. Die Realität setzt wieder ein, als die Stimme sich in meinem Gehirn verhakt: Es ist Mias Stimme.

Und ich habe mich schon mal so gefühlt. Genauso war es, als ich durch das letzte Portal gegangen bin.

Oh, Deus, das Portal.

»Mia«, stöhne ich und rolle mich auf den Bauch. »Mia, wir müssen – es ist hindurchgegangen.«

Sie liegt auf dem Rücken, hat die Augen geschlossen, und während ich spreche, gelingt es ihr, sich auf die Seite zu wälzen und mich anzusehen, wobei sie sich in Schutzhaltung zusammenrollt. Das Geräusch, das sie von sich gibt, ist zwar kein Wort, aber ich weiß, dass sie sich anstrengt. Mühsam stemme ich mich auf die Ellbogen hoch und versuche, mich aufzusetzen. Vor meinen Augen verschwimmt alles.

»Was müssen wir?«, murmelt sie, und da wird es mir klar. Wir müssen gar nichts. Wenn wir jetzt, so nah bei der Erde, das Schiff zerstören, dann tun wir das Werk der Unsterblichen für sie. Vielleicht kann ich es ja noch irgendwie verhindern, das Schiff wenden, zurückfliegen. Doch als ich mich unsicher hochrapple und mich wie ein Automat bewege, weiß ich, dass ich keine Chance habe.

Ich konnte ja nicht einmal die Startsequenz abbrechen. Um

den Autopiloten abzuschalten und dieses Ding zurück durch das Portal zu steuern, müsste ich es jahrelang studieren.

Aber es gibt nichts mehr zu tun, also packe ich die Schaltkonsole, um das Gleichgewicht zu halten, schaue zu den Lichtern herab, die darüber hinwegrasen, und blinzle, um wieder klar zu sehen.

»Mir tut alles weh«, klagt Mia auf dem Fußboden, immer noch zusammengerollt. »Eigentlich müsste ich inzwischen doch tot sein. Das hier ist viel schlimmer als Totsein. Wenigstens ist es nicht explodiert … Wenn das eine Bombe wäre, wenn sie gewollt hätten, dass wir damit zurückfliegen, um die Erde zu zerstören, dann würde es jetzt doch explodieren, oder?«

Die kristallinen Schaltkreise auf den Tasten vor mir blinken, die Bereiche, die am Start beteiligt waren, werden dunkel, und langsam erwachen neue Abschnitte zum Leben, als die Energie zu anderen Systemen abgezweigt wird. Ich fahre die Schriftzeichen mit den Fingern nach und versuche irgendwie zu begreifen, was sie bedeuten könnten. Und dann sehe ich ein Zeichen, das ich kenne. Die gleiche nach unten geneigte Linie, die zu dem langen Gang mit den vielen Portalen führte. *Warum wird die Energie hierhin umgeleitet?*

Hoffnung steigt in mir auf, der einen Augenblick später Entsetzen folgt.

»Mia«, sage ich langsam, und ich weiß, dass sie es in meiner Stimme hört, denn sie wälzt sich auf den Bauch, stemmt sich keuchend hoch und kommt zu mir herüber. Sie legt einen Arm um meine Taille, um das Gleichgewicht zu halten – das Portal hat ihr ebenso schlimm zugesetzt wie beim letzten Mal. »Ich glaube nicht, dass es sich selbst zerstören wird – ich glaube nicht, dass es je als Bombe gedacht war. Ich glaube, es ist ein Trojanisches Pferd.«

»Ein was?«, flüstert sie und starrt benommen auf die Schaltelemente vor uns herunter.

»Das ist ...« Ich suche nach der schnellsten Erklärung. »Okay, das ist eine Geschichte aus dem alten Griechenland, sie heißt *Odyssee*, und die ...«

Sie unterbricht mich, stößt mich mit dem Ellbogen an und keucht: »Ich *weiß*, was das verdammte Trojanische Pferd ist! Wovon zum Teufel redest *du*?«

»Vom ... vom Trojanischen Pferd«, wiederhole ich wie ein Idiot. »Die Trojaner holen es zu sich in die Stadt, und die Griechen, die sich darin verstecken, strömen heraus und erschlagen sie. Die Energie fließt dorthin, wo die Portale sind. Ich glaube, das Schiff bringt sie alle online.«

»Aber die Portale führen alle nur in eine Richtung«, sagt sie und starrt mich verwirrt an. »Sie sehen genauso aus wie das, durch das wir aus dem Tempel hierhergekommen sind. Sie führen nirgendwohin, sie führen ...« Die Worte bleiben ihr im Hals stecken.

Ich spreche sie trotzdem aus. »Sie führen hierher. Von dort, wo die Unsterblichen jetzt sind, wenn sie wirklich leben, wie du gesagt hast, hierher in dieses Schiff. Das sich derzeit in der Umlaufbahn um ...«

»... die Erde befindet«, flüstert Mia.

»Wenn sie die Erde erobern wollen, benutzen sie das Schiff

nicht als Bombe. Sie benutzen es als Eingang, um selbst herzukommen.«

»Nein«, murmelt sie, drückt sich von mir weg, und ich folge ihr, als sie durch die Tür stolpert und immer schneller wird, während wir zu den Portalen rennen.

Noch nie habe ich mir so sehr gewünscht, mich zu irren.

Noch nie war ich mir so sicher, recht zu haben.

AMELIA

Ich konzentriere mich darauf, mich nicht zu übergeben, weil man nicht gut rennen kann, während man sich die Seele aus dem Leib kotzt. Aber mich mit den Nebenwirkungen des Portals zu befassen, das dieses Schiff zur Erde zurückgebracht hat, heißt auch, nicht darüber nachdenken zu müssen, was gerade passiert.

Ja, klar. Wenn ich bei dem Versuch, nicht zu sterben, irgendetwas hinkriege, sind das natürlich Gedanken darüber, wie komplett wir in der Scheiße sitzen.

Die ganze Zeit über. Bei jedem Rätsel, jedem Schritt durch ihre sorgfältig konstruierten Tempel. Die Tempel selbst, angelegt als faszinierende Hinweise – faszinierende *Fallen*. Das Schiff mit seinen Türen und Gängen und seiner Konsole, die so simpel war, dass ein Jugendlicher – wenngleich ein akademisches Genie – innerhalb von wenigen Stunden dahinterkam, wie man es fliegt. Zumindest genug, um es direkt zur Erde fliegen zu lassen.

Genau dorthin, wo die Unsterblichen es haben wollten.

Darauf wollte die versteckte Warnung uns aufmerksam machen. Die Nautilus-Spirale im Code, das Schriftzeichen, das uns vor der Apokalypse warnte, der unaussprechlichen Katastrophe, die Jules' Dad so fürchtete. Wir haben zum Weltuntergang beigetragen.

Der Preis war niemals ein Stück Unsterblichen-Technik, die meine Schwester gerettet oder Jules' Dad rehabilitiert hätte. Der Preis war immer die Erde. Wir lagen genauso daneben wie die Plünderer.

Das Blut, das durch meine Adern pumpt, erweist sich mit seiner gesunden Mischung aus Adrenalin und heilloser Panik als wirksames Gegenmittel zum Portalkater. Hätte Jules, als wir damals im Tempel durch das Portal kamen, bloß gewusst, dass man mir nur eine Heidenangst einjagen muss, damit ich mich in Bewegung setze.

Am liebsten würde ich lachen, eine hysterische Reaktion, aber ich schnappe nur nach Luft. Einzig unser heftiges Keuchen ist über dem Summen der Maschinen zu hören, die jetzt, da wir uns in der Umlaufbahn befinden, leise schnurren.

Wir kommen an der Kreuzung vorbei, wo Javier den Soldaten der Allianz niedergeschlagen hat, aber er ist weg. Entweder ist er wieder zu sich gekommen, oder einer seiner Kameraden hat ihn hinausgebracht.

Jules und ich sind allein.

Hätte ich nur das andere Gewehr nicht bei der Luftschleuse gelassen. Natürlich war das Schiff leer, nachdem man es vor dem Start evakuiert hatte. Wir hatten keinen Grund anzunehmen, dass wir Waffen brauchen würden. Und nach meinem Aussetzer bei dem Fluchtplan mit Javier und Hansen keinen

Anlass zu glauben, dass ich notfalls imstande wäre, eine zu benutzen.

Ich bin vielleicht nicht imstande, einen Menschen abzuknallen, aber ich will verdammt sein, wenn ich die Alien-Schweine nicht erschieße, die da durch die Portale kommen.

Wir biegen um die Ecke, die sich zum Portalkorridor öffnet, und Jules muss mich am Arm zurückreißen, um den Schwung abzufangen, der mich weiter geradeaus tragen will. Ich blinzle Schweiß und Tränen weg und kauere mich hin, damit ich um die Ecke spähen kann. Noch sind die Reihen der Portale undurchlässig und dunkel.

»Da ist nichts.« Ich keuche – vor Anstrengung, vor Angst, vor Erleichterung. »Du hast dich geirrt.«

»Sie werden nur flüssig, wenn etwas durchkommt«, erwidert Jules, der genauso keucht wie ich, jedoch versucht, es unter Kontrolle zu bekommen. »Weißt du noch, das Tempelportal? Nachdem wir hindurch waren, sah es von außen wie ein Stein aus, aber Liz und ihre Bande sind später trotzdem durchgekommen. Auch wenn es jetzt massiv aussieht, kann sich das in den nächsten paar Sekunden ändern.«

Ich erinnere mich tatsächlich nicht mehr, wie die andere Seite des Tempelportals aussah, weil ich zu sehr damit beschäftigt war, auf dem Eis einen Anfall zu haben, aber für den Moment nehme ich ihm das mal ab. »Was sollen wir dann machen? Wir können nicht einfach hier sitzen und abwarten. Was ist, wenn ...«

»Die Lampen.« Jules deutet über meine Schulter. Er kauert gleich hinter mir und flüstert mir ins Ohr. In jedem anderen

Moment würde der Klang mich erschauern lassen, ich würde mich ein ganz klein wenig zurücklehnen wollen, um die Wärme seiner Brust an meinem Rücken zu spüren. Aber jetzt wird mir von seiner Stimme nur noch kälter. »Die Lampen über den Portalen. Sie sind an, das war vorher anders. Sie sind aktiv.«

Er hat recht. Doch bevor ich antworten kann, höre ich etwas aus dem Portal am Ende des Korridors, das wie ein fernes Erdbeben klingt, wie eine umgekehrte Druckwelle. Das Geräusch ist so tief, dass ich es in meinem Inneren spüre, durch die Sohlen meiner Stiefel, bis ins Knochenmark.

Und dann tritt etwas durch das Portal.

Jules umfasst meine Schulter fester, aber die Warnung ist unnötig. Wir ziehen uns außer Sichtweite zurück und spähen abwechselnd um die Ecke, einen Herzschlag lang hier, einen Atemzug lang da.

Es trägt eine Art Anzug, aber ganz anders als das, was unsere Astronauten tragen. Und es ist zweifüßig, so wie wir angenommen hatten. Groß, größer als Jules. Ich kann nicht erkennen, ob es Arme oder ein Gesicht oder sonst etwas hat. Dann erscheint zwischen zwei Blicken eine zweite Gestalt, wobei das Geräusch des Portals zwischen meinen Trommelfellen vibriert und sich in meiner Magengrube festsetzt.

Sie stoßen Laute aus, harte, verzerrte Laute, die nichts bedeuten, jedoch beweisen, dass sie einander hören können – und uns auch.

Ich atme vorsichtig ein und flüstere so leise, wie ich nur kann: »Es sind nur zwei.«

»Und wir sind auch nur zwei«, antwortet Jules. Seine Hand liegt auf meiner Schulter, er zittert am ganzen Körper. Oder ich bin es selbst, und das Beben, das ich fühle, ist mein eigenes Entsetzen.

Zwei unbewaffnete Jugendliche, keiner von uns dafür ausgebildet, gegen zwei Außerirdische zu kämpfen. Mitglieder einer Spezies, die zum gigantischsten Schwindel der uns bekannten Galaxie, zu wahnwitziger Gerissenheit und Geduld fähig ist, um sich genau die richtige Lebensform zu suchen, die richtige Art von Planeten. Wir haben keine Chance. Aber ohne uns hat auch die Erde keine Chance.

Denn die Erde weiß nicht, was hier oben ist. Falls es Javier gelingt, ein IA-Shuttle zu stehlen, wird es dauern, bis er außerhalb des signalstörenden Effekts von Gaias Pol gelangt. Es wird dauern, bis er die Nachricht sendet, die IA-Bosse sie erhalten, sie besprechen, bis sie eine Entscheidung fällen. Und selbst wenn ihm das alles gelingt, wird er trotzdem nur davor warnen, dass das Schiff explodieren könnte. Nachdem wir uns jetzt in der Umlaufbahn befinden und das Schiff sich nicht in eine Bombe verwandelt hat, wird seine Warnung bedeutungslos sein, nur dass die IA mit der Entsendung eines Erkundungsteams umso zurückhaltender sein wird. Sie werden sich Zeit lassen, um das Richtige zu tun. Womöglich werden sie Monate mit der Zusammenstellung des richtigen Bombenkommandos verbringen, um ein vermeintlich leeres Schiff zu erforschen.

Bis dahin werden die Unsterblichen womöglich schon Hunderte, Tausende, Zehntausende von Soldaten bereitgestellt haben, die ausschwärmen, mit weiß Gott was für hochtechnisierten Waffen, um uns alle auszulöschen.

Ich spüre, wie mir die Tränen über die Wangen laufen, als hätte mein Körper bereits entschieden, dass es hoffnungslos ist und dass wir sterben werden, dass alle sterben werden, an denen wir auf der Erde hängen. Dass ich Evie nie wiedersehen werde. Dass ich nie wieder den Rausch spüren werde, ganz oben auf Chicagos höchsten Wolkenkratzern zu stehen. Dass ich nie wieder Zitronenhühnchen und Wildreis mit Steinpilzen essen werde.

Zum Teufel mit dem, was mein Körper denkt.

»Wir lassen *nicht* zu, dass sie einfach die Erde übernehmen«, zische ich.

»Warte.« Jules hält mich immer noch am Arm fest, als würde er damit rechnen, dass ich planlos in den Korridor stürme. Und vielleicht hat er damit nicht mal unrecht. »Schau.«

Die zwei Gestalten scheinen sich zu beraten, dann dreht die eine sich um und schiebt etwas in eine Vertiefung neben dem Portal, durch das sie gekommen sind. Die Oberfläche schimmert und wird ölig, und dann wirft eine der beiden Gestalten lässig einen Gegenstand hindurch.

»Das war die Vorhut«, flüstert Jules. »Sie schicken eine Nachricht zurück, dass die Luft rein ist.«

Die beiden Gestalten gehen durch den Korridor in unsere Richtung, überprüfen jedes der Portale, inspizieren die funktionierenden Lichter über den Bogengängen und unterhalten sich dabei weiter mit diesen verzerrten, gedämpften Stimmen. Ohne Vorwarnung erscheinen weitere Unsterbliche, und zwar nicht nur aus dem einen Portal ganz hinten – schnell füllt sich der ganze Korridor, und die beiden ersten Kundschafter werden gleich das Ende der Portale erreichen. Und die Ecke, hinter der wir stecken.

Ihre Köpfe sind wulstig, die konturlosen Gesichter pechschwarz und beinahe metallisch, genau wie die Portale. Es gibt nichts, woran man sie unterscheiden könnte – sie sehen aus wie Klone, wie Roboter, wie … Aliens.

Dann bleibt das Paar stehen, nur ein paar Schritte von der Stelle entfernt, wo Jules und ich kauern und den Atem anhalten.

Der eine der beiden hält den Kopf gesenkt und betrachtet ein Gerät an seinem Anzug. Es gibt ein leises Piepsen von sich und blinkt dann grün auf. Der Unsterblichen-Kundschafter stößt einen seiner unverständlichen Laute aus, dann greift er nach oben – o Gott, es hat Arme … Hände? – und löst etwas, wobei man freiwerdendes, unter Druck stehendes Gas zischen hört.

Und dann nimmt er den Helm ab.

»Wenigstens ist die Luft ungefährlich.« Er spricht zwar mit starkem Akzent, aber unverkennbar Englisch.

Nicht er – *sie*. Jules' Griff um meine Schulter lockert sich. Wir starren und vergessen vorübergehend, dass wir uns eigentlich verstecken müssten, dass wir nur wenige Meter von den Angreifern entfernt sind, die uns unser einziges Zuhause nehmen wollen.

Denn die Unsterblichen-Kundschafterin, die so nah bei uns steht, dass ich fast die Hand ausstrecken und sie berühren könnte, ist eine Frau. Eine hochgewachsene Frau mit goldenem Teint, eine Frau, die auf der Erde überall die Straße entlanggehen könnte, ohne einen zweiten Blick auf sich zu ziehen.

Denn sie ist ein Mensch.

Sie sieht ihren Partner an, der ebenfalls gerade seinen Helm abnimmt. »Nun?«, sagt sie und holt tief Luft, und dann dreht sie sich um, um die Reihen der Unsterblichen-Soldaten in Augenschein zu nehmen, die durch die Portale hinter ihnen strömen. »Holen wir uns die Erde zurück?«

Danksagung

Tut uns leid. (Obwohl, eigentlich nicht. Wir sind ziemlich frei von Schuldgefühlen.) Aber keine Sorge – Jules und Mia kommen im zweiten Band wieder.

Nichts auf dieser Welt (oder irgendeiner anderen) tun wir lieber, als gemeinsam Geschichten zu schreiben, und wir sind zutiefst dankbar, damit unseren Lebensunterhalt bestreiten zu können. Für uns ist damit wirklich ein Traum in Erfüllung gegangen, weshalb wir uns zuallererst bei euch, unseren Leserinnen und Lesern, bedanken möchten. Ohne Leser, Buchhändler, Bibliothekare und Rezensenten wäre das alles niemals möglich gewesen. Wir danken euch aus tiefstem Herzen für eure Unterstützung.

Sehr viele Menschen haben uns geholfen, aus den ersten Ideen das Buch zu machen, das ihr jetzt in den Händen haltet.

Zunächst gilt unser Dank unseren phantastischen Agenten Josh und Tracey Adams, wie auch dem wunderbaren Stephen Moore und dem Netzwerk aus Scouts und Agenten, die mithalfen, dieses Buch im Ausland unterzubringen. Ohne euch wären wir verloren.

In den Vereinigten Staaten besteht unser wunderbares Lektorinnenteam aus Laura Schreiber, Emily Meehan, Mary Mudd und Deeba Zargarpur. Danke für eure Weisheit, eure Geduld, euer Verständnis und dafür, dass ihr an verschiedenen Stellen groteske Fehler ausgemerzt habt, bevor sie ihren Weg in die Welt fanden! Ein riesiges Dankeschön geht außerdem an das gesamte Team von Hyperion – von Vertrieb und Marketing über die Lektorinnen, die uns immer wieder die Haut retten, bis hin zur Öffentlichkeitsarbeit und allen Abteilungen dazwischen. Wir arbeiten sehr gern mit euch zusammen. Ein Extrahurra geht an die großartige Cassie McGinty.

In Australien, unserem anderen Zuhause, werden wir ewig dankbar sein für die phantastische Anna McFarlane, wie auch für Jess Seaborn, Radhiah Chowdhury und jeden einzelnen Mitarbeiter von Allen & Unwin. Wir haben keine Ahnung, womit wir euch verdient haben.

Weiterhin hatten wir Hilfe von allerlei Experten – alles, was stimmt, ist ihnen zu verdanken, und natürlich sind sämtliche Fehler allein unsere Schuld. Ein besonderer Dank geht an Yulin Zhuang, die unser Chinesisch auf Richtigkeit überprüfte, Megan Shepherd und Esther Cajahuaringa, die das Gleiche bei unserem Spanisch leisteten, und Soraya Een Hajji, die uns lehrte, auf Lateinisch zu fluchen. Dr. Kate Irving half bei den medizinischen Details, Anindo Mukherjee sorgte dafür, dass wir Mia und Jules beim Abseilen an den Felswänden nicht in den Tod schickten, und Christopher Russell half beim Design der musikalisch-mathematischen Rätsel. Alex Bracken und Megan Shepherd lieferten uns phantastisches

Feedback zum jeweils richtigen Zeitpunkt – vielen Dank, Ladys!

Wir haben das große Glück, einen ganzen Pulk Freunde zu haben, die immer da sind, um uns anzufeuern, uns zuzujubeln und uns notfalls in den Hintern zu treten. Dazu gehören Marie Lou, Stefanie Perkins, Jay Kristoff, Leigh Bardugo, Kiersten White, Michelle Dennis, Allison Cherry, Lindsay Ribar, Sara Rees Brennan, CS Pacat, Eliza Tiernan, Shannon Messenger, Alex Bracken, Sooz Dennard, Erin Bowman, Nic Crowhurst, Kacey Smith, Soraya Een Hajji, Peta Freestone, Liz Barr, Nic Hayes, Megan Shepherd, Beth Revis, Ellie Marney, Ryan Graudin, die Roti-Boti-Gang, die Melbourner Freizeittruppe und die Asheville-Leute.

Zu guter Letzt müssen wir uns natürlich bei unseren Familien bedanken, die uns lauter anfeuern als alle anderen – unsere Eltern, unsere Geschwister, Brendan (an dieser Stelle ein ganz besonderes »Ich liebe dich« von Amie für den besten, geduldigsten, hilfreichsten Ehemann der Welt), die Cousins, Kaufmans, McElroys, Miskes und Mr Wolf – wir lieben euch und sind sehr froh, euch zu haben.

Und wenn ihr uns jetzt entschuldigen wollt – man ruft uns gerade aus anderen Welten. Wir sehen uns alle im nächsten Buch!

Eine rasante Jagd quer durch Europa, ein Pageturner bis zur letzten Seite

Amelia und Jules kehren auf die Erde zurück, um die Menschheit vor den drohenden Gefahren zu warnen. Wobei ihre Rückkehr etwas »holprig« verläuft – und ihr Absturz im Raumschiff der Unsterblichen ist nicht das Schlimmste. Denn niemand glaubt ihnen, dass der Untergang der Menschheit unmittelbar bevorsteht, obwohl eine Pandemie schon als erstes Warnzeichen um sich greift. Jules und Mia haben keine andere Wahl, als die Dinge selbst in die Hand zu nehmen, die Rettung der Erde liegt nun allein in ihrer Hand.

Der zweite Band und Abschluss der mega-spannenden »Unearthed«-Dilogie

Amie Kaufman / Meagan Spooner
Undying. Wir werden euch finden
Band 2
Aus dem amerikanischen Englisch von Karin Will
ca 496 Seiten, broschiert

Weitere Informationen zum Kinder- und Jugendbuchprogramm der S. Fischer Verlage finden Sie unter *www.fischerverlage.de*

Der New-York-Times-Bestseller: spannend, actionreich und witzig

Tyler, frisch ausgebildeter Musterschüler der besten Space Academy der ganzen Galaxie, freut sich auf seinen ersten Auftrag. Als sogenannter »Alpha« steht es ihm zu, sein Team zusammenzustellen – und er hat vor, sich mit nichts weniger als den Besten zufrieden zu geben. Tja, die Realität sieht anders aus: Er landet in einem Team aus Losern und Außenseitern.

Doch das ist nicht Tylers größtes Problem. Denn er hat ein seit 200 Jahren verschollenes Siedlerschiff gefunden. An Bord 1.000 Tote und ein schlafendes Mädchen: Aurora. Vielleicht hätte er sie besser nicht geweckt. Ein Krieg droht auszubrechen – und ausgerechnet sein Team soll das verhindern. Ouuups. Don't panic!

Amie Kaufman / Jay Kristoff
Aurora erwacht
Aus dem amerikanischen
Englisch von Nadine Püschel
496 Seiten, Klappenbroschur

Weitere Informationen zum Kinder- und Jugendbuchprogramm der S. Fischer Verlage finden Sie unter *www.fischerverlage.de*